아가씨와 밤

La Jeune Fille et la Nuit by Guillaume Musso

아가씨와 밤

초판 1쇄 발행일 2018년 11월 26일 | **2판 1쇄 발행일** 2025년 5월 29일
지은이 기욤 뮈소 | **옮긴이** 양영란 | **펴낸이** 김석원 | **펴낸곳** 도서출판 밝은세상
출판등록 1990. 10. 5 (제 10 – 427호) | **주 소** (10881) 경기도 파주시 문발로 119, 202호
전 화 031-955-8101 | **팩 스** 031-955-8110 | **메일** wsesang@hanmail.net
블로그 blog.naver.com/balgunsesang8101 | **인스타그램** www.instagram.com/wsesang

ISBN 978-89-8437-504-8 (03860) | **값** 18,500원
잘못된 책은 구입한 곳에서 교환해 드립니다. | **일러두기** 각주는 모두 옮긴이 주입니다.

아가씨와 밤

La Jeune Fille et la Nuit

✝✝

✝✝

기욤 뮈소 장편소설
Guillaume Musso

✝✝

양영란 옮김

밝은세상

플로라에게

그해 겨울, 새벽 4시에
아기 젖병을 물리는 동안
우리가 나눈 대화를 추억하며…….

밤이라는 문제는 오롯이 남아 있다.
밤을 어떻게 가로질러야 할 것인가?

_앙리 미쇼

차례

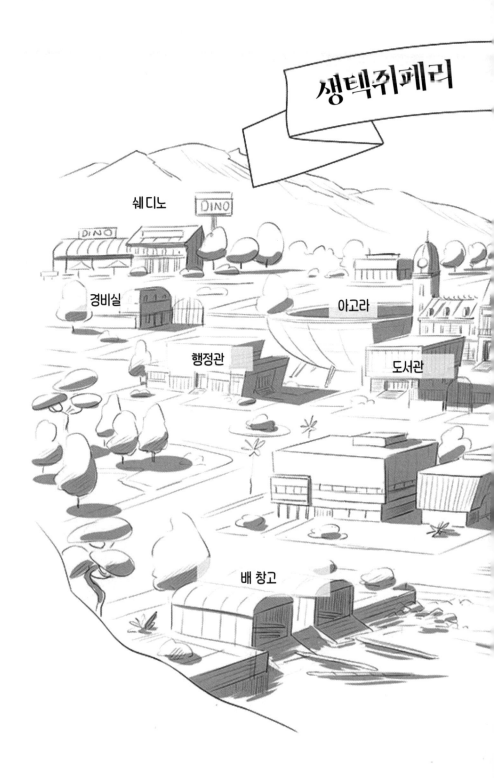

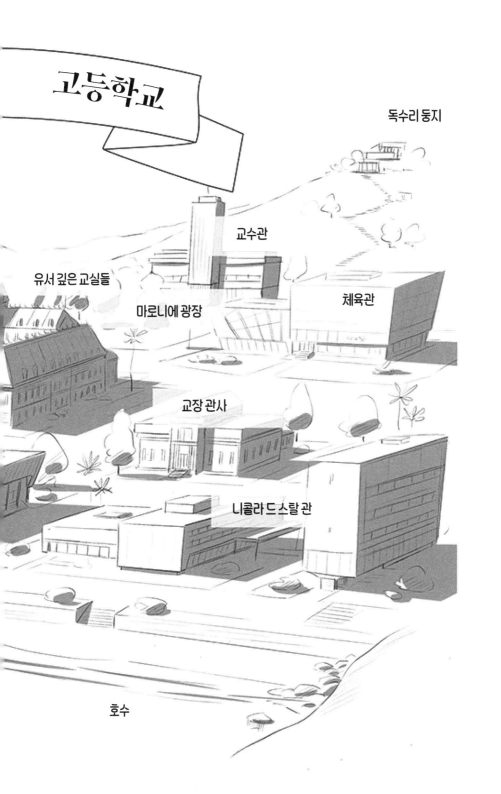

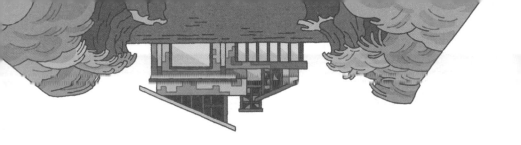

밀
수
업
자
들
의

오
솔
길

소녀

가, 아이참, 가라니까! 사라져버려, 이 끔찍한 해골아! 나는 아직 어려, 사라져버리라고! 날 건드리지 마!

죽음

나에게 네 손을 다오, 보드랍고 예쁜 아가야! 난 네 친구야, 넌 겁먹을 거 없어. 그저 가만히 있기만 하면 돼! 무서워하지 마. 내 품에서 얌전하게 잠이나 자렴.

마티아스 클라우디우스 (1740-1815)

소녀와 죽음

2017년

앙티브 남쪽 곶, 5월 13일

마농 아고스티니는 가루프 길이 끝나는 곳에 관용차를 세웠다. 앙티브경찰서 소속인 그녀는 지금 이 시간에 이곳까지 오게 된 상황에 대해 속으로 잔뜩 불평하면서 고물이 다 된 캉구의 문을 쾅 소리가 나게 닫았다.

밤 9시 무렵, 앙티브 시 남쪽 곶을 따라 들어선 호화 저택들 가운데 한 집에서 일하는 경비원이 앙티브경찰서에 전화해 사유지 공원에 인접한 바위 많은 오솔길에서 폭죽 소리 혹은 총격 소리, 아무튼 결코 예사롭지 않은 소리를 들었다고 신고했다. 신고 전화를 받은 앙티브경찰서 당직 근무자는 대수롭지 않은 일로 치부하고 본부에 간단한 보고를 하는 선에서 일을 마무리했다. 본부에서는 아무런 조처를 취하지 않고 있다가 하필이면 그날 당직 근무자도 아닌 마농에게 연락을 취했다.

마농은 저녁 모임에 나갈 의상을 차려 입고 막 집을 나서던 순간 상

11

사보부터 해안 오솔길을 한번 살펴봐달라는 전화를 받았다. 급한 일이면 직접 가보라는 말이 입 안에서 맴돌았지만 차마 상사의 지시를 거부할 수는 없었다. 오늘 아침 근무가 끝난 그녀에게 고물 캉구를 개인적인 용도로 사용할 수 있게 허락해준 상사였기에 더욱 회피하기 어려웠다.

최근 마농은 수명이 다한 개인 소유의 차를 폐차시켰는데 모임에 가려면 반드시 필요한 상황이었다. 그녀의 모교인 생텍쥐페리고교에서 개교 50주년을 맞아 대대적인 축하 행사를 열기로 되어 있었다. 그녀는 남몰래 마음에 두었던 남학생을 다시 만날 수 있게 되었다는 생각에 은근히 마음이 설렜다. 정말이지 매력적인 아이였는데 그 당시에는 미처 몰랐다. 그녀는 또래 아이들은 왠지 유치해 보여 주로 선배들과 어울려 다녔다. 한참 시간이 지나고 나서야 선배라는 작자들도 또래 아이들과 별반 다르지 않다는 사실을 깨달았다. 저녁 모임에 좋아했던 남학생이 참석할지 여부를 알 수 없기에 그녀의 설렘과 기대는 전혀 합리적이지 않았다. 게다가 그 남학생은 이미 그녀의 존재 자체를 까마득히 잊어버렸을 수도 있었다.

마농은 근무를 마치고 돌아와 오후 내내 정성스레 매니큐어를 칠하고, 머리 손질을 하고, 모임 때 입고 나갈 옷을 사기 위해 쇼핑을 다녀왔다. 푸르스름한 레이스가 달린 원피스를 사는데 3백 유로를 투자했고, 언니에게 진주 목걸이를 빌렸고, 친구에게 스튜어트 와이즈만 하이힐을 빌렸다. 하이힐이 맞지 않아 발이 몹시 아팠지만 그 정도 고통쯤은 기꺼이 감수하기로 했다.

마농은 엘랑록 빌라까지 2킬로미터 넘게 이어진 해안 오솔길로 접어

들었다. 어린 시절, 아버지와 함께 그 근처 바위에서 자주 낚시를 했던 곳이라 익숙한 길이었다. 사람들은 이 길을 세관원들 혹은 밀수업자들의 오솔길이라고 불렀다. 관광안내 책자에는 종종 티르푸알* 오솔길이라는 이름으로 소개되더니 요즘은 그저 개성 없이 해안 산책로로 불리고 있었다.

해안을 따라 이어진 오솔길을 50미터쯤 가자 눈앞에 '위험 지역 출입 금지'라는 경고문이 부착된 차단막이 나왔다. 얼마 전 폭풍이 몰아쳤을 때 파도가 크게 일며 낙반 사고가 발생하는 바람에 부분적으로 길을 폐쇄한 상태였다.

마농은 잠시 망설이다가 차단막을 타넘었다.

1992년
앙티브 남쪽 곶, 10월 1일, 밤 10시

빙카 로크웰은 졸리에트 해수욕장 앞을 지날 때 마음이 어찌나 가벼운지 깡충깡충 뛰기까지 했다. 반 친구를 꼬드겨 인근 가루프 길까지 스쿠터를 얻어 타고 와 여기까지 걸어오는 중이었다.

빙카는 밀수업자의 오솔길로 들어서면서 마치 아랫배에서 나비라도 날아다니는 듯 움찔움찔 전율을 느꼈다.

아, 나는 이제 곧 알렉시를 만나게 될 거야. 내 사랑 알렉시를 만나게 된다니까!

바람이 쇠뿔이라도 잡아 뺄 듯 맹렬한 기세로 불어댔지만 해변의 밤

*Tire-Poil 문자 그대로는 수염을 잡아당긴다는 뜻

은 나무나 아름다웠고, 하늘은 더할 나위 없이 청명해 마치 대낮처럼 주변 풍경들이 또렷하게 드러나 보였다. 빙카는 가을날의 앙티브 해변을 좋아했다. 여름철의 프렌치 리비에라가 풍기는 가공된 이미지와 달리 거칠고 야성적인 면모를 그대로 보여주기 때문이었다. 햇살이 맑은 날에는 하얀 포말로 부서지는 파도와 석회를 품은 바위들에 매료되었고, 바위들 틈새로 보이는 짙푸른 바닷물의 무한 변주에 넋을 잃곤 했다. 언젠가 해변 위에 떠 있는 레랭 섬을 바라보다가 돌고래 떼를 발견한 적도 있었다.

오늘 저녁처럼 바람이 심하게 부는 날이면 해변은 또 다른 모습으로 변모했다. 깎아지른 듯 솟은 절벽은 한껏 위협적인 자태를 드러냈고, 산자락의 올리브나무와 소나무들은 마치 깊이 박혀 있는 뿌리까지 뽑아버릴 듯 불어대는 바람에 저항하며 고통스레 몸을 떨었다.

빙카는 바람이 아무리 세게 불어도 상관없었다. 머릿속에 오로지 알렉시를 만날 생각밖에 없었으니까.

2017년

빌어먹을!

급기야 발에 맞지 않아 계속 속을 썩이던 한쪽 하이힐 굽이 부러졌다. 저녁 모임에 가기 전 아파트에 들러 신발을 갈아 신고 가야 하는 데다 내일 친구에게 핀잔을 들을 생각을 하니 기분이 찜찜했다.

마농은 아예 구두를 벗어 가방 안에 집어넣은 다음 절벽을 굽어보는 좁은 길로 들어섰다. 그나마 맑고 청명한 밤공기가 가라앉은 기분에 활력을 불어넣어주었다. 미스트랄*이 밤하늘 가득 별들을 흩뿌려놓은 탓에 길은 그다지 어둡지 않았다. 앙티브 구도심 성곽으로부터 후배지 역할을 하는 산들을 가로질러 니스 만에 이르는 절경이 눈앞에 펼쳐졌다. 코트다쥐르에서 가장 아름다운 저택들이 해송들 뒤, 사람들 눈에 잘 띄지 않는 곳에서 한가로이 자태를 드러냈다. 파도가 절벽에 부딪치며 하얀 포말로 부서지는 소리가 들려왔다. 위대한 자연의 힘과 권능이 저절로 느껴지는 소리였다.

이 해변은 절경으로도 유명하지만 비극적인 사고가 자주 발생하는 곳으로도 알려져 있었다. 해변에서 데이트를 즐기던 연인들이나 관광객들이 가끔 너울성 파도에 휩쓸려들곤 했다. 사고에 대한 비판이 쏟아지자 당국은 부랴부랴 견고한 계단을 설치하고, 통행로에 위험 표지판을 세우고, 사람들이 해안 가까이 접근하지 못하도록 차단막을 세웠다. 안전문제가 많이 보완되긴 했지만 강풍이 몇 시간 동안 계속되는 날에는 여전히 위험천만한 장소였다.

마농은 세찬 바람에 알레포소나무 한 그루가 쓰러져 가드레일과 오솔길을 덮치는 바람에 통행이 어려워진 지점에 도착했다. 주변에 인적이라고는 없었고, 마음속으로 이제 되돌아갈까 생각했다. 미스트랄의 기세가 사나워 이 지역에서 산책을 즐기려던 사람들이 대부분 포기하고 돌아갔을 공산이 컸다.

이제 그만 돌아갈까?

마농은 그 자리에 우뚝 서서 윙윙거리는 바람 소리를 들었다. 아주

---

*프랑스 남부 지방에서 부는 북풍, 북동풍

가까운 곳에서 들려오는 소리 같기도 했고, 아주 멀리서 누군가가 혼자 중얼대는 넋두리 같기도 했다. 갑자기 음산한 느낌이 들었지만 마농은 길에 가로놓인 소나무를 우회하기 위해 바위를 타고 올랐다가 건너편 길로 뛰어내렸다. 가까스로 장애물을 통과한 그녀는 휴대폰 불빛에 의지해 계속 길을 갔다.

그때 절벽 아래쪽에 있는 시커먼 형체가 시야에 들어왔다. 마농은 눈을 가늘게 뜨고 시커먼 형체를 노려보았으나 분명하게 가늠하기에는 거리가 너무 멀었다. 그녀는 의문의 형체가 무엇인지 확인하기 위해 절벽 길로 접어들었다. 레이스 원피스의 치맛자락이 나무에 걸려 찢어졌지만 개의치 않았다. 가까이 다가가면서 형체가 점점 더 또렷하게 보이기 시작했고, 이내 죽은 여자의 사체라는 사실을 확인할 수 있었다. 바위에 미동도 하지 않고 널브러져 있는 사체를 보자 두려움이 일었다. 피범벅이 된 여자의 얼굴을 보아하니 분명 추락사고로 죽은 것 같지는 않았다.

마농은 두 다리에 힘이 풀리면서 그대로 쓰러질 것 같았지만 지원을 요청하기 위해 휴대폰의 잠금장치를 풀었다. 전화를 하려는 순간 그녀 말고 누군가 가까이 있다는 사실을 알아차렸다. 여자의 사체가 있는 바위에서 조금 떨어진 곳에 웬 남자가 앉아 있었고, 두 손으로 얼굴을 가리고 흐느끼는 중이었다.

마농은 무기를 휴대하지 않은 걸 후회했다. 그녀가 다가가자 남자가 깜짝 놀라며 앉아 있던 바위에서 벌떡 일어섰다. 남자가 고개를 드는 순간 마농은 그가 누구인지 알아보았다.

"나 때문이야!"

남자가 여자의 사체를 가리키며 울먹였다.

1992년

빙카는 우아하면서도 경쾌한 동작으로 바위를 향해 뛰어내렸다. 바람이 점점 더 세차게 불었지만 오히려 기분은 더 좋았다. 위협적으로 출렁이는 파도, 어지럼증을 불러일으키는 낭떠러지, 위태롭게 흔들리는 나무들이 아무리 불안감을 증폭시킨다고 해도 알렉시와의 짜릿하고 매혹적인 만남을 생각하면 전혀 겁이 나지 않았다. 알렉시와의 만남은 언제나 기대와 설렘을 동반했고, 머리가 어질어질할 정도로 현기증을 불러일으켰다. 두 사람의 몸과 마음이 하나가 되는 기쁨을 맛보기도 했다. 아마 백 살까지 산다고 해도 알렉시와의 만남과 견줄 수 있는 추억을 만들 수는 없을 듯했다.

빙카는 이제 곧 알렉시를 만나 사랑을 나눈다는 생각만으로도 가슴이 벅차올랐다. 미적지근한 바람이 마치 두 육체가 만나 벌이게 될 유희의 전조처럼 원피스 자락을 살짝 들어 올리며 지나갔다. 알렉시를 만날 때마다 쿵쾅거리며 뛰는 심장, 몸을 요동치게 만드는 짜릿한 감촉, 힘차게 순환하는 피, 온몸의 솜털을 파르르 떨게 만드는 가쁜 숨결이 함께 했다.

아, 이제 곧 알렉시를 만나게 되는 거야. 내 사랑, 알렉시!
알렉시는 그녀에게 폭풍이고, 밤이고, 순간이었다. 빙카는 자신이 어리석은 짓을 하고 있고, 두 사람의 관계가 따스한 미풍이 부는 봄 바다처럼 계속 평온한 상태를 유지하지는 않으리란 걸 알고 있었다. 하지만 지금 이 순간을 이 세상 무엇과도 바꾸고 싶지 않았기에 내일 따위는 돌아볼 겨를이 없었다. 지금 그녀에게는 미친 사랑에 몸을 내맡길 때의 아찔하고 감미로운 순간만큼 소중한 건 없었다.

"빙카!"

알렉시의 실루엣이 보름달이 빛나는 청명한 하늘 아래에서 불쑥 나타났다. 빙카는 소리가 난 곳으로 다가가기 위해 몇 걸음을 내딛었다. 눈꺼풀이 깜박거릴 때마다 잠시 후 밀어닥칠 짜릿한 흥분에 대한 기대감이 증폭되었다. 활화산처럼 한번 터지면 도저히 중도에서 멈출 수 없는 쾌락이었다. 서로의 몸이 한데 뒤섞였다가 떨어져나가며 파도와 바람 속으로 녹아들기까지 계속될 몸짓이었다. 갈매기 울음소리와 하나 되어 터져 나오는 탄성, 넋을 잃게 만드는 폭발, 경련을 불러일으키는 자극, 온몸을 산산조각 내버릴 듯 눈부시게 다가서는 섬광이 이제 곧 밀어닥치리라.

"알렉시!"

마침내 두 사람이 서로를 품에 안았을 때 빙카의 내면에서 또다시 그들의 관계가 순탄하지 않으리라는 무언의 경고가 울려 퍼졌다. 매번 그랬듯 그녀는 이번에도 미래 따위는 상관없었다. 사랑은 어차피 전부 아니면 아무것도 아니니까.

오직 지금 이 순간만이 중요했다.

독을 품은 밤의 매혹.

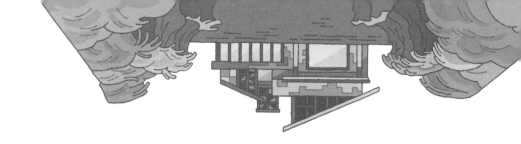

어
제
와

오
늘

《니스 마탱》, 2017년 5월 8일 월요일자

생텍쥐페리 국제고등학교가 개교 50주년을 축하하며

소피아 앙티폴리스 산업단지에 있는 생텍쥐페리 국제고등학교가 돌아오는 주말에 개교 50주년 기념행사를 갖는다. 1967년, 프랑스에 거주하는 외국인 자녀들의 학업을 위해 프랑스 세속교육협회가 설립한 이 국제고등학교는 코트다쥐르 일대에서는 매우 독보적인 교육기관으로 통한다. 학업 수준이 높기로 유명하고, 모든 수업을 외국어로 진행하는 게 강점으로 꼽힌다. 이중 언어 섹션으로 공부하는 학생들은 국제 학위를 취득할 수 있다. 현재 이 학교에서 이중 언어 섹션으로 공부하는 프랑스 또는 외국 학생들은 약 일천 명에 달한다.

개교 50주년 기념행사는 5월 12일 금요일 학교 개방과 더불어 본격적으로 막을 올린다. 그날 이 학교의 학생과 교직원 일동은 행사의 일환으로 준비한 사진 전시회, 영화 상영, 연극 공연 등을 선보인다.

기념행사는 5월 13일 정오, 졸업생과 교직원 일동이 한자리에 모여 즐기는 칵테일파티로 이어질 예정이다. 이 자리에서 유리 타워라고 명명된 6층짜리 새 건물의 착공식이 진행될 예정인데, 그 건물은 현재 체육관이 위치한 자리에 들어서기로 되어 있다. 초현대식 구조로 지을 유리 타워는 그랑제콜 입시 준비반* 학생들을 맞게 될 것으로 보인다. 1990년부터 1995년까지 학교에 다녔던 졸업생들은 이 날 저녁에 열릴 '졸업생 홈 커밍 파티'를 통해 역사의 뒤안길로 사라질 현재 체육관의 마지막 사용자가 되는 영광을 누리게 된다.

이 학교 교장인 플로랑스 기라르 여사는 최대한 많은 졸업생들이 개교 기념행사에 참석하게 되기를 바란다는 소망을 피력했다.

"저는 이 학교를 거쳐 간 많은 졸업생들과 교직원들이 이번 축제의 장에서 함께 어우러지길 기대합니다. 이번 행사는 지난 시절 함께 했던 친구들과 재회의 기쁨을 나눌 수 있는 좋은 기회인 동시에 졸업생들 사이에서 보다 활발한 교류를 이끌어내는 계기로 작용하리라 생각합니다. 졸업생 여러분이 공유하는 추억이 우리가 어디에서 왔는지를 일깨워주는 한편 앞으로 나아갈 길이 어디인지를 알려주는 매우 소중한 기회가 되리라 믿습니다."

플로랑스 기라르 교장은 이번 기념행사를 위해 특별히 페이스북 계정을 만들었다는 말도 덧붙였다.

스테판 피아넬리

---

*프랑스의 대학 교육은 크게 대학교와 그랑제콜이라고 부르는 두 부류의 교육기관으로 이원화되어 있다. 대학이 대학입학자격시험을 통과한 모든 학생들에게 문호를 개방한다면 그랑제콜은 자격시험 통과 후, 준비반이라고 부르는 독특한 형태의 기관에서 2-3년간 입시 준비 과정을 거친 학생들이 혹독한 입학시험을 치르고 들어가는 엘리트 코스에 해당한다.

언
제
나

청
춘

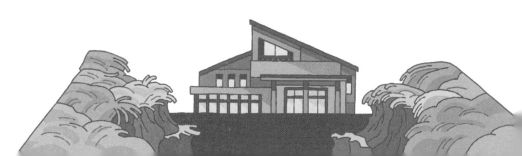

1. 제리고크

추락하는 비행기에 앉아 있다면 아무리 안전띠를 매도 소용없다. 그런 건 아무짝에도 쓸모가 없으니까.
_무라카미 하루키

1

소피아 앙티폴리스

2017년 5월 13일 토요일

나는 렌터카를 주유소 가까이에 있는 소나무 아래에 주차했다. 학교에서 3백 미터쯤 떨어진 곳이었다. 뉴욕에서 니스 행 비행기를 타고 와 공항에 내리자마자 곧장 학교로 왔고, 기내에 탑승해 있는 동안 단 한 순간도 눈을 붙이지 못했다.

나는 어제 메일로 내가 다닌 고등학교의 개교 50주년 기념행사와 관련된 소식을 전달받은 직후 부랴부랴 맨해튼을 떠났다. 고교 시절 반 친구였던 막심 비앙카르디니가 내가 책을 내는 출판사의 메신저로 메일을 보내왔다. 그는 한때 나의 가장 친한 친구였으나 지난 25년 동안 한 번도 만나지 못하고 지내왔다. 그가 휴대폰 번호를 남겼고, 나는 한참 동안 망설인 끝에 달리 선택할 여지가 없음을 깨닫고 전화번호를 눌렀다.

"내가 보낸 메일을 봤어?"

막심은 그 흔한 날씨 이야기도 없이 다짜고짜 물었다.

"자네가 메일에 적어 보낸 휴대폰 번호를 보고 전화한 거야."

"자네도 내가 무슨 뜻으로 메일을 보냈는지 짐작하지?"

막심의 목소리에는 우리가 친하게 지냈던 시절의 어조가 그대로 남아 있었지만 자못 두렵고 흥분된 감정이 묻어났다.

나는 그의 질문에 즉시 대답할 수 없었다. 물론 나는 그의 질문이 어떤 의미를 담고 있는지 잘 알고 있었다. 아마도 우리는 앞으로 남아 있는 생을 교도소 철창 안에 갇힌 상태로 보낼 가능성이 농후했다.

"코트다쥐르로 와주게." 잠시 말이 없던 막심이 다시 입을 열었다. "가능한 한 최악의 불상사를 막으려면 만나서 함께 전략을 논의해야 하지 않겠나?"

나는 눈을 감고 앞으로 벌어지게 될 사태와 결과에 대해 곰곰이 생각했다. 엄청난 파장을 몰고 올 스캔들과 사법 처리, 우리 두 사람의 집안 사람들이 떠안을 충격을 생각하자니 머릿속이 아득했다.

마음 한구석으로 나는 언젠가 반드시 이런 날이 오리라는 점을 의식하고 있었다. 겉으로는 무심한 척 지냈지만 무려 25년 동안 다모클레스의 검을 머리 위에 매달고 살아온 셈이었다. 그 일과 관련된 악몽을 꾸다가 한밤중에 땀범벅이 되어 깨어난 적도 수없이 많았다. 그럴 때마다 가루이자와 생수를 들이켜고 렉소밀을 삼켰지만 다시 잠들기는 어려웠다.

"나름 전략을 마련해야 하지 않겠나?"

어린 시절 친구는 같은 말을 반복했다.

나는 그의 탈이 일어나 허밍하고 무의미한지 낄 읽고 있었나. 그와 내가 1992년 12월의 어느 저녁에 저지른 일 때문에 우리의 생은 송두리째 바뀌었다. 우리는 그 시한폭탄을 안전하게 해체할 방법이 없다는 사실을 잘 알고 있었다.

2

나는 자동차 문을 잠근 다음 주유소 쪽으로 발걸음을 옮겼다. 그 주유소는 미국식 제너럴 스토어로 모두들 '쉘 디노'라고 불렸다. 주유기 뒤쪽으로 페인트를 칠한 목조건물이 들어서 있는 형태였다. 식민지 시대 양식으로 지은 목조건물 내부에는 자그마한 잡화점과 차양 아래로 테라스를 꾸민 카페가 있었다.

나는 카페 문을 밀고 안으로 들어섰다. 예전과 그다지 달라지지 않은 내부 인테리어를 보자니 어쩐지 이 카페만큼은 시간의 흐름에서 벗어나 있다는 느낌이 들었다. 카페 구석에 등받이 없는 높다란 의자들로 둘러싸인 카운터가 있었고, 종 모양 유리 진열장 속에는 각양각색의 케이크들이 들어 있었다. 홀과 테라스에는 적당한 간격을 두고 테이블과 의자들이 비치되어 있었다. 벽면을 보니 요즘은 자취를 감춘 제품들을 선전하는 광고 화보와 리비에라 해안을 담은 관광포스터들이 빼곡하게 붙어 있었다. 홀에 테이블을 하나라도 더 비치하기 위해서였는지 어린 시절 내 용돈을 축내던 당구대와 아웃 런, 아카노이드, 스트리트 파이터 II 같은 게임기들은 어디론가 사라지고 없었다. 그 와중에도 베이비 풋 게임기만은 용케 자리를 지키고 있었다. 게임기의 바닥 깔개가 나달나

달해진 본지니 모델이었다. 나도 모르게 손을 내밀어 너도밤나무 원목으로 된 베이비 풋 게임기의 가장자리를 쓰다듬었다. 막심과 나는 바로 이 자리에서 몇 시간이고 앉아 OM*의 주요 경기들을 빠짐없이 되돌려 보곤 했다. 머릿속에서 그 당시 막심과 함께 보았던 축구 경기 장면들이 두서없이 떠올랐다. 1989년 프랑스 FA컵 결승전 때 파팽이 보여준 해트트릭, 벤피카의 슛을 막아내는 바르테즈의 손, 93년 AC밀란과의 유럽 챔스리그에서 크리스 와들이 보여준 현란한 플립 플랩, 벨로드롬 경기장의 조명이 일순간에 꺼져버린 전설적인 밤이었다.

애석하게도 우리는 그토록 기대했던 OM의 승리를 함께 축하하지 못했다. OM이 1993년 유럽 챔피언스리그 결승전에서 AC밀란을 꺾고 챔피언으로 등극했지만 그 무렵 나는 파리의 경영학교에 다니기 위해 코트다쥐르를 떠나 있었기 때문이다.

나는 수업이 끝나면 습관처럼 이 카페에 들렀지만 늘 막심과 동행한 건 아니었다. 이 카페와 관련해 내 머릿속에 가장 뚜렷하게 남아 있는 기억은 빙카 로크웰과 보낸 시간들이었다. 빙카는 그 무렵 내가 좋아했던 여학생이었다. 사실 모든 남학생들이 빙카를 좋아했다. 이제는 모두 지나간 일이었고, 마음 한구석에 남아 있는 아주 먼 옛날의 기억일 뿐이었다.

카운터 쪽으로 걸어가는 동안 그 당시의 기억들이 스냅사진처럼 점점 또렷하게 형태를 드러내기 시작하면서 온몸의 털이 곤두서는 느낌이 들었다. 나는 빙카의 웃음소리, 벌어진 앞니, 날아갈 듯 가벼운 옷차림,

*Olympique de Marseille 올랭피크 드 마르세유. 마르세유를 연고지로 하는 프랑스 프로축구팀

항상 앞에 앉아 있는 싱대보다는 주변 사물에 닿아 있던 그 아시의 시선이 떠올랐다.

쉐 디노에서 빙카는 여름이면 체리코크, 겨울이면 자그마한 마시멜로들이 떠다니는 핫초코를 즐겨 마셨다.

"뭘 드시겠습니까?"

내 눈을 믿을 수 없었다. 카페 주인은 그 당시와 마찬가지로 발렌티니 부부였다. 디노 발렌티니는 이탈리아, 한나 발렌티니는 폴란드 출신이었다. 나는 발렌티니 부부를 보자마자 두 사람의 이름이 또렷하게 떠올랐다. 디노는 에스프레소 커피 기계를 청소하다 말고 나에게 말을 걸었고, 한나는 무심한 듯 지역신문을 뒤적이고 있었다. 디노는 이전보다 몸이 많이 불어난 대신 머리카락이 턱없이 줄어들었고, 한나는 원래 금발이었던 머리카락이 많이 바랜데다 얼굴의 주름살이 늘어나 보였다. 그럼에도 발렌티니 부부는 오랜 세월을 함께한 탓인지 한층 더 잘 어울려 보였다. 노화는 때로 화려하고 아름다운 외모에서는 빛을 덜어내고, 무난한 외모에는 연륜과 윤기를 더해주는 게 분명했다.

"더블 에스프레소로 주세요."

나는 잠시 숨을 고르고 나서 이내 기억 단자에 들어 있는 빙카를 불러냈다.

"체리코크도 한 잔 주세요. 얼음을 곁들여서요."

나는 곧 발렌티니 부부가 나를 알아볼 거라고 추측했지만 전혀 그런 기색을 보이지 않았다. 내 아버지는 1990년부터 1998년까지 생텍쥐페리 고등학교의 교장을 역임했다. 아버지는 고등학교 교장, 엄마는 대학입시 준비반 교장을 각각 맡고 있었기 때문에 학교 안에 있는 관사를 제공받았다. 내가 쉐 디노를 뻔질나게 드나들게 된 이유였다. 나는 디노가 스트리트 파이터 몇 판만 공짜로 하게 해주면 그가 지하 저장고를 정리할 때나 부친에게서 전수받은 비법에 따라 프로즌 커스터드를 만들 때 옆에서 돕곤 했다.

한나가 신문을 뒤적거리는 사이 디노가 에스프레소와 체리코크를 내주었지만 그의 눈에서 모처럼 나를 만나게 된 반가움 따위는 감지되지 않았다. 쉐 디노는 4분의 3가량 자리가 비어 있었고, 토요일 아침이라는 사실을 감안하더라도 분명 예사롭지 않은 일이었다. 생텍쥐페리고교는 기숙사에서 생활하는 학생들이 많은 편이었다. 내가 이 학교에 다닐 당시만 해도 상당수의 학생들이 주말에도 집에 가지 않고 기숙사에 남아 있었다.

나는 빙카가 선호하던 테라스 맨 끝, 소나무 향이 감도는 테이블 쪽으로 걸음을 옮겼다. 빙카는 언제나 해를 정면으로 마주 보는 자리를 좋아했다. 나는 음료가 담긴 쟁반을 들고 해를 등진 자리에 앉았다. 커피잔을 내려놓고 나서 체리코크 잔을 빙카가 앉아 있던 의자 앞쪽으로 밀어놓았다.

쉐 디노의 오래된 스피커에서 R.E.M.의 〈루징 마이 릴리전(Losing my Religion)〉이 흘러나왔다. 제목만 들으면 가스펠송이라고 오해하기 쉽지만 사실은 짝사랑의 괴로움을 토로하는 노래였다.

'헤이, 여길 좀 바라봐, 내가 여기 있어. 당신은 왜 나를 보지 않지?'라며 남자의 참담한 심정을 담아 악을 써대는 노래로 어찌 보면 가사 내용이 내 인생과 많이 비슷했다.

바람이 불어와 나뭇가지들이 부르르 몸을 떨었고, 햇빛이 닿은 쪽마루 바닥에서 뿌연 먼지가 일었다. 내 머릿속은 1990년대 초로 되돌아갔다. 내 눈앞에 나뭇가지 사이를 통과한 햇살을 정면으로 받으며 앉아 있는 빙카가 보였고, 열정적으로 떠들어대는 우리의 목소리가 귓전을 울렸다. 빙카는 〈연인〉과 〈위험한 관계〉에 대해 열을 올려가며 이야기하고 있었고, 나는 〈마틴 에덴〉과 〈벨 뒤 세뇨르(Belle du Seigneur)〉에 대해 언급했다.

우리는 칸의 스타극장 또는 앙티브의 카지노극장에서 본 영화에 대해 지치지도 않고 몇 시간씩 수다를 떨었다. 빙카는 〈피아노 레슨〉과 〈델마와 루이스〉에 열광했고, 나는 〈얼어붙은 마음〉과 〈베로니카의 이중 생활〉을 좋아했다. 레이밴 안경을 쓴 빙카는 빨대로 콜라를 빨아들이며 색깔이 들어간 안경 너머로 나에게 윙크를 보내곤 했다.

차츰 빙카의 이미지가 희미해지다가 연기처럼 사라져버리면서 나의 환상 여행도 중단되었다. 빙카를 못 본 지 벌써 25년이란 세월이 흘렀다. 지난 25년 동안 빙카를 본 사람은 아무도 없었다.

이제 유난히 뜨겁고 가슴 설레던 1992년 여름은 다시는 오지 않을 먼 옛날의 이야기가 되었다. 나는 이제 혼자였고, 학창 시절의 서글픈 기억들을 되뇌며 걷잡을 수 없는 슬픔에 빠져들었다.

3

1992년 12월 20일, 당시 열아홉 살이던 빙카는 스물일곱 살이나 되는 철학 선생 알렉시 클레망과 함께 파리로 사라졌다. 빙카는 알렉시와 비밀스러운 관계를 맺고 있었다. 두 사람은 사라진 다음 날 아침 파리 7구 생트 클로틸드 대성당 부근에 있는 생트 클로틸드 호텔에서 잠시 사람들의 눈에 포착된 이후 감쪽같이 자취를 감추었다. 그 이후 아무도 그들을 본 사람이 없었다. 그들은 단 한 번도 사람들 앞에 나타나지 않았고, 가족이나 친구들과도 연락을 단절했다. 문자 그대로 하루아침에 감쪽같이 증발해버린 셈이었다.

나는 주머니에서 《니스 마탱》에 실린 기사를 꺼냈다. 이미 수백 번도 더 읽어본 기사였다. 그저 평이하게 보이는 기사였지만 행간에 깃든 의미를 면밀하게 따져보면 훗날 사람들이 그 사건에 대해 알고 있던 내용을 단숨에 뒤집어엎을 수 있을 만큼 중요한 정보가 들어 있었다. 사람들은 입만 열면 투명한 진실을 이야기하지만 진실 같아 보인다고 해서 다 진실은 아닌 법이었다.

사람들이 빙카 사건의 진실을 알게 되면 마음이 평화로울 수 있을까? 진정한 사법적 정의를 구현할 수 있을까? 오히려 진실을 알게 되어 더욱 불행하고 심란해지지 않을까?

"죄송합니다!"

테이블 사이를 뛰어다니던 남학생이 콜라 잔을 건드리며 지나가는 바람에 하마터면 바닥으로 떨어질 뻔했지만 비교적 반사신경이 좋은 내가 가까스로 잡아냈다. 냅킨으로 테이블 위에 쏟아진 콜라를 닦아냈으나 바지에 튄 얼룩은 지울 수 없었다.

나는 화장실로 달려가 얼룩을 지우고, 젖은 바지를 말리느라 10분쯤

'기간을 소요했다. 졸업생 모임에 얼룩진 바지를 입고 간 수는 없었으니까. 테이블로 돌아온 순간 심장이 빠르게 뛰기 시작했다. 내가 자리를 비운 사이 누군가가 반으로 접어놓은 신문 기사 사본 위에 선글라스를 올려놓았기 때문이다. 진한 색상의 레이밴 클럽 마스터였다. 빙카가 즐겨 착용했던 선글라스였다.

누가 이런 장난을 쳤을까?

주변을 둘러보니 디노는 주유 펌프 근처에서 손님과 이야기를 나누는 중이었고, 한나는 테라스 맞은편에서 제라늄 화분에 물을 주고 있었다. 테라스 의자에 앉아 휴식을 취하고 있는 청소 도우미 세 명을 빼면 카페에 손님은 얼마 되지도 않았다. 몇몇 학생들이 있었지만 다들 맥북이나 휴대폰을 눈이 빠지도록 들여다보고 있는 중이었다.

빌어먹을!

나는 선글라스를 손으로 집어 들고 나서야 지금 벌어지고 있는 일이 결코 환상이 아니라는 사실을 확인했다. 반으로 접은 신문 기사 사본을 펼치자 가장 먼저 밑줄을 그은 단어 하나가 눈에 들어왔다.

복수.

2. 다시 만난 친구들

과거를 제어하는 자가 미래를 제어한다.

_올더스 헉슬리

1

학교 입구로 들어서자 오케스트라가 롤링스톤스, 라디오헤드, U2 등의 노래를 연주하며 방문객들을 맞이했다. 방문객들이 축하 행사가 열리는 마로니에 광장에 다다를 때까지 음악 소리는 계속 이어졌다.

흔히 프랑스의 실리콘밸리라고 불리는 소피아 앙티폴리스는 콘크리트 숲이 되어버린 코트다쥐르에서 유일하게 자연 그대로의 풍경을 볼 수 있는 녹색의 장원이었다. 2천 헥타르에 이르는 소피아 앙티폴리스의 소나무 숲에 수천 개의 벤처기업과 첨단 기술 분야에 특화된 회사들이 둥지를 틀고 있었다. 사시사철 햇빛이 잘 들고, 바다가 가깝고, 메르캉투르 스키장이 지척에 있고, 각종 스포츠 시설이 갖추어져 있고, 수준 높은 생텍쥐페리고교가 들어서 있는 곳이기도 했다. 소피아 앙티폴리스에는 첨단 시설과 각종 인프라가 집중되어있어 전 세계에서 실력 있는 인재들을 끌어모으기에 충분한 매력이 있었다. 게다가 소피아 앙티폴리스에 들어선 생텍쥐페리고교는 알프 마리팀 지역에서 가장 학력이 우수했나. 학명기 자녀를 둔 부모다면 누구나 그 학교에 입학시키고 싶어 했다. 학교의 교훈은 '아는 것이 힘이다(Scientia potestas est)'로 자녀를 맡기고자 하는 부모들에게는 단순하지만 더없이 믿음직한 슬로건이었다.

나는 학교 경비실을 지나 행정관과 교수관이 있는 건물을 따라 걸었다. 1960년대 말에 지은 건물이라 오래된 티가 나기 시작했지만 주변의 수려한 자연경관과 조화롭게 어우러지며 우아한 매력을 발산했다. 학교 건물을 설계한 건축가가 발본고원의 독보적인 자연경관과 건물이 환상적인 조화를 이루도록 안배한 덕분이었다.

캠퍼스의 아침 공기는 따사로웠고, 하늘은 터키 옥색으로 빛났다. 소나무 숲과 가시덤불, 깎아지른 절벽과 기암괴석 사이에 자리 잡은 다면체 건물이 보였다. 본관 건물 아래쪽 호수 주변의 나무들 사이에 마치 일부러 숨겨놓은 듯 오밀조밀하게 배치되어있는 소규모 건물들이 바로 기숙사였다. 각각의 기숙사 건물에 코트다쥐르에 체류했던 예술가들의 이름을 붙여놓은 게 특징이었다. 가령 파블로 피카소 관, 마르크 샤갈 관, 니콜라 드 스탈 관, 프랜시스 스콧 피츠제럴드 관, 시드니 베쳇 관, 그레이엄 그린 관 등……

나는 열다섯 살 때부터 열아홉 살 때까지 부모님과 함께 학교 관사에서 살았다. 그 시절의 기억은 여전히 내 머릿속에 또렷이 남아 있었다. 아침에 눈을 뜨면 가장 먼저 소나무 숲이 시야에 들어왔다. 내 방은 조망권이 좋아 언제든 주변의 아름다운 경관을 맘껏 감상할 수 있었다. 창문을 열면 반짝이는 호수, 그 위에 가로놓인 나무다리, 물 위에 한가로이 떠 있는 배들을 언제든지 볼 수 있었다.

뉴욕에서 20년을 사는 동안 나는 미스트랄과 매미 울음소리보다 맨해튼의 감전될 듯 파란 하늘을 더 좋아하고, 유칼립투스와 라벤더 향기보다 브루클린과 할렘이 발산하는 에너지를 더 좋아한다고 믿게 되었다.

정말 내가 뉴욕을 더 좋아했을까?

나는 아고라를 한 바퀴 돌며 자문해보았다. 아고라는 1990년대 초반에 지은 건물로 여러 개의 대형 강당과 영화관이 들어서 있었다. 이윽고 나는 내가 학창 시절에 대부분의 시간을 보냈던 건물 앞에 다다랐다. 미국 대학들을 상기시키는 고딕양식의 빨간 벽돌 건물이었다. 건축학적 일관성이라는 면에서 보자면 주변의 다른 건물들과 조화를 이루지 못한다는 단점이 있었지만 기품이 있었고, 미국의 하버드대 건물들처럼 고풍스러운 멋을 풍겼다. 학부모들에게는 자녀를 지중해의 하버드라고 불리는 학교에 보낸다는 자부심을 안겨주는 건물이기도 했다.

"토마, 다음번 소설을 쓰기 위한 영감을 찾아 헤매는 중인가?"

2

등 뒤에서 들려온 목소리에 깜짝 놀라 고개를 돌려보니 스테판의 웃는 얼굴이 눈에 들어왔다. 어깨에 가방을 둘러멘 그는 긴 머리에 〈삼총사〉의 달타냥처럼 염소수염을 기르고, 존 레논이 즐겨 쓰던 동그란 안경테를 착용하고 있었다. 대체로 학창 시절과 그다지 달라진 점이 없어 보였다. 그는 현재 《니스 마탱》에서 기자로 일하고 있었고, 학창 시절처럼 옷차림이 지저분했다. 리포터 조끼 안에 받쳐 입은 티셔츠에 새겨진

ΦΙ라는 그리스 글자 징조가 요즘 트렌드에 부합하는 패션 아이템이었다. 장 뤽 멜랑숑이 이끄는 〈불복종 프랑스당〉이 내건 기치의 약자 FI를 그리스어의 21번째 철자인 Φ로 표현한 것이었다.

"안녕, 스테판."

나는 스테판과 악수하고 나서 함께 몇 걸음을 걸었다. 스테판은 나와 동갑내기였고, 나처럼 동네 토박이였다. 게다가 우리는 고교 시절 내내 같은 반이었다. 그는 어디서든 할 말은 하는 불평분자였고, 삼단논법을 자유자재로 구사하는 언변으로 선생님들을 자주 곤경에 빠뜨리곤 했다. 그는 생텍쥐페리고교에서는 보기 드물게 치열한 정치의식을 가진 학생이었고, 대입 자격시험을 치른 결과 생텍쥐페리 파리정치대학 입시 준비반에 들어갈 수 있을 만큼 우수한 성적을 거두었으나 그는 엉뚱하게도 니스 문과대학을 선택했다. 내 아버지는 평소 니스 문과대학을 '실직자 양성소', 엄마는 '극좌파 백수 떼거리들'이라 부르며 모멸감을 숨기지 않았다.

스테판은 대학 시절 타고난 반항아 기질을 유감없이 발휘했다. 그는 니스 문과대학이 있는 카를론에서 MNEF(프랑스 학생공제조합)와 MJS(프랑스 청년사회주의운동) 사이를 전전하다가 1994년 어느 봄날 저녁에 프랑스 2TV의 〈내일을 준비하는 젊은이들〉이라는 프로그램에 출연해 널리 이름을 알렸다. 그 프로그램의 사회자 미셸 필드는 당시 에두아르 발라뒤르 총리가 입안하고자 했던 CIP, 즉 '청년 최저임금'에 반대하는 수십 명의 학생들에게 두 시간 동안 발언권을 주었다. 최근에 나는 INA사이트를 통해 그 방송을 다시 보면서 스테판의 침착하고 논리 정연한 언변에 새삼 감탄했다. 그는 두 차례에 걸쳐 발언권을 얻었고, 알랭 마들랭이나 베르나르 타피 같은 그 당시의 저명한 인사들이 쉽게 답변하기 곤란한 질문을 퍼부어 그들을 곤혹스럽게 만들었다. 어느 누구 앞에서도 절대로 기죽지 않는 진정한 투사의 면모를 유감없이 보여준 셈이었다.

"마크롱의 당선을 어떻게 생각해?"

정치문제에 관해서라면 말을 아끼지 않는 그가 다짜고짜 묻고 나서 미처 대답도 하기 전에 덧붙였다.

"자네 같은 사람들에겐 좋은 소식이겠지, 안 그래?"

"나 같은 작가들 말이야?"

"아니, 더러운 부자들!"

스테판이 눈에 미소를 담아 말했다.

스테판은 자주 빈정대거나 악의적인 언사를 스스럼없이 내뱉었지만 나는 그가 좋았다. 그나마 그는 생텍쥐페리고교 출신들 가운데 내가 졸업 후에도 자주 만난 유일한 동창생이기도 했다. 내가 새 소설을 출간할 때마다 그는 내 인터뷰를 따내 《니스 마탱》에 실어주었다. 내가 아는 한 그는 단 한 번도 전국 일간지의 기자가 되겠다는 야심을 품어본 적이 없었다. '스위스 칼'을 자처하는 그는 취재할 사건이 있는 곳이라면 어디든 달려가는 전천후 기자였다. 그는 《니스 마탱》에서 정치, 문화, 사회 등 분야를 가리지 않고 기사를 썼다. 그가 전국 일간지보다 지방 신문을 선호하는 이유는 무엇보다 자율성이 보장되기 때문이었다.

나는 그가 내 소설에 대해 쓴 기사들을 항상 흥미롭게 읽었다. 그는 행간의 의미를 읽을 줄 아는 섬세한 기자였고, 내 소설에 대해 항상 칭산 일색의 호평을 하시는 않았나. 나반 한 편의 소실을 쓰기까시 짝가가 쏟아부은 열정과 노력, 고뇌, 자기 검증의 과정을 존중했다. 소설에 대해 누구나 비판을 가할 수는 있지만 기껏 몇 페이지만 대충 읽고 일고의 가치도 없는 졸작이라고 결론 내리는 짓은 지나치게 오만한 태도라는 걸 잊지 않았다.

"아무리 시시한 소설이라도 하찮다고 대놓고 말하기보다는 독자들이 그 책을 읽고 얻어갈 수 있는 가치가 무엇인지 찾아주는 기사가 더 의미 있다고 생각해."

스테판은 언젠가 영화 〈라따뚜이〉에 나오는 음식 평론가 안톤 이고의 유명한 명언을 응용해 나에게 그런 속마음을 털어놓기도 했다.

"뉴욕에서 여기까지 무슨 볼일이 있어 왔어?"

스테판은 무심한 척하면서 일단 눈치를 살피더니 본격적으로 나를 요리할 태세를 갖추었다.

나는 주머니 속에 손을 집어넣고 누군가 테이블에 놓아두고 간 빙카의 선글라스와 위협적인 단어가 적혀 있는 신문 기사 사본을 만지작거렸다. 그는 눈치가 빠른 사람이라 이미 내가 잔뜩 신경이 곤두서 있다는 사실을 알아챘을 수도 있었다.

"고향을 찾아오는 데 반드시 이유가 있어야 하는 건 아니잖아. 이제 나도 나이가 제법 들었나봐."

"마음에도 없는 얘기는 집어치우지 그래."

스테판이 빈정거리고 나서 말을 이었다.

"자네는 원래 이런 모임을 좋아하지 않았잖아. 샤르베 셔츠를 입고 손목에 파텍 필립 시계를 차고 다니는 자네가 언제나 경멸해 마지않던 동급생 녀석들과 캐러멜 바를 씹으며 골도락 주제가를 부르기 위해 뉴욕에서 이 먼 곳까지 날아왔다는 말을 믿으란 말이야?"

"자네는 나에 대해 한참 잘못 알고 있어. 난 아무도 경멸한 적이 없어."

내 말은 틀림없는 사실이었다.

스테판은 믿을 수 없다는 표정을 짓고 나서 나를 뚫어지게 바라보았다. 거의 눈에 띄지 않을 만큼 그의 눈동자가 미세하게 흔들리더니 뭔가 알아챘다는 듯 눈빛을 번득였다.

"이제야 알겠네."

스테판이 고개를 끄덕이며 말했다.

"자네가 여기에 온 이유는 내가 쓴 기사 때문이지?"

나는 마치 복부에 강펀치를 한 대 얻어맞은 듯 숨이 턱 막혔다.

어떻게 알았지?

"도대체 무슨 소리를 하는 거야?"

"다 아니까 시치미 떼지 마."

"난 뉴욕의 트라이베카에 살고 있고, 내가 아침마다 커피를 마시며 읽는 신문은 《뉴욕타임스》야. 최근에 자네가 일하는 《니스 마탱》은 본 적도 없어. 자네가 쓴 어떤 기사를 말하는 거야? 개교 50주년 기념행사 기사?"

스테판이 이마에 깊은 주름을 만들어가며 미간을 찌푸렸다. 잘못 짚은 게 확실했다.

내가 한숨을 돌릴 틈을 주지 않고, 그가 즉각 미끼를 던졌다.

"넌 빙카 사건에 대한 기사를 밀하는 거야."

나도 모르게 표정이 굳어졌다.

"정말 아무것도 몰라?"

스테판이 다시 내 속마음을 떠보았다.

"모르다니, 뭘?"

스테판이 그제야 긍정의 뜻으로 고개를 끄덕였다.

"난 이제 일하러 가야 해. 당장 써야 할 기사가 있어."

"잠깐! 아직 내 질문에 대답하지 않았잖아!"

"나중에 얘기해줄게."

스테판은 내 항변을 못 들은 체하더니 나를 혼자 남겨두고 사라졌다.

내 심장이 제멋대로 쿵쾅거리며 뛰었다. 적어도 한 가지는 분명했다.

내가 놀랄 일은 아직 시작도 되지 않았다.

3

마로니에 광장은 오케스트라가 연주하는 음악과 서너 명씩 옹기종기 모여 앉아 나누는 대화로 분위기가 한층 고조되는 중이었다. 예전에는 아름드리 마로니에 나무들이 한껏 위용을 자랑하며 서 있었지만 벌레가 많이 꼬여들어 이미 오래전에 뿌리째 뽑혀나가고 없었다. 예전 이름을 고수하고 있을 뿐 마로니에 나무가 있던 자리에 카나리 제도의 야자수들이 들어선 지 이미 오래전이었다.

크림색 대형천막을 친 곳에 다양한 음식들이 차려져 있었고, 여기저기 둥근 화환도 걸려 있었다. 인파로 북적거리는 광장에서는 선원 혹은 해병대 차림을 한 행사 도우미들이 방문객들에게 음료를 나눠주느라 분주했다.

나는 쟁반에 놓인 칵테일 잔을 집어 들고 한 모금 맛을 보고 나서 남은 음료를 화병에 쏟아버렸다. 학교 측에서 직접 만들었다는 칵테일은 코코넛 주스에 생강 향을 첨가한 아이스티를 넣은 음료로 맛이 형편없었다.

나는 음식을 차려놓은 임시 뷔페로 갔다. 행사 주최 측이 오찬 콘셉트를 '라이트(Light)'로 잡은 게 분명했다. 마치 내가 '건강' 열풍에 휩싸인 캘리포니아 혹은 브루클린의 어디쯤에 와 있다는 착각이 들 정도였다. 니스 전통 파르시나 호박꽃 도넛, 베지아노식 피살라디에르 같은 음식은 아예 보이지도 않았다. 보기에도 서글픈 토막 채소, 저지방 크림으로 만든 베린, 글루텐프리 인증을 받은 치즈로 만든 카나페가 고작이었다.

나는 임시 뷔페를 뒤로 하고 광장을 둘러싸고 있는 콘크리트 계단 가장 위쪽에 자리를 잡고 앉았다. 선글라스를 착용한 나는 멀찌감치 떨어진 곳에 있는 내 동급생들을 호기심 어린 눈으로 관찰했다. 그들은 서로 반갑게 인사를 나누며 등을 가볍게 치기도 하고, 서로 얼싸안기도 했다. 그들은 아직 어리거나 이미 사춘기에 접어든 자녀들의 사진을 보여주고, 메일 주소와 휴대폰 번호를 교환하고, SNS 친구 목록에 서로의 이름을 추가하느라 여념이 없었다.

스테판의 지적은 틀리지 않았다. 나는 동급생들과 동떨어진 곳에 혼자 있었고, 그들은 내 관심사에서 벗어나 있었다. 난 그들을 만나 반갑다는 시늉조차 하지 않았다. 그들과 얽혀 있는 추억도 별로 없었다. 나는 외톨이로 지내는 걸 불편해하지 않았고, 지금도 책은 열심히 보지만 페이스북 계정 따위는 아예 만들지도 않았다. 요컨대 나는 페친이 올린 글에 '좋아요'를 눌러 친밀감을 표하는 이 시대의 문화에 전혀 적응하지 못했다. 한마디로 나는 분위기를 썰렁하게 만드는 인물이었다. 나는 빠르게 흐르는 시간을 아쉬워하며 안타깝거나 불안해하지도 않았다. 생일 케이크에 꽂힌 초의 숫자를 보고 놀라거나 관자놀이 부근이 희끗희끗해질 만큼 흰머리가 늘어가도 전혀 우울해하지 않았다. 정확하게 말하자면 오히려 빨리 늙고 싶었다. 세월이 많이 흘러야 점점 과거로부터 멀어질 수 있으니까. 내게 지난날은 추억의 보고가 아니라 비극의 진앙이었고, 나는 과거로부터 벗어나기 위해 안간힘을 다하며 살아왔다.

4

지난날 동급생들을 관찰해본 결과 눈에 띄는 특징이 있었다. 체중이 붇지 않도록 신경 쓰며 비교적 여유 있는 삶을 누리는 부류가 많아 보였고, 남자들은 대부분 탈모 증세가 있어 머리숱이 표나게 줄어들고 있었다.

안 그래, 니콜라?

탈모가 심한 니콜라는 머리 심기에 실패했다. 알렉상드르는 둥그렇게 벗겨진 머리 중심부를 그나마 남아 있는 긴 머리카락으로 가리고 있었고, 로맹은 아예 머리를 밀어 민둥산이 되어 있었다.

내가 동급생들의 이름을 거의 다 기억하고 있다는 사실에 스스로 놀랐다. 이 행사가 몇몇 동급생들에게는 과거의 실추된 명예를 회복하는 기회로 받아들여지는 듯했다. 가령 마농은 얼굴이 못생기고 수줍음을 많이 타던 여학생이었는데 지금은 기품이 묻어나는 중년 여인으로 변신해 학창 시절 친구들과 자신 있게 어우러지고 있었다.

크리스토프의 변신도 만만찮았다. 그 당시에는 없는 표현이었지만 요즘 말로 '너드'였던 그는 여드름투성이 얼굴에 자주 엉뚱한 실수를 저질러 고문관 이미지가 굳어지다시피 한 아이였는데 지금은 자신만만한 사업가로 변신해 있었다. 나는 그의 변신과 성공이 누구보다 기뻤다. 그는 마치 미국 사람처럼 전혀 주저하지 않고 성공담을 늘어놓았고, 번쩍거리는 테슬라 자동차에 무려 20년 연하의 여자 친구를 태우고 와 동급생들을 기죽게 했다. 만면에 자신감 넘치는 미소를 드리우고 있는 그가 동급생들의 시선을 한 몸에 받고 있는 여자 친구와 영어로 여유 있게 대화를 나누는 모습이 생경했다.

에릭은 정반대의 경우였다. 그는 동급생들 사이에서 거의 신적인 존재로 군림했던 아이였고, 〈태양은 가득히〉에 나오는 알랭 들롱을 닮아 갈색 머리 천사로 불린 존재였다. 그토록 빛나던 '에릭 더 킹'은 이제 배불뚝이에 얼굴이 곰보처럼 우툴두툴한 늙다리가 되어 있었다. 〈로코와 그의 형제들〉에서 본 알랭 들롱은 어디론가 사라지고 그 자리에 호머 심슨이 있는 식이었다.

카티와 에르베는 다정하게 손을 잡고 나타났다. 그들은 졸업반이 되면서 사귀기 시작해 학교 문을 나서자마자 결혼했다. 카티의 원래 이름은 카트린이었다. 그 당시 나는 카티의 날씬한 다리와 그녀가 구사하던 완벽한 영어에 감탄했다. 오늘은 비록 고교 시절에 즐겨 입던 스코틀랜드 체크무늬 미니스커트 대신 정장 바지를 입고 있었지만 다리의 각선

비는 어진했다. 그녀의 입에서 흘러나오던 영어는 그저 의사소통을 위한 용도가 아니라 문학 자체였다.

나는 자주 카티가 왜 에르베 같은 머저리 녀석과 사랑에 빠질 수 있었는지 의아했다. 레지(《멍청이들》이라는 프로그램에서 '레지는 머저리'라는 말을 유행시켰다)라는 별명으로 불렸던 에르베는 그저 그런 외모에 머리도 나빠 툭하면 멍청한 말을 내뱉었고, 가끔 선생님에게 수업 내용과 전혀 상관없는 질문을 던져 아이들로부터 빈축을 샀다. 동급생들 사이에서 카티가 품격으로 보나 매력으로 보나 백배는 더 낫다는 평가가 지배적이었지만 녀석은 그 사실조차 깨닫지 못하는 눈치였다.

25년이라는 세월이 흐르긴 했어도 스웨이드 점퍼를 입고 만족한 표정을 짓고 있는 '레지'의 모습은 예나 지금이나 멍청해 보였다. 게다가 마르세유의 팬들이 대부분인 이 자리에서 눈치코치도 없이 PSG*의 로고와 엠블럼이 새겨진 모자를 쓰고 나타났으니 더 이상 말이 필요 없었다.

파브리스의 복장이 단연 눈에 띄었다. 에어프랑스의 조종사인 파브리스는 기장 복장을 그대로 입고 나타났다. 나는 그가 금발에 하이힐, 가슴 성형을 한 여자들 사이를 부지런히 누비고 다니는 모습을 지켜보았다. 왕년의 꽃미남은 여전히 몸매 관리에 많은 신경을 쓰는 듯 운동선수처럼 단단하고 균형 잡힌 몸을 자랑하고 있었다. 파브리스는 희끗해지기 시작한 머리카락, 강렬한 시선, 노골적으로 드러나는 오만한 태도 탓에 요즘은 '꽃중년'이라는 꼬리표를 달고 다녔다. 몇 년 전, 나는 비행기에서 파브리스와 마주친 적이 있었다. 그는 마치 다섯 살짜리 꼬

*파리를 연고로 하는 프로축구팀 파리생제르맹을 가리킨다.

마를 대하듯 나를 조종실로 데려가더니 이륙 순간을 볼 수 있게 해주었다. 조종사를 친구로 두지 않았다면 도저히 보기 힘든 장면이었다.

5

"파브리스도 이제 한물갔네."

나를 발견한 파니가 가까이 다가오더니 반갑게 얼싸안으며 말했다. 파니 역시 예전과 많이 달라 보였다. 카빌 출신인 파니는 금발에 밝은 빛깔 눈동자, 짧게 자른 머리, 굽 높은 하이힐, 다리의 굴곡이 고스란히 드러나는 진바지 차림이었다. 블라우스 단추 두 개를 풀어 헤친 탓에 아슬아슬하게 보이는 가슴을 기장이 긴 트렌치코트로 가려주고 있었다. 내가 기억하는 파니의 옷차림은 늘 록의 전도사답게 닥터 마틴 가죽 워커, 누군가에게 얻어 입은 듯 헐렁하기 그지없는 셔츠, 여기저기 기운 자국이 보이는 카디건, 찢어진 리바이스501 청바지 차림이었다.

눈치 빠른 파니가 샴페인 잔을 양손에 들고 왔다.

"팝콘은 못 집어왔어."

파니가 마치 극장에 온 사람처럼 내 옆자리에 앉으며 샴페인을 건넸다. 그녀가 목에 걸고 있는 〈라이카 M〉으로 동급생들을 찍느라 셔터를 눌러대기 시작했다.

파니는 고교 시절 훨씬 이전부터 가깝게 지내온 사이였다. 막심, 파니, 나는 퐁톤 초등학교 출신이었다. 나중에 앙티브 시에서 설립한 르네 카생 초등학교와 구별하기 위해 흔히 '옛날 학교'라고 부르는 그 학교에서 우리 셋은 늘 붙어 다녔다. 제3공화국 시절에 유행하던 건축 양식으로 지은 학교이다보니 '옛날 학교'라는 표현이 딱 어울렸다.

파니는 내가 중학교 졸업반일 때 처음으로 사귄 여학생이기도 했다. 어느 토요일 오후에 우리는 영화 〈레인맨〉을 보러 극장에 갔는데, 퐁통으로 돌아오는 길에 버스 안에서 내가 언제나 지참하고 다녔던 워크맨의 이어폰을 한쪽씩 나눠 끼고 음악을 듣다가 어색한 입맞춤을 시도했다. 우리는 〈네가 떠난다니〉와 〈달콤하기만 하다면〉이 흘러나오는 동안 눈을 꼭 감고 네댓 번 입을 맞추었다. 고등학교 2학년 때까지 파니와 사귀다가 이후 관계를 정리했지만 변함없이 친구로 지냈다. 파니는 고교를 졸업할 무렵 나이에 비해 조숙한데다 자유분방한 사고의 소유자라 한 사람을 정해두고 만나기보다는 여러 남자들과 어울리며 자유로운 잠자리를 가졌다. 생텍쥐페리고교에서는 매우 드문 일이라 따가운 눈총과 비난을 받았다. 다른 사람들이 아무리 비난해도 나는 파니를 존중했다. 그녀가 빙카와 친했고, 똑똑했고, 상냥했기 때문이었다.

파니는 의대를 졸업하고 나서 의사의 길과 인도주의적 임무 사이에서 줄타기를 계속하며 전쟁이 끊이지 않는 중동지역에서 의료봉사 활동에 매진했다. 몇 년 전 프랑스어 도서전시회에 참석차 베이루트에 갔다가 호텔에서 우연히 파니를 만났다. 그때 그녀는 프랑스로 돌아가고 싶다는 속마음을 털어놓았다.

"우리를 가르쳤던 선생님들을 만나봤니?"

파니가 물었다.

나는 턱짓으로 엔동 선생님, 레만 선생님, 폰타나 선생님을 차례로 가리켰다. 각각 수학, 물리, 자연과학을 담당했던 선생님들이었다.

"넌 남달리 가학 성향을 보였던 선생님들을 좋아했구나?"

파니가 사진을 찍으며 한마디했다.

"학생들을 편하게 해주는 선생님들은 아니었지. 그나저나 넌 이제 앙티브에서 일해?"

파니가 고개를 끄덕였다.

"2년 전부터 퐁톤병원 심장학과에서 일하고 있어. 사실은 내가 네 엄마도 담당하고 있어."

대답이 없자 파니는 내가 모르고 있었다는 사실을 알아차렸다.

"안나벨 교장 선생님은 부정맥이 있었는데 이젠 많이 좋아졌어."

파니가 나를 안심시켰다.

"사실 엄마와 연락하지 않고 지낸 지 오래됐어. 당장 왜 그리되었는지 설명해주기에는 복잡한 일들이 많았지."

나는 다른 이야기로 넘어가 주길 기대하며 그렇게 얼버무렸다.

파니는 더 이상 캐묻지 않았고, 손짓으로 여자 선생님을 가리켰다.

"저 선생님은 정말 쿨했어!"

파니의 얼굴에서 반가움이 묻어났다.

드빌 선생님은 미국 출신으로 문과대학 입시 준비반에서 영문학을 가르쳤다.

"여전히 근사하지? 마치 캐서린 제타 존스 같아!"

드빌 선생님은 180센티미터쯤 되는 큰 키에 굽 높은 구두를 신었고, 가죽바지에 재킷 차림이었다. 긴 생머리가 어깨 근처에서 출렁거렸다. 날씬한 몸매와 세련된 스타일 탓에 일부 제자들보다도 더 젊어 보였다.

생텍쥐페리고교에 처음 부임해있을 딩시 나이가 스물다섯 실음이있나. 나는 이과반이라 수업을 들은 적이 없었지만 대다수 학생들이 드빌 선생님을 높이 평가했었다는 사실을 알고 있었다. 특히 몇몇 남학생들은 드빌 선생님이라면 거의 경배하는 수준이었다.

파니와 나는 옛 추억을 떠올리며 계속 동창생들을 관찰했다. 파니의 말을 듣는 동안 내가 왜 그녀를 줄곧 좋아했었는지 알 수 있을 듯했다. 파니가 세상을 대하는 방식은 언제나 긍정적이고, 역동적이고, 어떤 상황에서도 유머를 잃지 않았다. 내가 알고 있는 파니의 인생은 절대로 녹록하지 않았다. 파니의 엄마는 금발에 피부색이 가무잡잡했고, 평소 눈빛이 한없이 부드럽다가도 화가 나면 갑자기 살기등등해지는 라틴계 여자로 칸 시내 크루아제트 거리 근처 의류점에서 판매 직원으로 일했다. 우리가 초등학교 1학년이 되던 해에 의류점 주인과 바람이 난 그녀는 남편과 세 아이를 버리고 남아메리카로 떠났다. 파니는 생텍쥐페리고교 기숙사에 들어오기 전까지 거의 10년 동안 공사 현장에서 일하다가 사고를 당해 장애인이 된 아버지, 그다지 똑똑하다고 볼 수 없는 두 오빠와 함께 발클라레 대로변에 있는 HLM*에서 살았다. 월세가 저렴하다는 게 유일한 장점으로 앙티브쥐앙레팽의 관광안내 책자에는 소개될 일이 전혀 없는 임대아파트였다.

심장병 전문의가 "에티엔 라비트는 여전히 도토리 머리를 했네**." 따위 농담을 던지더니 입가에 묘한 미소를 지으며 내 얼굴을 빤히 바라보

---

*저소득층을 위해 지은 공공임대아파트
**프랑스에서 라비트는 남자의 성기를 가리키는 속어이고, 도토리 머리는 귀두 부분을 지칭한다.

았다.

"인생은 널 베스트셀러 작가로 캐스팅했지만 지난날과 그다지 달라진 점은 없어 보여."

파니는 목에 걸고 있는 라이카 카메라를 내게 들이대더니 계속 떠벌리며 셔터를 눌러댔다.

"작가로 성공해 맵시 있는 플란넬 재킷에 하늘색 셔츠를 받쳐 입는 BCBG* 스타일이 되었지만 과거와 다르지 않다는 뜻이야."

"왠지 칭찬 같지 않아."

"아니, 난 칭찬한 거야."

"여자들은 나쁜 남자를 좋아하지."

"열여섯 살 때나 그렇지 마흔 살에는 어림없어!"

나는 어깨를 으쓱하고 나서 자꾸만 눈을 부시게 하는 햇빛을 가리기 위해 한 손으로 차양을 만들었다.

"혹시 누굴 기다려?"

"막심."

"장차 국회의원이 되실 분? 사실 조금 전 체육관 근처에서 막심을 만나 함께 담배를 피우며 이야기를 나누다가 왔어. 오늘 저녁에 동기 모임을 열기로 한 장소 말이야. 막심은 아직 본격적으로 선거 홍보에 돌입하지는 않았나봐. 난 몇 시간이고 여기에 앉아 있으라고 해도 불평하지 않을 자신 있어. 여기에서 모처럼 만난 동기들의 모습을 몰래 지켜보는 게 〈왕좌의 게임〉 만큼이나 흥미진진하니까."

*Bon Chic Bon Genre의 약자로 품격 있는 좋은 취향을 가리킨다.

파니의 열광은 언턴과 미이그를 넙치히는 학교 직원들을 보는 순간 식어버렸다.

"미안, 난 지루한 연설 따위는 건너뛰어야겠어."

파니가 자리에서 일어나며 말했다.

스테판이 반대편 계단에서 시장과 열심히 이야기를 나누는 중이었다. 《니스 마탱》 기자는 나와 눈길이 마주치자 손짓을 보냈는데, 아마도 '거기 그대로 있어, 내가 곧 갈 테니까' 정도로 이해하면 될 듯했다.

파니가 바지를 털고 일어서며 그녀만이 구사하는 특유의 화법으로 한마디했다.

"내 기억에 이 광장에 있는 남자들 중에서 나랑 잠자리를 같이 하지 않은 유일한 남자가 바로 너야."

나는 뭐라고 대답해야 할지 적절한 말이 떠오르지 않았다. 파니가 방금 전에 내뱉은 말은 결코 웃자고 한 소리가 아니었다. 그 말은 몹시 과장된 표현이었고, 내게는 씁쓸하고 서글픈 뒷맛을 남겼다.

"그 무렵 넌 빙카를 무척이나 좋아했지."

"비록 나뿐만 아니라 여기 있는 남자들 대부분이 빙카를 좋아했어."

"그 말을 부정할 수는 없지만 넌 남달리 빙카를 이상형으로 생각했잖아."

나는 대답 대신 깊은 한숨을 내쉬었다. 빙카가 철학 선생 알렉시 클레망과 사랑의 도피 행각을 벌인 사실이 알려지고 나서 온갖 소문과 뒷말이 무성했다. 빙카는 어느새 코트다쥐르의 로라 팔머가 되어버렸다. 명감독 마르셀 파뇰의 고향에서 〈트윈 픽스〉를 찍은 셈이었다.

"너까지 왜 그래?"

"눈을 질끈 감고 아무것도 본 적 없다는 듯 모르는 체하는 편이 훨씬 쉬울 테지. 〈두 눈을 감으면 사는 게 쉽다(Living is easy with eyes closed)〉라는 비틀스 노래도 있으니까."

파니는 카메라를 가방에 집어넣고 나서 손목시계를 힐끗 보더니 반쯤 남은 샴페인 잔을 내게 내밀었다.

"난 오후에 당직이니까 남은 샴페인은 네가 마셔. 다음에 보자, 토마."

6

파리 출신인 기라르 교장이 축사를 시작했다. 교육자들이 일반적으로 구사하는 상투적이고 지루한 언어의 나열이었다. 기라르 교장은 부임한 지 얼마 되지 않았기 때문에 생텍쥐페리고교에 대해 아는 게 별로 없었다.

나는 축사를 들으며 광장에 운집한 사람들 속에서 내 부모를 찾아보았으나 결국 찾아내지 못했다. 두 분의 불참이 새삼 내 관심을 끌었다.

내 부모는 전임 교장이었으니 당연히 초대를 받았을 텐데 왜 참석하지 않았을까?

기라르 교장은 기회균등, 다양한 문화 교류, 전방위적인 대화와 소통 등에 대한 연설이 끝나자 이 학교를 거쳐 간 '유명 인사들'의 이름을 줄줄이 나열하기 시작했다. 그녀가 거명한 인사들 중에는 내 이름도 포함되어 있었다. 내 이름이 호명되는 순간 박수가 터지며 몇몇 시선이 내게로 향했다.

나는 서툰 미소를 지으며 고갯짓으로 감사 인사를 대신했다.

"드디어 저명한 작가의 존재가 발각되었어."

스테판이 내 옆에 앉으며 비아냥거렸다.

"이제 몇 분 후면 사람들이 책을 들고 우르르 몰려와 사인을 부탁할지도 모르지. 사람들은 자네에게 미셸 드뤼케르*의 개가 촬영 도중 컹컹짖지는 않는지 물어보려 할 테고, 안 소피 라픽스**는 카메라 뒤에서도 그토록 상냥한 성품인지 알고 싶어 할 거야."

나는 스테판을 자극하지 않으려고 입을 꾹 다물었고, 그가 혼잣말을 이어갔다.

"난 자네가 《당신과 함께한 며칠》의 마지막 장면에서 왜 주인공을 죽게 했는지 알 수가 없어. 자네는 소설을 쓸 때 어디서 주로 영감을 얻는지도 궁금한 점이지."

"도대체 무슨 말을 하고 싶은 거야? 아까 난데없이 말한 기사 이야기는 또 뭐야?"

"자네 혹시 지난달에 코트다쥐르에 있지 않았나?"

"아니, 난 오늘 아침에 도착했어."

"그럼 혹시 '5월 기사단'이라고 들어봤어?"

"5월 기사단이라? 처음 듣는 명칭이 아닌 건 분명한데 기억이 나지 않아. 설마 카뉴쉬르메르 경마장의 기수들을 지칭하는 말은 아니지?"

"봄이 한창인 5월에 갑자기 날씨가 추워지는 현상에 대해서는 잘 알

*프랑스의 인기 TV 진행자
**프랑스2 TV에서 8시 뉴스를 진행하는 앵커

고 있지? 바람이 요란하게 불고 때아닌 우박이 쏟아지는 현상 말이야."

스테판은 이야기를 하는 도중에 갑자기 점퍼 주머니에서 전자 담배를 꺼냈다.

"올봄에 코트다쥐르의 날씨는 한마디로 엉망이었어. 여러 날 동안 때아닌 추위가 밀어닥쳤다가 비가 억수처럼 쏟아지기도 했지."

"갑자기 코트다쥐르의 기상 이변에 대해 할 말이 있나?"

스테판이 턱짓으로 햇빛 아래에서 영롱하게 빛나는 기숙사 건물들을 가리켰다.

"지금은 햇빛이 쏟아지고 있지만 몇 주 전에 기숙사에서 홍수가 났어."

"처음 겪는 일도 아니잖아. 우리가 이 학교에 다니던 시절에도 가끔 한 번씩 홍수가 났었지."

"올해 4월 8일 주말에 겪은 물난리는 이전과는 차원이 달랐어. 물이 기숙사 로비까지 올라왔을 정도니까. 학교 측에서는 기숙사 지하실에 있는 사물함들을 긴급하게 빼내야 했나봐."

스테판은 전자 담배를 연거푸 몇 모금 빨더니 수증기 같은 연기를 내뿜었다. 연기에서 마편초와 자몽 냄새가 났다.

시가를 즐겨 피운 체 게바라가 허브 향 나는 전자 담배나 빠끔대는 후배 혁명가의 모습을 본다면 과연 어떤 표정을 지을까?

"학교 측은 1990년대 중반에 설치된 수십 개의 녹슨 사물함을 모두 철거했어. 폐기물 수거 전문 회사에서 철거한 사물함들을 오물 집하장으로 가져가기로 되어 있었는데, 트럭이 도착하기 전 몇몇 학생들이 호기심이 발동해 사물함 몇 개를 열어보았나봐. 사물함에서 무엇이 나왔는기 기네의 긱기직 싱싱력을 빌휘해 알아밧혀봐. 옥시 부엇이 나왔는지 짐작할 수 있겠나?"

"나에게 묻지 말고 자네가 어서 말해봐."

스테판이 최대한 뜸을 들이며 극적 효과를 고조시켰다.

"사물함에 들어 있던 가죽 스포츠 가방에 무려 10만 프랑이 들어 있었지. 20년 넘는 세월 동안 거액의 돈이 지하실 사물함에 방치돼 있었다니 이해가 되니?"

"당장 경찰이 출동했겠네?"

나는 경찰이 학교에 들이닥치면서 야기되었을 소란에 대해 상상해보았다.

"내가 기사에도 썼지만 현장에 출동한 경찰은 심상찮은 사건이라 여기고 몹시 긴장했어. 학교 기숙사 사물함에서 거액의 돈이 발견되었으니 경찰도 놀라는 게 당연했지."

"수사 결과는 어떻게 나왔지?"

"경찰이 돈이 들어 있던 가방에서 두 개의 지문을 발견한 게 유일한 성과였어. 결국 수사는 흐지부지되고 말았지."

"지문이 발견되었다면 경찰이 쉽게 수사의 실마리를 풀 수도 있었을 텐데, 아니었어?"

"지문 중 하나는 경찰이 확보하고 있는 범죄자 파일에도 들어 있었어."

"누구의 지문이었지?"

스테판이 극적 효과를 높이려고 또다시 뜸을 들였다. 그의 눈에서 이글거리며 타오르는 불길을 보면서 나는 자못 긴장했다.

"빙카의 지문이었어."

나는 그 말을 듣고 나서 어찌나 큰 충격을 받았던지 몇 번이고 눈을 깜빡거렸다. 방금 전에 들은 말이 무엇을 의미하는지 이해하려면 차분하게 생각을 가다듬을 필요가 있었지만 내 머리는 갑자기 가해진 충격에 놀라 공회전을 거듭했다.

"그 결과 자네가 내린 결론은 뭐야?"

"내가 옳았다는 거야."

스테판이 흥분을 감추지 못하며 말했다.

스테판은 정치에 각별한 관심을 가진 기자였지만 빙카 사건에 대해 집착에 가까울 만큼 관심을 쏟았다. 15년 전, 그는 빙카 사건을 취재한 내용을 정리해 《소녀와 죽음》이라는 책을 써내기도 했다. 지극히 슈베르트적인 제목이었지만 그가 책에 기록한 내용은 대단히 의욕적이고 진지했다. 그는 아직도 빙카 사건을 집요하게 추적해가고 있었지만 아직 결정적인 단서를 찾아내지 못했다.

"빙카가 알렉시와 야반도주를 했다면 사물함에 넣어둔 그 돈을 당연히 가져갔겠지. 만약 돈을 가져가지 않았다면 적어도 한 번쯤은 학교로 돌아왔어야 마땅하지."

"빙카의 돈이라는 증거는 있어? 가방에 지문이 묻어 있었다고 해서 빙카의 돈이었다고 단정할 수는 없잖아."

스테판도 인정한다는 듯 고개를 끄덕였다.

"그 많은 돈을 누가 기숙사 사물함에 넣어두었을까? 무려 10만 프랑이야. 25년 전만 해도 굉장히 큰 액수였지."

스테판이 빙카 사건을 바라보는 정확한 입장이 뭔지 알 수 없었나. 적어도 그는 두 사람의 실종을 사랑의 도피 행각으로 간주하는 시각에 대해 터무니없다는 입장을 고수해왔다. 아직 증거는 없었지만 아무도 살아 있는 빙카를 발견하지 못한 이유는 이미 오래전에 죽었기 때문이라는 게 그의 지론이었다. 만약 빙카가 죽었다면 알렉시와 깊은 관련이 있을 거라는 점은 인정했다.

"자네 말대로 새로운 사실이 드러나면 법적 처리가 가능할까?"

"그야 모르지."

스테판이 보일 듯 말 듯 입술을 실룩이며 대꾸했다.

"빙카 사건은 이미 여러 해 전에 종결되었어. 이제 와서 뭔가 새로운 증거를 찾아내더라도 공소시효가 지났기 때문에 법적 처리는 불가능할 거야."

스테판은 잠시 생각에 잠기며 손등으로 턱수염을 쓸었다.

"법적 처리 여부는 간단하게 결론 내릴 수 있는 문제가 아니야. 사건의 성격에 따라 공소시효를 범행 시점이 아니라 사체 발견 시점부터 적용하는 사례도 있으니까."

스테판이 나를 뚫어지게 바라보며 이야기하는 동안 나는 애써 시선을 피하지 않았다. 그가 특종 사냥꾼이라는 사실을 잘 알고 있었지만 이미 25년이나 지난 빙카 사건에 왜 그토록 집착하는지 이유가 궁금했다. 내가 기억하는 한 그는 빙카와 친하게 지낸 적이 없었다. 그가 빙카와 어울리는 모습을 한 번도 본 적이 없었고, 성격과 스타일도 전혀 맞지 않았다.

빙카는 앙티브 출신 여배우 폴린 랑베르의 딸이었다. 짧게 자른 빨강

머리가 잘 어울렸던 폴린 랑베르는 이브 부아세나 앙리 베르뇌유 감독 영화에 단역으로 출연한 적이 있는 무명 배우였다. 언뜻 보면 영화 〈빗속의 방문객〉에 나왔던 마를렌 조베르와 헷갈릴 만큼 닮은 꼴이었다. 그나마 사람들의 뇌리에 폴린 랑베르라는 이름을 널리 알린 장면은 영화 〈암살자〉에서 장 폴 벨몽도와 함께 등장했을 때였는데 카메라가 무려 20초 동안이나 그녀의 맨 가슴을 잡았다.

1973년, 폴린은 쥐앙레팽의 나이트클럽에서 미국 출신 자동차경주 선수인 마크 로크웰을 만났다. 마크는 로투스 사의 차로 F1 대회에 참가한 경력이 있었고, 인디애나폴리스에서 열리는 500마일 경주에도 여러 차례 출전했다. 그는 매사추세츠주의 유력한 집안 출신이었고, 그의 아버지는 미국 북동부에서 단단히 뿌리를 내리고 있는 슈퍼마켓 체인의 대주주였다.

폴린은 배우로서의 경력이 답보 상태를 면하지 못하자 마크를 따라 미국으로 건너갔고, 이내 두 사람은 결혼했다. 그들은 결혼 직후 보스턴에서 외동딸 빙카를 낳았고, 1989년 여름에 예기치 못한 비행기 사고가 발생해 유명을 달리했다. 그들을 태운 비행기는 하와이공항에서 이륙 직후 갑자기 기내 압력이 낮아지며 폭발했다. 비행기의 화물 적재소가 열리자 비즈니스석 여섯 줄이 부서지며 바깥으로 쓸려나가는 장면이 텔레비전 뉴스에 그대로 보도되어 많은 사람들을 충격에 빠뜨리기도 했다. 비행기 사고로 모두 합해 열두 명이 사망했다. 지구상에서 벌어지는 일반적인 사건과 달리 희생자들 대부분이 부유한 사람들이었다는 게 특이했다.

빙카는 생텍쥐페리고교에 입학하기 전까지 15년 동안 미국에서 시립학교를 다녔다. 빙카가 보여주는 면모와 행동거지에는 스테판이 증오해 마지않는 요소들이 다수 포함돼 있었다. 스테판의 눈에 비친 빙카는 미국의 대부호 딸이자 머리 좋고 지적인 여학생, 그리스철학과 타르코프스키 감독의 난해한 예술영화를 좋아하는 여학생, 비현실적으로 예쁜 외모에 로트레아몽의 시를 줄줄이 외우는 여학생, 대체로 조금 잘난 체하는 여학생일 뿐이었다. 빙카 역시 스테판 같은 부류의 남학생들을 좋아하지 않았다.

"자네 혹시 나에게 할 말 없나? 뭐라도 좋으니 어서 말해봐."

나는 한숨을 푹 쉬고 나서 어깨를 한 번 추어올리며 초연한 모습을 가장했다.

"이미 오래전에 끝난 일이야."

"빙카는 한때나마 자네의 여자 친구였잖아? 아예 빙카를 숭배하다시피 했지."

"그때 내 나이가 몇 살이었는지 알아? 열여덟 살 애송이였어. 난 그 시절과 이미 오래전에 결별했어."

"내가 보기에 자네는 그 시절과 절대로 결별하지 않았어. 난 자네가 쓴 소설들을 다 읽어보았거든. 빙카는 자네가 쓴 소설 여기저기에 등장하더군."

나는 녀석 때문에 점점 짜증이 나기 시작했다.

"내 심리를 그리 잘 알아? 자네가 일하는 지역신문 오늘의 운세 란에 나 어울리는 잡소리는 당장 집어치워."

내 목소리가 높아지자 스테판은 마치 감전된 사람처럼 몸을 부르르 떨었다. 그의 눈을 들여다보니 극도로 흥분한 표시가 났다.

"자네가 뭐라고 하든지 난 빙카 사건을 처음부터 다시 조사할 거야."

"자네는 15년 전에도 그 사건을 조사해보겠다고 기를 쓰고 덤벼들었지만 아무것도 밝혀내지 못했어."

나는 그가 아파하는 부분을 건드렸다.

"기숙사 사물함에서 돈이 발견되었으니까 그때와는 상황이 달라. 그 돈을 둘러싸고 어떤 비밀이 감춰져 있을까? 가능성은 세 가지야. 마약 거래와 관련된 돈, 뇌물, 혹은 누군가를 협박해 갈취한 돈이겠지."

나는 지루한 얘기라는 듯 눈꺼풀을 비벼댔다.

"자네는 지금 혼자 엉뚱한 상상을 하며 영화를 찍고 있는 거야."

"자네가 보기에 빙카 사건은 아예 존재하지도 않는다는 거야?"

"나이 어린 여자와 나잇살이나 먹은 남자가 눈이 맞아 야반도주한 사례는 넘치도록 많아."

스테판이 오만상을 찌푸렸다.

"내가 지금껏 말한 가설을 전혀 믿지 않는군. 빙카 사건은 한마디로 복잡한 미로 속이야. 내가 반드시 난맥상을 바로 잡아 진실을 밝혀내고 말 거야."

"자네가 난맥상를 바로 잡으면 무얼 발견하게 될까?"

"우리가 상상했던 것 이상으로 놀라운 진실을 목도하게 되겠지."

나는 자리에서 일어나며 스테판에게 대화가 끝났음을 알려주었다.

"소설은 나보다 자네가 써야 제격이겠어. 출판사를 알아보고 싶으면 언제든지 니에게 이사기헤."

나는 막심을 만나봐야겠다고 생각하며 손목시계로 눈을 돌렸다.

스테판이 자리에서 일어나더니 내 어깨를 툭 쳤다.

"자네가 원하지 않아도 우린 반드시 다시 보게 될 거라 확신해."

스테판이 감치 상태가 끝난 형사처럼 말했다.

나는 재킷 단추를 여미며 계단 아래로 내려가다가 몸을 돌려 스테판을 바라보았다. 적어도 현시점에서 나는 아무런 잘못도 저지르지 않았다. 스테판 같은 특종 사냥꾼에게 사소한 빌미라도 주어서는 안 된다는 걸 잘 알고 있었지만 머릿속을 떠도는 의문이 있어 입술이 근질거렸다.

"탈의실 사물함에서 돈이 발견되었다고 했지?"

"그런데 왜?"

"어느 탈의실이었지?"

"노란색으로 칠해진 앙리 마티스 관 탈의실이었어."

"거긴 빙카의 방이 있던 건물이 아니야!"

나는 마치 보물을 발견한 사람처럼 외쳤다. 빙카의 방은 파란색 건물인 니콜라 드 스탈 관이었다.

스테판도 동의했다.

"자네 말대로야. 이제 보니 기억력이 대단하네. 오래전에 지나간 일로 치부한다면서 빙카가 있던 기숙사 건물 색깔은 어쩜 그리 잘 기억해?"

스테판이 마치 나를 함정에 빠뜨린 사람처럼 번득이는 눈으로 바라보았다. 나는 애써 그의 눈길을 피하지 않았다.

"혹시 사물함에 이름은 안 적혀 있었어?"

스테판이 고개를 가로저었다.

"오랜 시간이 지났으니 이름이 적혀 있었더라도 다 지워졌을 거야."

"혹시 학교에서 학생들에게 사물함을 제공하면서 기록해둔 서류 같은 게 남아 있지는 않을까?"

"학교에서 그런 사소한 부분까지 일일이 기록을 남겨두지는 않아." 스테판이 빈정거리는 투로 말했다. "학년 초가 되면 학생들 마음대로 사물함을 골라 쓸 수 있게 했었지. 먼저 차지하는 사람이 임자였어."

"문제의 사물함은 정확하게 어느 위치에 있었지?"

"관심 없다더니 왜 디테일하게 알려고 하지?"

"갑자기 호기심이 일어서 그래. 자네도 알다시피 소설을 쓸 때에도 디테일하게 묘사해야 하잖아."

"내가 쓴 기사를 찾아보면 사진을 볼 수 있을 거야. A1이라는 번호가 붙은 사물함이었어. 왼쪽 위에서 첫 번째 사물함. 왜, 별안간 떠오른 기억이라도 있어?"

"아니, 그냥 호기심 때문이라니까."

스테판과 헤어진 나는 기라르 여사의 축사가 끝나기 전에 광장을 벗어나기 위해 발걸음을 재촉했다.

연단에서는 기라르 여사가 오래된 체육관을 허물고 개교 이래 가장 야심찬 공사를 시작하게 될 거라는 이야기를 하는 중이었다. 교장은 공사에 필요한 돈을 기부한 사람들의 이름을 일일이 호명하고 나서 그들 덕분에 지난 30년 동안 말만 무성했던 계획을 비로소 실행할 수 있게 되었다며 찬사를 아끼지 않았다.

체육관을 철거한 자리에는 대학입시 준비반을 위한 선물, 수려한 자연경관을 자랑하는 대규모 공원, IOC 규격을 갖춘 수영장을 비롯해 다양한 체육 시설이 들어서기로 되었다.

과연 무엇이 기다리고 있을지에 대한 걱정은 사라졌다. 나는 스테판에게 거짓말을 했다. 나는 돈이 들어 있었다는 그 사물함을 사용한 학생이 누군지 너무나 잘 알고 있었다.

바로 내 사물함이었다.

3. 우리가 저지른 일

대체로 사람들이 변호사를 필요로 할 때가 바로 그들이 진실을 말하기 시작할 때다.
_P.D. 제임스

1

생텍쥐페리고교 체육관은 소나무 숲 언저리 평평한 지대에 택지를 조성해 지은 다면체 콘크리트 건물이었다. 체육관에 가려면 햇빛을 받아 자개처럼 눈부시게 빛나는 석회암 지대 경사로를 거슬러 올라가야만 했다.

체육관 주차장에 도착했을 때 모듈식 구조물 옆에 세워진 덤프트럭과 불도저 등이 가장 먼저 눈에 들어와 한층 더 나의 불안감을 증폭시켰다. 〈알제코〉라는 로고가 붙은 그 모듈식 가건물은 굴착기, 착암기, 금속 절단기, 갈고리, 철거용 유압 삽 따위 기계와 장비를 보관하는 창고였다. 교장의 말대로 이제 오래된 체육관은 역사의 뒤안길로 사라질 준비를 하고 있었다. 철거 작업이 개시되면 나와 막심은 파멸의 길을 걸을 수밖에 없었다.

나는 막심을 찾아보기 위해 체육관을 한 바퀴 돌았다. 막심과 연락을 끊고 살았지만 멀리서나마 그의 인생행로가 어디로 펼쳐지는지 홀린 듯

시켜보았다. 한편으로는 막심을 사랑스럽게 생각하기도 했다. 빙카 사건이 내 인생에 끼친 영향과는 별개로 막심의 경우 완전히 반대의 효과를 가져왔다.

빙카 사건이 나를 송두리째 무너뜨리고 도약하려는 의지를 꺾어버린 반면 막심은 그를 옥죄고 있던 여러 개의 빗장을 부수는 역할을 했다. 그 사건은 그를 해방시켜주었고, 자기만의 이야기를 써나갈 수 있는 자유를 선사했다.

그 일이 있고난 직후 나는 아무 일도 없다는 듯 평상심을 유지하며 이전처럼 지낼 수는 없었다. 나는 한동안 혼돈 속을 헤맸고, 좀처럼 냉정을 찾지 못했다. 그러다보니 수학 입시 준비반 진급에도 실패했다. 1993년 여름에 나는 결국 코트다쥐르를 떠나 파리에 있는 B급 경영학교에 진학해 부모를 크게 실망시켰다.

나는 파리에서 무려 4년 동안 빈둥거리며 지냈다. 학교 강의를 절반 이상 빼먹는 대신 하루 종일 생 미셸 지역에 있는 카페, 지베르 죈 서점 혹은 프낙 몽파르나스 서점, 오데옹 극장 등을 돌아다니며 시간을 보냈다.

내가 다닌 경영학교는 입학 4년 차가 되는 해에 6개월간 해외기업 연수를 다녀올 수 있는 프로그램이 있었다. 동급생들 대부분이 미국 굴지의 대기업에서 연수 기회를 잡은 반면 나는 4년간 빈둥거린 결과 뉴욕 출신 지식인이자 페미니스트인 이블린 워렌의 개인 비서로 고용되었다. 그 당시 이블린 워렌은 나이가 여든 살이나 된 노인이었지만 미 전역을 도는 순회강연을 진행하고 있을 만큼 체력과 정신력이 왕성했다. 다만 성격이 독선적이고 변덕스러워 많은 사람들과 적대적인 관계

를 형성했다. 그나마 그녀가 나를 무척이나 마음에 들어 해 다행이었
다. 그 이유가 뭔지 잘은 모르지만 그녀가 아무리 변덕을 부려도 내가
그리 예민하게 반응하지 않을뿐더러 까다롭게 굴어도 당황하지 않고
일을 묵묵히 해냈기 때문인 듯했다.

이블린 워렌은 6개월간의 연수 기간이 끝나자 나에게 계속 비서 일을
해달라고 요청했고, 내가 그린카드를 얻을 수 있도록 도와주었다. 나
는 이블린 워렌의 제안을 받아들였고, 그녀가 사망할 때까지 비서로 일
하며 어퍼 이스트사이드에 있는 아파트에서 살았다.

사실상 일을 하지 않는 시간이 많았고, 나는 틈날 때마다 소설을 써
나갔다. 나는 소설 쓰기를 통해 내가 처한 현실보다 찬란한 세상, 걱정
이나 불안감에 휩싸여 지내지 않아도 되는 세상을 만들어냈다. 내가 즐
겨 사용하던 빅(Bic) 크리스털 펜이 요술 지팡이 역할을 톡톡히 해냈다.
나는 1프랑 50상팀을 주고 구입한 펜으로 마음에 들지 않는 현실을 제
멋대로 변모시키고, 수선하고, 가끔은 아예 부정하기조차 했다.

2000년에 첫 번째 소설을 내게 되었는데 예기치 않게 베스트셀러 목
록에 올랐다. 그 후, 십여 권의 소설을 더 썼다. 하루 종일 글쓰기를 하
거나 책 홍보로 시간을 흘려보내야 하는 날들이 이어졌다.

나는 제법 큰 성공을 거두었지만 내 가족들은 소설가를 제대로 된 직
업으로 간주하지 않았다.

"첨단산업의 엔지니어가 될 거라 기대했는데 실망이다."

어느 날 아버지는 조심스럽게 실망감을 표했다. 나는 점점 더 프랑스
에 들르지 않게 되었고, 급기야 요즘에는 책 홍보와 사인회 참석을 위

해 실어와야 일주일 징도 너물다 뉴욕으로 들이기곤 했다. 누니의 형도 거의 만나지 않았다.

마리 누나는 에콜 데 민[*] 출신으로 국립 대외무역 통계국에서 요직을 맡고 있었다. 나는 누나가 어떤 일을 하는지 정확하게 알지는 못했지만 그다지 재미있어 보이지는 않았다.

제롬 형은 우리 집안의 영웅으로 소아외과 전문의였다. 2010년 아이티에서 지진이 일어났을 때 〈국경없는 의사회〉의 사업을 총괄하는 코디네이터로 활약한 게 계기가 되어 아직도 그 단체에서 일하고 있었다.

2

막심이 있었다.

난 막심이 차지하고 있던 내 절친 자리를 다른 어느 누구로도 대체하지 않았다. 태어난 직후부터 줄곧 막심과 나는 친구였다. 막심의 아버지와 엄마는 이탈리아 피에몬테 지방의 몬탈디치오라고 하는 작은 마을 출신이었다. 내 부모가 생텍쥐페리고교 관사에 들어가기 전 우리 가족은 앙티브에서 살았고, 막심 가족이 바로 이웃에 살았다. 길가에 나란히 서 있던 두 집에서는 인근의 아름다운 경치를 맘껏 감상할 수 있었다. 그중에서도 특히 지중해 쪽 전망이 빼어났다. 두 집의 잔디밭에서는 가끔 가족 대항 축구 시합이나 바비큐 파티가 열렸다.

생텍쥐페리고교 시절 나는 우등생이었지만 막심은 성적이 그다지 좋지 못했다. 막심은 공부보다는 운동이나 블록버스터 영화에 관심이 많

*프랑스의 토목 계통 명문 공과대학

았고, 《마농 레스코》같은 고전 읽기에는 취미가 없었다. 막심은 여름만 되면 앙티브 곶 바트리 뒤 그라이용에서 해수욕장 관리인으로 일했다.

나는 지금도 막심의 조각 같은 몸, 서핑 애호가들처럼 기른 긴 머리, 립컬 상표 수영복, 끈 없는 반스 운동화를 뚜렷이 기억하고 있다. 막심은 어딘가 모르게 몽상가적인 분위기를 풍기는 천진스러운 아이였고, 구스 반 산트 감독의 영화에 나오는 청소년들처럼 찬란한 황금빛 매력을 발산했다.

막심은 코트다쥐르 사람이라면 누구나 다 아는 석재 사업가 프란시스 비앙카르디니의 외아들이었다. 프란시스 아저씨는 가난한 집안 출신이라 변변한 교육을 받지 못했지만 일찍이 토목 사업 현장에서 잔뼈가 굵은 인물이었다. 공공사업이 활발하게 펼쳐지던 시절에 석재 사업에 뛰어든 그는 큰 성공을 거두었다.

프란시스 아저씨는 한마디로 규정하기 어려울 만큼 복잡 미묘한 인물이었다. 사업에 성공해 큰돈을 벌었지만 두터운 손과 우람한 몸집, 세련되지 못한 행동, 싸구려 술집에서나 어울리는 거친 말투, 극우정당 FN 사람들을 연상케 하는 과격한 언사를 버리지 못했다. 대수롭지 않은 일에도 잔뜩 흥분해 욕설을 퍼붓기 일쑤였다.

프란시스 아저씨는 툭하면 이 나라를 이 모양 이 꼴로 만든 자들이 누군지 일일이 거론하며 비난을 퍼부었고 아랍인들, 사회주의자들, 여자들, 동성애자들을 대놓고 경멸했다. 그는 프랑스 사회에서 여전히 지배적인 위치를 차지하고 있는 백인 남자였지만 정작 자신이 얼마나 천박하고, 무식하고, 편협한 부류에 속하는지 전혀 몰랐다. 그가 석재 사업가로 성공을 서두었던 과거는 이미 오래전에 시파했다는 사실은 끝내 인정하려 들지 않았다.

막심은 오래도록 자신을 창피하게 만들고, 우격다짐으로 억압하는 아버지의 영향력에서 벗어나 한시바삐 독립적인 생을 열고 싶어 했다. 그 비극적인 사건이 벌어지고 나서야 막심은 비로소 아버지의 영향력에서 벗어나게 되었다. 그가 완벽하게 홀로서기까지 20년이라는 세월이 더 필요했다. 그는 지난 20년 동안 단계별로 차근차근 변신을 이루어왔다.

막심은 그저 그런 학생에 불과했지만 기를 쓰고 공부에 매진해 건설 및 공공사업 엔지니어 학위를 취득했다. 그는 프란시스 아저씨가 물려준 석재 회사를 친환경 건축 분야에서 가장 앞선 회사로 탈바꿈시켰다. 프랑스 남부에서 가장 큰 벤처기업 인큐베이터를 설립하기 위한 플랫폼 77 계획을 주도하기도 했고, 자신이 동성애자라는 사실을 당당하게 밝혀 눈길을 끌었다.

2013년 여름, 개정된 결혼법 팍스(Pacs)가 제정된 지 몇 주 후 막심은 앙티브 시 미디어테크 관리자인 올리비에 몽스와 정식으로 결혼했다. 올리비에 역시 생텍쥐페리고교 졸업생이었다. 그들은 현재 미국에서 대리모를 구해 낳은 두 딸을 양육하고 있다.

나는 《니스 마탱》과 《챌린지》의 인터넷 홈페이지나 《르몽드》가 이른바 '마크롱 세대'에 대해 다룬 심층기사에서 막심의 이름을 발견했다. 나는 시의원에 지나지 않았던 막심이 마크롱이 창당한 〈앙마르슈!〉에 초창기부터 가입해 선거기간 동안 도위원회를 이끌었다는 사실을 처음으로 알게 되었다. 마치 선견지명이라도 있는 듯 막심이 훗날 프랑스 대통령으로 선출될 마크롱을 일찍부터 지지해왔다는 사실이 새삼 놀라웠다.

막심은 현재 알프마리팀 7선거구를 대표하는 국회의원 자리를 노리고 있었다. 전통적으로 우파 성향이 강한 주민들은 지난 20년 동안 온건하고 지역 현안을 잘 살피는 공화파 후보자에게 표를 주었다. 불과 세 달 전만 하더라도 우파 성향이 강한 주민들이 하루아침에 정치 색깔을 바꾸게 될 거라고는 아무도 예상하지 못했다. 2017년 봄부터 알프마리팀에도 마크롱 열풍이 거세게 몰아쳤다. 모든 예상과 전망을 한꺼번에 다 뒤집어엎을 만큼 위력적인 바람이었다. 선거는 끝까지 엎치락뒤치락하며 쉽사리 결판이 나지 않게 마련이었다. 현재 막심은 임기가 마무리되어가는 현직 국회의원과 대결해 승리를 거머쥘 수 있는 절호의 기회를 잡고 있었다.

3

내가 찾아다니던 막심이 체육관 입구에서 뒤프레 자매와 한창 대화를 나누고 있었다. 나는 멀찍이 떨어져 진바지에 흰 셔츠, 린넨 재킷을 입은 막심의 일거수일투족을 살펴보았다. 적당히 그을린 구릿빛 얼굴, 반짝이는 눈동자, 햇빛에 탈색된 머리카락이 내 눈에 들어왔다.

레오폴딘과 제시카는 막심이 하는 말을 빨아들일 기세로 듣고 있었다. 막심은 보편적 사회연대 세금을 올리면 전체 봉급생활자들의 구매력이 크게 향상될 거라며 두 자매를 설득하는 중이었다.

"어머, 보나잖아!"

제시카가 나를 발견하더니 몹시 반가워하며 탄성을 질렀다.

나는 쌍둥이 자매의 볼에 차례로 입을 맞추었다. 레오폴딘과 제시카는 행사의 일환으로 열리는 댄스파티 준비를 맡고 있다고 했다. 오래전 기억이 되살아난 탓이겠지만 막심의 몸에서 여전히 코코넛 냄새가 나는 듯했다. 학창 시절 막심은 머리에 코코넛 냄새가 나는 왁스를 바르고 다녔다.

쌍둥이 자매와 5분 정도 더 대화를 나누었다. 레오폴딘은 내가 쓴 소설들 중에서 《악의 3부작》을 얼마나 좋아하는지 몇 번이나 거듭 말했다. 두 자매는 전깃불 장식을 달아야 한다며 사라졌다.

마침내 막심과 둘만 남게 되었다. 막심은 그동안 어떻게 지냈는지 안부도 묻지 않고 표정을 일그러뜨렸다. 그에게 쉐 디노 탁자에 놓여 있던 선글라스와 '복수'에 밑줄을 그은 《니스 마탱》 기사를 보여주자 한층 더 복잡한 표정이 되었다.

"사실은 엊그제 나도 선거사무실에서 이 신문 기사 사본을 받았어."

막심이 관자놀이 부근을 꾹꾹 누르며 말했다.

"왜 나에게 미리 말하지 않았지?"

"전화로 알려주려다가 자네가 그 말을 들으면 혹시 여기에 오지 않을까봐 걱정돼 그만두었어."

"누가 보냈는지 짐작 가는 사람이라도 있어?"

"전혀 모르겠어. 설령 누군가가 그 사실을 알고 있다고 하더라도 사실상 바뀔 건 없어."

막심이 고갯짓으로 다양한 기계와 중장비들이 보관되어있는 가건물을 가리켰다.

"체육관 철거 작업은 월요일에 시작될 거야. 이제는 우리가 무슨 짓을 하더라도 결과를 바꿀 수는 없어."

막심은 주머니에서 휴대폰을 꺼내더니 내게 딸들의 사진을 보여주었다. 루이즈는 네 살, 엠마는 두 살이었다. 몹시 불안하고 초조한 상황이었지만 나는 두 딸의 아빠가 된 막심에게 축하 인사를 건넸다.

막심은 내가 엄두도 못 낸 일들을 해냈다. 사업을 성공적으로 이끌고, 가정을 꾸리고, 이제는 정치가로 거듭나려 하고 있으니까.

"이제 애써 쌓아 올린 금자탑이 하루아침에 무너지게 생겼어. 자네는 내 말이 무슨 뜻인지 잘 알 거야."

막심이 마치 실성한 사람처럼 눈을 희번덕거리며 읊조렸다.

"잠깐! 아직 우려하던 일이 사실로 확인되지도 않았는데 비명부터 지르지는 말자."

내 말이 그를 안심시키기에는 역부족이었다.

나는 잠시 망설이다가 한마디 덧붙였다.

"자네, 그 자리에 다시 가본 적 있어?"

"아니, 난 그저 자네가 오기만을 기다렸어."

막심이 고개를 저으며 대답했다.

4

막심과 나는 기념행사가 열리는 체육관으로 들어갔다. 체육관은 면찍이 2천 평빙미터쯤 되있고, 두 공간으로 푸럿이 상빈되이 있었디. 한쪽은 인공암벽 등반용 벽면을 갖춘 다목적 운동 공간이었고, 다른 한쪽은 구기 운동을 할 수 있는 플로어로 되어 있었다. 기념행사를 열기 위해 스포츠 매트, 농구 골대, 핸드볼 골대 등을 한쪽 구석으로 밀쳐놓은 대신 댄스용 바닥재와 오케스트라용 단상을 임시로 설치했다. 탁구대를 테이블 대용으로 쓰기 위해 종이 식탁보를 씌워두었고, 행사장을 수놓을 각종 장식품들도 구비되어 있었다.

나는 오늘 밤 인엑시스(INXS), 레드 핫 칠리 페퍼스의 음악에 맞춰 수십 쌍의 커플들이 사체가 들어 있는 체육관 벽면 근처에서 춤을 추는 모습을 상상하며 몸을 부르르 떨었다.

막심이 내 뒤를 따라왔다. 그의 관자놀이에는 어느새 땀방울이 맺혀 있었고, 겨드랑이에도 땀이 나는 듯 린넨 재킷 암홀 부근에 작은 얼룩이 번져 있었다.

막심이 비척거리며 걷다가 그 자리에 우뚝 멈춰 섰다. 마치 체육관 벽면이 같은 극 자석이라도 되듯 그를 밀어낸 느낌이었다. 나도 맹렬하게 뛰는 심장 박동과 초조한 감정을 다스리기 위해 손으로 벽면을 짚었다. 체육관을 용도에 따라 두 부분으로 나누어 사용하기 위해 설치된 벽으로 칸막이 수준의 널빤지가 아니었다. 벽의 두께가 무려 일 미터에 육박했고, 체육관 전체를 가로지르는 20미터 길이의 거대한 구조물이었다.

내 머릿속에서 다시 요란한 플래시들이 터지기 시작했고, 몸이 저절로 휘청거렸다. 지난 25년 동안 체육관에서 땀을 흘리며 운동한 학생들 중 어느 누구도 벽 속에 사체가 들어 있다는 사실을 전혀 눈치채지 못했다는 걸 생각하니 오소소한 소름이 돋았다.

"난 시의원이라 체육관 철거를 맡은 업체 사람들과 이야기를 나눠본 적이 있어."

"철거 작업은 어떤 순서로 진행될 거래?"

"월요일부터 철거 작업을 시작할 거라고 했어. 효율적으로 일을 해낼 수 있는 경험과 기술을 갖춘 업체이고, 얼마든지 첨단 장비를 동원할 수 있다니까 일주일 정도면 모든 작업이 마무리될 거야."

"이론상 그들이 사체를 발견하게 될 시점은 언제쯤일까?"

"작업을 시작하고 나서 사흘쯤 지났을 때가 가장 유력해."

막심이 목소리를 조금 낮추라는 뜻으로 손짓을 하며 속삭였다.

"혹시 사체를 발견하지 못할 가능성도 있을까?"

"내 추측이지만 그럴 가능성은 제로에 가까워."

막심이 한숨을 푹 내쉬더니 눈꺼풀을 비벼댔다.

"사체를 작업장에서 흔히 사용하는 이중포대로 쌌어. 25년이 지났으니 지금은 유골만 남아 있을 거야. 작업자가 유골을 발견하게 되면 그 즉시 작업이 중단될 테고, 본격적인 경찰 수사가 진행될 거라고 봐야겠지."

"신원을 확인하는 데에는 어느 정도 시간이 걸릴까?"

막심이 어깨를 으쓱했다.

"잘은 모르지만 유전자 검사나 치열을 조사하는 데 대략 일주일쯤 걸릴 거야. 유전자 분석이 진행되는 동안 경찰은 내가 손에 쥐었던 칼과 자네가 들고 있던 쇠파이프를 찾아내겠지. 경찰이 유능하다면 아마 다른 단서들도 몇 가지 더 발견하게 될 거야. 그 당시 우린 너무나 다급했

된 나머지 흔적을 지울 생각을 못 했으니까. 빌어먹을! 과학수사대에서 유전자 검사를 진행하다가 자네와 나의 DNA나 지문을 발견하게 될지도 몰라. 비록 우리 유전자가 경찰이 확보하고 있는 범죄자 데이터베이스에 올라 있지 않더라도 FNAEG(국립 유전자 지문 디지털 파일)을 통할 경우 신원을 확인하는 건 시간문제야. 더구나 칼자루에 내 이름을 새겨두었으니 빠져나갈 방법이 없다고 봐야겠지."

"프란시스 아저씨가 선물로 준 칼이었지?"

문득 예전 기억이 떠올랐다.

"그래, 맞아. 스위스제 칼이었어."

막심은 신경질적으로 목 부위의 피부를 잡아당겼다.

"오늘 오후에 당장 국회의원 선거에 불출마하겠다고 선언해야겠어. 그래야만 당에서 나 대신 다른 후보를 공천할 시간적 여유가 있을 테니까. 나는 마크롱을 곤혹스럽게 할 최초의 스캔들을 만들고 싶지 않아."

"좀 더 시간을 두고 생각해볼 필요가 있어. 이번 주말쯤이면 우리에게 무슨 일이 일어날지 충분히 알 수 있을 테니까 적어도 그때까지는 침묵을 지킬 필요가 있어."

나는 조금이나마 막심을 진정시키려고 애썼다.

"우리에게 무슨 일이 일어날지 이미 정해졌어. 우리는 한 남자를 죽여 이 망할 놈의 체육관 벽에 매장시켰어. 더 이상 무엇을 더 기대할 수 있지?"

4. 불행의 문

나는 움직이지 않고 쓰러져 있는 몸을 향해 네 발을 더 쏘았습니다.
그런데 그 소리가 마치 내가 불행의 문을 두드리는 네 번의 짧은 노크 같더라니까요.

_알베르 카뮈

1

25년 전, 1992년 12월 19일 토요일

아침부터 눈이 내렸다. 크리스마스 휴가가 시작되는 날, 갑작스레 예외적인 폭설이 쏟아지는 바람에 커다란 혼란이 야기되었다. 사람들의 표현을 빌리자면 한마디로 난장판이 되었다. 코트다쥐르에서는 소량의 눈만 내려도 온통 전 지역이 마비되기에 충분했는데 그날 내린 눈은 거의 눈사태 수준이었다. 아작시오에 15센티미터, 앙티브에 10센티미터, 니스에 8센티미터의 눈이 내렸고, 1985년 1월과 1986년 2월 이후 최대 적설량을 기록했다.

비행기는 드문드문 이륙했고, 대부분의 열차 운행이 중지되었고, 도로 역시 일부 구간의 통행이 금지되었다. 가뜩이나 어려운 상황인데 정전 사태까지 겹치면서 코트다쥐르의 모든 생산 활동이 중단되었다.

나는 내 방의 창문을 통해 꽁꽁 얼어붙은 캠퍼스를 내다보았다. 펑펑 쏟아져 내리는 눈이 석회질 토양 황무지를 광대한 눈벌판으로 바꾸어

놓있다. 히안 눈을 뒤집어쓴 올리브 나무와 감귤 나무 가지들이 아래로
축 늘어졌다. 파라솔 소나무들을 보니 안데르센 동화 속에 나오는 겨울
나라에 와 있는 듯했다.

크리스마스 휴가를 맞아 대부분의 학생들이 전날 저녁에 학교를 떠났
다. 크리스마스 휴가 기간은 생텍쥐페리고교에서 인적을 찾아보기 힘든
유일한 시기였다. 기숙사에는 휴가 기간 동안 방을 계속 사용할 수 있게
해달라고 사전 허가를 요청한 극소수의 학생들만이 남아 있었다. 주로
대학입시 준비반 학생들이었다. 아직 교사 서너 명이 학교에 남아 있었
는데 눈사태 때문에 비행기나 열차를 이용할 수 없게 된 사람들이었다.

나는 30분가량 책상 앞에 앉아 흐리멍덩한 눈으로 대수 문제를 노려
보는 중이었다.

연습문제 1

a와 b는 두 실수이고, $0 < a < b$ 이다. $u_0 = a$ 이고 $v_0 = b$이라 할 때, 모든
자연수 n은
$$u_{n+1} = \frac{u_n + v_n}{2} \text{ et } v_{n+1} = \sqrt{u_{n+1}v_n}.$$

수열 (u)과 (v)은 인접하며, 그것들의 공통 극한치는
$$\frac{b \sin\left(\text{Arccos}\left(\frac{a}{b}\right)\right)}{\text{Arccos}\left(\frac{a}{b}\right)}$$

와 동등하다는 것을 증명하라.

머지않아 열아홉 살 생일이 되는 나는 대학입시 준비반에 재학 중이었다. 9월에 새 학기가 시작된 이래 줄곧 지옥 같은 나날을 보내고 있었고, 물에 빠진 사람처럼 끊임없이 허우적댔다. 잠도 길어야 하루에 네 시간밖에 자지 못했다. 대학입시 준비반이라는 압박감이 나를 기진맥진하게 했고, 질식할 것 같은 부담감이 밀어닥치는 바람에 자주 의기소침해졌다. 우리 반 학생 사십여 명 가운데 열다섯 명이 벌써 포기를 선언했다. 그나마 나는 포기하지 않고 악착같이 매달렸지만 결국 실패로 끝나게 될지도 모른다는 불안감을 떨쳐버리지 못했다. 수학과 물리라면 질색이었는데 그 두 과목의 비중이 가장 커 어쩔 수 없이 재미도 없는 공부에 매달려야 했다. 내 관심 분야는 예술과 문학이었지만 내 부모는 누나와 형이 그랬듯이 엔지니어 학교 또는 의과대학 진학을 원했다.

대학입시 준비반 공부 때문에 힘들기도 했지만 나를 해결 불가의 고민에 빠뜨리고 방황하게 만드는 또 다른 이유가 있었다. 나를 미치게 만들고, 가슴이 새카맣게 타들어가게 만드는 한 여자아이의 무관심이 내 절망의 이유였다.

2

오늘 아침부터 저녁까지 내 머릿속은 온통 빙카에 대한 생각으로 가득 찼다. 우리는 서로 알고 지낸 지 2년이 넘었다. 빙카의 조부인 앨러스테어 로크웰은 비행기 사고로 부모를 잃은 손녀딸을 보스턴에서 멀리 떨어져 지내도록 하는 게 차라리 충격을 완화하기에 유리하다고 판

난해 그르나뮈드의 생텍쥐페리고교로 유학을 보냈다.

빙카는 또래의 아이들과 달리 교양이 풍부하고 생기발랄하고 두뇌 회전이 빨랐다. 빨강머리, 별처럼 반짝이는 눈, 섬세한 이목구비, 우아한 제스처도 다른 아이들과 확연히 달랐다. 빙카는 생텍쥐페리고교의 거의 모든 남학생들이 꿈속에서라도 사귀길 원하는 존재였다. 빙카에게는 어느 누구도 섣불리 흉내 낼 수 없는 독특하고 신비스러운 면모와 시크한 분위기가 있었다.

제법 오랜 기간 동안 나는 마치 비밀스런 공모라도 꾸미는 사람처럼 빙카와 어울려 다녔다. 내가 좋아하는 곳인 망통의 정원들, 케릴로스 빌라, 마그 재단에서 관리하는 정원, 투레트쉬르루의 좁은 골목길을 함께 쏘다녔다. 어딘가로 산책을 떠나지 않는 날에는 쉐 디노 카페에 몇 시간 동안 앉아 대화를 나누었다.

우리는 용기 있게 비아페라타를 감행했고, 앙티브의 프로방스 시장에서 소카*를 게걸스럽게 먹어 치우기도 했고, 앙티브 곶 옹드 해변의 제노아 탑 앞에서 우리가 꿈꾸는 세상에 대해 오래도록 이야기를 나누기도 했다.

우리는 서로의 생각을 더없이 잘 읽어냈고, 마음이 너무나 잘 맞는 것에 대해 무척이나 신기해했다. 나는 사춘기 이후 운명적으로 만날 수밖에 없는 내 인생의 반쪽을 기다려왔고, 혹시 빙카가 바로 내가 그토록 기다려 마지않던 반쪽이 아닐까 생각한 적이 많았다.

오래전 기억을 떠올려보면 나는 항상 혼자였다. 세상에서 들려오는

*완두콩 가루를 이스트 없이 물로만 반죽해 얇게 구운 파이

온갖 소음과 마치 전염병처럼 나를 감염시키려 드는 세속적 유혹 앞에서 나는 늘 이방인이 된 느낌을 받았다. 그나마 책들이 있어 혼자라는 느낌, 버림받은 느낌으로부터 절망하지 않을 수 있었다. 다만 책에 너무 많은 걸 기대해서는 안 된다는 것도 알게 되었다. 책은 현실에 바탕을 두고 있긴 하지만 지어낸 이야기를 들려줄 뿐이고, 실존의 부스러기들을 대리 체험하게 해줄 뿐 정작 우리가 두려움에 빠져 있을 때 따스한 구원의 손길을 내밀어주지는 않았으니까.

빙카는 내가 바라보고 있는 하늘에 별들을 흩뿌려주는 동시에 깊은 불안감을 던져주었다. 빙카를 잃을 수도 있다는 불안감은 내게 독약이나 다름없었다. 결국 내 불안감은 현실이 되었다.

빙카는 문과, 나는 이과 대학입시 준비반이라 개학 이후 거의 만날 기회가 없었다. 더구나 빙카가 의도적으로 나를 피한다는 느낌이 들었다. 전화를 해도 받지 않았고, 쪽지를 보내도 답장이 없어 내가 애써 구상한 나들이 계획이 무산되기 일쑤였다. 빙카의 반 아이들 사이에서는 그녀가 고등사범학교 입시 준비반에서 철학을 가르치는 알렉시 클레망 선생님에게 매료되었다는 소문이 나돌았다. 두 사람이 가벼운 데이트를 즐기는 정도가 아니라 점점 더 깊은 사이가 되어가고 있다는 소문도 들려왔다.

처음 소문을 들었을 때만 해도 애써 무시하고 넘어갔지만 계속 심상찮은 말이 들려오자 나는 차츰 냉정을 잃고 질투심에 사로잡히게 되었다. 질투심의 포로가 된 나는 기어이 내 눈으로 소문의 실체를 확인해보기로 결심했다.

3

열흘 전, 고등사범학교 입시 준비반 학생들이 모의고사를 치르고 있던 오후에 한 시간 동안 외출 허락을 받은 나는 경비실로 평소 친하게 지내는 파벨 파비안스키를 찾아갔다. 파벨이 나처럼 축구를 좋아한다는 사실을 알게 된 후 일주일에 한 번씩 다 읽은《프랑스 풋볼》을 들고 경비실을 방문했다. 그날도 내가 풋볼 잡지를 건네주자 파벨은 몹시 고마워하며 냉장고가 있는 주방으로 음료를 가지러 갔다. 나는 그 틈을 놓치지 않고 기숙사 방문을 열 수 있는 만능열쇠를 챙겼다.

나는 즉시 빙카의 방이 있는 니콜라 드 스탈 관으로 향했다. 내가 빙카를 사랑한다고 해서 모든 권리가 주어지는 건 아니었음에도 나는 그 아이의 방을 샅샅이 뒤졌다. 내가 얼마나 치사한 짓을 하고 있는지 알았고, 얼마나 비열하고 고약한 짓인지 잘 알고 있었지만 도저히 멈출 수가 없었다.

사랑의 열병을 앓는 사람들이 대부분 그렇듯 나 역시 앞으로 다른 누군가를 만나더라도 지금보다 더 깊이 사랑할 수는 없으리라 생각했다. 훗날, 불행하게도 내 예상이 그리 어긋나지 않았다는 사실을 알게 되었다. 나는 비교적 소설을 많이 읽은 편이라 사랑에 대해서라면 제법 많이 안다고 자부했지만 실제로 머리통이 깨져보기 전에는 인생의 쓴맛이 뭔지 제대로 알 수 없는 게 세상 이치였다.

1992년 12월, 빙카를 향한 내 감정은 사랑을 넘어 정념을 향해 치닫고 있었다. 사실 정념이란 사랑과는 아무런 상관도 없는 감정이었지만 그 당시만 해도 미처 깨닫지 못했다. 정념은 일종의 노맨스랜드이자 폭탄이 빗발치듯 떨어지는 전쟁터라고 할 수 있었고, 고통과 절망에 사로잡혀 죽음의 계곡 어디쯤에선가 서성거리는 광기이기도 했다.

빙카의 방에 잠입한 나는 그 아이의 책꽂이에 꽂혀 있던 얼마 안 되는 책들을 한 권씩 빼내 일일이 책장을 넘겨보기 시작했다. 만약 알렉시로부터 편지나 메모지를 받았다면 책갈피 사이에 넣어두었을 거라 예상했기 때문이다. 마침내 내 예상대로 헨리 제임스의 소설 사이에 끼워져 있던 메모지가 바닥으로 툭 떨어졌다.

나는 떨리는 손으로 메모지를 집어 들었고, 콧속을 파고드는 강한 향기에 움찔 놀랐다. 상큼한 느낌의 톡 쏘는 향기로 언젠가 숲을 거닐다 어떤 나무에선가 맡았던 냄새와 흡사했다. 그 향기가 집요하다는 느낌이 들 정도로 오래도록 내 코에 머물렀다.

나는 접힌 메모지를 펼쳤다. 예상대로 알렉시 클레망이 빙카에게 보낸 편지였다. 마침내 두 사람이 얼마나 깊은 사이인지 가늠할 수 있는 증거가 내 손에 들어온 셈이었다.

12월 5일

빙카, 내 사랑

어제저녁, 위험을 무릅쓰고 나와 함께 밤을 보내기 위해 달려와 준 너에게 무한한 감사의 마음을 전하고 싶어. 나에게는 너무나 놀랍고 기분 좋은 일이었지. 방문이 열렸을 때 난 너의 얼굴을 발견했고, 어찌나 행복하던지 그 자리에서 그대로 녹아내릴 듯했어.

너와 함께한 어젯밤은 내 생에서 가장 뜨겁게 타오른 시간이었어. 내 심장이 밤새도록 궁싱거리며 뛰었고, 우리의 몸은 이내 하나가 되었고, 네 피가 몸 안에서 뜨겁게 끓어올랐지.

오늘 아침, 잠에서 깨어난 내 몸에서는 바다 냄새를 머금은 네 입맞춤의 흔적이 고스란히 느껴졌어. 내 침대 시트에도 너의 몸에서 나던 달콤한 바닐라 향이 배어 있었지. 이미 넌 가고 없었기에 난 또 얼마나 쓸쓸했는지 몰라. 너를 품에 안고 잠에서 깨어났더라면 얼마나 좋았을까? 만약 네가 어젯밤처럼 내 침대에서 잠들어 있었다면 아마도 나는 또다시 네 몸 안에 닻을 내리고 싶었을 거야. 너의 숨결을 느끼고, 너의 목소리에서 뜨거운 욕망을 가늠하고 싶었을 거야. 내 몸 구석구석 빠짐없이 너의 부드러운 혀로 애무를 받고 싶었을 거야.

앞으로도 영원히 달콤한 몽상에서 깨어나지 않았으면 좋겠어. 언제나 너의 키스와 애무에 취해 있고 싶어.

너를 사랑해.

알렉시

12월 8일

빙카, 내 사랑

오늘, 내 머릿속은 온통 너에 대한 생각으로 가득 차 있었어. 나는 오늘도 평소처럼 강의를 하고, 동료 선생들과 토론하고, 연극동아리 학생들의 공연 연습을 지도하는 척했지만 사실은 시늉뿐이었어. 내 머릿속은 온통 우리가 함께했던 지난밤의 달콤하고 황홀했던 순간의 추억으로 가득 채워져 있었으니까.

점심시간에 고무실 테라스에서 담배를 피우다가 멀리서나마 널 보았어. 넌 벤치에 앉아 친구들과 이야기를 나누고 있었지. 넌 나를 발견하자 살며시 손을 흔들어 보였고, 내 심장은 다시 뜨겁게 뛰기 시작했어.

너를 볼 때마다 내 심장이 가파르게 뛰고, 마음은 설렘으로 가득 채워지곤 하지. 나는 하마터면 냉정을 잃고 너를 향해 달려갈 뻔했어. 내 사랑이 만천하에 드러날 수 있도록 너를 품에 안아 맴돌고 싶었지만 가까스로 감정을 누그러뜨렸어. 아직은 다른 사람들이 알지 못하게 비밀을 유지해야 하니까. 자유의 날이 점점 더 가까이 다가오고 있어. 우리는 곧 족쇄를 풀고 맘껏 자유를 누리게 될 거야.

빙카, 넌 내가 나를 에워싸고 있던 어둠을 걷어내고 환한 빛으로 가득 찬 미래를 바라볼 수 있게 해주었어. 내 입맞춤에는 매번 우리의 사랑이 영원하길 간절히 바라는 마음이 담겨 있어. 내 입술이 너의 살갗을 스치고 지나갈 때마다 난 우리가 앞으로 함께할 사랑의 영토에 울타리를 세우고 있지. 우리는 머지않아 비옥하고 녹음이 우거진 자유의 땅 위에서 가정을 이룰 거야. 우리의 아이가 우리 두 사람의 운명을 영원히 하나로 묶어주리라 믿어. 그 아이는 엄마를 닮아 천사 같은 미소와 은구슬처럼 반짝이는 눈동자를 갖게 될 거야.

너를 사랑해.

알렉시

4

편지를 읽고 나서 내 영혼은 단숨에 초토화되었다. 나는 식욕과 더불어 수면욕마저 잃어 밤새도록 잠을 이루지 못했다. 내 가슴은 산산조각으로 부서졌고, 어찌나 고통스러운지 미쳐버릴 것 같았다.

내 성적이 갑자기 곤두박질치자 내 부모와 선생님들이 심각한 우려를 표했다. 엄마가 무슨 일이 있는지 집요하게 캐묻는 바람에 난 끝내 버티지 못하고 무엇 때문에 괴로워하는지 털어놓을 수밖에 없었다.

나는 빙카를 향한 내 감정에 대해 이야기했다. 내 이야기를 들은 엄마는 잠시 한심하다는 듯 나를 쳐다보았다.

"네 장래가 달린 학업까지 망쳐가며 매달려야 할 만큼 가치 있는 여자는 없어. 한시바삐 마음을 정리하고 공부에 열중해."

엄마가 쌀쌀맞기 그지없는 목소리로 나에게 일침을 가했다. 엄마는 그 나이에 누구나 경험하는 가벼운 실연쯤으로 여기는 눈치였지만 나는 끝내 헤어나지 못할 수도 있을 만큼 깊은 늪에 빠져든 느낌이었다. 물론 그때까지만 해도 나를 기다리고 있던 끔찍한 악몽에 대해서는 전혀 상상하지 못했다.

나는 알렉시에게 빠져든 빙카의 심정을 어렴풋이나마 이해했다. 불과 일 년 전, 생텍쥐페리고교 졸업반일 때 나는 알렉시로부터 철학을 배웠다. 나는 그때 이미 알렉시가 바람둥이 기질이 농후한 사람이라는 걸 알고 있었다. 적어도 여자의 마음을 녹이는 능력으로 보자면 나는 그의 상대가 되지 못했다. 어쨌거나 나에게는 대단히 불공평한 경쟁이었다.

알렉시 클레망, 나이 27세, 잘생긴 얼굴에 테니스 랭킹 15위, 알핀 A310 자가운전, 쇼펜하우어 텍스트를 줄줄 외우는 남자.

토마 드갈레, 나이 18세, 이과 대학입시 준비반 학생, 매주 엄마로부터 받는 용돈 70프랑, 푸조 103 스쿠터 자가 운행, 얼마 되지도 않는 자유 시간을 아타리 ST로 게임을 하느라 탕진해버리는 철없는 아이.

나는 빙카가 내 여자가 되었다고 생각한 적은 없었다. 다만 나는 빙카가 나를 위해 태어난 여자라 믿었고, 나 또한 그 아이를 위해 태어난 남자라고 확신했다. 비록 때를 잘못 만나 빙카를 일시적으로 다른 남자에게 빼앗기긴 했지만 언젠가 반드시 되찾아오리라 결심했다. 역사의 흐름을 바꾸려면 여러 해가 더 필요할 수도 있겠지만 반드시 알렉시를 돌려세우고 빙카를 내 여자로 만들 날이 오리라 믿어 의심치 않았다. 내 머릿속에서 알렉시와 사랑을 나누는 빙카의 이미지가 반복적으로 떠올랐다.

그날 오후, 전화벨이 울렸을 때 집 안에 달랑 나 혼자만 남아 있었다. 공식적으로 크리스마스 휴가가 시작된 어제 아버지는 형과 누나를 데리고 파페에테로 떠났다. 우리 가족은 10여 년 전부터 한 해 걸러 한 번씩 타히티의 파페에테로 이주한 조부모 집에서 크리스마스 휴가를 보냈다.

형편없는 성적표를 받아 든 나는 타히티 행을 포기했다. 엄마는 크리스마스 휴가를 랑드에 사는 조반니 이모 집에서 보내기로 결정했다. 큰 수술을 받은 조반니 이모의 회복이 늦어져 옆에 있어줄 사람이 필요했기 때문이다. 엄마는 다음 날 출발 예정이었으므로 아버지도 없는 학교 관리 책임을 혼자 떠맡게 되어 정신없이 바쁜 시간을 보내는 중이었다.

예기치 않았던 폭설이 쏟아지면서 우리 집 전화통은 하루 종일 불이 났다. 그 당시만 해도 소피아 앙티폴리스에는 염화칼슘을 뿌리는 차량이나 도로에 쌓인 눈을 치워주는 제설차가 단 한 대도 없었다. 엄마는 30분 전에 긴급 전화를 받고 황급히 밖으로 달려나갔다. 학교 경비실 근처 진입로에서 트럭 한 대가 빙판길에 미끄러져 넘어지며 도로를 막아서는 바람에 차량 통행이 중단되었다는 보고를 받고 나서였다. 엄마는 마땅한 대비책이 없어 발을 동동 구르다가 어쩔 수 없이 프란시스 아서씨에게 도움을 요청했다. 프란시스 아서씨는 최대한 빨리 사고 현장으로 가보겠다고 약속했다.

나는 폭설 때문에 또 다른 사고가 발생했다는 전화이거나 막심이 오늘 만나기로 한 약속을 취소하자고 연락했으려니 생각하며 수화기를 들었다. 토요일 오후만 되면 습관처럼 막심을 만나 쉐 디노에서 베이비 풋 게임을 한 판 하거나 비디오를 보거나 서로가 가진 CD를 바꿔 듣거나 스쿠터를 타고 앙티브 카르푸 점 맥도날드에 가서 시간을 보내다가 집으로 돌아오곤 했으니까. 집에 돌아오면 텔레비전을 틀고 프랑스 리그 앙(프랑스 축구리그 1부) 경기 뉴스를 보았다.

"토마, 지금 와줄 수 있니?"

수화기를 들자마자 들려온 목소리에 내 심장이 쿵쿵거리며 뛰기 시작했다. 막심이 아니라 뭔가 걱정스러운 일이라도 있는 듯 목소리가 한껏 잦아든 빙카였기 때문이다. 나는 빙카가 가족들이 있는 보스턴에 가 있으리라 생각했기 때문에 기숙사에 남아 있으리라고는 짐작조차 못 했다.

"빙카, 무슨 일이야?"

"내 몸이 좋지 않으니까 빨리 좀 와줘."

빙카는 엄연히 알렉시 클레망과 열애를 나누는 사이인데 오란다고 덥석 갈 채비를 하는 내 자신이 우스꽝스럽고 한심하게 여겨졌으나 어쩔 수 없었다. 나는 여전히 빙카를 마음속에 두고 있었고, 그 아이가 내게 전화를 해 와달라고 부탁한다는 건 아직 조금이나마 희망이 남아 있기 때문이라고 여기며 내심 반색했다.

5

기상청에서는 오후 늦게부터 날씨가 풀리겠다고 예보했는데 좀처럼 기온이 올라갈 기미를 보이지 않았다. 여전히 영하의 추운 날씨에 목화 송이처럼 굵은 눈송이를 미친 듯 날려대는 미스트랄의 위력 때문에 실온보다 체감온도가 훨씬 더 낮은 듯했다.

급한 마음에 장화나 방한화를 챙겨 신지 않고 평소처럼 에어 맥스 운동화를 신고 나오는 바람에 신발이 눈 속으로 푹푹 빠져들었다. 파카로 몸을 단단히 감싸고 눈보라를 최대한 막기 위해 몸을 바짝 숙이고 마치 회색 곰을 추적하는 제레미아 존슨*처럼 앞으로 나아갔다. 내가 전화를 받자마자 나름 서둘러 나왔고, 빙카가 있는 기숙사 니콜라 드 스탈 관까지 고작 거리가 일 백여 미터에 불과했으나 발이 눈 속으로 깊이 빠지고 눈보라가 심해 무려 10분이나 지나서야 도착했다. 니콜라 드 스탈 관은 원래 파란색인데 눈보라가 건물 전체를 뿌옇게 에워싸고 있어 자개 빛깔 안개로 뒤덮인 우중충한 나선형 구조물로 보였다.

학생들이 대부분 떠난 탓에 로비도 얼음장처럼 썰렁했다. 게다가 학생들이 공동으로 사용하는 휴게실도 굳게 닫혀 있었다. 나는 운동화에 묻은 눈을 털어내고, 한 번에 네 칸씩 계단을 뛰어올라갔다. 복도에서 여러 차례 빙카의 방문을 노크했으나 대답이 없어 문을 열고 안으로 들어갔다. 방에서 바닐라 향, 안식향나무 냄새, 아르메니아 종이에서 나는 냄새가 섞여났다.

빙카는 눈을 감고 침대에 누워 있었다. 붉은 빛깔 머리카락이 이불

*시드니 폴락 감독의 영화 〈제레미아 존슨〉에서 로버트 레드포드가 맡은 주인공

속에 파묻혀 보이시도 않있나. 눈빛 닐타는 하늘빛이 빙카가 덮고 있는 이불을 어슴푸레하게 비춰주었다. 나는 빙카에게 다가가 손으로 뺨을 슬쩍 만진 다음 이마를 짚어보았다. 이마가 불덩어리처럼 뜨거웠고, 빙카가 미처 눈을 뜨지도 못한 반수면 상태로 뭔가 중얼거렸다.

나는 빙카가 계속 수면을 취하도록 내버려둔 다음 욕실로 들어가 구급상자를 열고 혹시 해열제가 있는지 살펴보았다. 구급상자에 수면제, 진정제, 진통제 등 다양한 약들이 있었지만 정작 해열제인 파라세타몰은 보이지 않았다.

나는 빙카의 방을 나와 복도 끝에 있는 방문을 노크했다. 파니가 문을 살짝 열고 얼굴을 내밀었다. 학기 중에는 공부에 찌들려 지내느라 자주 만나지는 못했지만 어느 누구보다 가깝게 지내는 친구였다.

"안녕, 토마."

파니가 코끝에 걸치고 있던 안경을 벗으며 반갑게 인사했다. 바랜 진바지에 캔버스 운동화, XL 사이즈 모헤어 스웨터 차림이었다. 눈 주위에 그린 진한 아이라인 때문인지 파니의 눈에서 평소의 매력과 총기가 느껴지지 않았다. 턴테이블에서는 파니가 좋아하는 더 큐어의 노래가 흘러나오고 있었다.

"파니, 나를 좀 도와줘야겠어."

나는 간단하게 상황 설명을 하고 파라세타몰이 있는지 물었다.

파니가 해열제를 가지러 간 사이 나는 차를 끓이기 위해 방 안에 있는 가스레인지를 켰다.

"파라세타몰은 없지만 돌리프란이 있어."

파니가 다가오며 말했다.

"빙카에게 가져다주게 차를 한 잔만 끓여줄래?"

"탈수를 막으려면 설탕을 많이 넣어야겠네."

나는 그제야 빙카의 방으로 돌아갔다.

빙카가 눈을 뜨더니 베개를 짚고 가까스로 몸을 일으켜 앉았다.

나는 돌리프란 두 알을 내밀었다.

"몸이 불덩어리 같으니까 어서 이 약을 먹어."

빙카는 고열 때문에 헛소리를 할 정도는 아니었지만 언뜻 보기에도 상태가 말이 아니었다. 빙카가 돌연 울음을 터뜨렸다. 얼굴이 일그러지고 눈물범벅이 되었어도 빙카는 여전히 나를 사로잡는 신비한 매력이 있었다. 뭐라고 설명하기 힘든 매력, 이 세상에서 유일하게 빙카에게서만 볼 수 있는 매력, 어느 누구도 도저히 따라 할 수 없는 오라가 뿜어져 나왔다. 70년대 포크송에 섞여 들려오던 첼레스타 소리처럼 맑고 청아했던 빙카의 목소리가 오늘따라 하염없이 가라앉아 있었다.

"토마!"

빙카가 힘없는 목소리로 나를 불렀다.

"무슨 일인지 말해봐."

"난 정말 구제불능인가봐."

"말도 안 되는 소리, 무슨 일인데 그래?"

빙카가 탁자 쪽으로 몸을 굽히더니 뭔가를 집어 들었다. 처음에는 그저 펜인지 알았는데 나중에야 임신 키트라는 걸 알아차렸다.

"나, 임신했어."

나는 임신 테스트 결과가 양성이라는 사실을 일러주는 눈금을 쳐다보며 알렉시의 편지에 적혀 있던 글들을 떠올렸다. 구역질이 나는 걸 가까스로 참아내며 읽었던 글들이었다.

'우리는 머지않아 비옥하고 녹음이 우거진 자유의 영토 위에 우리 두 사람을 축복하는 가정을 세울 거야. 우리 아이가 우리 두 사람의 운명을 영원히 하나로 묶어주리라 믿어. 그 아이는 엄마를 닮아 천사 같은 미소와 은구슬처럼 반짝이는 눈동자를 갖게 될 거야.'

"나를 좀 도와줘."

빙카가 나에게 어떤 도움을 기대하는지 눈치채기에는 내가 받은 충격이 너무나 컸다.

"난 원하지 않아."

내가 침대 옆에 앉자 빙카가 흐느끼며 속내를 털어놓았다.

"알렉시가 강요했어."

"정말이야?"

깜짝 놀란 나는 다시 한번 말해보라고 다그쳤다.

"알렉시가 강요했다니까. 나는 그와 자고 싶지 않아."

빙카가 방금 전에 했던 말을 반복했다.

빙카의 말대로라면 알렉시를 용서할 수 없었다.

분노에 휩싸인 나는 침대에서 벌떡 일어났다.

"내가 알아서 처리할게."

나는 문을 향해 걸어가며 장담했다.

"나중에 다시 올 테니까 몸조리나 잘해."

복도로 나서다가 쟁반을 들고 들어서던 파니와 부딪쳤지만 나는 걸음을 멈추지 않고 계속 달렸다.

그때까지는 전혀 몰랐지만 나는 두 가지 약속을 지키지 못했다.

나는 결국 아무것도 처리하지 못했고, 빙카를 보러 가지도 않았다. 아니, 내가 빙카를 보러 갔을 때 그 아이는 이미 어디론가 사라져버리고 없었다.

6

눈은 그쳤지만 먹구름이 자욱하게 끼어 있어 주위가 어둑어둑했다. 무겁게 내려앉은 하늘을 보니 내 마음마저 짓눌리는 듯했다.

나는 모순되는 감정들로 머릿속이 복잡했다. 빙카의 말을 듣고 분노가 치밀어 방을 나선 건 나름 결단력 있는 행동이었다. 어떻게 된 일인지 그림이 그려졌다. 알렉시는 협잡꾼이자 성폭행범이었다. 빙카가 가장 먼저 나에게 도움을 요청한 걸 보면 나름 나를 무척이나 믿음직하게 생각해왔다는 뜻이었다.

교수관은 그리 멀지 않았다. 알렉시 클레망은 독일인 어머니와 프랑스인 아버지 사이에서 태어났다. 함부르크대학에서 학위를 받았고, 지방법에 따른 계약으로 생텍쥐페리고교에 고용되었다. 그는 학교 측으로부터 호수 위쪽에 위치한 교수관의 방을 제공받고 상주하고 있었다.

나는 교수관으로 가기 위해 체육관을 짓는 공사장 앞을 지나가게 되었다. 폭설이 내린 탓에 기초 공사와 미장을 끝낸 바닥, 붉은 벽돌을 쌓아가고 있는 벽이 온통 눈에 덮여 완전히 자취를 감춰버린 상태였다.

일렉시 클레밍을 응징할 무기를 선택하기 위해 고빈하던 나는 공사장 인부들이 모래 더미 옆에 방치해둔 쇠파이프 하나를 집어 들었다. 이제 와 생각해보면 우발적이 아니라 어느 정도 계획된 행동이었다. 내 안에 잠재되어있던 분노가 꿈틀거리며 깨어났고, 원초적인 폭력성이 나를 흥분시켰다. 내 인생에서 딱 한 번 경험한 예외적 심리 상태였다.

나는 지금껏 그날의 알싸한 공기와 불처럼 뜨겁게 타올랐던 분노, 마치 감전이라도 된 듯 나를 자극하던 복수심을 생생하게 기억하고 있었다. 나는 이제 난해한 수학 문제를 앞에 두고 끙끙 앓아대는 학생이 아니라 전선을 향해 돌진하는 투사였다.

내가 마침내 교수관 건물에 다다랐을 때는 이미 땅거미가 내려앉아 주위가 어둑어둑해질 무렵이었다. 저 멀리 보이는 호수면 위에서 하늘 그림자가 일렁거렸다.

낮 시간에는 열쇠가 없어도 얼마든지 교수관 건물 출입이 가능했다. 교수관 로비도 기숙사처럼 썰렁하고 쥐 죽은 듯 적막했다. 나는 알렉시 클레망이 교수관에 있다는 사실을 잘 알고 있었기에 망설이지 않고 계단을 올라갔다. 아침에 엄마가 그와 통화하는 내용을 들었기 때문이다. 그는 폭설 탓에 뮌헨 행 항공편이 모두 취소되었다는 사실을 알리기 위해 교장인 엄마와 통화했다.

나는 라디오 소리가 새어 나오는 방문을 두드렸다. 알렉시 클레망은 조금도 경계하지 않고 문을 열어주었다.

"토마, 여긴 웬일이야?"

알렉시 클레망은 생김새가 세드릭 피올린(프랑스의 테니스 선수)과 비슷했다. 장신에 갈색 곱슬머리가 목덜미 아래까지 내려오도록 기른 그는 나보다 키가 10센티미터 정도 컸고, 체격도 건장했지만 그 순간만큼은 전혀 두렵지 않았다.

"이런 날씨는 처음이야!"

알렉시 클레망이 정말 낭패라는 듯 혀를 끌끌 찼다.

"날씨가 이럴 줄 모르고 베르흐테스가덴으로 스키를 타러 가려 했지 뭐야. 장담하건대 거긴 여기보다 눈이 훨씬 덜 왔을 거야."

알렉시의 방은 지나치게 더웠고, 출입문 가까이에 커다란 여행 가방이 놓여 있었다. 미니 오디오 세트에서는 장미셸 다미앵의 노래가 흘러나왔다.

"오늘 순서는 여기서 마칩니다. 계속 프랑스 뮤직에 채널을 고정하시고, 알랭 제르베르와 그가 들려주는 재즈 음악을……."

나에게 들어오라고 권하던 알렉시 클레망은 그제야 내가 들고 있는 쇠파이프를 발견한 듯했다.

"무슨 일이야?"

알렉시가 두 눈이 휘둥그레지며 질문을 했지만 나는 그와 토론을 벌일 생각이 없었다.

나는 대답 대신 쇠파이프를 휘둘렀다. 마치 내 안에 다른 누군가가 들어와 있는 듯 한 치의 망설임도 없는 단호한 몸짓이었다. 어깨를 정통으로 맞은 알렉시가 중심을 잃고 비틀거리는 순간 무릎을 향해 두 번째 타격이 가해졌다.

알렉시가 큰 소리로 비명을 질렀다.

"왜 그랬어? 왜 빙카를 강간했어, 이 개사식아!"

알렉시는 거실과 미니 주방 사이에 칸막이벽처럼 설치된 홈 바를 잡으려 했지만 오히려 그 위에 쌓여 있던 접시들과 산펠레그리노 생수병들이 바닥으로 떨어지면서 그의 몸을 덮쳤다.

나는 눈이 뒤집힐 정도로 분노해 절제력을 잃고 정신없이 쇠파이프를 휘둘렀다. 알렉시가 이미 바닥에 쓰러져 있었지만 나는 동작을 멈추지 않았다. 나 스스로도 알 수 없는 기계적인 동작으로 한동안 계속 쇠파이프를 휘둘렀다.

내 머릿속에서는 알렉시가 빙카를 성폭행하는 장면이 계속 떠오르며 분노를 증폭시켰다. 피가 거꾸로 솟구칠 만큼 분노한 내 눈에 알렉시가 피를 흘리며 쓰러져 있는 모습은 보이지도 않았다. 나는 쇠파이프와 발길질을 번갈아 하며 그를 계속 가격했다. 문득 이러다가 돌이킬 수 없는 사고를 치게 될지도 모른다는 생각이 들었지만 도저히 나 자신을 제어할 수 없었다. 나는 마치 복수를 하도록 프로그래밍 된 로봇이자 폭력의 화신이 된 듯했다.

살인자가 되어서는 안 돼.

내 머릿속에서 그렇게 외치는 소리가 들려왔다. 미약한 소리였지만 나는 돌아올 수 없는 강을 건너기 직전 들려온 마지막 호소를 받아들여 폭력 행위를 중단했다.

내가 잠시 폭력 행위를 멈춘 사이 알렉시가 틈을 놓치지 않고 내 장딴지를 잡아당겼다. 나는 순간적으로 중심을 잃고 바닥으로 쓰러졌다. 그가 눈 깜짝할 사이에 내 몸 위에 올라탔다. 먹잇감이 갑자기 포식자로 돌변하는 순간이었다.

알렉시가 양 무릎에 힘을 가해 나를 꼼짝 못 하게 조였다. 그의 손에 깨진 유리 조각이 들려 있었다. 그가 유리 조각으로 나를 찌르려고 손을 치켜드는 모습을 보았지만 몸을 옴짝달싹할 수 없게 된 나는 그저 무기력하게 바라볼 수밖에 없었다. 그 짧은 순간이 영원처럼 길게 느껴졌다.

모든 걸 체념하려는 순간 다시 상황이 바뀌었다. 알렉시가 흘린 피로 내 얼굴은 순식간에 피범벅이 되었다. 그가 내 몸 위에 쓰러졌고, 나는 겨우 한쪽 팔을 빼내 눈두덩에 묻은 피를 닦았다. 여전히 시야가 흐릿한 가운데 막심의 실루엣이 보였다. 챌린저 상표 트레이닝복, 회색과 빨간색 가죽이 어우러진 테디 점퍼는 막심이 늘 즐겨 입고 다니는 옷이었다.

7

막심은 문구용 커터보다 약간 긴 칼로 알렉시의 목을 찔렀다. 겉보기로는 칼날이 경정맥을 살짝 스친 듯했다.

"구급차를 불러야 해!"

나는 몸을 일으키며 소리쳤다.

알렉시의 숨이 붙어 있는지 확인하기 위해 코 가까이 귀를 대보고, 가슴에 손을 대본 결과 이미 너무 늦었다는 걸 깨달았다. 알렉시는 숨이 멎어 있었고, 내 몸은 온통 피투성이였다. 얼굴, 머리카락, 스웨터, 운동화에 모두 피가 묻어 있었다. 심지어 입술과 혀끝에서도 비릿한 피 냄새가 났나.

막심이 낙담한 얼굴로 고개를 푹 숙였다. 우리는 차마 입을 열고 말을 할 수조차 없었다. 우리는 구급차를 부르기보다는 경찰을 불러야 할 처지였다.

"우리 아버지가 아직 학교에 남아 있을 거야."

막심이 뭔가 생각났다는 듯 소리쳤다.

"어디에?"

"경비실 근처에 있겠지."

나는 막심이 허둥지둥 계단을 내려가는 소리를 들었다. 방금 전 내가 막심과 함께 살해한 알렉시의 시체 옆에 남아 있자니 공포와 절망감 때문에 온몸이 덜덜 떨렸다.

얼마나 오랫동안 그 방에 혼자 남아 있었을까?

나는 차마 알렉시의 사체를 바라볼 수 없어 바깥이 내다보이는 유리창에 코를 박고 있었다. 좀 전까지 은빛 물결을 출렁이던 호수는 이제 빛을 완벽하게 차단하고 암흑 속에 잠겨 있었다. 나는 계속 하얀 빛을 반사하는 나무 위의 눈을 바라보며 숨을 죽이고 막심이 돌아오길 기다렸다.

나는 눈으로 뒤덮인 교수관 일대를 내려다보며 내 삶이 앞으로 어떻게 될지 가늠해보았다. 이제 내 삶의 중심을 잡아주고 있던 균형추가 사라진 셈이었다.

나는 방금 전 그저 책장을 한 장을 넘기거나 한 시대에 종언을 고한 게 아니었다. 하얀 눈 속에서 갑자기 지옥문이 활짝 열린 셈이었다. 그때 문득 계단에서 발자국 소리가 들려오더니 프란시스 아저씨가 막심과 작업반장인 아흐메드를 데리고 방으로 들어섰다. 페인트 얼룩이 묻은 가죽점퍼 차림에 과체중으로 복부가 불룩 튀어나온 프란시스 아저씨가 나를 힐끔 쳐다보았다.

"토마, 괜찮니?"

나는 괜찮다고 말할 수 있는 입장이 아니었다. 프란시스 아저씨의 체격이 어찌나 육중한지 방 안이 가득 찬 느낌을 주었다. 몸집과 달리 그는 고양이처럼 민첩하고 단호한 동작으로 사태를 수습해가기 시작했다.

프란시스 아저씨는 당황하거나 서두르지 않고 냉정하게 상황을 판단했다. 그의 얼굴에는 감정이라고는 전혀 드러나 있지 않았다. 마치 이런 날이 오리라고 미리 예상하고 있었던 사람 같았다.

"내가 알아서 처리할 테니까 너희들은 무슨 일이 있더라도 입을 꾹 다물어야 한다."

프란시스 아저씨가 막심과 나를 번갈아 쳐다보며 말했다.

나는 감정이 실리지 않은 프란시스 아저씨의 목소리를 들으며 그동안 그가 사람들 앞에서 거침없이 드러내 보였던 거친 모습이 반드시 진면목은 아닐지도 모른다는 생각이 들었다. 결코 원만한 해결책이 있을 수 없는 절망적 상황이었지만 프란시스 아저씨는 전혀 내색하지 않고 시종일관 침착한 태도를 유지했다. 마치 영화 〈대부〉에 나오는 말론 브란도를 보는 듯했다. 나는 그가 우리를 수렁에서 꺼내줄 가능성이 바늘구멍만큼이라도 있다면 망설이지 않고 그에게 충성을 서약할 용의가 있었다.

"우선 이 방을 깨끗이 정리할 필요가 있어."

프란시스 아저씨가 직업반장인 아흐메드 쪽으로 몸을 돌리며 말을 이었다.

"아흐메드, 트럭에 가서 방수포를 가져오게."

튀니지 출신의 아흐메드는 창백한 얼굴에 두 눈에 두려움이 가득 차 있었다. 그가 지시 사항을 이행하기에 앞서 질문을 던졌다.

"일을 어떻게 수습하시게요, 사장님?"

"사체를 체육관 공사장 벽 속에 집어넣고 콘크리트로 발라버릴 거야."

프란시스 아저씨가 턱으로 알렉시의 사체를 가리키며 말했다.

5. 빙카 로크웰의 마지막 며칠

예전 언젠가 머릿속에 갈무리해둔 냄새보다 더 효과적으로 과거를 되살려주는 기억은 없다.

_블라디미르 나보코프

1

오늘, 2017년 5월 13일

"그 일에 대해 아버지와 두 번 다시 이야기한 적이 없어."

막심이 담배에 불을 붙이며 말했다. 그가 손에 들고 있는 지포라이터의 자개 장식이 햇살을 받아 반짝거렸다. 일본 목판화 작품인 〈가나가와의 거대한 파도〉가 표면에 전사되어있는 라이터였다. 우리는 숨이 막힐 것 같은 체육관을 벗어나 흔히 '독수리 둥지'라고 불리는 낭떠러지 위좁은 길 쪽으로 올라갔다. 호수를 굽어보는 기암괴석들을 따라 이어지는 길 양편에 다양한 종류의 들꽃들이 피어 있었다.

"난 사실 아버지가 체육관 벽 어디쯤에 시신을 숨겼는지 몰라."

막심이 이야기를 계속했다.

"이제 물어볼 때가 되지 않았을까?"

"아버지는 지난겨울에 돌아가셨어."

"왜 내게 말하지 않았지? 난 지금껏 몰랐어."

프란시스 아저씨의 그림자가 우리 둘이 나누는 내와 사이에 세녹 끼어들었다. 프란시스 아저씨는 나에게 늘 난공불락의 요새처럼 보였던 사람이었다. 그런 그가 유명을 달리하다니 믿어지지 않았다.

"어쩌다 돌아가셨는데?"

막심은 담배를 길게 한 모금 빨더니 두 눈을 깜빡거렸다.

"아버지는 최근 몇 년 동안 오렐리아 파크에 있는 집에서 대부분의 시간을 보냈어. 자네도 어딘지 알 거야."

나는 안다는 뜻으로 고개를 끄덕였다. 오렐리아 파크는 니스 언덕에 위치한 매우 럭셔리한 주택단지였다.

"연말에 오렐리아 파크가 강도들의 집중 표적이 되었던 적이 있어. 여러 차례 강력 사건이 벌어졌지. 강도 놈들은 집주인이 있을 때에도 아랑곳하지 않고 집 안으로 침입해 집주인을 감금하고 돈과 금품을 갈취해갔어."

"프란시스 아저씨도 강도 놈들에게 당한 거야?"

"아버지는 지난 크리스마스 때 오렐리아 파크에 있었어. 강도들 때문에 항상 집 안에 무기를 비치해두었는데 기습적으로 당하는 바람에 미처 사용할 기회를 잡지 못했나봐. 아버지는 놈들에게 결박당한 가운데 심하게 고문을 당했어. 결국 심장에 문제가 생겨 그 자리에서 돌아가셨지."

강도들의 무단침입, 해안의 콘크리트 정글화, 심각한 교통체증, 관광산업이 발전하면서 초래된 인구 과잉은 코트다쥐르가 시급히 해결해야 할 과제들 가운데 하나였다.

"강도들을 잡았어?"

"마케도니아 출신들로 구성된 폭력배들이었어. 경찰이 놈들을 체포했고, 지금은 감방에서 썩고 있을 거야."

나는 난간에 몸을 기댔다. 반달 모양 테라스에서 내려다보는 호수의 전경이 숨이 멎을 만큼 아름다웠다.

"프란시스 아저씨 말고 그 일에 대해 누가 알지?"

"자네랑 나밖에 없어. 아버지가 입이 얼마나 무거운 사람인지 자네도 잘 알 거야. 그 일에 대해 떠벌리고 다닐 사람이 아니지."

"자네 짝꿍은?"

막심이 단호하게 고개를 저었다.

"올리비에도 알아서는 안 되는 일이야. 난 이제껏 그 일과 관련해 단한 번도 입을 연 적이 없어."

"아흐메드도 있잖아, 작업반장 말이야."

막심은 얼토당토않은 표정을 지었다.

"내가 아는 한 아흐메드보다 더 입이 무거운 사람은 없어. 게다가 아흐메드 역시 공범이었잖아. 그 일에 대해 떠들고 다닌다고 해서 무슨 이득이 있겠어?"

"아흐메드는 아직 살아 있어?"

"암으로 죽었어. 죽기 전에 고향 비제르테로 돌아갔지."

나는 선글라스를 착용하고 하늘을 올려다보았다. 태양이 까마득히 높은 곳에서 우리가 서 있는 독수리 둥지를 비추고 있었다. 목재 난간으로 둘러싸인 이곳은 위험하긴 해도 더없이 매력적인 장소였다. 날씨와 상관없이 학생들에게는 출입이 금지되어 있었지만 나는 교장 아들이라 가끔 특권을 누릴 수 있었다. 한내 빙카와 호수에 이며 있는 달빛을 내려다보며 담배를 피우고 감귤주를 마시며 마법 같은 시간을 보낸 장소이기도 했다.

"우편물을 보낸 사람은 우리가 한 짓을 알고 있는 거야!"

막심이 거의 절규에 가깝게 소리치고 나서 필터까지 타들어가도록 담배를 빨았다.

"알렉시 클레망에게도 가족이 있었겠지?"

나는 알렉시 클레망의 가족관계에 대해 잘 알았다.

"알렉시 클레망은 외아들이었고, 그의 부모는 그 당시에도 이미 연로한 분들이었어. 아마 일찍이 유명을 달리했을 테니까 그분들이 위협을 가해올 가능성은 없다고 봐야지."

"그럼 누굴까? 스테판이 벌써 여러 달째 내 뒤꽁무니를 캐고 있어. 내가 마크롱을 지지하고 나서자 그 녀석은 사방팔방으로 돌아치며 내 뒷조사를 하고 다니더군. 심지어 내 아버지 시절 일까지 캐고 다녀. 자네도 알고 있을 테지만 그 녀석은 빙카 사건을 다룬 책까지 냈어."

내가 보기에 스테판은 우리가 스스로 범죄를 자백하도록 강요할 인물은 아니었다.

"스테판이 한번 물면 끝장을 보는 편이긴 하지만 익명의 편지를 보내 은근히 협박을 가하는 스타일은 아니야. 그가 만약 우리에게 의혹이 있다고 판단했다면 단도직입적으로 치고 들어왔을 거야. 다만 좀 전에 그 녀석을 만났을 때 나에게 한 말 중에서 기숙사 사물함에서 발견되었다는 거액의 돈이 마음에 걸려."

"돈이라면 난 처음 듣는 얘긴데 무슨 소리야?"

나는 간략하게 스테판에게 들은 이야기를 들려주었다.

"물난리가 났을 때 기숙사 지하실에 있는 사물함을 철거하다가 10만 프랑이 든 돈 가방이 발견되었는데 경찰이 가방에서 지문 두 개를 채취했대. 조회 결과 그중 하나가 빙카의 지문으로 판명되었다는 거야."

"그 돈의 주인이 빙카였다는 거야?"

"그거야 모르지. 다만 그 당시 내가 돈이 나온 사물함을 사용했었던 건 분명해."

막심이 무슨 이야기인지 헷갈리는 듯 미간을 찌푸렸다.

"내 부모가 생텍쥐페리고교에 부임하기 전 나는 기숙사 방을 신청했고, 고교 1학년 때만 해도 그 방에서 줄곧 지냈어."

"아, 맞아. 나도 이제야 기억나."

"엄마 아버지가 생텍쥐페리고교로 전근 발령을 받고 나서 관사를 지급받게 되었고, 난 다른 학생에게 기숙사 방을 양보했어."

"그럼 자네가 쓰던 사물함도 물려주었겠네."

"당연히 물려주었어야 마땅한데 깜박 잊고 열쇠를 건네주지 않은 거야. 그 방을 쓰게 된 학생은 사물함이 딱히 필요하지 않았던지 한 번도 열쇠를 달라고 요구한 적이 없어. 그냥저냥 넘어가다보니 사물함 열쇠를 계속 내가 가지고 있게 되었지. 빙카가 실종되기 몇 주 전 사물함을 쓰게 해달라고 부탁했어."

"빙카가 돈을 넣어두기 위해 사물함을 빌려달라고 했을까?"

"난 모르는 일이지. 빙카가 빌려달라고 해서 열쇠를 주긴 했지만 그 이후로 사물함에 대해서는 까마득히 잊고 지냈어. 빙카가 사라지고 난 이후에도 사물함을 떠올려본 적이 없을 정도니까."

"그동안 그 어디에서도 빙카의 흔적을 발견하지 못했다는 건 정말이지 이해가 안 돼."

2

막심이 돌담장을 짚고 몇 발짝 걸어오더니 바로 내 옆에 섰다.

"자네나 나나 빙카가 정확하게 어떤 아이였는지 모르잖아."

"아니, 자네와 나는 빙카에 대해 누구보다 잘 알아. 우린 친구였으니까."

"자네 말대로 우리가 빙카를 잘 알긴 했었지만 사실은 겉모습에 지나지 않았는지도 몰라."

"자네는 무슨 근거로 그런 말을 하는 거야?"

"자네가 찾아낸 알렉시의 편지와 두 사람이 함께 찍은 사진을 보면 알 수 있잖아. 빙카는 분명 알렉시와 사랑에 빠져 있었어. 자네도 연말 댄스파티 때 사진을 기억할 거야. 빙카가 알렉시를 바라보는 사진 말이야."

"두 사람이 사랑하는 사이였다고 해서 뭐가 달라지지?"

"알렉시를 사랑했으면서 그날 빙카는 왜 성폭행을 당했다고 말했을까?"

"빙카가 거짓말을 했다는 거야?"

"아니, 꼭 그렇다는 뜻은 아니지만 석연치 않은 부분이 있어서 그래."

"도대체 무슨 말을 하고 싶은 거야?"

"만약 빙카가 아직 살아 있다면? 빙카가 우리에게 우편물을 보낸 거라면?"

"나도 솔직히 그런 생각을 해본 적이 있지만 빙카가 굳이 무슨 이유로 그랬을까?"

"어찌 됐든 우린 빙카가 사랑했던 남자를 죽였어. 빙카가 우리에게 복수하고 있는 건 아닐까?"

그날 일이 마치 어제 일인 듯 또렷이 떠올랐다.

"빙카는 그날 분명 알렉시를 증오하는 한편 두려워하고 있는 듯이 말했어. 내가 절망에 빠진 빙카를 두 눈으로 직접 보았고, 힘겹게 들려준 이야기를 똑똑히 들었어. 빙카가 마지막으로 했던 말을 아직도 분명히 기억해. '알렉시가 강요했어. 나는 그와 자고 싶지 않았어'라고 말이야."

"빙카가 한 말을 곧이곧대로 믿을 수 있을까? 그 무렵 빙카는 자주 정신이 나간 듯 보였어. 환각제를 비롯해 온갖 약물을 사용했다니까."

나는 이제 대화를 마무리해야 할 때가 되었다고 생각했다.

"빙카는 원하지 않았는데 알렉시가 강요했다고 재차 강조했어."

막심이 호수를 바라보던 눈을 돌려 나를 보았다.

"빙카가 자네에게 임신 사실을 말해주었다고 했지?"

"빙카가 임신 키트까지 보여주며 그렇게 말했으니까 거짓말은 아니었을 거야."

"빙카의 말이 사실이고, 아이를 출산했다면 스물다섯 살이 되었겠네. 그 아이가 아버지에 대한 복수에 나섰을 수도 있지 않을까?"

나도 그런 생각을 한 적이 있었다. 충분히 상상 가능한 일이었지만 합리적 추론이라기보다는 억지로 꿰어 맞춘 가설에 불과하다는 생각을 납할 수 없나.

추리소설에서나 흔히 볼 수 있는 작위적인 반전이라고나 할까?

나는 개연성 없는 추론으로 시간을 낭비하기보다는 앞으로 닥칠 일 가운데 가장 중요한 문제가 뭔지 고민해야 할 때라고 생각했다.

"2016년 초 내 신작 소설 홍보를 마치고 돌아오는 길에 루아시에서 공항공무원과 마찰을 빚은 적이 있어. 내 바로 앞에 트랜스젠더가 있었는데 고의적으로 엿을 먹이려고 '신사분'이라고 부르는 거야. 나는 보다 못해 공항공무원과 말다툼을 벌이게 되었고, 결국 공항경비대에 끌려가 몇 시간 동안 감치 처분을 받게 되었어."

"그때 경찰이 자네 지문을 채취했다는 말이지?"

막심이 제대로 넘겨짚었다.

"바로 그거야. 나는 FAED*에 지문이 올라 있어. 사체와 쇠파이프가 발견되고, 내 지문이 나올 경우 경찰은 즉시 나를 유력한 용의자로 지목하고 체포할 거야."

"나도 뒤이어 체포하겠지. 알렉시를 죽인 사람은 바로 나니까."

나는 막심에게 비행기 안에서 결심했던 이야기를 들려주었다.

"난 자네까지 경찰에 잡혀가게 하지는 않을 거야. 자네와 프란시스 아저씨는 오로지 나를 도우려다가 말려들었을 뿐이니까 내가 모든 걸 다 안고 갈게. 내가 알렉시를 죽였고, 아흐메드에게 부탁해 살인 세탁을 했다고 주장할 거야."

"경찰이 자네 말을 믿어주겠나? 자네가 왜? 알렉시를 죽인 사람은 자

*프랑스경찰이 확보하고 있는 자동지문파일

네가 아니라 나야. 자네 혼자 덤터기를 쓰게 할 수는 없어."

"난 자식도 없고, 부인도 없고, 삶 자체가 무의미한 사람이야. 난 잃을 게 없어."

"말도 안 돼!"

막심이 눈을 부릅뜨고 고함을 질렀다. 그의 눈 주위로 다크서클이 잡혀 있었고, 초췌한 얼굴을 보니 이틀쯤 잠을 못 잔 사람 같았다. 내 말은 막심을 진정시키기는커녕 오히려 더 예민하게 만드는 결과를 초래했다.

"경찰은 이미 냄새를 맡은 게 분명해. 자네가 아무리 혼자 독박을 쓰려고 해도 내가 저지른 행위가 사라지지는 않아. 엊저녁에 앙티브경찰서의 드브린 서장이 직접 전화를 했더군."

"드브린 서장이라면 그 옛날 검사와 성이 같네?"

"사실은 이반 드브린 검사의 아들이야."

분명 좋은 소식이 아니었다. 1990년대에 리오넬 조스팽 정부는 코트다쥐르 지역에 만연해 있던 투기 관련 비리를 근절시키기 위해 이반 드브린을 니스 대심재판소 특임검사로 임명했다. 그는 사람들이 붙여준 '잔혹한 이반*'이라는 별명을 좋아했고, 마치 정의의 사도 같은 이미지를 등에 업고 코트다쥐르에 부임했다. 이반 드브린은 15년 동안 프리메이슨 네트워크와 공무원들의 부패를 상대로 전쟁을 선포했다. 그가 정년퇴직을 맞이하자 여러 사람이 안도의 숨을 내쉬었다는 후문이 들려올 만큼 사정의 칼을 휘둘렀다.

코트다쥐르에서 이반 드브린을 은근히 싫어하는 사람이 많았다. 특히

*폭군 이반으로 불렸던 러시아의 이반 4세에 빗댄 말

그의 빌라 치에사* 같은 면모에 길색했다. 디민 그에게 격대격인 사람들조차 그가 보여준 끈기와 집요한 노력에 대해 경의를 표했다. 만일 그의 아들 뱅상 드브린이 아버지의 성격을 고스란히 물려받았다면 우리는 앞으로 줄곧 찰거머리 같은 형사를 꽁무니에 달고 다녀야 한다는 뜻이었다.

"드브린 서장이 자네에게 무슨 말을 하던가?"

"나를 빠른 시일 내에 봤으면 하더군. 나에게 긴히 물어볼 게 있대. 오늘 오후에 가겠다고 했어."

"무슨 일인지는 알아야 하니까 내 생각에도 드브린 서장을 만나보는 게 좋겠어."

"난 사실 좀 두려워."

막심이 실토했다.

나는 그의 어깨를 토닥이며 그를 안심시켰다.

"정식 소환은 아니야. 드브린 서장은 보나 마나 불확실한 단서를 손에 쥐고 있을 가능성이 커. 담당 형사 입장이라면 당연히 좀 더 구체적이고 신빙성 있는 단서를 손에 쥐고 싶겠지. 그가 이미 그럴듯한 단서를 손에 쥐고 있다면 적어도 이런 식으로 자네를 소환하지는 않을 거야."

막심이 몹시 흥분되는 듯 셔츠 단추 하나를 풀어 헤쳤고, 손수건을 꺼내 이마에 맺힌 땀방울을 닦았다.

"나는 앞으로도 계속 칼을 머리 위에 매달아둔 다모클레스처럼 살아갈 수는 없어. 차라리 모든 사실을 털어놓는 게 낫지 않을까?"

*이탈리아 팔레르모의 경찰청장이자 마피아 검거 책임자. 임명된 지 몇 개월 만에 암살당했다. 영화 〈팔레르모에서 보낸 100일〉에서 리노 벤추라가 달라 치에사를 연기했다.

"안 돼! 적어도 이면 수발까지는 버텨보는 거야. 누군가 우리에게 은근히 겁을 주면서 잔뜩 불안감을 조성하고 있어. 상대가 누군지도 모르면서 우리 스스로 덫에 빠질 필요는 없어."

막심이 깊이 숨을 들이마셨고, 겨우 평정심을 되찾은 듯했다.

"무엇보다 우선 빙카에게 무슨 일이 일어났는지 알아볼 시간이 필요해."

"나는 일단 경찰서에 다녀와야 하니까 나중에 다시 만나 이야기하는 게 좋겠어."

나는 막심이 바위 계단을 내려가 라벤더 농장을 가로질러 나 있는 꼬불꼬불한 길을 따라 걸어가는 모습을 지켜보았다. 막심의 실루엣이 점점 작아지다가 희미해졌고, 이내 보라색 라벤더 꽃 속에 파묻혀 아예 보이지 않게 되었다.

3

캠퍼스를 나서기에 앞서 나는 아고라 앞에서 걸음을 멈추었다. 여러 개의 대형 강당과 영화관이 있는 아고라는 비행접시 모양 유리 건물로 중심부에 위치한 도서관 건물과 환상적인 조화를 이루고 있었다. 생텍쥐페리고교 학생 어느 누구도 이 환상적인 건물들을 CDI*라는 약자를 사용해 부르지 않았다.

정오를 알리는 종이 울려 퍼지며 학생들이 쏟아져 나왔다. 도서관 열람실로 들어가려면 카드가 필요했지만 나는 절차를 무시하고 자동개폐문을 훌쩍 뛰어넘었다. 파리의 지하철역에서 건달들이나 돈 없는 학생

*Centre de documentation et d'information, 정보자료실

늘이 자주 연출하는 장면이었다.

나는 대출 창구에서 일하는 엘린을 금세 알아보았다. 엘린은 이름보다는 '젤리'라는 별명으로 통했다. 젤리는 네덜란드 출신으로 매우 지적인 여성이었지만 매사 단정적이어서 잘난 체한다는 말을 자주 들었다. 학생들 대다수가 그녀가 논리정연하다는 점만큼은 인정했다. 내가 젤리를 마지막으로 보았을 당시만 해도 마치 운동선수처럼 균형 잡힌 몸매를 뽐내던 사십 대 여성이었다. 이제는 나이 탓인지 마미노바(프랑스의 식품 브랜드) 로고에 나오는 백발 할머니와 흡사했다. 동그란 안경에 네모난 얼굴, 이중 턱, 희끗희끗한 머리카락에 피터 팬 칼라를 단 헐렁한 스웨터를 입은 그녀의 모습을 보자니 덧없는 세월의 무게가 절로 느껴졌다.

"안녕하세요?"

젤리는 사서 직함 이외에도 캠퍼스 내의 영화 상영, 교내 방송, 소피아 셰익스피어 컴퍼니(교내 연극동아리)의 프로그램 선정을 담당하는 팔방미인이었다.

"안녕, 토마."

젤리는 마치 어제도 나를 만났던 사람처럼 대수롭지 않게 인사를 건넸다.

나는 지난 시절 한때 젤리가 어떤 사람인지 파악하느라 골머리를 앓았지만 결국 이렇다 할 결론을 얻지 못했다. 아주 잠시이긴 해도 한때나마 젤리가 아버지의 정부가 아닌지 의심한 적도 있었다. 내 의심과는 별개로 엄마는 언제나 젤리를 높이 평가했다. 생텍쥐페리고교 학생들

내부분이 셸리를 입에 달고 살았다. 젤리는 학생들의 고민을 들어주는 상담사, 사회복지사, 잠재의식을 일깨워 재능을 찾아주는 진로 길잡이 역할을 했다.

난 정말이지 그녀를 일컫는 '젤리'를 명청하기 그지없는 애칭이라고 생각했다. 젤리는 두루 재주가 많은 사람이었지만 특권의식이 있었고, 가끔 우월한 지위를 남용하기도 했다.

자주 젤리를 관찰했던 나는 그녀가 약자에게는 강하고 강자에게는 약하다는 사실을 간파했다. 그녀의 얼굴을 유심히 관찰해보면 언제나 사람에 대한 호불호가 은연중 드러났다. 가령 부유한 집 학생들 혹은 외향적인 학생들에게는 지나칠 정도로 각별한 신경을 써주었지만 그 밖의 학생들에 대해서는 눈에 띄게 소홀한 편이었다.

젤리는 내 형과 누나에 대해서라면 만사 제쳐두고 관심을 보였으나 나에게는 늘 시큰둥한 반응을 보였다. 적대감은 상호적인 만큼 차라리 잘된 셈이었다.

"어쩐 일이야, 토마?"

우리가 마지막으로 대면한 이래 나는 무려 열 권이 넘는 소설을 발표했고, 전 세계 이십 개 언어 삼십여 나라에서 번역되고 있었다. 프랑스에서만 수백만 부가 넘는 판매 부수를 기록하기도 했다. 나는 작가로 괄목할 만한 성과를 이루어냈고, 내 고교 시절을 가까이에서 지켜본 도서관 사서라면 응당 그런 점에 관심을 보여야 마땅하다고 생각했지만 젤리에게는 언감생심인 듯했다. 물론 젤리의 도도한 성품을 감안해볼 때 대단한 찬사를 기대한 건 아니었으나 적어도 약간의 관심을 내비치리라 기대했나. 믹싱 젤리를 대면하고 나서야 내가 얼마나 터없는 기대를 했는지 실감했다.

"책을 빌리려고요."

"아직 네 도서 대출 카드가 유효한 지 확인해봐야겠구나."

젤리가 내 말을 곧이곧대로 받아들였다는 투로 대꾸했다. 젤리는 그 말이 농담이 아니었다는 사실을 확인시켜주려는 듯 컴퓨터 문서파일에 혹시 남아 있을지도 모르는 25년 전 내 도서 대출 카드를 뒤지기 시작했다.

"어머, 여기 있었네. 아직 반납하지 않은 책이 두 권이나 있어. 피에르 부르디외의 《구별짓기》와 막스 베버의 《프로테스탄트 윤리와 자본주의 정신》을 아직 반납하지 않았어."

"물론 농담이시죠?"

"네 말대로 농담이긴 하지만 대출해 간 책을 반납하라는 뜻도 포함돼 있어. 그나저나 어떤 책을 찾는지 말해봐."

"스테판 피아넬리가 쓴 책."

"스테판이 공동 저자로 참여한 《저널리즘 교과서》 말이야? 그 책이 어느 출판사에서 나왔더라?"

"그 책 말고 빙카 사건을 조사한 《소녀와 죽음》을 찾고 있어요."

젤리가 자판을 두들겼다.

"그 책은 없어."

"어떻게 그럴 수 있죠?"

"2002년에 아주 작은 출판사에서 나온 책인데 초판이 다 팔리고 나서 다시는 찍지 않았어."

나는 침착하게 젤리를 쳐다보았다.

"설마 저를 바보 취급하는 건 아니죠?"

젤리는 불쾌하다는 표정을 짓고 나서 컴퓨터 화면을 내게로 돌려 직접 확인할 수 있도록 해주었다. 나는 그 책이 없다는 사실을 직접 눈으로 확인했다.

"스테판은 이 학교 졸업생이고, 그 책이 나왔을 무렵 한꺼번에 여러 권을 구입했을 텐데요?"

젤리가 어깨를 으쓱했다.

"너도 스테판처럼 이 학교 졸업생이고, 그러니까 네 책도 여러 권씩 구입했을 거라고 생각하니?"

"엉뚱한 방향으로 말을 돌리지 말고 내 질문에 답해주세요."

젤리는 거북한 듯 헐렁한 스웨터 안에 감춰진 몸을 배배 꼬더니 안경을 벗고 나를 쳐다보았다.

"최근에 학교 경영진들이 스테판의 책을 도서관 목록에서 빼기로 결정했어."

"왜 그런 결정을 내렸죠?"

"실종된 지 25년이나 지난 빙카가 현재 이 학교에 다니는 일부 학생들 사이에서 숭배의 대상이 되고 있기 때문이야."

"스테판의 책이 학생들에게 바람직하지 않은 영향을 주었다는 겁니까?"

젤리가 고개를 끄덕였다.

"대략 3, 4년 전부터 학생들이 스테판의 책을 꾸준히 대출해갔어. 책

슬 어터 권 보유하고 있었지민 대기자 명딘이 제법 길었지. 힉생듣 시이에서 빙카가 자주 대화의 주제가 되었던 거야. 작년에는 〈레제테로디트〉라는 모임에서 빙카를 주제로 연극을 만들어 무대에 올리기까지 했어."

"레제테로디트?"

"페미니즘을 추종하는 여학생들 모임이야. 20세기 초에 형성된 뉴욕 페미니스트 단체들의 주장을 재조명하는 모임이지. 그 모임 소속 학생들 중 몇몇은 빙카가 그랬듯 니콜라 드 스탈 관에 살면서 발목에 타투를 새기고 다니기도 해."

나도 빙카가 발목에 새겨 넣었던 'GRLPWR'라는 글자를 기억해냈다. 'Girl Power'의 약자였다.

젤리가 컴퓨터에 저장된 문서 하나를 열었다. 제목이 〈빙카 로크웰의 마지막 날들〉인 뮤지컬 공연 포스터였다. 마치 인디 밴드 벨과 세바스찬*의 앨범 재킷을 연상시키는 포스터였다. 흑백사진에 핑크색 필터를 사용해 박아 넣은 제목의 글씨체가 인상적이었다.

"빙카가 살았던 방에서 명상의 밤이 열리기도 했어. 빙카의 유품 주변에 둘러앉아 숭배 의식을 거행하고, 사라진 날을 기리는 모임이었지."

"아이들이 빙카에 대해 그토록 열광하는 현상을 어떻게 받아들여야 하죠?"

젤리의 눈길이 천장을 향했다.

"일부 여학생들이 빙카와 알렉시가 나눈 사랑 이야기에 끌리고 있다고 생각해. 빙카의 자유로운 영혼이 아이들에게 매우 이상적으로 다가

---

*스코틀랜드 출신의 인디록 밴드. 프랑스 동화 '벨과 세바스찬'에서 밴드 이름을 따왔다.

간 거야. 빙카가 열아홉 살이라는 나이에 실종되었다는 사실이 오히려 신비감을 줄뿐더러 영원한 시간 속에 박제시키는 효과를 내고 있는 거야."

젤리는 말을 하면서 자리를 떠나 안내 데스크 뒤에 늘어선 철제 서가를 살피러 갔다. 그녀의 손에 스테판의 책이 들려져 있었다.

"한 권은 보관하고 있었어. 원한다면 보고 가져와."

젤리가 나에게 책을 내밀었다.

나는 손바닥으로 책 표지를 쓸어보았다.

"무려 2017년에 이 학교에서 책의 내용을 검열했다는 사실을 도저히 믿을 수 없어요."

"학생들을 위한 조치였어."

"생텍쥐페리고교 도서관에서 책의 내용을 검열한다는 게 말이 돼요? 내 부모가 교장이던 시절에는 절대로 용납될 수 없는 일이었을 거예요."

젤리의 눈빛이 나를 행해 쏟아졌다. 그녀가 침착하게 나를 응시하며 스커드 미사일을 한 방 날렸다.

"내 기억이 틀리지 않다면 그 시절은 결코 좋게 마무리되지 않았어."

나는 내심 분노가 일었지만 겉으로는 평정심을 유지하는 척했다.

"좋게 마무리되지 않았다니, 무슨 뜻이죠?"

"이제 와서 이야기해본들 무슨 소용이지? 다 지나간 일이야."

젤리가 그 말을 끝으로 입을 굳게 닫았다.

나는 물론 젤리가 무슨 뜻으로 그런 말을 했는지 충분히 짐작할 수 있었다. 내 부모는 1998년에 갑자기 학교 경영 일선에서 물러났다. 내 부모가 공공사업 입찰 규정을 준수하지 않았다는 이유였다. 내가 알기보는 대단히 애매하고 부낭하기 그시없는 혐의였나.

내 부모는 한마디로 '부차적인 희생자'였다. 그 당시 드브린 검사는 뇌물 수수 의혹, 특히 프란시스 아저씨가 주는 검은돈을 수수한 지역 정치인 몇몇을 낙마시키기 위해 머리를 굴리고 있었다. 드브린 검사는 사실 오래전부터 프란시스 아저씨를 용의선상에 올려두고 있었다. 그와 관련해 떠돌던 소문들은 대부분 근거 없는 낭설에 지나지 않았지만 제법 파볼만 한 내용도 있었다. 프란시스 아저씨가 칼라브리아 마피아의 돈세탁을 해준다는 소문이었다.

프란시스 아저씨가 공공사업을 따내기 위한 목적으로 마피아의 돈세탁을 해주고 몇몇 정치인들에게 뒷돈을 찔러주었을 가능성은 충분했다. 드브린 검사는 프란시스 아저씨의 뇌물 수수 혐의를 입증하는 과정에서 입수한 서류를 들먹이며 내 부모의 이름도 함께 거론했다. 프란시스 아저씨는 생텍쥐페리고교에서 여러 차례 공사를 맡아 진행했고, 매번 입찰 공고 규정을 제대로 지켰다는 사실을 증명해내지 못했다.

내 부모는 오바르에 위치한 니스 북서부 경찰청의 등받이 없는 의자에 앉아 24시간 동안 조사를 받았다. 다음 날, 내 부모의 사진이 지역 신문 1면을 장식했다. 연쇄살인범들을 공개 수배하는 전단지에서 흔히 본 몽타주 스타일의 흑백사진이었다. 유타주의 피에 굶주린 연인들, 켄터키주의 살인 농장주들 사이에 끼워 넣어도 전혀 어색하지 않을 사진이었다. 내 부모는 전혀 예기치 않은 시련을 맞게 되었고, 교육부에 사직서를 제출했다.

그 무렵, 나는 이미 코트다쥐르를 떠나고 없었지만 나중에 그 소식을 듣고 큰 충격을 받았다. 내 부모도 분명 결점과 약점이 있었지만 적어도 부정을 저지를 사람들은 아니었다. 학교에 재직하는 동안 오로지 학생들을 위하는 마음으로 일했고, 업적도 많았다. 단지 공공사업 입찰에 관한 규정을 지키지 않았다는 한 가지 의심만으로 퇴직을 강요당해야 할 이유는 없었다.

드브린 검사는 뇌물 수수 혐의로 수사를 시작한 지 일 년 반 만에 실체 없는 사건으로 규정하고 고소를 취하했다. 아무리 혐의가 없다는 결론이 내려지고, 담당 검사가 고소를 취하했다고 하더라도 이미 엎질러진 물을 주워 담을 수는 없었다. 프란시스 아저씨와 내 부모는 모든 혐의를 벗었지만 오늘날까지 뭘 모르거나 젤리처럼 교활한 사람들이 가끔 무심한 듯 툭 던지는 말로 이미 오래전에 결론이 난 일을 다시 꺼내 상처를 헤집어놓는 경우가 허다했다. 차라리 작심하고 언급할 경우 진실 여부를 가릴 논쟁이라도 벌일 수 있겠지만 뒤로 슬며시 지나간 일을 꺼내 구린내를 풍기는 게 더욱 얄미웠다.

내가 노골적으로 불만스런 눈길을 보내자 젤리가 마침내 눈을 내리깔았다. 젤리가 비록 적다고 할 수 없는 나이에 케이크를 즐기는 뱃살이 두툼한 할머니가 되었지만 키보드를 집어 들고 얼굴을 후려갈기려다가 가까스로 참았다. 그러고 보니 나야말로 진짜 범죄자였으니까. 게다가 나는 한시바삐 마음속 분노를 누르고 조사를 진전시킬 필요가 있었다.

"이 책을 가져가도 될까요?"

내가 스테판의 책을 흔들어 보이며 물었다.

"안 돼."

"월요일 전까지 놀려드릴게요."

"안 된다니까. 그 책은 도서관 소유라 내 마음대로 빌려줄 수 없어. 이 자리에서 보고 돌려줘."

젤리의 단호한 태도를 보아하니 생각을 번복할 여지가 없어 보였다.

나는 젤리가 뭐라 하든 말든 책을 겨드랑이에 끼었다.

"시간 나면 자료를 검색해봐요. 이 책은 도서 목록에 나와 있지 않을 텐데요?"

나는 그 말을 남기고 서둘러 도망치듯 도서관을 나와 아고라 건물을 끼고 우회해 들판을 가로지르는 길을 따라 캠퍼스를 빠져나갔다. 올해는 라벤더가 유난히 일찍 만개해 짙은 꽃향기를 퍼뜨리고 있었지만 어쩐 일인지 내 코에서는 계속 피 냄새가 났다.

6. 눈으로 덮인 학교

속도, 바다, 자정, 빛을 발산하는 모든 것, 검은 모든 것, 잃어버리고, 그러므로 다시 찾도록 허락되는 모든 것.
_프랑수아즈 사강

1

1992년 12월 20일 일요일

나는 그 일을 저지른 다음 날 뒤늦게 잠에서 깨어났다. 간밤에 구급상자에서 찾아낸 수면제 두 알을 복용하고 나서야 잠이 들었다. 엄마는 미처 동이 트기도 전에 랑드로 출발해 집 안은 온통 텅 비어 있었다. 게다가 정전이 되면서 라디에이터가 멈춰버린 사실을 알게 되었다. 어쩐지 몸이 덜덜 떨릴 만큼 추웠고, 마치 안개가 잔뜩 낀 듯 머리가 맑지 않았다.

나는 전기계량기를 열고 끊어진 퓨즈를 새 제품으로 교체하는 데 성공했다. 냉장고에 붙여둔 엄마의 메모가 가장 먼저 눈에 들어왔다. 엄마가 나를 위해 만들어둔 프렌치토스트가 식탁 위에 놓여 있었다. 눈밭에 부딪쳐 눈부시게 반사되는 햇살을 보자니 마치 메르캉투르 산에 있는 스키장 '이졸라 2000'에 와 있는 느낌이 들었다. 프란시스 아저씨는 메르캉투르 산에 오두막집을 한 채 가지고 있었고, 매년 우리를 초대했다.

나는 습관적으로 라디오를 틀어 〈프랑스앵포〉에 주파수를 맞추었다.

세상은 변함없이 놀아가고 있었다. 사라예보에서 벌어신 끔씩한 살육, 기아에 허덕이다가 죽어가는 소말리아 아이들, 병균이 감염된 혈액 스캔들, 급기야 살육전으로 변질된 PSG(파리생제르맹) 대 OM(올랭피크 드 마르세유)의 시합에 대한 뉴스가 차례로 흘러나왔다.

나는 진한 커피를 내리고, 프렌치토스트를 게걸스럽게 먹었다. 어제 살인자가 되었지만 배가 고파 어쩔 도리가 없었다. 욕실에서 샤워기를 틀어놓고 무려 30분 동안 물을 맞으며 서 있었다. 그러다가 방금 전에 먹은 음식을 모두 토했다. 나는 어제처럼 비누로 몸을 벅벅 문질렀다. 알렉시의 피가 내 얼굴, 입술, 피부에 깊숙이 스며든 것 같은 느낌을 지울 수가 없었다. 내가 살인을 저지른 사실을 일깨워주기 위해 그의 피가 언제까지나 내 몸 안에 남아 있을지도 모른다는 생각이 들었다.

갑자기 뜨거운 수증기가 몸에 흩뿌려지는 바람에 하마터면 정신을 잃을 뻔했다. 뒷목이 뻣뻣하고, 다리에 힘이 풀리고, 배에서 신트림이 올라오면서 속이 더부룩했다.

내 정신은 길을 잃었다. 무엇이든 정면으로 바라볼 수 없었고, 생각을 정리할 수 없었다. 앞으로 아무 일도 없었다는 듯 살아갈 자신이 없었다. 나는 경찰서를 찾아가 자수를 해야겠다고 결심하며 샤워부스를 나왔다. 그러다가 고작 일 분 만에 마음을 바꿨다. 내가 자백할 경우 막심과 프란시스 아저씨도 함께 끌려들어갈 수밖에 없는 상황이었다. 나를 도와주려다가 범죄를 저지른 막심, 나를 돕기 위해 범죄 세탁에 가담한 프란시스 아저씨를 도외시할 수 없었다. 결국 나는 이러지도 저러지도 못하고 한참 동안 불안감에 사로잡혀 있다가 트레이닝복을 입고 밖으로 나갔다.

2

나는 기진맥진해 쓰러질 때까지 호수를 끼고 달렸다. 호수 주변 나무에는 온통 눈꽃이 피어 있었고, 길은 눈이 쌓인 그대로 꽁꽁 얼어붙은 상태였다. 차가운 공기를 가르며 달리는 동안 나는 자연과 하나가 된 느낌을 받았다. 눈, 얼음, 나무, 호수, 바람 등 내 눈에 보이는 모든 자연현상이 새로운 빛이고 길이었다. 아무도 밟지 않은 눈길, 아무것도 적혀 있지 않은 새하얀 페이지 위에 내 인생의 다음 장을 써내려가야겠다고 마음먹었다.

관사로 돌아오는 길, 모처럼 달리기를 심하게 하는 바람에 팔다리에서 통증이 일었지만 니콜라 드 스탈 관에 들렀다. 대부분 학생들이 떠난 기숙사는 마치 유령선처럼 깊은 고요 속에 잠겨 있었다. 파니도 빙카도 방에 없었다. 파니의 방은 출입문이 굳게 닫혀 있는 반면 빙카의 방은 잠깐 외출한 듯 문이 잠겨 있지 않았다. 나는 빙카의 방으로 들어가 따스한 온기를 머금고 있는 방 안에서 몸을 녹이며 제법 오래 머물렀다. 방은 빙카의 분위기를 닮아 어디로 튈지 모르는 개성, 내밀한 열정, 시간의 흐름에서 벗어나 있는 듯 나른하고 자유분방한 분위기를 풍겼다. 침대는 마구 흐트러져 있었고, 시트에서는 상큼한 오드콜로뉴와 갓 베어낸 풀 냄새가 났다.

15평방미터에 불과한 작은 방 안에 빙카가 좋아하는 세계가 모두 담겨 있었다. 압정으로 고정시킨 〈히로시마 내 사랑〉과 〈뜨거운 양철 지붕 위의 고양이〉 포스터가 한쪽 벽을 장식하고 있었다. 콜레트, 버지니아 울프, 아르튀르 랭보, 테네시 윌리엄스 같은 작가들의 흑백 사진이 그 옆을 자시하고 있었다.

만 레이가 찍은 리 밀러의 에로틱한 사진이 게재된 잡지 한 페이지, 프랑수아즈 사강이 스피드에 대한 매혹, 바다, 반짝이는 암흑에 대해 쓴 글이 적힌 엽서도 눈에 들어왔다.

창틀 가장자리에는 반다 난초, 브랑쿠시(루마니아 출신 조각가)의 청동조각 작품인 〈포가니 양〉 복제품이 놓여 있었다. 내가 무슨 기념일엔가 선물한 기억이 났다.

책상 위에는 에릭 사티, 쇼팽, 슈베르트의 클래식 CD를 비롯해 록시 뮤직, 케이트 부시, 프로콜 하럼의 올드 팝송 CD가 쌓여 있었다. 빙카가 나에게 들려준 적 있지만 무척이나 난해해 소화하기 힘들었던 피에르 셰페르, 피에르 앙리, 올리비에 메시앙의 CD도 있었다.

침대 옆 탁자에는 내가 전날 보았던 책이 놓여 있었다. 러시아 출신의 마리나 츠베타이에바의 시집이었다. 표지를 넘기자 알렉시 클레망이 적어준 헌사가 눈에 들어왔다. 걷잡을 수 없는 중압감이 나를 짓눌렀다.

빙카에게
나는 육신이 없는 영혼이고 싶어.
영원히 너의 곁을 떠나지 않기 위해.
너를 사랑하는 건 곧 내가 사는 거야.
알렉시

나는 이미 제법 많은 시간이 흘렀지만 조금만 더 빙카를 기다리기로 했다. 아랫배가 따끔거릴 정도로 초조하고 답답한 시간이었다. 음악을 들으면 조금이나마 마음이 안정될지도 모른다는 생각에 미니 오디오에 손에 잡히는 대로 CD 한 장을 넣었다. 벨벳 언더그라운드의 전설적인 앨범에 수록된 첫 곡 〈선데이 모닝〉이 흘러나왔다. 내가 처한 상황과 너무나 잘 어울리는 곡이었다.

그 후로도 한참 동안 기다리다가 빙카가 돌아오지 않으리라는 확신이 들었지만 방에서 잠시 더 머물렀다. 빙카가 방에 남겨둔 존재의 편린들을 둘러보면서 나에게도 그녀의 조각들을 조금이나마 나눠주길 간절히 바랐다.

그 후, 여러 해를 살아오는 동안 빙카가 나를 빠져들게 했던 영향력의 본질이 무엇이었는지 자문해본 적이 많았다. 빙카가 살짝 문을 열고 보여주었던 세계의 실체는 무엇이었는지 곰곰이 따져보기도 했다. 빙카와 함께한 시간은 나에게 고통스러운 한편 매혹적이었고, 때론 현기증을 불러일으켰다. 빙카를 생각하면 언제나 마약이 떠올랐다. 빙카는 나와 함께할 때, 심지어 내가 그녀를 독점하고 있을 때조차도 늘 금단증세를 보였다. 물론 화음과 선율이 완벽한 음악을 들을 때처럼 그녀와 함께하는 동안 가끔 짜릿한 환희를 맛본 순간들도 있었다. 마법의 시간은 늘 그리 오래 지속되지 않았다. 빙카와 함께하면서 환희를 느낄 때조차 내심 지금 이 순간이 곧 비눗방울처럼 터져 어디론가 사라져버릴지도 모른다는 불안감을 떨쳐버릴 수 없었다.

내가 늘 우려했던 대로 이제 빙카는 어디론가 사라져버렸다.

3

나는 아버지와 통화하기로 약속한 시간을 지키기 위해 집으로 돌아갔다. 아버지는 타히티까지 기나긴 여정이 끝나는 오후 1시 이전에 전화하기로 했다. 국제통화료가 무척이나 비싸기도 했지만 아버지와 나는 둘 다 말수가 없는 편이라 통화는 간단하게 끝났다. 아버지와 나의 관계는 늘 그렇게 냉랭한 편이었다.

나는 통화를 마치자마자 엄마가 만들어두고 간 닭 요리를 먹었지만 다행히 구토는 하지 않았다. 오후에는 수학과 물리 문제를 풀며 불안하고 암울한 생각들을 멀리 떨쳐버리려고 애썼다. 미분방정식 문제를 풀다가 도저히 집중이 되지 않아 포기했다. 나의 머릿속은 알렉시를 살해하던 장면으로 가득 채워졌고, 이내 공황장애를 느꼈다. 초저녁 무렵, 엄마가 전화했을 때까지 난 의식의 표류 상태를 벗어나지 못했다.

나는 엄마에게 어제 벌어진 일을 모두 털어놓기로 결심했다. 내가 이야기를 꺼내려고 작정한 순간 엄마는 그럴 기회를 주지 않았다. 엄마는 내일 당장 랑드로 오라고 제안했다. 보름 동안 텅 빈 집에서 나 혼자 공부하는 건 성적 향상에 결코 도움이 되지 않을 거라고 했다. 엄마는 공부도 가족들이 있는 곳에서 해야 좋은 성과를 얻을 수 있다는 말을 덧붙였다.

나 혼자 있다가는 공황장애가 심각해질 수도 있다고 생각해 엄마의 제안을 받아들였다. 나는 도로변에 눈이 그대로 남아 있는 월요일 새벽에 기차에 올랐다. 일단 앙티브에서 마르세유까지 가고 나서 다시 열차를 갈아타고 보르도까지 갔다. 보르도에서 기차가 고장 나는 바람에 철도청에서 버스를 대절해 닥스까지 승객들을 날랐다. 고달픈 하루를 보낸 나는 자정이 지나서야 가스코뉴 지방에 도착했다.

조반나 이모는 언덕에 위치한 작은 집에 살았다. 담쟁이로 뒤덮인 집으로 지붕이 심하게 망가져 비가 오면 여기저기서 물이 샜다. 1992년 말, 랑드에는 거의 하루도 거르지 않고 비가 내렸다. 오후 5시만 되면 먹구름이 잔뜩 낀 하늘 탓에 주위가 어둑어둑해졌고, 해는 언제 다시 떠오를지 기약이 없었다.

나는 대부분 집 안에서 틀어박혀 지냈고, 2주 동안 무엇을 하며 지냈는지 특별한 기억이 남아 있지 않았다. 집 안은 마치 사람이 살지 않는 집처럼 고요했고, 매일이다시피 내리는 비 때문에 습기가 가득 차 있었다. 낮은 짧았고, 내가 머물던 방은 난방이 제대로 되지 않아 추웠다. 내 기분도 덩달아 서글펐다. 2주 동안 매일 비슷한 날들이 이어졌다. 나는 이모뿐만 아니라 우리 세 사람 모두가 환자 같다는 느낌이 들었다. 가끔 오후가 되면 엄마가 크레이프를 만들어 함께 나누어 먹고 나서 다들 소파에 나란히 앉아 〈형사 콜롬보〉나 〈전격 대작전〉 재방송을 보거나 크리스마스만 되면 우려먹는 〈산타클로스의 암살〉 같은 영화를 보며 시간을 때웠다.

나는 수학이나 물리 문제집을 단 한 번도 들춰보지 않았다. 한시도 머릿속을 떠나지 않는 그날의 장면과 내가 저지른 짓에 대한 죄책감이 겹칠 때마다 소설 읽기가 그나마 좋은 방편이 돼주었다. 불안감을 떨쳐버리거나 현실에서 도망치고 싶을 때 소설책을 펼치면 조금이나마 힘든 시간을 견뎌낼 수 있었다.

이모 집에서 보낸 2주 동안 무얼 하며 지냈는지 뚜렷한 기억이 남아 있시 않지만 그때 읽은 소설만큼은 기억한다. 1992년 말, 나는 이고디 그리스토프의 《비밀 노트》에 등장하는 쌍둥이와 더불어 전쟁으로 피폐화된 땅에서 잔혹하기 그지없는 인간들을 상대로 살아남기 위해 발버둥치기도 했고, 루이스 세풀베다의 《연애 소설 읽는 노인》과 함께 아마존 밀림을 가로지르기도 했고, 밀란 쿤데라의 《참을 수 없는 존재의 가벼움》을 읽으며 프라하의 봄 시절 도심 한가운데를 점령한 탱크들을 상상하기도 했다.

소설은 내 불안감과 죄책감을 치유해주지는 못했지만 잠시 동안이나마 온몸을 짓누르는 압박감으로부터 벗어나게 해주었다. 말하자면 소설은 나에게 일종의 모르핀이었고, 시시때때로 나를 덮쳐오는 공포로부터 방어해주는 방파제였다.

그 당시 아침에 일어나 하늘을 가득 채운 먹구름을 바라보며 어쩌면 오늘이 내가 자유를 누릴 수 있는 마지막 날이 될지도 모른다고 생각했다. 집 앞 도로에서 자동차 소리가 들려오면 경찰이 나를 체포하러 왔을 거라고 지레짐작해 두려움에 떨었다. 이웃집에 사는 누군가가 찾아와 출입문을 두드리면 경찰로 오인해 지붕 꼭대기로 도망쳐 올라가기도 했다. 무슨 일이 있어도 잡혀가긴 싫었고, 여차하면 지붕에서 몸을 날릴 심산이었다.

4

우려와 달리 아무도 나를 체포하러 오지 않았다.

크리스마스 휴가가 끝나자 생텍쥐페리고교는 이전과 똑같은 리듬을 되찾았다. 모두들 알렉시에 대해 이러쿵저러쿵 소문으로 들은 이야기를 한마디씩 풀어놓았지만 대부분 전혀 신빙성이 없었다. 소문에 따르면 빙카와 알렉시는 오래전부터 은밀한 관계를 맺어오고 있었고, 크리스마스 휴가가 시작되자마자 함께 사라졌다는 내용이었다. 한마디로 헛소문에 불과했지만 스캔들을 즐기는 일부 학생들의 입을 통해 매일 새로운 가설들이 덧붙여지며 생텍쥐페리고교 전체를 흥분의 도가니로 몰아넣었다.

생텍쥐페리고교 학생들은 너 나 할 것 없이 빙카와 알렉시에 대해 자기만 알고 있는 비밀스러운 이야기를 한 가지씩 덧붙였다. 남학생들 대부분이 좋아했던 빙카였기에 다들 그 아이의 신비하고 고고한 매력을 허무는 쾌감을 놓치려 하지 않았다. 급기야 두 사람에 대한 소문은 입에 담기 어려운 험담으로 이어졌다. 심지어 일부 교사들마저도 앞뒤 재보지 않고 쑥덕공론에 가담했다.

나는 다들 형편없는 거짓 소문을 퍼뜨리면서 마치 경쟁이라도 펼치듯 서로 자기 말이 옳다고 주장하는 그들의 행태에 구역질이 났다. 그나마 이과 대학입시 준비반의 장크리스토프 그라프 선생님과 고등사범 입시 준비반의 드빌 선생님은 소문에 휩쓸리지 않고 품위를 지켰다.

나는 드빌 선생님의 강의를 듣지는 않았지만 교장실에서 이렇게 말하는 소리를 들은 적이 있었다.

"너절한 소문에 불과한 말들이 진실로 둔갑할 만큼 우리의 수준이 추락해서는 안 됩니다. 타인에 대한 확인되지 않은 험담은 처방할 약도 없는 고약한 전염병입니다."

드빌 선생님의 말을 듣고 크게 감명받은 나는 제법 오랫동안 뭔가 어더운 절망을 내뱉어 힐 때마다 그 밑을 띠올리며 용기를 냈다.

빙카의 할아버지 앨러스테어가 빙카의 실종에 대해 진지한 관심을 보이기 시작했다. 빙카는 할아버지를 대단히 권위적이고 말수가 적은 노인이라고 한 적이 있었다. 앨러스테어는 빙카의 실종이 납치사건일 가능성이 높다고 규정했고, 엄연히 로크웰 가에 대한 중대한 도전이자 공격으로 간주했다. 알렉시의 부모 또한 아들의 실종에 대해 의문을 품기 시작했다. 알렉시는 크리스마스 휴가를 맞아 친구들과 함께 베르흐테스가덴에서 일주일 동안 스키를 즐길 예정이었다. 알렉시가 약속 장소에 나타나지 않았을 뿐만 아니라 늘 그랬듯 부모와 함께 연말연시를 보내기 위해 찾아오지도 않았다고 했다.

실종자 가족들은 몹시 불안해하며 신속하게 수사에 착수해야 한다고 주장했지만 경찰은 실종 사건인지 단순한 사랑의 도피인지를 두고 설왕설래를 거듭하느라 제법 긴 시간을 허비했고, 수사에 필요한 인력을 확보하느라 또다시 많은 시간을 소요했다. 우선 빙카가 자기결정권이 있는 성년이라는 점이 논란의 대상이 되었다. 게다가 빙카는 프랑스계 미국인이었고, 알렉시는 독일 국적 소유자였다. 두 사람이 실종된 장소도 특정할 수 없었고, 둘 중 한 사람이 상대를 살해하고 도주했는지 아니면 둘 다 희생자인지도 구분하기 힘든 상황이었다.

크리스마스 휴가가 끝나고 일주일이 지나서야 경찰은 수사에 착수했다. 경찰은 우선 생텍쥐페리고교를 방문해 두 사람과 가깝게 지낸 사람들을 만나 진술을 듣고 나서 실종자들이 사용했던 각각의 방을 수색하고 출입을 통제하는 조치를 취했다. 엄연히 초동수사였음에도 과학수사반을 동원하지도 않았다.

　경찰의 수사는 2월 말에 빙카의 조부인 앨러스테어가 프랑스를 방문한 이후에야 제법 가속도가 붙었다. 저명한 사업가인 앨러스테어는 언론과의 인터뷰에서 빙카를 찾아내기 위해 사설탐정을 고용했다고 말했다. 생텍쥐페리고교에 다시 한번 형사들이 들이닥쳤다. 이번에는 군인경찰 소속이 아니라 니스에 있는 광역사법경찰 소속 형사들이었다. 그들은 이전보다 많은 사람들을 만나 진술을 들었다. 나와 막심, 파니도 조사 대상에 포함되었다. 그들과 동행한 과학수사대 사람들이 빙카의 방에서 지문과 DNA를 채취했다.

　조사대상자들의 진술을 종합해본 결과 12월 20일 일요일부터 다음 날인 12월 21일 월요일, 그러니까 빙카와 알렉시가 사라져버린 이틀 동안 무슨 일이 있었는지 비교적 구체적으로 드러났다.

　생텍쥐페리고교 경비원 파벨 파비안스키는 일요일 오전 8시에 알렉시가 운전하는 알핀 A310 자동차가 학교 밖으로 나갈 수 있도록 출입구를 막고 있던 차단기를 열어주었다고 진술했다. 파벨은 조수석에 타고 있던 빙카가 차창을 열고 인사를 한 사실도 기억해냈다.

　일요일 오전 8시 10분경 오사르투 로터리에서 눈을 치우던 시청 직원 두 사람이 알렉시의 차가 앙티브 쪽으로 방향을 틀었다고 증언했다. 게다가 알렉시의 차가 발견된 장소도 앙티브역 근처의 리베라시옹 대로변에 있는 코인 빨래방 앞이었다.

　파리 행 열차 안에서 빨강머리 여자가 '뮌헨글라드바흐'라고 새겨진 모자를 쓴 남자와 동승한 걸 보았다고 증언한 승객들도 여러 명 나타

넜나. 뮌헨글라프바흐는 일렉시가 좋아하는 축구팀이 있다.

파리 7구 생시몽 가에 위치한 생트 클로틸드 호텔의 야간 당직자는
일요일 저녁에 빙카와 알렉시가 그 호텔에서 하룻밤 투숙한 사실을 확
인해주었다. 호텔의 야간 당직자는 전날 전화로 예약이 이루어졌고, 당
일 프런트에서 숙박료를 결제했다고 증언했다.

두 사람은 호텔 객실의 미니바에서 맥주 한 캔과 파인애플주스 한 캔
을 마셨고, 프링글스 칩스 두 봉지를 먹었다. 야간 당직자는 심지어 빨
강머리 아가씨가 프런트에 들러 혹시 체리코크가 있는지 물어 없다고
말해준 기억이 난다고 증언했다.

일요일 저녁까지 두 사람의 행적이 밝혀진 셈이었다. 다만 그 다음 날
인 월요일 아침부터 행방이 묘연해졌다. 다음 날 아침 빙카와 알렉시는
방에서도 식당에서도 아침 식사를 하지 않았다. 청소 도우미가 두 사람
이 이른 새벽에 복도로 걸어 나가는 걸 봤다고 증언했으나 그들이 호텔
을 빠져나가는 모습을 실제로 본 사람은 아무도 없었다. 그들이 욕실에
두고 간 세면도구와 화장품 몇 가지는 고객들이 두고 간 물건을 보관해
두는 장소로 입고되었다.

경찰 수사는 사실상 그 지점에서 마무리되었다. 빙카와 알렉시를 다
른 장소에서 보았다는 증언은 더 이상 나오지 않았다. 그 당시 대부분
의 사람들은 그들이 사랑의 열정이 식게 되면 자연히 생텍쥐페리고교에
다시 나타날 거라 예상했다.

경찰 수사는 괄목할 만한 성과 없이 마무리되었지만 앨러스테어의 변
호사들은 끝까지 단념하지 않았다. 그들은 경찰서를 방문해 빙카와 알

렉시가 일요일 밤에 묵었던 호텔의 객실에서 수거한 칫솔과 빗을 과학수사대에 보내 유전자 검사를 해주길 요청했다. 그 결과 칫솔에서 나온 유전자가 빙카의 유전자와 일치한다는 결과를 얻어냈다. 그럼에도 수사는 단 한 발자국도 진전되지 않았다. 그 후로도 경찰은 수사를 계속했지만 실질적인 한계에 봉착했다.

2002년, 앨러스테어는 중병을 앓다가 사망했다. 나는 2001년 9.11 사태가 있기 몇 주 전 앨러스테어의 사무실이 있던 월드 트레이드 센터 50층에서 직접 그를 만난 적이 있었다. 그는 빙카로부터 내 이야기를 여러 번 들었다고 했다. 빙카가 나를 상냥하고 똑똑하고 섬세한 남자라고 말했다지만 전혀 칭찬처럼 들리지 않았다. 나는 빙카의 조부에게 나보다 키가 10센티나 큰 알렉시를 쇠파이프로 때려죽였다고 말하고 싶은 충동이 일었지만 가까스로 억눌러 참았다.

나는 사실 앨러스테어가 고용한 사설탐정이 빙카의 실종과 관련해 뭔가 새로운 사실을 알아냈는지 궁금해 그와 면담한 적이 있었다. 그는 고개를 절레절레 저으며 아직 괄목할 만한 진전이 없었다고 고백했다. 나는 그의 말이 사실인지 거짓인지에 대해 알아낼 재간이 없었다.

시간이 흐르면서 점차 아무도 빙카 사건에 대해 관심을 기울이지 않게 되었다. 나는 물론 그 사건에 대해 지속적인 관심을 보일 수밖에 없는 입장이었다. 경찰이 처음부터 수사 방향을 잘못 잡았다는 사실을 알고 있는 몇 안 되는 사람 가운데 하나이기도 했다. 그때까지 두어 가지 질문이 끊임없이 나를 괴롭혔다.

빙카의 실종과 알렉시의 죽음이 서로 연관되어 있을까? 나는 과연 빙카의 실종에 대해 책임이 있을까?

  지난 25년 동안 나는 줄곧 두 가지 의문을 풀어줄 실마리를 찾아왔다. 무려 25년이라는 세월이 흘렀지만 나는 여전히 그 질문들에 대한 해답을 찾지 못했다.

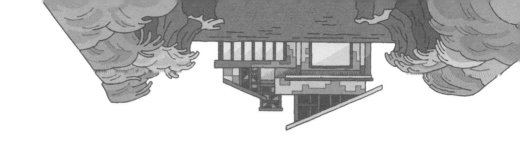

다른 아이들과

다른 아이

1. 앙티브의 거리에서

이 책은 아마 경찰이 등장하는 추리소설일 텐데, 그래도 나는 경찰은 아니다.

_제시 켈러만

1

나는 앙티브에 도착해 보방항구 주차장 입구에 차를 세웠다. 전 세계에서 가장 근사하다고 일컬어지는 요트 몇 척이 정박해 있는 항구였다. 1990년 7월, 열여섯 살이 된 내가 여름방학을 맞아 처음으로 아르바이트를 한 곳이기도 했다. 나는 매일 관광객들로부터 30프랑을 받고 주차장 차단기를 올려주는 일과 주차 도우미로 일했다. 그해 여름, 아르바이트를 하는 틈틈이 프루스트의 《스완네 집 쪽으로》와 클로드 모네가 그린 루앙 대성당이 나오는 폴리오 문고판을 읽었다. 그해 여름, 나는 곱슬머리 금발을 뱅 스타일로 잘랐고, 파리에서 온 여학생 베레니스와 미숙한 사랑을 나누기도 했다.

베레니스는 해변에 올 때마다 주차장 경비실 앞에 멈춰 서서 나와 몇 마디 말을 주고받았다. 얼마 지나지 않아 나는 그 아이가 샤를 스완과 오데트(마르셀 프루스트의 《잃어버린 시간을 찾아서》에 나오는 인물들)보다는 글렌 메데이로스나 뉴키즈 온 더 블록에 대해 더 관심이 많다는 걸 알게 되었다.

　이제 보니 내가 여름방학을 맞아 아르바이트를 하던 자리에 자동차단기가 설치되어 있었다. 나는 주차권을 뽑고 나서 항만 사무실 근처 빈자리에 차를 세우고 부둣가를 거닐었다. 지난 25년 사이에 정말이지 많은 변화가 있었다는 사실을 실감할 수 있었다. 항구로 진입하는 도로가 넓어졌고, 많은 지역이 보행자 전용 구역으로 지정되었다. 다만 수려한 경치는 예전 그대로였다. 이 지역 해안은 어디나 아름다웠지만 보방항구는 내가 첫손가락에 꼽을 만큼 경치가 빼어났다. 눈앞에서 넘실거리는 쪽빛 바다, 항구에 정박해 있는 다양한 선박들, 그 뒤로 보이는 카레요새의 웅장하고 위엄 있는 자태, 항구를 품 안 가득 안고 있는 파란 하늘, 멀리 보이는 산들이 한데 어우러지며 이루어내는 조화미가 일품이었다.

　나는 미스트랄이 부는 날을 좋아했다. 마침 미스트랄이 불어왔고, 이 항구를 이루는 모든 요소들이 나를 과거와 연결시켜주며 내가 그토록 사랑했지만 그다지 유쾌하지 않은 이유로 떠날 수밖에 없었던 이곳에 다시 뿌리를 내리라는 유혹의 손짓을 보냈다. 나는 이제 쓸데없는 환상 따위에 매혹될 만큼 어리석지 않았다. 앙티브는 내가 청소년기를 보냈던 시절과 많이 달라져 있었다. 내가 뉴욕과 마찬가지로 앙티브를 기억할 때마다 떠오르는 이미지를 계속 사랑하리라는 건 부정할 수 없었다.

　앙티브는 코트다쥐르의 다른 지역처럼 요란하고 번잡스러운 모습에서 여전히 비껴나 있는 곳, 재즈의 도시, '잃어버린 세대'에 등장하는 미국인들의 도시, 내가 빙카에게 소개해준 도시, 수많은 예술가들을 품어 안아준 도시였다.

모파상은 이 항구에 애시중시하던 배 '벨아미'를 정박해두었고, 스코트 피츠제럴드와 젤다는 종전 후 벨 리브에서 살았고, 피카소는 러시아 출신 프랑스 화가 니콜라 드 스탈이 가장 빼어난 작품들을 그린 아파트와 아주 가까운 그리말디 성에 작업실을 마련했다. 영화화된 내 모든 작품의 OST를 작곡한 키스 자렛은 정기적으로 피네드의 무대에 섰다.

나는 보방항구와 요새화된 구도심의 경계 지점인 포르트 마린을 통과했다. 봄날 주말을 맞아 제법 많은 사람들이 활기차게 오갔으나 아직 이 도시의 본래 모습을 훼손할 정도로 많은 관광객들이 몰려드는 시즌은 아니었다. 아직은 오베르농 가에서조차 사람들과 어깨를 부딪치지 않고 여유로운 산책을 즐길 수 있었다. 마세나 산책로의 꽃집, 채소 상인, 치즈 상인, 프로방스 특산품을 파는 상인들은 벌써 판매대를 접기 시작했지만 시장은 여전히 화사한 색상의 향연이 펼쳐져 있었다. 호객 행위를 하는 상인들의 프랑스 남부 사투리가 검은 올리브, 각종 감귤류 정과, 박하, 말린 토마토 등 다채로운 향기와 모양이 빚어내는 교향곡 속으로 사람들의 발길을 이끌었다.

시청 앞 광장에서는 오전 타임의 마지막 결혼식이 열리고 있었다. 신랑 신부가 하객들의 축하 소리와 장미꽃 세례를 받으며 계단을 내려왔다. 나는 수만 리나 떨어진 뉴욕에 살고 있었고, 전혀 모르는 사람들의 결혼식이었지만 하객들의 환호와 환한 미소를 보자 덩달아 기분이 좋아졌다. 아마도 그들이 보내는 즐거운 에너지가 내게도 전염된 듯했다.

나는 아버지가 어렸을 때 살았던 사드 가를 따라 나시오날 광장에 있는 미켈란젤로 식당까지 어슬렁거리며 걸어갔다. 미켈란젤로 식당은 이

도시를 대표하는 곳으로 이 동네 사람들은 식당 주인 이름을 따 흔히 '마모'라고 불렀다. 식당 테라스에 아직 빈자리가 더러 있었다. 나는 빈 테이블에 앉아 이 동네에서만 맛볼 수 있는 파스티스와 바질을 곁들인 레몬에이드를 주문했다.

2

나는 한 번도 내 서재나 책상을 가져본 적이 없었다. 초등학교 입학과 함께 숙제라는 세계에 입문한 이후 줄곧 열린 공간에서 공부하기를 좋아했다. 주방, 도서관 열람실, 카페 같은 곳들이 내가 주로 공부하는 장소였다. 뉴욕에서는 스타벅스, 호텔 바, 공원, 식당들에서 글을 썼다. 나는 조용한 곳보다는 사람들이 웅성거리며 대화를 주고받고, 다양한 소음이 들려오는 장소에서 오히려 생각이 잘 풀렸다.

나는 스테판의 책을 테이블 위에 내려놓고 주문한 음료가 나오기를 기다리며 휴대폰 메시지를 확인했다. 엄마가 보낸 한 개의 메시지가 들어와 있었다. 엄마는 기분이 많이 언짢았는지 최소한의 인사치레도 생략하고 다짜고짜 본론이었다.

젤리에게 들었는데 생텍쥐페리고교 개교 50주년 기념행사에 왔다더구나. 프랑스에 왔으면 엄마한테 먼저 알렸어야지. 아무튼 오늘 저녁에는 식사라도 같이 하게 집으로 와라. 막심 가족을 초대했는데 그들도 너를 보면 반가워할 거야.

엄마, 나중에 전화할게요.

나는 짧게 답장을 보내고 나서 휴대폰으로 《니스 마탱》 앱을 다운받아 4월 9일부터 15일까지 신문을 구매했다. 신문을 훑어보던 중 내가 찾던 기사가 눈에 들어왔다. 스테판이 쓴 기사로 생텍쥐페리고교 학생들이 기숙사 지하에 방치된 사물함에서 돈이 가득 든 가방을 찾아냈다는 내용이었다. 기사를 꼼꼼히 읽어봤지만 그다지 주목할 만한 부분은 발견하지 못했다. 게다가 돈이 들어 있던 가방 사진이 없어 더욱 실망스러웠다. 기사에는 '일부 학생들이 돈다발이 들어 있는 가방을 찍은 사진을 SNS에 올렸으나 경찰이 수사 기밀 유지를 위해 사진을 내려달라고 요청했다'는 내용이 실려 있었다.

학생들이 가방 사진을 SNS에 올린 적이 있다면 분명 어딘가에 아직 삭제되지 않고 남아 있을 공산이 컸다. 다만 나는 스마트 기기를 다루는데 능숙하지 않아 빠른 시간 안에 사진을 찾아낼 자신이 없었다.

《니스 마탱》 앙티브 지국이 나시오날 광장 버스 정류장 부근이니 바로 지척이었다. 나는 잠시 망설이다가 스테판과 통화를 시도했다.

"스테판? 나, 토마야."

"저명한 작가님께서 어쩐 일이야? 이제 나 없이는 단 하루도 못 살겠어?"

"나, 지금 마모에 와 있어. 근처에 있으면 새끼 양 어깨고기 찜을 사줄 테니까 어서 와."

"좀 있다가 갈 테니까 내 몫까지 음식을 주문해. 지금은 기사를 쓰고 있는데 곧 끝날 거야."

"중요한 기사야?"

"얼마 전, 컨벤션센터에서 은퇴자들을 위한 실버 물품 박람회가 열렸어. 그다지 중요한 기사는 아니야. 이런 기사로 '알베르 롱드르 상(프랑스 언론계 최고 권위의 상)'을 받긴 어렵겠지."

스테판이 오길 기다리며 그가 쓴 책을 집어 들었다. 도서관에서 책을 처음 봤을 때부터 표지를 장식하고 있는 사진에 눈길이 갔다. 댄스플로어에서 춤을 추는 빙카와 알렉시를 찍은 사진이었다. 12월 중순, 그러니까 빙카와 알렉시가 사라지기 일주일 전 사진으로 두 사람이 함께 연말 파티를 즐기는 장면이었다. 빙카가 알렉시를 향해 열정적인 눈길을 던지고 있는 그 사진을 볼 때마다 나는 속이 거북했다. 빙카의 눈에는 알렉시에 대한 사랑과 흠모의 감정이 듬뿍 담겨 있었고, 상대를 자기 남자로 만들고 싶어 하는 욕망이 묻어났다. 누가 찍은 사진인지는 모르겠으나 촬영자는 댄스플로어에서 서로 마주 보며 춤을 추고 있는 두 사람이 더할 나위 없이 우아하고 감각적인 동작을 취한 순간을 놓치지 않고 포착해 영원히 정지된 시간 속에 저장해두었다. 흡사 로베르 드와노(프랑스의 유명 사진작가)가 찍은 사진과 닮아 보이기도 했다.

이 사진은 누가 찍었지?

나는 그 이전에도 책 표지를 여러 번 보았지만 사진을 찍은 사람이 누군지에 대해서는 그다지 관심을 갖지 않았다. 책 판권 페이지에 사진 출처에 대한 설명이 나와 있는지 살펴보았지만 없었다.

'이 책에 대한 모든 권리는 《니스 마탱》에 있다'는 문장만 인쇄되어 있었다.

나는 유내톤 카메디코 책 표지를 찍은 마음 라파엘에게 뮤자메시지로 전송했다. 라파엘은 패션계에서 활발하게 활동하는 사진작가로 트라이베카에 사는 내 이웃이기도 했다. 그는 특히 인물 사진을 잘 찍는 사진작가로 유명했다. 인물 사진을 찍을 때 포인트를 잡아내는 감각이 남달리 뛰어났다. 그의 사진은 대체로 간결하면서도 강렬한 인상을 주었다. 그는 여러 해 전부터 내 책의 홍보용 사진을 비롯해 책 표지 앞뒤 사진을 찍어주고 있었다. 나는 언제나 그가 찍은 사진이 마음에 들었다. 그는 내 얼굴에서 과거에는 흔히 볼 수 있었지만 지금은 사라져버린 특징을 완벽에 가까울 정도로 복원해내는 능력이 있었다. 가령 그가 찍은 사진으로 보는 내 모습은 실제보다 얼굴빛이 환하고 피부가 반짝반짝 빛나고, 눈빛에 희망적인 메시지를 담고 있고, 좀 덜 뒤틀린 사람으로 보였다. 요컨대 내 인생이 꼬이지 않고 순탄하게 풀렸더라면 그런 얼굴을 하고 있을 가능성이 컸다.

사진을 전송하고 나서 얼마 안 있어 라파엘로부터 전화가 왔다. 그는 평소 이탈리아 악센트가 섞인 프랑스어를 구사했다.

"난 지금 광고사진 촬영 때문에 밀라노에 와 있어. 자네가 보낸 사진에 등장하는 미녀는 누구야?"

"빙카 로크웰, 내가 사랑했던 여자야."

"아, 기억나네. 자네가 언젠가 그 여자에 대해 얘기해준 적 있었지."

"그 사진을 본 소감이 어때?"

"자네가 찍은 사진이야?"

"아니."

"단순히 기술적으로 보자면 핀트가 살짝 흔들렸으니 높은 점수를 줄수는 없어. 다만 이 사진을 찍은 사람이 결정적인 순간을 포착해낼 수 있는 직관력과 감각이 남달리 뛰어나다는 점은 높이 살만해. 사실 그 부분이 사진에서 가장 중요한 포인트이기도 하지. 카르티에 브레송이 말하길 '사진은 움직임 속에서 표현의 균형을 포착해야 한다'라고 했으니까. 이 사진을 찍은 사람은 결정적인 순간을 잡아 영원으로 바꾸어놓았어."

"자네는 항상 나에게 '사진만큼 기만적인 매체는 없다'고 말했잖아."

"서로 모순되는 말로 들리겠지만 잘 따져보면 충분히 양립할 수 있는 말이야."

전화기 너머에서 음악 소리에 이어 그만 전화를 끊으라는 여자 목소리가 들려왔다.

"이제 작업하러 가봐야 해. 내가 다시 전화할게."

라파엘이 미안해하며 말했다.

나는 다시 스테판이 쓴 책을 뒤적거리기 시작했다. 스테판은 수사에 동참했던 형사들로부터 수집한 증언들과 참고인들을 만나 전해 들은 이야기들을 책에 꼼꼼하게 수록했다. 나는 이 책이 처음 출간되었을 당시에 이미 읽어보았다. 가끔 책 홍보 때문에 파리에 체류하는 동안 접촉 가능한 참고인들을 만나 나름의 조사를 벌이기도 했다.

이미 읽은 책이지만 나는 20분에 걸쳐 다시 한번 내용을 훑어보았다. 사실 빙카 사건의 참고인들은 생텍쥐페리고교를 중심으로 거미줄처럼 연결되어 있었다. 수많은 증인들로부터 다양한 증언이 쏟아져 나왔지만 종합해보면 결국 큰 틀에서는 서로 다르지 않은 내용이었다.

빙카와 알렉시, 두 사람은 알핀 지동차를 타고 샌베쉐베리 가게금 떠났고, 함께 파리 행 기차에 올랐다. 알렉시는 머리에 뮌헨글라드바흐 축구팀 모자를 쓰고 있었고, 두 사람은 생시몽 가에 있는 호텔에 투숙했다. 빙카는 프런트로 와 체리코크가 있는지 물은 적이 있었다. 두 사람은 다음 날 새벽 일찍 복도로 나왔고, 어디론가 감쪽같이 사라졌다. 야간 당직자와 교대한 프런트 담당 직원은 두 사람이 묵었던 객실 열쇠가 프런트 창구에 놓여 있는 걸 발견했다.

스테판은 책에서 여전히 의문이 가시지 않는 부분에 대해 자문자답하고, 아직 제대로 밝혀지지 않은 점을 집중적으로 조명하고 있었지만 나름의 설득력 있는 추론을 세우지는 못했다. 그는 빙카 사건을 수사한 형사들과 참고인들의 증언을 토대로 세웠던 가설이 실종자를 찾아내기에는 턱없이 부족했다는 점을 지적하는 한편 새로운 수사의 필요성을 제기하는 차원에서 책을 마무리하고 있었다.

스테판보다 내가 한 발 앞서나가고 있는 셈이었다. 일요일부터 월요일 새벽까지 빙카와 동행했던 남자는 알렉시가 아니었으니까. 알렉시는 이미 죽은 몸이었으니 빙카와 동행한 또 다른 남자가 존재한다는 의미였다.

나는 무려 25년 동안 일요일에 빙카와 동행한 남자를 찾고 있는 중이었다.

3

"좋은 책을 읽고 있었네!"

스테판이 앞에 앉으며 말했다.

나는 책에서 눈을 떼고 고개를 들었다. 미로처럼 얽히고설킨 과거의 사건에서 완전히 벗어나지 못한 나는 잠시 멍한 눈으로 그를 바라보았다.

"자네가 쓴 이 책이 생텍쥐페리고교 도서관에서 블랙리스트 취급을 받고 있다는 사실을 알고 있었나?"

스테판은 접시에 담겨 있는 검은 올리브 한 개를 손가락으로 집어 올렸다.

"젤리가 내 책을 블랙리스트에 올려놓았나본데 오히려 잘된 일이야. 읽지 말라고 하면 더욱 읽고 싶어지는 법이니까. 인터넷에 PDF 파일이 있으니까 원한다면 얼마든지 찾아내 읽을 수 있을 거야."

"자네는 요즘 학생들이 빙카에게 푹 빠져 있다는 사실을 어떻게 생각해?"

"이 사진을 보면 자네도 쉽게 이해가 될 거야."

스테판이 책에서 사진이 실린 페이지를 펼쳐 보였다.

나는 굳이 사진을 보지 않아도 빙카의 이미지를 또렷하게 떠올릴 수 있었다. 아몬드형 눈, 압생트 주 빛깔 눈동자, 제대로 빗지 않아 오히려 자연스러운 빨강머리, 뾰로통한 입, 무심한 듯 시크한 얼굴.

"사실 빙카의 이미지는 매우 특별했어."

스테판이 서둘러 결론부터 말했다.

"빙카가 의식적으로 노린 건 아니었겠지만 은연중 프렌치시크가 체화되어 있었지. 브리지트 바르도와 레티샤 카스타의 중간쯤 되려나? 빙카의 이미지는 어떤 의미에서 자유를 상징했지."

스테판이 물을 한 모금 마시고 나서 이야기를 이어갔다.

"만약 빙카가 스무 살 시절 모습을 그대로 간직하고 이 시대에 나타난다면 아마도 인스타그램에서 난리가 날 거야. 적어도 팔로워를 육백만 명 정도 거느린 잇걸이 되겠지."

식당 주인이 새끼 양고기 찜 요리를 손수 가져와 먹기 좋게 썰어주었다.

스테판이 양고기를 몇 조각 집어먹고 나서 다시 말을 이었다.

"빙카가 과연 센세이셔널한 팬덤 현상을 감당할 수 있었을까? 나보다는 자네가 빙카에 대해 더 잘 알겠지만 이미지를 제하고 나면 그 아이에게서 뭐가 남지? 내면은 그저 평범한 여자아이에 불과하지 않았을까?"

내가 대꾸하지 않자 스테판이 나를 도발했다.

"자네는 빙카를 너무 이상화시켜 바라보는 경향이 있어. 열아홉 살에 어디론가 증발해버렸으니 신비감이 큰 탓이겠지. 만약 자네가 빙카와 결혼했다고 상상해봐. 지금쯤 어떻게 돼 있을지 그림이 그려져? 아이를 셋쯤 낳았다면 적어도 체중이 20킬로그램쯤 불었을 테고, 가슴도 축 처지고, 얼굴에 주름살도 잡히고……."

"닥쳐!"

나는 갑자기 버럭 소리를 질렀다.

"미안! 내가 너무 나간 건가?"

스테판이 깜짝 놀라며 재빨리 사과했다.

우리는 5분 정도 아무 말도 하지 않고 새끼 양고기 찜 요리와 샐러드를 먹는 데 열중했다.

"자네 책 표지에 쓴 사진을 누가 찍었지?"

내가 책 표지를 짚으며 물었다.

스테판이 미간을 찌푸렸다.

"사실은 나도 몰라. 아마 신문사 자료실에 있던 사진을 가져다 썼을 거야."

"사진을 찍은 사람이 누군지 확인해줄 수 있어?"

스테판이 주머니에서 휴대폰을 꺼내더니 누군가에게 문자메시지를 보냈다.

"클로드한테 물어볼게. 1992년에 그 사건을 담당했던 기자야."

"지금도《니스 마탱》에서 일해?"

"클로드는 나이가 일흔 살이야. 오래전에 은퇴해 지금은 포르투갈에서 유유자적하며 지내고 있어. 갑자기 그 사진을 누가 찍었는지 궁금해진 이유가 뭐야?"

"뭐, 별일 아닐 수도 있지만 사진을 찍은 사람이 실종된 두 사람과 그 자리에 함께 있었다는 뜻이니까 참고가 될 수 있을까 해서 그래. 누군지는 모르지만 근사한 사진을 찍어준 걸 보면 두 사람과 매우 각별한 사이가 아니었을까?"

"누군가 당사자들 몰래 사진을 찍었을 수도 있잖아."

"물론 그럴 수도 있겠지만 몰래 찍은 사진치고는 구도가 너무 좋잖아."

"자네 말을 듣고 보니 나도 궁금하긴 하네."

"사진 이야기가 나왔으니 말인데 자네가 쓴 기사를 읽어보니 아이들이 10만 프랑이 들어 있는 가방 사진을 찍어 SNS에 올렸다던데?"

"자네 말대로 학생들이 SNS에 사진을 올렸는데 경찰이 즉시 내리게 했어."

"자네가 팀팅 기자였으니 그 사진들을 보관하고 있겠군 그래."

"자네는 역시 저명한 작가답게 눈치가 빨라."

"그 사진들을 나에게 좀 보여줘."

스테판이 휴대폰에서 그 사진들을 찾기 시작했다.

"난 자네가 이 사건에 별로 관심이 없는 줄 알았어."

"그럴 리 없잖아. 자네도 내가 빙카를 얼마나 좋아했는지 알면서 그래."

"메일 주소를 불러줘."

나는 메일 주소를 불러주며 스테판보다 내가 조사를 해나가는 데 불리한 부분이 있다는 걸 인정하지 않을 수 없었다. 나는 이 지역을 오래 떠나 있어 활용할 인맥이 거의 없는 반면 스테판은 줄곧 살았던 곳이라 아는 사람이 정말 많았다. 빙카에게 무슨 일이 일어났고, 누가 우리를 위협하는지 알아내려면 스테판과 한 팀이 되어 서로 공조하는 게 매우 유리할 듯했다.

"스테판, 자네와 나는 빙카 사건에 대해 관심이 많은 사람들이잖아. 조사 과정에서 최대한 정보를 공유하며 서로 돕는 게 어때?"

"무슨 꿍꿍이가 있어 갑자기 그런 소릴 하는 거야?"

"우리 두 사람이 각자 조사를 벌이더라도 입수한 정보를 서로 공유하자는 뜻이야."

스테판이 대답 대신 고개를 절레절레 저었다.

"나랑 공조하지 않겠다는 뜻이야?"

"내가 새삼스럽게 자네랑 공조해서 얻는 수익이 있을까?"

스테판을 설득하기 위해 나는 약간의 위험을 감수하기로 했다.

"내가 얼마나 가치 있는 정보를 갖고 있는지 증명하기 위해 자네에게 매우 중대한 사실 하나를 알려주지."

스테판이 긴장하는 느낌이 왔다. 나 역시 줄타기 곡예를 하게 된 입장이라 몹시 긴장되었다.

어차피 지금껏 외줄 위에서 아슬아슬하게 위험을 피하며 살아오지 않았던가?

"빙카는 실종 당시 알렉시의 아이를 임신 중이었어."

스테판이 반신반의하는 표정으로 나를 쳐다보았다.

"빌어먹을! 자네는 도대체 어디서 그런 말을 들은 거야?"

"다른 누군가에게 들은 게 아니라 빙카가 직접 말해주었어. 빙카는 임신 사실을 증명하기 위해 나에게 임신 키트로 테스트한 결과를 보여주기까지 했지."

"왜 지금껏 그 이야기를 숨기고 있었지?"

"빙카가 임신했다는 게 알려지면 사람들이 얼마나 쑥덕거릴지 생각해봤어? 빙카에게는 사적인 문제였고, 내가 그 아이의 임신 사실을 발설한다고 해서 수사 상황이 크게 바뀔 것 같지도 않았으니까."

"자네가 증언을 했더라면 수사 상황이 크게 달라졌을지도 몰라. 두 사람이 아니라 세 사람의 목숨이 달려 있는 일이니까. 빙카가 아이를 임신하고 있었다면 아마 언론도 더욱 적극적으로 그 사건을 파고들었을 거야."

어쩌면 스테판의 말이 옳을 수도 있었다. 솔직히 말해 그 당시 나는 임신 키트에 나와 있던 눈금과 실제 '아이'를 동일시할 수는 없었다. 내 나이 겨우 열너덟 살이었고, 임신에 대한 이해기 매우 부족한 때였다.

나는 스테판이 깊은 생각에 빠져 있는 모습을 물끄러미 지켜보았다. 그는 수첩을 펼치더니 뭔가를 급히 적어나갔다. 그가 흥분을 가라앉히기까지 제법 긴 시간이 흘렀다.

"스테판, 자네는 왜 그 사건에 대해 그토록 집요한 관심을 보이는 거야? 빙카를 둘러싸고 있는 이미지를 걷어내면 그저 평범한 아이일 거라고 생각한다며?"

"난 빙카보다는 그 아이를 죽인 남자 혹은 여자에 관심이 있을 뿐이야."

"자네는 빙카가 죽었다고 생각해?"

"빙카가 살아 있다면 이토록 감쪽같이 증발해버릴 수는 없지 않을까? 빙카는 그 당시 겨우 열아홉 살에 불과한 여학생이었어. 돈도 없고, 가족들도 미국에 있는 빙카가 무슨 수로 사람들 눈에 띄지 않고 장기간 숨어 지낼 수 있겠어."

"자네가 책을 냈던 당시와 비교했을 때 뭔가 새롭게 알게 된 사실이 있어?"

"기숙사 지하 사물함에서 돈 가방이 발견된 이후 나는 빙카가 그 당시 누군가를 협박하고 있었을지도 모른다는 생각이 들어. 누구나 더는 도망칠 곳이 없게 되면 오히려 혼신의 힘을 다해 저항하게 마련이니까. 쥐도 궁지에 몰리면 고양이를 문다잖아. 빙카는 궁지에 몰리자 오히려 상대를 협박했고, 그러다가 살해되지 않았을까 추측하고 있어. 상대가 아이 아빠일 수도 있었겠지. 알렉시 혹은 제3의 남자. 아직은 모든 게 가설일 뿐이야. 아직 내 시나리오는 미완성이야."

스테판이 수첩을 닫다가 콘서트 입장권 몇 장이 떨어졌다. 그의 얼굴에서 갑자기 미소가 번져갔다.

"오늘 열리는 디페쉬 모드(영국 출신 밴드)의 콘서트 입장권이야."

"어디서 콘서트를 하는데?"

"니스에 있는 샤를르 에르만 스포츠공원에서 하는데 자네도 같이 갈래?"

"난 전자음악은 별로야."

"디페쉬 모드의 앨범을 들어본 적 있어?"

"물론 들어본 적 있지만 난 전자음악 밴드는 관심 없어."

스테판이 두 눈을 가느다랗게 뜨더니 디페쉬 모드를 추켜세웠다.

"1980년대 말에는 디페쉬 모드가 세계에서 가장 핫한 밴드였지. 1988년에 나는 그들의 101 콘서트를 보기 위해 몽펠리에 갔었어. 디페쉬 모드의 공연은 내가 평생 잊지 못할 만큼 폭발적이었지!"

스테판의 눈에서 반짝반짝 불꽃이 일었다.

"도대체 뭔 소리야? 1980년대 말이면 퀸이 최고였지."

"지금 농담해? U2라면 모를까 퀸이 최고였다니 말도 안 돼."

우리는 서로 무장해제가 된 가운데 시답지 않은 이야기를 주고받았다. 그 순간만큼은 열일곱 살 시절로 돌아가 있었다. 스테판은 디페쉬 모드의 데이브 개헌이 팝 역사상 가장 뛰어난 싱어 송라이터라며 추켜세웠고, 나는 퀸의 〈보헤미안 랩소디〉를 뛰어넘는 곡은 앞으로도 영원히 나오기 힘들 거라고 주장했다.

스테판이 손목시계를 힐끔 보더니 자리에서 벌떡 일어났다.

"모나코에 가야 해."

"취재 때문에?"

"모나코에서 포뮬러E 시범경기가 열려. 전기차 세계챔피언 쟁탈전."

스테판이 가방을 들고 나를 향해 손을 흔들었다.

"나중에 다시 연락할게."

갑자기 혼자 남게 된 나는 커피를 주문했다. 머릿속이 온통 뒤죽박죽이었고, 스테판에게 공조 제안을 한 게 과연 잘한 선택이었는지 자신할 수 없었다. 나는 녀석에게 총알을 주었는데 결과적으로 얻은 게 아무것도 없었다.

빌어먹을!

휴대폰 화면을 보니 스테판이 보낸 이메일이 들어와 있다는 알림 메시지가 떠 있었다. 내가 스테판에게 사진들을 보내달라고 부탁한 이유는 뭔가 크게 기대해서가 아니라 그저 마음속에 자그마한 미련도 남겨두지 않기 위해서였다. 이메일을 열고 사진을 확인한 순간 나는 내 생각이 얼마나 잘못되어 있었는지 깨달았다. 잠시 후, 어찌나 심장이 뛰고 팔다리가 떨리던지 사진이 떠올라 있는 휴대폰을 테이블 위에 내려놓아야만 했다.

10만 프랑이 들어 있던 그 가죽 가방을 보는 즉시 알아보았다. 아버지가 들고 다니던 가방이었으니까.

악몽은 끝나지 않고 계속되고 있었다.

8. 그랑블루의 여름

지금 살고 있는 이 순간을 빼고 다른 모든 건 추억에 지나지 않는다.

_테네시 윌리엄스

1

성벽 앞, 프레 데 페쉬르 광장은 축제를 즐기러 나온 사람들로 뒤덮였다. 각양각색으로 치장한 전차들이 꽃 전투를 벌이기 위해 행진을 시작했다. 부모 손을 꼭 잡은 아이들, 다양한 모습으로 변장한 청소년들, 페탕크 경기장에 가는 대신 축제 구경을 나온 노인들이 철제 바리케이드 뒤쪽에 모여 있었다.

내가 어렸을 때만 해도 꽃 전투 행렬은 시내 전체를 관통하며 행진했다. 지금은 안전 문제 때문에 10미터마다 경찰이 한 명씩 서 있었고, 전차들은 베르덩 대로를 오가며 꽃 전투를 벌였다. 사람들은 설레고 긴장된 마음으로 꽃 전투가 벌어지길 기다렸다. 2016년 7월 14일에 발생한 니스 테러 사건의 끔찍한 기억이 아직 이 지역 사람들의 머릿속에 생생하게 남아 있었다.

나는 바리케이드 뒤에서 카네이션 꽃다발을 흔들어대는 아이들의 천진난만한 얼굴을 대하는 순간 마음이 쓰려왔고, 테러에 대한 분노가 치밀었다. 무자비한 테러는 사람들의 마음 깊은 곳에 공포와 두려움을 심어놓은 한편 회복할 수 없는 상처를 남겼다. 아무리 테러에 굴복해서는 안 된다고 주장해봐야 소용없었다. 사람들의 마음속에 깊숙이 자리한 공포는 즐겁고 기뻐야 할 축제의 현장에 여지없이 어두운 그림자를 드리우고 있었다.

나는 보방항구 주차장으로 가기 위해 사람들 사이를 비집고 나갔다. 내가 타고 온 미니 쿠페는 아무런 이상 없이 세워둔 자리에 그대로 있었지만 누군가가 와이퍼에 끼워둔 봉투가 눈에 들어왔다. 봉투를 들고 아무리 살펴봐도 이름이나 주소가 없었다.

나는 차 안으로 들어가 봉투를 뜯다가 위경련이 이는 바람에 잠시 손길을 멈추고 배를 주물렀다. 경험에 따르면 익명으로 온 편지는 좋은 소식인 경우가 드물었다. 기분이 몹시 꺼림칙해지며 봉투를 열고 내용물을 꺼내기가 두려웠다.

봉투 안에 누르스름하게 변색된 사진이 열 장가량 들어 있었다. 첫 번째 사진이 눈에 들어온 순간 머릿속이 하얘지며 나도 모르게 낮은 신음을 토했다. 아버지가 빙카의 입술에 키스하는 장면을 찍은 사진이었다. 관자놀이 부근에서 윙윙거리는 소리가 들려왔고, 이내 구토가 일었다. 나는 가까스로 구토를 억제하고 나서 차창을 열고 신선한 바람을 들이켰다.

빌어먹을!

다른 사진들도 꺼내보았다. 대부분 비슷한 사진들이었다. 혹시 사진들이 조작되지는 않았는지 살펴봤지만 그런 흔적은 보이지 않았다. 소문으로 떠돌던 이야기들이 사실로 증명되는 순간이었다. 아버지의 다채로운 여성 편력을 고려해보면 그다지 놀라운 일도 아니었다.

아버지는 모든 사진에 주인공으로 등장했다. 내 아버지 리샤르 드갈레와 친한 사람들은 흔히 '릭'이라고 불렀다. 1990년대 초만 해도 아버지는 지금의 내 나이였다. 핸섬한 얼굴에 키가 훤칠하게 크고 몸이 호리호리했다. 길지도 짧지도 않은 머리에 셔츠를 가슴이 살짝 보일 정도로 풀어헤치고 다녔던 아버지는 〈세자르와 로잘리〉를 찍었던 시절의 사미 프레이의 복사판이었다. 꽃미남에 달변가이자 카사노바였던 아버지는 나이를 열다섯 살 더 먹은 알렉시 클레망이나 다름없었다.

아버지는 예쁜 여자들을 스포츠카 옆자리에 태우고 다녔고, 담배에 불을 붙일 때 자개 박힌 지포라이터를 사용했고, 스말토 재킷을 즐겨 입었다. 서글픈 일이지만 아버지와 빙카가 전혀 어울리지 않는다고 말하기는 힘들 듯했다. 두 사람은 공통적으로 '타고난 주연'에 속했다. 어디서나 항상 주연을 꿰찼고, 함께 있는 사람들을 엑스트라로 전락시켰다.

사진들을 자세히 들여다본 결과 각기 다른 두 장소에서 몰래 촬영된 파파라치 작품으로 보였다. 한 장소는 나도 익히 잘 아는 생폴드방스였다. 빙카와 아버지는 누군가 카메라를 들고 몰래 염탐하는 줄도 모르고 카페 드 라플라스, 지난날 기름을 짰던 방아, 들판을 굽어보고 있는 성벽, 샤갈이 묻혀 있는 묘지 등지를 마치 연인들처럼 몸을 밀착시키고 돌아다녔다.

다른 한 장소는 어딘지 쉽게 알 수 없었다. 하얀 바위 절벽 아래에 주차해둔 아버지의 아우디80 카브리올레가 눈에 들어왔다. 깎아지른 듯 높이 솟아 있는 화강암 절벽과 그 틈새에 놓인 세련을 보고 나시아 어디인지 감이 잡혔다. 화강암 절벽이 바다와 면해 있는 마르세유 해변이었다. 바다로 뻗어 있는 방파제 근처 작은 모래 해변에 대한 기억이 떠올랐다. 아버지가 두어 번 우리 가족 모두를 데려간 적이 있는 생지 만이었다. 아버지는 가족들과 함께 추억을 쌓았던 장소에서 태연하게 나이 어린 여학생과 애정 행각을 벌인 셈이었다.

나는 목 안이 바짝 타들어가는 느낌과 함께 참기 힘든 거부감이 일었지만 그 사진들을 계속 주의 깊게 들여다보았다. 몰래 뒤따라 다니며 찍은 사진치고는 주변 배경과 전체적인 구도를 예술적으로 잘 잡고 있을뿐더러 인물들을 생동감 넘치고 균형감 있게 촬영한 솜씨가 범상치 않았다.

도대체 누가 이 사진을 찍었고, 왜 나에게 보냈을까?

그 당시만 해도 요즘에 비해 카메라렌즈의 성능이 많이 떨어지던 시절이었다. 주변 배경뿐만 아니라 인물들의 표정을 디테일하게 담아낸 걸 보면 사진을 찍는 사람이 매우 근접한 거리에 있었다는 뜻이었다. 물론 망원렌즈를 장착했을 경우 먼 거리에서도 디테일한 사진을 찍을 수 있었겠지만 사진작가가 아니고서야 다양한 렌즈를 구비하고 다니는 사람은 드물었다.

나는 이 사진들을 과연 두 사람이 전혀 모르게 찍었는지에 대해 의문이 일었다. 아버지의 표정에는 사진을 찍힌다는 의식이 전혀 없어 보였지만 빙카는 아니었다. 나는 눈을 감고 나름의 시나리오를 그려보았다. 누군가가 사진을 찍어 내 아버지를 협박하는 용도로 사용했을 가능성이 컸다.

빙카와 사진을 찍은 사람이 돈을 뜯어내기 위해 함께 모의를 했다면?

그 경우 내가 불과 몇 분 전에 품었던 의문에 대한 설명이 가능했다.

아버지가 정말 빙카로부터 협박을 받고 10만 프랑이 든 가방을 건넸을까? 빙카가 두 사람의 관계를 폭로하겠다고 협박하고 돈을 뜯어내려고 했을까? 혹시 결정적인 한 방으로 임신 얘기까지 덧붙이지 않았을까?

속이 메스껍고 답답해 신선한 공기를 마시고 싶었다. 나는 차의 시동을 걸고 선루프를 열었다. 우선 아버지를 만나볼 필요가 있었다. 운전대를 잡고 있었지만 운전에 집중이 되지 않았다. 머릿속에서 좀 전에 보았던 빙카의 사진들이 끊임없이 맴돌았다. 사진 속 빙카의 얼굴에서는 왠지 모를 서글픔과 불안감이 묻어났다.

빙카는 내 아버지를 두려워했을까? 빙카는 피해자였을까, 아니면 파렴치한 악마의 화신이었을까? 어쩌면 두 가지 다였을까?

나는 라시에스타(앙티브의 유명한 클럽)를 지나 니스 방향 도로의 신호등 앞에서 멈춰 섰다. 신호등은 25년 전이나 똑같았다. 열다섯 살 때 스쿠터를 타고 돌아치던 시절 딱 한 번 신호를 위반한 적이 있었다. 하필이면 그날 신호등 가까이 순찰 중인 교통경찰이 있었고, 나는 꼼짝없이 잡혀 그 당시에는 제법 큰돈인 750프랑을 내야 했다. 그 후, 우리 집에서는 한동안 내가 저지른 실수에 대해 질시하는 분위기가 이어졌다. 나는 가족들의 신뢰를 회복하기 위해 더는 스쿠터를 타고 다니지 않았고, 공부에 열중하는 시늉을 했다.

바로 그때 또 다른 이미지가 머릿속에서 아른거렸다. 언제나 라이카를 목에 걸고 다니던 아이, 카메라를 몸에 지니고 있지 않을 때조차 머넛늑으로 끊임없이 구도를 잡고 피사체의 특징을 파악하며 셔터를 눌러대던 아이가 있었다. 신호등이 바뀌고 뒤차 운전자가 클랙슨을 요란하게 눌러댔지만 나는 개의치 않았다. 비로소 누가 사진을 찍었는지 감이 왔다. 나는 아버지를 만나보려던 계획을 뒤로 미루고 퐁톤병원 쪽으로 방향을 틀었다.

2

퐁톤은 시내에서 동쪽으로 제법 멀리 떨어져 있는 마을로 과거 앙티브의 이름을 널리 알렸던 화훼 농장이 있던 자리였다. 지도에서 보면 바다와 면해 있는 듯 보이지만 사람들이 사는 주거지역은 해변과 많이 떨어져 있었다. 더구나 그 일대 해변은 온통 자갈밭이었고, 마을과의 사이에 국도와 철로가 가로놓여 있어 사람들의 발길이 뜸했다.

1980년대 중반, 나는 퐁톤에 있는 자크 프레베르 중학교에 다녔다. 문제아들이 득시글거리던 학교라 그다지 좋은 기억이 없었다. 학생들은 공부에는 관심이 없었고, 비행과 폭력이 난무했다. 공부를 잘하는 학생들은 하루하루가 지옥일 만큼 따돌림을 당했다. 막심과 파니가 없었다면 나 역시 비행 청소년 대열에 합류했을 가능성이 컸다. 우리는 함께 생텍쥐페리고교로 진학했고, 그 이후 학창 시절은 이전과 확연히 달라졌다. 자크 프레베르 중학교 시절만 해도 늘 끔찍한 일을 당하게 될까 봐 걱정하며 등교했는데 생텍쥐페리고교에서는 그럴 필요가 없었다.

자크 프레베르 중학교는 차츰 환경이 개선되었고, 퐁톤 마을에도 많은 변화가 일었다. 꽃을 키우던 온실들을 모두 철거한 자리에 택지를 조성해 단독주택들과 아기자기한 빌딩들이 다수 들어섰다. 요즘은 젊은 층이 많이 사는 지역으로 자리를 잡았다.

나는 퐁톤병원 옥외 주차장에 차를 세웠다. 오늘 아침부터 내내 새로운 장소에 도착할 때마다 지난날 추억들이 하나둘씩 떠올랐다. 퐁톤병원과 관련해서는 두 가지 추억이 있었다.

1982년 겨울, 여덟 살이었던 나는 마당에서 누나를 잡으려고 힘껏 달렸다. 누나가 빅 짐 인형을 빼앗아가 바비 인형의 노예로 부렸기 때문이다. 정신없이 누나를 뒤쫓다가 실수로 마당에 놓인 장의자를 맨발로 차는 바람에 발가락을 심하게 베었다.

퐁톤병원에서 발가락을 꿰매는 봉합수술을 받게 되었다. 하필이면 경험이 미숙한 인턴이 봉합수술을 하다 사소한 실수를 저지르는 바람에 상처가 크게 덧나기 시작했다. 봉합한 상처 자리에 먼저 거즈를 대고 나서 반창고를 붙여야 하는 건 상식이었다. 인턴은 뭐가 그리 급했는지 상처 부위에 거즈를 대지 않고 곧장 반창고를 붙이는 바람에 상처가 덧나 몇 달 동안 고생했다. 내 발가락에는 아직 그때의 상처 자국이 남아 있었다.

1988년 여름, 운동장에서 축구를 하다가 상대팀인 발로리스의 우범지대 출신 남자 아이와 시비가 붙게 되었다. 내가 막 클라우스 알로프스(독일 출신 축구선수)에 버금갈 만큼 환상적인 프리킥을 성공시킨 직후였다. 우린 시비 끝에 운동장을 나뒹굴며 격투를 벌이게 되었고, 나름 최선을 다해 주먹을 휘둘러보았지만 그 아이의 상대가 되지 못했다. 정신을 잃고 쓰러져 병원으로 급히 실려간 나는 무려 이틀 동안이나 의식을 회복하지 못하고 병상에 누워 시내나가 겨우 정신을 차리게 되었다. 내가 골절상을 입은 왼팔에 깁스를 하고 침상에 누워 있을 때 병문안을 온 막심과 파니가 깁스에 나를 응원하는 글을 남겼다.

'가자 OM!'

막심이 적은 글이었다. 그 무렵 우리의 생에서 OM의 축구 경기보다 더 중요한 일은 없었으니까. 그 반면 파니는 좀 더 공들여 글을 적느라 제법 오랜 시간이 걸렸다. 내 머릿속에는 그때의 기억이 지금도 남아 있었다. 학년말이거나 방학이 시작된 직후였다.

1988년 7월, 머릿속에서 파니의 실루엣이 다시 떠올랐다. 그날따라 파니의 금발이 강렬한 햇살을 받아 유난히 눈부셔 보였다. 파니는 보름 전 나와 함께 본 영화에 나왔던 대사 몇 마디를 깁스에 적고 있었다. 영화 〈그랑블루(Le Grand Bleu 뤽 베송 감독의 1988년 작)〉의 마지막 부분에서 잠수 선수인 주인공 자크 마욜이 '난 보러 가야겠어'라고 말한 직후 조안나가 뒤이어 대답한 부분이었다.

'뭘 보려고? 자크, 깊은 바닷속에는 아무것도 없어. 그저 어둡고 추울 뿐 아무것도 없다니까! 거긴 아무도 없지만 여기엔 내가 있잖아. 내가 이렇게 살아 있잖아. 난 실제로 존재한다고!'

내 나이 마흔이 넘었지만 나는 가끔 그 장면이 떠오를 때마다 가슴이 먹먹해지며 눈물이 나곤 했다. 오늘은 다른 날보다 특별히 더 그랬다.

3

서로 다른 건축 양식으로 지은 건물들이 옹기종기 모여 있는 의료센터는 정말이지 미로처럼 얽혀 있어 가고자 하는 건물 입구를 찾아내기 쉽지 않았다. 나는 가끔씩 걸음을 멈추고 무수히 많은 표지판들을 들여다보고 나서야 길을 찾을 수 있었다.

1930년대에 처음 본관 건물을 지었고, 세월이 지나면서 그 주변으로 하나둘씩 새로운 건물을 덧붙여 짓다보니 지금은 입구를 찾지 못할 만큼 복잡한 형태가 되었다. 이를테면 지난 반세기 동안 지은 최고와 최악의 건물이 같은 공간에 들어서 있다고 해도 과언이 아니었다. 벽돌로 지은 다면체 건물, 필로티 위에 육중하게 세워놓은 철근 콘크리트 건물, 철근 뼈대가 그대로 드러나게 지은 큐브, 식물들을 키우기 위한 유리온실 등이 저마다 독특한 개성을 자랑하며 오밀조밀 모여 있었다.

심장학과가 있는 건물은 유리와 대나무를 절묘하게 얽어놓은 전면이 인상적인 타원형 건물이었다. 나는 자연광이 환하게 들어오는 로비를 가로질러 안내 데스크로 걸어갔다.

"무슨 일로 오셨습니까?"

탈색한 머리에 끝단이 풀어진 스커트, XXS 사이즈 티셔츠에 호피 무늬 스타킹을 신은 안내 담당 직원이 물었다. 마치 데보라 해리(미국의 영화배우이자 가수, 블론디의 보컬)의 복제판 같았다.

"파니 브라히니 박사를 만나러 왔습니다."

금발 아가씨가 인터폰을 들었다.

"누구시라고 전할까요?"

"토마 드갈레라고 합니다. 급한 일이라고 전해주세요."

금발 아가씨가 인터폰을 내려놓고 나서 대기실에서 잠시 기다려야 한

나고 했나.

나는 어찌나 갈증이 심하던지 물을 석 잔이나 연거푸 들이켜고 나서 소파에 털썩 주저앉았다. 내 아버지와 빙카의 이미지가 다시 머릿속에서 교차하며 떠올랐다. 무방비 상태로 있다가 기습 공격을 받은 느낌이었다. 내가 오랜 시간 빙카에 대해 간직하고 있던 추억들이 자꾸 빛이 바래고 있었다. 나는 오늘 아침부터 많은 사람들이 한목소리로 전하는 말을 되새김질했다.

'자네는 빙카가 어떤 아이였는지 몰라.'

나는 빙카에 대해 잘 안다는 주장 따위는 하고 싶지 않다. 가브리엘 마르케스가 '누구나 세 개의 삶을 가지고 있다. 공적인 삶, 사적인 삶 그리고 비밀스러운 삶'이라고 했던 말을 전적으로 옳다고 믿으니까. 다만 빙카의 세 번째 삶이 내가 예상하지 못했던 방향으로 흘러가고 있다는 걸 인정하지 않을 수 없었다.

청소년 시절, 나에게는 이상적인 여성상이 있었고, 내 상대가 《대장 몬느》나 《폭풍의 언덕》 같은 소설에서 방금 빠져나온 여주인공 같았으면 좋겠다고 생각했다. 그런 상대를 만나 뜨겁게 사랑할 수 있길 열망했고, 빙카가 바로 내 이상적인 여성상에 부합한 최초의 여자아이였다. 눈에 보이는 그대로의 빙카가 아니라 내가 머릿속에 그려보던 이미지를 덧씌워 이상형 여자아이를 만들어낸 셈이었다. 빙카를 내가 만들어낸 이미지로 기억하고 있다고 하더라도 원래의 그녀와 전혀 다른 인물일 수는 없다.

"담배를 깜빡했네. 내 사물함에 가서 핸드백 좀 가져다줄래?"

파니의 목소리가 깊은 상념에 빠져 있던 나를 현실로 이끌어냈다. 파니가 열쇠 꾸러미를 데보라 해리에게 던져주었다.

"아침에도 잠깐 보았는데 급히 찾아온 이유가 뭐야?"

파니가 음료수 자판기 쪽으로 걸어가며 물었다.

나는 사실 의사 가운을 입고 있는 파니를 처음 보았다. 그녀는 평소 하늘색 면바지에 동일한 색상의 긴소매 가운을 즐겨 입었고, 머리카락을 전부 가리는 모자를 쓰고 다니길 좋아했다.

파니의 표정이 아침보다 훨씬 무거워 보였다. 이마로 살짝 흘러내린 몇 가닥의 금발 사이로 보이는 눈빛에 우울감이 묻어났다.

파니는 우군일까, 아니면 악마의 편일까? 내가 잘못 알고 있던 인물이 빙카밖에 없었을까?

"너에게 보여줄 게 있어서 왔어."

"시간이 별로 없으니까 어서 본론을 말해봐."

파니가 자판기에 동전을 집어넣고 페리에 생수 버튼을 눌렀다. 생수를 손에든 그녀가 눈짓으로 밖으로 나가자는 신호를 보내고 나서 주차장 쪽으로 걸어갔다. 그녀가 의사 가운을 벗어들고 차의 보닛에 올라앉았다. 에릭 클랩튼이나 브루스 스프링스틴의 오래된 앨범에서 막 튀어나온 것 같은 닷지 차였다.

"누군가가 내 차 와이퍼에 이 봉투를 끼워놓았더군. 혹시 네가 그랬어?"

나는 봉투를 내밀며 물었다.

파니는 고개를 젓고 나서 봉투를 열어보려는 기색도 없이 가볍게 흔들어 무게를 가늠했다. 마치 내용물이 뭔지 익히 잘 아는 사람 같았다.

"이 사진들을 혹시 네가 찍었어?"

파니가 내 질문에 당황한 표정을 지었다가 이내 봉투에서 사진들을 꺼냈다. 그녀가 두 눈을 내리깔고 사진들을 대충 훑어보고 나서 봉투를 돌려주었다.

"토마, 당장 공항으로 달려가 비행기를 타고 뉴욕으로 돌아가."

"엉뚱한 방향으로 말 돌리지 말고, 질문에 대답해줘."

"25년 전에 내가 찍은 사진들이야."

"왜, 이런 사진을 찍었지?"

"빙카가 찍어달라고 부탁했어."

파니는 다시 의사 가운을 입고 나서 한숨을 푹 쉬었다.

"아주 오래된 일이야. 아마도 그 시절에 대한 우리의 기억은 일치하지 않을 거야."

"무슨 뜻이지?"

"1992년 연말에 빙카는 제정신이 아니었어. 제멋대로 굴러가는 바퀴였다고나 할까? 그 당시는 레이브파티가 유행처럼 번질 때였고, 학교에도 마약이 심심치 않게 나돌았어. 빙카는 약물의 유혹을 뿌리치지 못했지."

빙카의 구급상자에서 진정제, 수면제, 엑스타시, 벤제드린 같은 약들을 본 기억이 났다.

"아마 10월인가 11월이었을 거야. 빙카가 내 방에 오더니 네 아버지와 잤다면서 두 사람이 만나기로 약속했는데 뒤를 밟아 사진을 찍어달라고 했어."

안내 데스크 직원의 발소리가 들려오는 바람에 파니는 잠시 말을 중단했다.

"핸드백 가져왔습니다, 박사님!"

데보라 해리가 큰 소리로 말했다.

파니는 직원에게 감사를 표한 다음 핸드백에서 담배와 라이터를 꺼내고 나서 보닛에 내려놓았다. 흰색과 베이지색 가죽 줄을 꼬아 만든 핸드백으로 뱀대가리 형상을 한 잠금장치가 독특했다. 오닉스를 박아 넣은 뱀의 눈 부위가 매우 위협적으로 보였다.

"빙카는 어디에 쓰려고 그 사진들을 찍어달라고 했지?"

파니는 어깨를 으쓱하고 나서 담배에 불을 붙였다.

"당연히 리샤르 교장 선생님을 협박하기 위해서였겠지. 네 아버지와 이야기를 나누어보면 정확한 사실을 알 수 있겠네."

파니의 말을 듣고 분노와 실망감이 동시에 차올랐다.

"파니, 넌 왜 그런 짓을 했지?"

파니가 고개를 저으며 담배 연기를 길게 한 모금 빨아들였다. 그녀의 눈에 뿌연 안개가 번져갔다.

"왜 사진을 찍었는지 말해봐!"

내가 갑자기 목청을 높이자 파니가 보닛에서 뛰어내리며 나보다 더 크게 소리쳤다.

"널 사랑했으니까. 이제 됐어?"

그 말끝에 파니의 핸드백이 바닥으로 툭 떨어졌다.

"나는 줄곧 널 사랑했어. 빙카가 나타나기 전까지 우리 사이에는 아무런 문제도 없었지."

파니가 냉정이 회기 풀리기 않음 듯 주먹으로 내 가슴을 소리가 나도록 쳤다.

"넌 빙카만 쳐다보기 시작했어. 빙카의 마음에 들기 위해서라면 무슨 짓이든 할 기세였지. 넌 빙카에게 푹 빠져 다른 아이들과는 달랐던 너만의 매력을 차츰 상실해갔지."

파니가 냉정을 잃고 감정을 폭발시키는 모습을 처음 보았다. 그녀의 말이 진실에 부합한다는 사실을 잘 알기에 내 분노는 설 자리를 잃고 말았다. 나는 머리를 감싸고 있는 그녀의 다리가 후들거리는 모습을 잠자코 지켜보았다.

"빙카의 부탁을 받아들인 이유가 뭔지 알아? 그 사진을 너에게 보여주고 싶었기 때문이야. 빙카가 무슨 짓을 저지르고 다니는지 네 눈으로 확인하게 해주고 싶었지. 정말이지 그 아이가 구제 불능이라는 사실을 알게 되면 혹시 네 마음이 달라지지 않을까 생각했어."

"그런데 왜 사진을 보여주지 않았지?"

"막상 사진을 찍고 나자 생각이 달라졌어. 내가 만약 사진을 보여주었더라면 어떤 일이 벌어지게 되었을까? 넌 아마도 그대로 무너졌거나 스스로 인생을 망치는 짓을 저지르게 되었을지도 몰라. 자해를 시도하거나 빙카와 네 아버지에게 바보 같은 짓을 저지를 수도 있었겠지."

파니는 자동차 문에 등을 기댔다. 나는 혹시 뱀에게 물리지는 않을까 조심하며 바닥에 떨어진 파니의 핸드백을 집어 들었다. 핸드백의 잠금장치가 열린 탓에 작은 수첩, 열쇠 꾸러미, 립스틱 따위가 바닥에 떨어져 있었다. 파니의 소지품들을 핸드백에 넣어주다가 우연히 두 겹으로 접힌 신문 기사 사본이 내 눈에 들어왔다. 《니스 마탱》 기사를 복사한 사본이었다. 게다가 '복수'라는 글자에 밑줄을 그은 것까지 똑같았다.

"이 신문 기사는 뭐야?"

나는 몸을 일으키며 파니에게 물었다.

파니가 내 손에서 신문 기사 사본을 낚아챘다.

"신문 기사를 복사한 사본인데 우리 집 편지함에 들어 있었어."

별안간 섬뜩한 느낌과 함께 온몸에 전율이 일었다. 상대는 막심과 나뿐만 아니라 파니에게도 위협을 가하고 있었다.

"파니, 넌 신문 기사 사본을 받게 된 이유가 뭔지 짐작할 수 있어?"

파니는 온몸에 기력이 빠지고, 맥이 풀려 제대로 서 있기조차 힘든 듯 다리가 휘청거렸다. 막심과 나처럼 당사자도 아닌 파니가 왜 신문 기사 사본을 받게 되었는지 그 이유를 알 수 없었다. 파니는 알렉시의 죽음과 전혀 관련이 없었다.

나는 살며시 파니의 어깨에 손을 올려놓았다.

파니가 마침내 고개를 들었다. 얼굴이 몹시 창백하고 파리했지만 두 눈에서 불길이 활활 타오르고 있었다.

"빌어먹을! 난 알고 있었는데 넌 몰랐다는 거야?"

파니가 면박을 주었다.

이젠 내가 당황할 차례였다.

"알고 있었다니, 뭘?"

"체육관 벽 속에 들어 있는 사체."

4

나는 몹시 당황해 한동안 숨조차 쉬지 못하고 그 자리에 서 있었다. 이제 상황은 내 손아귀를 빠져나갔다.

"언제부터 알고 있었어?"

파니가 심하게 두들겨 맞아 전의를 상실한 복서처럼 나지막이 중얼거렸다.

"처음부터 알았어."

파니가 주차장 아스팔트 바닥에 주저앉아 울음을 터뜨렸다.

"알렉시는 나 때문에 죽었어. 넌 아무런 상관이 없잖아. 나와 막심이 책임질 일이야."

파니는 넋 나간 사람처럼 앉아 있다가 희번덕이는 눈으로 나를 힐끗 쳐다보고 나서 두 손으로 얼굴을 감쌌다.

나도 파니의 옆에 쭈그리고 앉아 그녀가 울음을 그치길 기다렸다.

마침내 파니가 손등으로 눈물을 훔쳤다.

"그날, 무슨 일이 있었던 거야? 알렉시는 어쩌다 죽었지?"

파니가 물었다.

일이 이렇게 된 이상 나는 파니에게 그날 벌어진 끔찍한 일들을 한 치의 거짓도 없이 상세하게 털어놓았다. 나는 이야기를 하는 동안 살인자로 낙인찍힌 그날의 충격적인 사건을 고스란히 재현하고 있는 느낌을 받았다.

파니는 적어도 겉으로는 평정심을 되찾은 듯 보였다.

"파니, 넌 어떻게 알렉시의 사체가 체육관 벽에 들어 있다는 걸 알았어?"

파니가 갑자기 몸을 벌떡 일으키더니 숨을 크게 들이쉬며 새 담배에 불을 붙였다. 그녀는 마치 담배가 오래전 기억을 되살아나게 해주는 묘약이라도 된다는 듯 연달아 빨았다.

"그날은 눈보라가 몹시 심했어. 그러니까 문제의 12월 19일 토요일에 나는 아주 늦도록 공부에 열중하고 있었어. 의대 입학을 준비하던 때였고, 하루에 네 시간만 자고 나머지 시간은 습관처럼 공부에 열중했지. 그 당시, 주머니에 돈이 없는 날이 많아 자주 식사를 건너뛰곤 했는데 그날따라 배가 몹시 고파 잠을 이룰 수 없었어. 3주 전, 내 사정을 잘 아는 파비안스키 부인이 자주 식사를 거르는 내가 불쌍해 보였던지 구내식당 열쇠 하나를 복사해주었어."

파니를 찾는 병원 안내 방송이 흘러나왔지만 그녀는 못 들은 체하며 말을 이었다.

"새벽 3시 무렵, 나는 캠퍼스를 가로질러 구내식당으로 갔어. 대개 그 시간이면 학교 출입문이 닫혀 있지만 난 비밀번호를 알고 있었기 때문에 구내식당까지 무사히 들어갈 수 있었어. 날씨가 어찌나 춥던지 구내식당에 그리 오래 머물러 있을 수가 없었지. 나는 우선 비스킷 한 봉지를 먹고 나서 식빵 몇 조각과 초콜릿을 집어 들고 밖으로 나왔어."

파니는 마치 최면에 걸린 사람처럼 단조로운 어투로 말을 이어갔다. 언뜻 보기에 그녀는 입만 뻥긋거리고 다른 누군가가 대신 말하는 듯했다.

"기숙사로 돌아오는 길에 나는 멋진 풍경을 목도하게 되었어. 눈이 그치고, 바람이 회색 구름을 한꺼번에 몰아가 보석처럼 반짝이는 별들과 보름달을 볼 수 있었어. 마치 동화의 한 장면처럼 호수에 잠긴 달을

167

한참 동안 바라보기도 했지. 지금도 눈 위에서 뽀드득거리던 내 발사국 소리와 호수에 잠긴 달의 푸르스름한 그림자가 생생하게 떠올라."

파니의 말을 듣자 내 머릿속에서도 꽁꽁 얼어붙은 코트다쥐르의 추억이 덩달아 떠올랐다.

"머리 위에서 예사롭지 않은 불빛을 보는 순간 나는 동화 같은 밤을 더는 즐길 수가 없었어. 그 불빛이 흘러나온 곳은 바로 체육관 건축 공사장 부근이었어. 나는 공사장 가까이 다가갈수록 그 불빛이 예사롭지 않다는 걸 깨달았지. 공사장 전체에 불이 환하게 켜져 있었고, 간간이 모터 소리도 들려왔어. 왠지 가까이 다가가서는 안 될 것 같은 느낌이 들었지만 걷잡을 수 없이 커진 호기심을 억누르기란 쉽지 않았어."

"넌 체육관 공사장에서 뭘 보았지?"

"내 귀에 간간이 들린 모터 소리는 콘크리트 믹서 기계가 돌아가는 소리였어. 새벽 3시에, 게다가 혹독하게 추운 날씨에 콘크리트 작업을 한다는 게 내가 알고 있는 상식으로는 도저히 이해가 되지 않았지. 공사장에서 인기척이 느껴져 가까이 다가가 보았더니 프란시스의 작업반장 아흐메드가 일에 열중하고 있었어. 아흐메드도 나를 보더니 소스라치게 놀라며 잔뜩 겁을 집어먹은 눈치였지. 난 그제야 두려움을 느끼고 걸음아 날 살려라 도망쳐 내 방으로 돌아왔어. 그날 밤, 난 절대로 가서는 안 될 곳에 갔던 셈이지."

"넌 아흐메드가 알렉시의 시체를 콘크리트와 믹서해 벽에 매장했다는 걸 어떻게 알았지?"

"내가 스스로 알았던 게 아니라 아흐메드가 실토한 거야. 거의 24년이 지나서야 그날 밤 체육관 공사장에서 무슨 일이 벌어졌는지 알게 되었지."

"아흐메드가 널 찾아와서 실토한 거야?"

파니는 돌아서서 뒤에 있는 건물을 가리켰다.

"작년에 아흐메드는 위암에 걸려 저 건물 4층에 입원했어. 내가 담당하고 있는 환자는 아니었지만 가끔 퇴근하기 전에 그를 보러 가곤 했어. 1979년에 아빠가 니스 상선 항구 작업장에서 그와 함께 일한 적이 있어 가끔 연락하고 지내는 사이였지. 그는 병이 몹시 위중해 얼마 못 가 죽는다는 사실을 잘 알고 있었어. 죽기 전에 그는 양심의 가책을 덜고 싶어 했고, 결국 나에게 모든 이야기를 털어놓더군. 네가 방금 전에 말해준 이야기와 정확하게 일치하는 내용이었어."

파니의 이야기를 듣자 내 불안감은 절정에 달했다.

"아흐메드가 너뿐만 아니라 다른 사람들에게도 그 이야기를 털어놓은 적이 있을 거야. 혹시 그의 병문안을 온 사람들을 기억해?"

"안타깝게도 병문안을 온 사람이 없었어. 아흐메드는 늘 병실에서 쓸쓸하게 혼자 지냈지. 오죽했으면 고향 비제르테로 돌아가는 게 그의 소원이었을까?"

"아흐메드는 결국 소원대로 튀니지로 돌아갔어?"

내가 넘겨짚었다.

"아흐메드는 고향으로 돌아가고 나서 몇 주 후 죽었어."

텅 빈 주차장에 또다시 파니를 찾는 안내 방송이 울려 퍼졌다.

"이제 가봐야 해."

"그래, 가봐."

"네 아버지를 만나보고 나서 나에게도 결과를 말해줘."

나는 알았다는 뜻으로 고갯짓을 한 다음 주차장으로 걸어갔다. 차에 오르면서 나도 모르게 뒤를 돌아보았다. 내가 20미터쯤 걸어온 동안 파니는 여전히 그 자리에서 꼼짝도 하지 않고 나를 바라보고 있었다. 빛을 등진 그녀의 금발이 마술 램프의 필라멘트처럼 빛을 발했다. 그녀의 이목구비가 분명하게 구분되지 않았다.

내 머릿속에 들어있는 파니는 〈그랑블루〉를 함께 보았던 그 여름에 머물러 있었다. 나 또한 그 시절로 되돌아갔다.

내가 인생에서 유일하게 사랑하는 시절이었다.

9. 장미의 삶

세상 어디에 가족의 품보다 더 따스한 곳이 있을까?

_에르베 바쟁

1

콩스탕스 지역을 지날 때면 늘 거치게 되는 꼬불꼬불한 길, 그 주변의 올리브나무 과수원, 잘 다듬어진 울타리를 지날 때마다 항상 몇몇 재즈곡의 장식적인 악상이 떠올랐다. 굽은 길을 돌 때마다 우아한 풍경이 반복되고, 점점 더 풍성한 볼거리가 등장하는 식이었다. 마치 목가적이고 나른한 음악이 이어지는 중간중간 악센트를 주는 연주가 등장하는 양상이랄까?

내 부모가 사는 콩스탕스 마을에 '쉬케트 길'이라는 이름이 붙게 된 연유는 '언덕'을 뜻하는 오크어에서 유래되었다고 알려져 있는데, 일반적으로는 지대가 약간 높은 곳을 가리킨다. 예전에는 앙티브 시를 굽어보는 이 언덕에 콩스탕스 성이 버티고 있었다. 한때는 앙티브 동쪽에 거대한 농업용 영지를 거느렸던 성이었다. 세월이 흐르면서 콩스탕스 성은 병원으로 리모델링되었다가 요즘은 민간 주택으로 변신했다. 주변에는 대형 빌라들과 택지를 분양받아 지은 단독주택들이 빼곡하게 들어차 있다.

내가 태어난 직후 내 부모는 이 시설에 정착했다. 인적 드문 들길에는 야생화가 만발했고, 간선도로가 들어서기 전까지만 해도 이 지역의 주요도로 구실을 했다. 나는 이 길에서 형에게 자전거를 배웠고, 주말이면 이웃 사람들과 어울려 페탕크 경기를 했다. 이제 구불구불한 들길은 넓은 도로로 확장되었고, 교통량도 많아졌다. 물론 7번 국도 정도로 붐비지는 않지만 제법 오가는 차량이 많은 길이 되었다.

나는 비올레트 빌라가 있는 74번지에 도착해 차창을 내리고 초인종을 눌렀다. 누군지 묻지도 않고 전기설비가 된 자동문이 즉시 열렸다. 나는 다시 꼬불꼬불한 길을 따라 어린 시절을 보낸 집으로 차를 몰았다.

평생 아우디 차를 탄 아버지의 A4 왜건이 집 바로 앞에 주차되어 있었다. 아버지는 어느 누구의 간섭도 받지 않고 마음 내키는 대로 살아가는 사람이었다. 내가 보기에는 그 점이 바로 내 아버지 리샤르 드갈레에 대해 말할 때 **빼놓을** 수 없는 부분이었다. 아버지는 마음이 동할 때 즉시 빠져나가기 위해 최대한 집 가까이 차를 세워두는 습관이 있었다. 집에서 조금 멀리 떨어진 자갈밭 공터에 처음 보는 메르세데스 로드스터가 세워져 있었고, 나는 바로 그 옆에 차를 세웠다. 아마도 엄마가 새로 구입한 차인 듯했다.

나는 햇살을 받으며 발걸음을 옮겼다. 일단 머릿속으로 부모 집을 찾아온 이유를 정리해둘 필요가 있었다. 내 부모가 사는 집은 언덕 꼭대기에 자리 잡고 있었고, 내가 어린 시절을 보낸 곳이었다. 그 당시 나는 아이였음에도 콩스탕스 언덕 아래로 내려다보이는 기막힌 전망을 대할 때마다 마치 최면에 걸린 듯 걸음을 떼지 못하고 경치를 감상하곤 했다.

나는 걸음을 멈추고 하늘을 향해 쭉쭉 뻗은 야자수들, 맑은 햇살, 시시때때로 색깔이 달라지는 바다, 무한히 이어진 수평선을 감상하다가 어찌나 눈이 부시던지 손차양을 만들어 이마에 가져다댔다. 바로 그때 베란다에서 내려다보고 있는 엄마를 발견했다. 엄마는 평소처럼 팔짱을 끼고 내가 집으로 올라오길 기다리고 있었다. 나는 거의 2년 동안 엄마를 보지 못했다. 내가 계단을 성큼성큼 올라가는 동안에도 엄마는 내게서 한시도 눈을 떼지 않았다. 왠지 모르겠지만 난 엄마 앞에서 항상 주눅이 드는 편이었다. 엄마와 함께한 내 어린 시절은 평온하고 유쾌했으나 청소년기를 지나면서 차츰 소원해졌다.

내 엄마 안나벨 드갈레의 결혼 전 이름은 안나벨 안토니올리였다. 엄마는 금발의 소유자로 차가운 이미지를 풍기는 미인이었다. 다 같은 금발임에도 히치콕의 영화에 나온 에바 마리 세인트에게서 엿보이던 산뜻한 매력이나 그레이스 켈리가 발산하던 고고한 빛을 찾아볼 수는 없었다.

엄마는 키도 크고 몸매가 날씬한 미인이었고, 아버지와 외견상으로는 정말이지 잘 어울리는 커플이었다. 엄마는 동일한 색상의 바지와 재킷을 선호했다. 엄마의 금발은 어느새 회백색으로 변해가고 있었고, 마지막으로 만났을 때보다 나이 든 티가 많이 났다. 그럼에도 여전히 열 살쯤 젊어 보였다. 그나마 엄마의 얼굴에 늘 드리워져 있던 무심한 듯 차가운 인상이 많이 가신 듯해 다행이었다.

"그동안 잘 지내셨어요?"

"나야 늘 잘 지내지. 넌 어떠니?"

난 엄마와 볼 키스를 나눌 때마다 늘 주저했다. 내가 볼 키스를 하려고 가까이 다가가면 엄마가 흠칫 뒷걸음을 치지는 않을지 불안했기 때문이다. 나는 결국 엄마의 볼 키스를 패스했다.

엄마의 어린 시절 별명은 '오스트리아 여자'였다. 또래 아이들이 붙여준 별명이었다. 엄마의 어린 시절은 순탄하지 않았다. 제2차 세계대전 당시 피에몬테 출신 농부였던 내 외조부 안젤로 안토니올리는 군에 강제 징집되어 1941년 여름부터 1943년 겨울까지 23만 명의 이탈리아 젊은이들과 함께 동부전선에 배치되었다. 동부전선은 돈 강 유역의 오데사에서 스탈린그라드에 이르는 광대한 지역이었다. 그 지역에 배치된 이탈리아 젊은이들 가운데 절반 이상이 다시는 고향으로 돌아오지 못했다.

내 외조부 안젤로는 오스트로고즈스크 로소슈 공세 후 소비에트군의 포로가 되었고, 수용소로 이송되던 도중 숨을 거두었다. 풍성한 햇볕이 내리쬐는 이탈리아 북부 출신 안젤로는 러시아 초원의 살을 에는 추위와 눈보라를 견뎌내지 못했다. 그 자신은 결코 원한 적이 없었던 전쟁의 희생자였다.

불행은 겹쳐서 찾아온다더니 외조모는 남편이 동부전선에 가 있는 동안 임신을 하게 되었다. 외조모는 끝까지 상대가 누군지 밝히지 않았지만 그녀가 오스트리아 출신 노동자와 은밀한 사랑을 나누었다는 사실을 모르는 사람은 없었다. 동네 사람들에게는 이미 공공연한 비밀이었다. 외조모가 남편이 전쟁에 나간 사이에 외간 남자와 눈이 맞아 낳은 아이가 바로 내 엄마 안나벨이었다.

엄마는 세상에 나오자마자 동네 사람들이 손가락질하며 수군대는 소리를 들어야만 했다. 얄궂은 사연이 깃든 출생 탓이었다. 엄마는 아이들에게 툭하면 놀림을 당하다보니 웬만한 도발에는 절대로 동요하지 않는 얼굴 표정을 갖게 되었다. 남들이 뭐라 하든지 엄마는 냉정하고 침착한 태도를 유지했다. 그 어떤 일도 엄마를 당혹하게 만들 수 없었고, 그 어떤 충격도 상처를 가할 수 없었다. 엄마의 침착하고 강인한 면모는 나의 감수성과는 거리가 멀었다.

"건강이 좋지 않았다면서 왜 알려주지 않았어요?"

나도 모르게 불쑥 튀어나온 질문이었다.

"너에게 알려봐야 달라질 게 없잖니?"

엄마가 반문했다.

"적어도 알고는 있어야 하잖아요."

우리 모자는 항상 이렇게 거리를 두고 지내온 사이는 아니었다. 기억을 더듬어보면 어린 시절에는 엄마와 마음이 잘 맞아 무엇이든 터놓고 의논했던 사이였다. 소설이나 연극 작품에 대한 취향도 비슷해 엄마가 권하는 책을 읽거나 연극을 보고 나서 실망한 적이 단 한 번도 없었다. 오래전 가족 앨범을 보면 내 이야기가 결코 마음 내키는 대로 재구성한 기억에 바탕을 두고 있지 않다는 사실을 분명하게 알 수 있다.

그 시절 가족 앨범을 보면 엄마가 웃음 짓는 사진들이 제법 많았다. 나처럼 사랑스러운 아들을 두어 정말로 행복해 보이는 표정이었다. 엄마와 나 사이에 금이 가게 된 이유가 무엇이고, 언제부터였는지 기억이 불분명했다. 엄마는 형이나 누나와는 여전히 잘 지내고 있었지만 나와는 사이가 먼 편이었다. 다 같은 형제지만 유독 나만이 부모로부터 형이나 누나에게는 없는 일종의 변이유전자를 물려받은 건 아닌지 의구심이 들 떼기 많았다.

"생텍쥐페리고교 개교기념 행사에 참석하기 위해 왔다고 했지? 넌 왜 그런 일에 아까운 시간을 낭비하니?"

"친구들을 다시 만나게 되어 즐겁기만 하던데요."

"넌 친구가 없었잖아? 너의 유일한 친구라면 그저 책뿐이었지."

엄마의 말은 부인할 수 없는 진실이었지만 지나치게 노골적이어서 서글픈 느낌이 들었다.

"막심이 있잖아요."

엄마는 눈썹 하나 까딱하지 않고 나를 바라보았다. 오후의 햇살을 등 뒤에 두고 서 있는 엄마의 실루엣을 보고 있자니 마치 이탈리아 성당에 가면 흔히 볼 수 있는 대리석 성모상이 떠올랐다.

"아직 새 책이 나오지 않았으니 홍보 활동을 하러 온 건 아닐 테고, 개교기념 행사 말고 다른 볼일이라도 있니?"

엄마가 다시 물었다.

"엄마, 설령 마음이 내키지 않더라도 모처럼 막내아들의 얼굴을 보게 되어 반갑다는 시늉이라도 해주실 수는 없어요?"

"그러는 넌 엄마를 만나 반갑다는 시늉을 했니?"

나도 모르게 한숨이 푹 터져 나왔다. 우리는 늘 말을 빙빙 돌려가며 서로에 대해 섭섭한 마음을 전달했다. 차라리 대놓고 말했다면 한바탕 격전을 치르더라도 오래도록 앙금이 남지는 않을 텐데 우리는 조금씩 서로에 대해 불만을 쌓아왔다.

하마터면 나는 엄마에게 지난 25년 동안 꼭꼭 숨겨온 비밀을 털어놓을 뻔했다.

내가 그동안 실종됐다고 알려진 알렉시를 죽였고, 그의 사체를 콘크리트와 섞어 체육관 벽에 매장했어요. 돌아오는 월요일에 벽에서 알렉시의 유골이 나올 테고, 경찰은 나를 유력한 용의자로 지목하고 구속할 거예요. 이제부터 엄마도 나를 보려면 두 명의 교도관이 입회한 자리에서나 가능하겠죠.

물론 나는 그 말을 할 생각이 없었고, 엄마는 그럴 시간조차 허락하지 않았다. 엄마는 따라오라는 소리도 하지 않고 아래층으로 이어지는 계단을 향해 걸어갔다. 오늘은 이 정도로 끝내는 게 좋겠다는 뜻이었고, 나 역시 마찬가지였다.

나는 테라코타 타일이 깔린 테라스에 잠시 혼자 남아 있었다. 아주 가까운 곳에서 사람 목소리가 들려와 담쟁이덩굴로 뒤덮인 철제 발코니 쪽으로 갔다. 아버지가 정원 작업과 수영장 관리를 맡고 있는 알렉상드르와 대화를 나누고 있었다. 두 사람의 대화를 듣다보니 수영장 물이 새는 문제가 발생한 듯했다. 아버지는 수영장 누수 원인이 오일 제거 장치가 파손되었기 때문이라고 진단한 반면 알렉상드르는 정원 잔디밭을 파고 노후화된 배관을 손봐야 한다는 의견을 피력했다. 알렉상드르가 누수 원인을 훨씬 더 심각하게 보고 있는 셈이었다.

"안녕하세요, 아버지."

아버지는 고개를 들어 올리더니 마치 전날에도 보았던 사람에게 하듯 간단한 손 인사를 보내고 나서 다시 알렉상드르와의 대화에 열중했다. 내가 부모 집을 급히 찾아온 이유가 아버지를 만나기 위해서였던 만큼 두 사람이 대화를 마칠 때까지 다락방이나 한번 둘러보기로 했다.

2

사실 내가 다락방이라는 표현을 쓰긴 했지만 내 부모 집에 다락방은 존재하지 않았다. 그 대신 엄청나게 넓은 지하실이 있었고, 한 번도 제대로 정리한 적이 없어 온갖 잡동사니들이 제멋대로 널려 있었다.

지상의 방들은 용도에 맞게 완벽하게 정리정돈되어 있을 뿐만 아니라 윤기가 반지르르 흐를 만큼 청소가 잘 되어 있었다. 그 반면 지하실은 조명부터 어두워 마치 고물상 창고를 연상케했다.

나는 난장판 사이를 헤쳐나갔다. 지하실의 첫 번째 구역에는 여러 대의 오래된 자전거, 외발 스케이트, 롤러스케이트 따위가 차지하고 있었다. 아마도 누나의 아이들이 타던 자전거와 스케이트인 듯했다.

나는 공구함 옆에서 절반쯤 덮개를 씌워둔 내 소형 오토바이도 발견했다. 아버지는 뭐든 뚝딱거리며 고치길 좋아하는 스타일이라 고장 난 오토바이를 손보지 않고 그냥 내버려두었을 리 없었다. 역시 아버지가 오토바이를 약품으로 닦고, 다시 도색을 하고, 캐스팅 휠과 타이어를 갈았다는 사실을 알게 되었다. 그야말로 완벽하게 부활한 나의 103 MVL에서 번쩍번쩍 광채가 났다. 심지어 아버지는 어디서 구했는지 푸조 스티커까지 새롭게 붙여둘 만큼 치밀한 면모를 과시했다.

조금 더 안쪽으로 들어가보니 장난감, 트렁크, 여행 가방, 옷가지들이 그득했다. 내 부모는 적어도 옷에 관해서라면 돈을 아끼지 않고 지출하는 편이었다. 더 안쪽으로 들어가자 바닥에 쌓아둔 책이 시야에 들어왔다. 거실에 비치된 호두나무 서가에 꽂아둘 만큼의 가치를 지니지 못한 책들이었다. 엄마가 심심풀이로 즐겨 읽는 추리소설이나 연애소설들, 아버지가 좋아하는 논픽션이나 에세이들이었다. 플레이아드의 가죽 장정으로 제본한 생 존 페르스와 앙드레 말로의 작품들은 거실을 차지하고 있는 반면 댄 브라운의 소설들과 《그레이의 50가지 그림자》는 삶의 이면을 닮은 지하실에서 먼지를 흠뻑 뒤집어쓰고 있는 신세였다.

지하실 가장 안쪽에서 마침내 내가 찾고자 했던 물건들을 발견했다. 내 이름이 적힌 이삿짐센터 상자 두 개가 탁구대 위에 놓여 있었다. 내 지나간 추억을 가득 담고 있는 상자들이었다. 나는 두 번에 걸쳐 그 상자들을 위층으로 올려왔고, 내용물을 확인하기 위해 뚜껑을 열었다.

나는 직간접적으로 1992년과 관계 있는 물건들, 이를테면 내 조사에 조금이라도 도움이 될 만한 물건들을 꺼내 주방 테이블 위에 올려놓았다.

티펙스 자국이 묻은 터키석 빛깔의 배낭, 수업 내용을 받아 적은 모눈종이들이 들어 있는 파일들, 내가 얼마나 모범적이고 유순한 학생이었는지 증명해주는 생활기록부와 성적표 따위였다.

나는 '수업 시간에 매우 긍정적인 태도를 보이는 학생'이었고, '성취동기가 높아 한 가지라도 더 가르치고 싶은 마음이 들게 하는 학생'이었고, '항상 수업 시간에 빠지지 않을뿐더러 남다른 통찰력이 있는 학생'이었고, '예리한 판단력을 가진 학생'이었다.

나는 몇몇 과제물도 유심히 들여다보았다.

랭보의 시 〈골짜기에 잠든 자〉에 대한 주석 달기, 알베르 코엔의 〈군주의 여인〉 도입부 주석 달기, 알렉시 클레망이 직접 읽고 평을 적어준 과제물도 여러 개 나왔다. 예를 들어 내가 '예술은 규칙 없이도 가능한가?'라는 주제로 쓴 소논문에 대해 알렉시는 '매우 흥미로운 통찰력'이라는 평과 함께 14/20이라는 점수를 주었다.

'열정은 머리로 이해 가능한가?'라는 주제의 과제물에 대해서는 아주 대놓고 '부분적으로 미숙한 점이 엿보이긴 하나 개념에 관한 이해가 충실할뿐더러 문학과 철학에 대한 조예를 보여주는 적절한 사례들을 소개하며 탁월한 논리를 개진한 수준급 논문'이라는 찬사와 함께 16/20이라는 점수가 매겨져 있었다.

졸업반 단체 사진, 내가 빙카를 위해 어렵게 구했으나 결국 이러저러한 이유로 전달하지 못한 믹스테이프도 나왔다. 나는 카세트테이프가 잔뜩 들어 있는 상자를 열어보았다. 내 인생의 OST라고 할 수 있는 제목들이 동시다발적으로 머릿속에 떠올랐다.

난 그때 이미 다른 아이들과는 많이 달랐다. 현실에서 벗어나 있는 듯 보였지만 아이들에게 친절했고, 유행에는 전혀 무관심했고, 자주 혼자만의 생각에 몰입했다.

그 당시 상송 프랑수아가 연주하는 쇼팽, 장 페레의 〈엘자의 두 눈〉, 레오 페레가 낭송하는 〈지옥에서 보낸 한 철〉, 반 모리슨의 〈문댄스〉, 프레디 머큐리의 〈러브 킬스〉를 즐겨 들었다.

상자 속에는 내가 즐겨 읽었던 책들도 여러 권 들어 있었다. 종이가 누렇게 변색된 문고판 책들이었다. 내가 새 작품을 내고 기자들을 만나 인터뷰할 때 청소년 시절에 심대한 영향을 끼친 책들을 열거할 때마다 빼놓지 않았던 제목들이 눈에 들어왔다. 그 당시 나는 책이 있는 한 절대로 혼자가 아니라고 생각했다. 물론 산다는 건 그리 간단치 않았다.

상자 속에서 나온 책들 가운데 한 권은 내 책이 아니었다. 알렉시가 헌사를 써준 마리나 츠베타이에바의 시집으로 알렉시가 죽은 다음 날 내가 빙카의 방에서 가져온 책이었다.

빙카에게

나는 육신이 없는 영혼이고 싶어.

영원히 너의 곁을 떠나지 않기 위해.

너를 사랑하는 건 곧 내가 사는 거야.

알렉시

알렉시가 쓴 헌사를 다시 한번 읽는 동안 나도 모르게 쓴웃음이 터져나왔다. 그 당시, 헌사를 읽고 나서 알렉시를 대단한 거짓말쟁이라고 생각했다. 가증스럽게 얄량한 글로 빙카의 마음을 훔치려는 카사노바의 낚시질 정도로 이해했다. 그때만 해도 전혀 몰랐는데 이제 보니 알렉시의 헌사는 쥘리에트 드루에게 보낸 위고의 편지에서 형식을 그대로 따온 글이라는 사실을 알 수 있었다.

아무튼 알렉시는 대단한 사기꾼이었어.

"토마, 여기서 뭐 하니?"

나는 소리가 들려온 쪽으로 몸을 돌렸다. 전지가위를 손에 든 아버지가 이제 막 주방으로 들어서고 있었다.

아버지와 비슷한 사기꾼 생각을 하고 있었어요.

3

아버지는 다정다감한 성품은 아니었지만 자식들을 안아주는 데는 그다지 인색하지 않았다. 이번에도 나를 얼싸안으려 했지만 아버지의 앞으로 내민 팔이 무안해질 만큼 한 발짝 뒤로 물러서며 회피했다.

"뉴욕 생활은 어떠냐? 트럼프 때문에 힘들진 않니?"

아버지가 세면대에서 손을 씻으며 물었다.

"아버지, 잠깐 서재로 갈까요? 긴히 드릴 말이 있어요."

나는 아버지의 질문을 외면하며 말했다.

마침 엄마도 주방으로 들어섰지만 아버지와 단둘이 나눠야 할 이야기였다.

아버지는 정작 묻는 말에 대답하지 않고 딴청을 피우는 내 태도가 못마땅한 듯 혼잣말을 구시렁거리다가 먼저 위층으로 올라갔다. 넓은 방의 한쪽 벽면을 가득 채우고 있는 서가, 체스터필드 소파, 아프리카 조각상, 옛날 사냥총 컬렉션들로 꾸며놓은 아버지의 서재는 흡사 영국식 흡연실 분위기를 풍겼다. 눈길만 돌리면 두 개의 통유리 창을 통해 언제든 수려한 풍경을 내다볼 수 있는 방으로 이 집에서 가장 뛰어난 전망을 자랑했다.

나는 거두절미하고 10만 프랑이 든 가방이 발견되었다는 소식을 다룬 《니스 마탱》 기사를 휴대폰 화면에 띄워 아버지에게 보여주었다.

"이 기사 보신 적 있어요?"

아버지는 서재 테이블에 놓아둔 안경을 집어 들더니 미처 얼굴에 착용하지도 않고 안경 렌즈만 휴대폰 화면 가까이에 대고 기사를 읽어나갔다.

"아닌 게 아니라 이상하네."

아버지는 팔짱을 끼고 통유리 창 앞에 서더니 턱짓으로 수영장 주변을 둘러싸고 있는 조명등을 가리켰다.

"빌어먹을 아시아 다람쥐들이 수영장 조명등 전선을 갉아먹었다는구나. 살다보니 별일이 다 있네."

나는 이번에도 아버지의 말을 외면하고 기사 내용을 환기시켰다.

"10만 프랑이 들어 있던 돈 가방은 아버지가 교장 선생님으로 재직할 당시 기숙사 지하실 사물함에 들어 있었어요."

"나는 모르는 일이야."

아버지가 나를 쳐다보지도 않고 인상을 찌푸렸다.

"오늘, 야자나무 한 그루를 베어냈어. 붉은 야자나무바구미 병이 걸린 나무였지."

"그 가방이 누구 건지 모르겠어요?"

"가방이라니?"

"돈이 들어 있던 가방 말이에요."

아버지가 버럭 짜증을 냈다.

"내가 어떻게 알아? 넌 왜 그따위 얘기로 나를 자꾸만 성가시게 하니?"

"경찰이 가방에서 지문 두 개를 채취했어요. 그중 하나가 빙카의 지문이었다고 하더군요. 설마 빙카가 누군지 모르지는 않죠?"

빙카라는 이름이 나오자 아버지는 그제야 통유리를 향해 있던 몸을 돌리더니 나를 쳐다보며 가죽 소파에 앉았다.

"실종된 아이 말이냐? 장미처럼 상큼한 아이였지."

아버지가 눈을 가느다랗게 뜨더니 프랑스 문학을 가르치던 선생님께 프랑수아 드 말레르브의 시를 읊기 시작하는 바람에 나는 깜짝 놀랐다.

……하지만 그녀는 이 세상에 속했지, 가장 아름다운 것들에게
가장 고약한 운명이 주어지는 곳.
그리고 장미로서 그녀는 장미들이 사는 삶을 살았지,
하루아침 동안…….

아버지는 시를 읊고 나서 몇 초 동안 말이 없다가 방금 전에 하던 이야기로 돌아갔다.

"가방에서 두 개의 지문을 채취했다고 했지?"

"경찰은 빙카 말고 또 다른 지문의 신원을 밝혀내지 못했어요. 문제의 지문이 경찰이 확보하고 있는 지문 파일에 올라 있지 않았나봐요. 경찰은 짐작조차 못 했겠지만 나는 그 지문의 주인공이 아버지일 거라고 확신해요."

"내가 그 지문의 주인공이라니?"

아버지가 뜻밖이라는 반응을 보였다.

나는 아버지 앞에 앉아 스테판이 보내준 SNS 캡처 화면을 보여주었다.

"이 가방의 주인이 누군지 알죠? 아버지가 테니스를 치러 갈 때 항상 들고 다녔던 가방이잖아요. 가죽의 촉감이 부드럽고, 검정색에 가까운 짙은 녹색이 마음에 든다면서 아버지가 애용했던 가방인데 정말 모르겠어요?"

아버지는 다시 안경을 집어 들더니 내 휴대폰 화면을 살폈다.

"화면이 너무 작아 뭐가 보여야 말이지!"

아버지는 이제 우리의 대화는 끝났다는 듯 테이블 위에 놓여 있던 리모컨을 집어 들더니 텔레비전을 켰다. 가장 먼저 스포츠 채널들인 레퀴프, 카날 플뤼스, 유로스포츠, 비인 등을 탐색하다가 이탈리아 자전거 일주 경기에 채널을 고정시켰다. 그러다가 다시 채널을 돌려 나달과 조코비치가 대결하는 마드리드 마스터스 준결승전에 시선을 고정했다.

"페더러가 올라왔어야 하는데 아쉽구나."

나도 순순히 포기하지 않았다.

"아버지, 이 사진들을 좀 보세요."

나는 아버지에게 사진이 들어 있는 봉투를 내밀었다. 아버지는 봉투에서 사진을 꺼내 대충 훑어보고 나서 고개를 절레절레 흔들더니 대수롭지 않은 일이라는 듯 다시 테니스 중계가 나오는 텔레비전 화면으로 눈길을 돌렸다. 아버지의 태연한 반응에 오히려 내가 당황스러울 지경이었다.

"이 사진들은 누가 주더냐?"

아버지가 떨떠름한 목소리로 물었다.

"지금 중요한 문제는 그게 아니잖아요. 도대체 어떻게 된 일인지 말해주세요."

"너도 사진을 봤잖아. 내가 구질구질하게 설명을 덧붙일 필요도 없이 사진에 나온 그대로야."

아버지는 더 이상 나와 이야기하기 귀찮다는 듯 텔레비전 볼륨을 키왔다. 나는 참다못해 아버지가 손에 늘고 있는 리모컨을 빼앗아 들고 텔레비전을 꺼버렸다.

"어물쩍 넘어갈 생각일랑 하지 마세요."

아버지는 가벼운 한숨을 내쉬더니 점퍼 주머니에서 시가를 꺼냈다.

"내가 함정에 빠졌어."

아버지가 손가락 사이에 든 시가를 빙글빙글 돌리며 말했다.

"그 아이가 내 주변을 맴돌며 나를 유혹했어. 나를 곤경에 빠뜨리기 위해 사전에 치밀하게 계획한 사기극인 줄도 모르고 덥석 걸려든 거야. 결국 10만 프랑을 주고 끝냈어!"

"어떻게 아버지가 교장으로 재직하고 있는 학교의 여학생과 그럴 수 있죠?"

"그 아이는 열아홉 살이었으니까 자기결정권이 있는 나이였어. 이미 이놈 저놈 만나고 다닌 탓에 남자를 다루는 방법을 훤히 꿰고 있더군. 난 그 아이에게 아무런 강요도 한 적이 없어. 그 아이가 먼저 나를 유혹했고, 스스로 내 품으로 뛰어들었을 뿐이야!"

나는 벌떡 일어나 손가락으로 아버지를 가리켰다.

"빙카는 나와 가깝게 지낸 여자 친구였어요. 아버지도 그 사실을 알고 있었잖아요?"

"빙카가 네 여자 친구였다고 해서 뭐가 달라지지? 남녀관계라는 게 원래 그래. 아들 친구라고 해서 연인이 되지 말라는 법은 없어. 이제 와서 하는 말이지만 결과적으로 잘된 일이잖아. 빙카는 제멋대로인데다 지나치게 영악해서 네가 가까이해서는 안 될 아이였어. 나에게 돈을 뜯어내기 위해 그런 짓을 벌인 것만 봐도 그 아이가 얼마나 요물 덩어리인지 알 수 있잖아."

아버지는 오만하고 심술궂었다. 나는 아버지가 가진 오만과 심술 중에서 무엇을 더 증오해야 할지 알 수 없었다.

"아버지, 지금 무슨 말을 하고 있는지 아시죠?"

"내가 해서는 안 될 말이라도 했니? 난 그저 있는 그대로 말했을 뿐이야."

아버지는 어느 모로 보나 부도덕한 행위를 저지른 당사자임에도 마치 성찰이라는 말을 아예 들어본 적조차 없는 사람처럼 뻔뻔한 태도를 유지했다. 아버지가 큰 충격을 받고 극심한 심리적 동요를 일으키거나 몹시 불편하리라 생각했던 내 자신이 한심했다. 마치 아버지의 내면 어딘가에 나를 도발하며 쾌락을 느끼는 단자가 들어 있는 듯했다. 아들을 무시하는 태도로 고통을 주고, 빈정거리는 말투로 모욕을 가하고, 그런 행위들을 통해 권위를 확인하려는 게 분명했다. 나를 도발하는 행위가 아버지에게 짜릿한 쾌감을 안겨준다는 사실을 어떻게 이해해고 받아들여야 할지 알 수 없었다.

"아버지는 비열하고 역겨워요."

마침내 아버지가 내 모욕적인 말에 반응을 보였다. 아버지가 소파에서 벌떡 일어나더니 나를 향해 걸어왔다. 아버지는 내 얼굴에서 20센티미터쯤 떨어진 위치에서 걸음을 멈추었다.

"넌 빙카의 진면목을 모르고 좋아한 거야. 너는 내가 아니라 빙카에게 분노를 느껴야 해. 그 아이가 우리 가정을 망가뜨리겠다고 위협했으니까!"

아버지는 테이블 위에 어지럽게 흩어져 있는 사진늘을 가리켰다.

"네 엄마나 학부모들이 저 사진을 봤다면 어떻게 됐을까? 넌 소설을 쓰는 작가라서 그런지 늘 허구의 세계에 살고 있다는 느낌이 들어. 세상은 네가 생각하듯 그리 말랑말랑하고 로맨틱한 곳이 아니야. 삶의 현장은 어디나 전쟁터이고, 기본적으로 폭력적일 수밖에 없어."

나는 삶이 폭력적이라는 말을 입증해 보이기 위해 아버지를 향해 스트레이트를 한 방 먹이고 싶었지만 이내 부질없는 일이라는 생각이 들었다.

"아버지는 그 돈을 빙카에게 주었군요. 그다음에는 어떻게 되었죠?"

나는 어쩔 수 없이 어조를 낮추며 물었다.

"그 후 빙카는 더 많은 돈을 요구했어. 약점을 잡힌 이상 계속 협박이 통할 거라 생각했겠지만 나는 당연히 거절했지."

아버지가 손가락 사이에 시가를 끼우고 빙글빙글 돌리며 오래전 기억을 더듬어보는 눈치였다.

"빙카는 실종되기 전 마지막으로 한 번 더 나를 찾아왔어. 크리스마스 휴가가 시작되기 전날이라 지금도 생생하게 기억나. 그 아이는 임신 키트를 가져와 나에게 보여주었어. 나를 더욱 강도 높게 압박하기 위한 방편이었겠지."

"혹시 아버지 아이 아니었어요?"

아버지가 버럭 화를 냈다.

"아니야!"

"아버지가 어떻게 알아요?"

"그 아이의 생리주기를 알고 있었는데 날짜가 맞지 않았어."

아버지가 근거로 내세운 말로 입증되는 건 없었다. 게다가 아버지는 치과의사만큼이나 거짓말을 입에 달고 사는 사람이었다. 거짓말을 반복하다보면 어느 순간 거짓말을 한 당사자조차도 속을 수 있다는 게 문제였다.

"그럼 누구 아이일까요?"

아버지는 당연한 걸 왜 묻느냐는 듯 힐난의 눈길로 나를 쳐다봤다.

"빙카와 함께 사라진 그놈 아이겠지. 물론 내 짐작일 뿐 증명할 방법은 없어. 그 철학 선생 이름이 뭐였더라?"

"알렉시 클레망."

"그래, 알렉시 클레망."

나는 엄숙한 표정을 지으며 다음 질문을 건넸다.

"아버지는 빙카와 알렉시의 실종에 대해 전혀 아는 게 없어요?"

"혹시 내가 두 사람의 실종과 관련돼 있을 거라 생각하니? 빙카가 사라졌을 때 난 이미 네 형과 누나를 데리고 타히티의 파페에테에 가 있었어."

아버지의 말은 틀림없는 사실이었고, 그 점에 대해서는 추호도 의심하지 않았다.

"빙카는 아버지를 협박해 10만 프랑을 뜯어냈으면서 왜 돈을 가져가지 않았을까요?"

"난들 어찌 알겠니? 더는 생각하고 싶지 않은 일이니까 이제 그만하자."

아버지는 다시 시가에 불을 붙였고, 방 안 가득 매캐한 냄새와 연기가 퍼져나갔다. 리모컨을 찾아든 아버지는 텔레비전의 볼륨을 높였다.

조코비치가 나달을 맞아 고전하고 있었다. 1세트를 6 대 2로 따낸 나달이 2세트에서도 5 대 4로 리드하고 있었다.

시가 연기가 싫어 서재를 나오려 할 때 아버지가 내 어깨를 잡았다.

"너도 이제 독해져라. 인생은 전쟁이라는 사실을 깨달아야 해. 넌 책을 많이 읽었으니까 로제 마르탱 뒤 가르가 '실존은 그 자체가 전투이다. 산다는 건 결국 지속적인 승리의 축적이다'라고 한 글을 읽어봤을 거야."

10. 사랑의 빛

누구든 살인을 할 수 있다. 상황의 문제일 뿐 개개인의 성격 문제는 아니다.
누구든, 언제든 심지어 당신의 할머니조차도. 난 그 사실을 알고 있다.
_패트리샤 하이스미스

1

아버지와 대화를 나누느라 진이 빠질 지경이었지만 결과적으로 새로운 정보를 얻어낸 건 없었다. 주방으로 돌아와보니 엄마가 내 물건을 담아둔 상자들을 구석으로 밀어놓고 화덕 앞에 서 있었다.

"모처럼 살구 파이를 만들어볼까 해. 여전히 좋아하니?"

내가 엄마에 대해 이해해보려다가 끝내 해답을 찾지 못한 부분이 있었다. 방금 전처럼 느닷없이 자애로운 모습을 보일 때였다. 엄마는 마음 내키는 대로 냉탕과 온탕을 오가기 때문에 기분을 예측할 수 없었다.

엄마는 가끔씩 냉랭한 표정을 풀고 다정한 모습이 되었다. 그럴 때면 무척이나 자애롭고, 원만하고, 지중해 날씨처럼 포근해졌다. 온난전선이 갑자기 한랭전선을 몰아낼 때, 엄마의 눈에서는 해맑은 사랑의 빛이 반짝였다. 오랫동안 나는 엄마의 눈에서 사랑의 빛이 지속적으로 머물러주길 갈망했다. 한때는 엄마의 얼굴을 마주할 때마다 빛이 나타나 있는지 엿보는 습관이 생길 정도였다. 엄마의 눈에서 반짝이는 빛이 잠시 머물다 순간적으로 사라지기보다는 오래오래 시나브내 은은하게 너를 감싸주길 바랐다. 내 바람과 달리 엄마의 눈에 어린 빛은 그리 오래 가지 않았다. 세월이 흐르면서 나는 아무런 기대도 하지 않게 되었다.

"번거로울 텐데 괜히 고생하지 마세요."

"아니, 난 만들어주고 싶어. 내 즐거움이니까."

나는 엄마의 시선을 놓치지 않고 눈빛으로 물었다.

'오늘따라 왜 그러시는데요?'

엄마는 틀어 올렸던 머리를 풀었다. 이제 엄마의 금발은 앙티브 해변에서 흔히 볼 수 있는 모래 빛깔로 변했지만 엄마의 눈은 아직 아쿠아마린처럼 맑고 푸르렀다.

나는 다시 한번 눈빛으로 물었다.

'엄마는 왜 항상 이런 식이죠?'

오늘 같은 날, 엄마의 눈은 헤아릴 수 없을 만큼 깊은 동시에 매혹적이었다. 엄마의 입가에 잔잔한 미소가 떠올라 있었다. 엄마는 내가 눈빛으로 두 번이나 질문을 했지만 본체만체하며 벽장에서 밀가루와 파이 틀을 꺼냈다.

내 엄마 안나벨은 남자들이 쉽게 작업을 걸 수 있는 스타일이 아니었다. 엄마는 완강하게 닫혀 있는 마음의 문을 좀처럼 열지 않았다. 엄마는 마치 다른 세상, 보통 사람들은 아예 접근조차 불가한 다른 별에서 온 사람 같았다. 성장기에 접어든 나는 줄곧 엄마가 '지나치다'는 느낌을 떨쳐버릴 수 없었다. 엄마는 대개의 사람들이 받아들이는 평범한 삶을 살아가기에는 지나치게 생각이 복잡했고, 아버지 같은 남자와 생을 함께하기에는 지나치게 똑똑했다. 마치 엄마가 있어야 할 자리는 수억 개의 별이 빛나는 저 우주 어딘가에 마련되어있는 듯했다.

나는 초인종이 울리는 바람에 엄마에 대한 상념에서 벗어났다.

"막심이네!"

엄마가 출입문을 열어주기 위해 버튼을 누르며 말했다.

이 갑작스럽게 명랑해진 어조는 뭐지?

엄마가 막심을 맞으려고 나간 사이 나는 테라스로 나갔다. 와인색 시트로앵 한 대가 자동문을 지나 달려오는 모습이 보였다. 나는 스테이션 왜건이 꼬불꼬불한 콘트리트 길을 따라 올라와 엄마의 로드스터 뒤에 멈춰 서는 일련의 과정을 빠짐없이 지켜보았다. 차 문이 열리자마자 막심의 딸들이 먼저 밖으로 뛰어나왔다. 갈색머리 꼬마 아가씨들이 스스럼없이 엄마를 향해 두 팔을 내밀고 달려가는 모습이 보였다. 내가 없는 사이 엄마와 꼬마 아가씨들이 깊은 친분을 쌓은 듯했다.

막심은 경찰서에 들러 드브린 서장을 만나고 왔을 공산이 컸다. 막심이 경찰서에서 돌아와 아이들을 데리고 내 부모 집을 방문한 걸 보면 드브린 서장을 만난 결과가 그리 나쁘지는 않은 듯했다. 나는 차에서 내리는 막심을 보면서 그의 얼굴에 어려 있는 감정을 읽어내려 애썼다. 내가 막심과 꼬마 아가씨들에게 손을 흔들어 인사를 건네는 순간 주머니에 들어 있는 휴대폰이 부르르 떨었다. 휴대폰 화면에 라파엘 바르톨레티라는 이름이 떠 있었다.

"차오 라파."

내가 전화를 받으며 장난스럽게 인사를 건넸다.

"차오 토마. 자네가 보여준 사진 때문에 전화했어."

"자네도 사진이 마음에 들었나봐?"

"사실은 강렬한 호기심을 느낀 사진이라 비서한테 당장 확대해보라고 했지."

"그랬더니?"

"사진을 확대해 꼼꼼하게 살펴본 결과 내가 무엇 때문에 그 사진을 처음 본 순간 마음이 싱숭생숭했는지 알아냈어."

나는 아랫배 근처가 따끔따끔해지는 느낌을 받았다.

"자꾸 말 돌리지 말고 뭘 알아냈는지 얼른 말해봐."

"사진 속 빙카는 함께 있는 상대 남자를 바라보며 웃은 게 아니었어."

"그럼 누구를 보고 웃었지?"

"빙카가 있는 플로어에서 대략 6, 7미터쯤 떨어진 곳에 있는 누군가를 바라보며 웃음을 지은 게 분명해. 내 생각이지만 빙카는 상대 남자와 춤을 추다가 사진을 찍힌 게 아니야. 단지 착시현상일 뿐이지."

"합성사진이라는 뜻이야?"

"합성사진은 아니지만 사진의 구도를 손질했을 가능성이 커. 아무튼 빙카가 짓고 있는 웃음은 함께 있는 상대 남자가 아니라 다른 누군가를 향해 지은 게 분명해."

다른 누군가라니?

난 도무지 무슨 말인지 이해할 수 없었지만 라파엘에게 고맙다고 인사하고 나서 뭔가 새로운 사실을 더 알게 되면 다시 전화해달라고 부탁했다. 내친김에 스테판에게도 문자를 보냈다. 《니스 마탱》의 예전 편집장인 클로드 앙주뱅이라면 혹시 그 사진을 누가 찍었는지 알 수 있을 거라고 했던 스테판의 말이 떠올랐기 때문이다.

나는 잔디밭에 있는 엄마와 꼬마 아가씨들 그리고 막심에게 가려고 계단을 달려 내려갔다. 막심은 겨드랑이에 두툼한 봉투 하나를 끼고 있었고, 나는 눈짓으로 그게 뭔지 물었다.

"나중에 얘기해줄게."

막심이 차 뒷좌석에서 가방을 하나 꺼내며 말했다. 가방에서 헝겊으로 만든 강아지와 기린이 나왔다.

막심이 나에게 딸들을 소개했다. 두 아이는 통통 튀는 공처럼 에너지가 넘쳐 보였고, 미소를 담은 얼굴 표정이 앙증맞았다. 아이들의 천진난만한 얼굴 덕분에 우리는 짧게나마 근심 걱정을 잊고 웃을 수 있었다.

엠마와 루이즈는 깨물어주고 싶을 만큼 귀엽고 사랑스러운 아이들이었다. 내 엄마와 방금 전 마당으로 나온 아버지의 활짝 핀 얼굴로 미루어보아 막심은 평소 내 부모와 매우 친숙하게 지내온 게 분명했다. 나는 내 부모가 아이들과 더없이 살갑게 지내는 모습을 지켜보면서도 과연 내 눈앞에서 벌어지고 있는 일이 현실인지 가늠하기 어려웠다. 막심이 내가 팽개치고 떠난 아들 역할을 대신해온 셈이었지만 기분이 씁쓸하지는 않았다. 오히려 과거의 비밀로부터 막심을 보호해주어야 한다는 생각이 한층 더 거역할 수 없는 의무로 다가왔다.

엄마는 꼬마 요리사들과 함께 살구 파이를 만들어야겠다며 아이들을 주방으로 데려갔다. 엄마가 만드는 살구 파이 비법은 과실 위에 라벤더 알갱이를 뿌려 달착지근하고 은은한 맛이 나게 하는 방식이었다. 아버지는 테니스 경기를 마저 봐야겠다며 서재로 올라갔다.

"이제 우리 둘만이 남게 되었네. 그럼 작전 회의를 시작해볼까?"

2

〈빌라 비올레트〉에서 내가 가장 선호하는 곳은 정자였다. 내 부모가
이 동네에 정착하자마자 석재와 목재를 적절히 섞어 지은 집으로 옥외
에 만든 주방과 여름용 거실을 갖추고 있었고, 바람이 불면 마치 망망
대해를 항해하는 배처럼 집 전체가 출렁이는 느낌이 들기도 했다. 정자
를 유별나게 좋아했던 나는 틈만 나면 크림색 천을 입힌 여름용 거실
소파에 누워 책을 읽거나 음악을 들으며 시간을 보냈다.

나는 포도 넝쿨로 뒤덮여 그늘이 드리워진 정자 안으로 들어가 목재
테이블 앞 의자에 앉았고, 막심이 내 오른편 의자에 앉았다.

나는 거두절미하고 파니에게 들은 이야기를 상세하게 털어놓았다.
암에 걸려 생사의 기로에 서 있던 아흐메드가 양심의 가책을 느껴 파니
에게 들려준 이야기. 아흐메드는 프란시스 아저씨의 지시대로 알렉시
의 사체를 콘크리트에 섞어 체육관 벽에 매장했다고 실토했다. 그가 파
니에게 비밀을 털어놓은 사실로 미루어볼 때 다른 누군가에게도 귀띔했
을 가능성을 배제할 수 없었다. 우리에게는 결코 좋은 소식이 아니었지
만 적어도 더 이상 안개 속에서 허우적거리지 않아도 된다는 점에서 마
냥 나쁘지는 않았다. 그나마 비밀이 새어나간 진원지가 어디인지는 알
게 되었으니까. 아흐메드가 죽음을 앞두고 털어놓은 비밀이 누군가의
귀에 들어가게 되었고, 우리는 피할 수 없이 복수의 대상이 되었다.

"아흐메드는 11월에 죽었어. 그가 형사들을 만나 모든 사실을 털어놓았다면 이미 체육관 벽에서 알렉시의 유골을 찾아냈겠지. 그나마 아직 형사들은 그 사실을 모르고 있는 거야."

막심이 지적했다.

막심의 얼굴에는 여전히 불안감이 묻어났지만 오늘 아침에 만났을 때보다는 한결 절제된 감정으로 차분하게 이야기하는 편이었다.

"나도 자네와 생각이 같아. 자네가 지적한 대로 아흐메드는 형사가 아닌 다른 누군가에게 비밀을 털어놓았을 공산이 커. 그나저나 경찰서에 다녀온 일은 어떻게 되었나?"

막심이 목덜미에 닿은 머리카락을 흔들었다.

"드브린 서장을 만나봤어. 자네가 추측한 대로 드브린 서장은 알렉시 문제로 나를 만나자고 한 게 아니었어."

"드브린 서장이 뭘 알아내려고 하던가?"

"우리 아버지의 죽음에 대해 이야기했어."

"프란시스 아저씨의 죽음에도 석연치 않은 점이 있었다는 거야?"

"내가 차차 설명해주지. 그 전에 이 서류를 좀 읽어봐."

막심이 주머니에서 서류를 꺼내 내 앞에 내려놓았다.

"드브린 서장과 이야기를 나누다가 떠오른 생각인데, 혹시 우리 아버지의 죽음이 알렉시와 관련이 있는 건 아닐까?"

"글쎄다, 솔직히 말해 난 뭐가 뭔지 잘 모르겠어."

"난 아버지가 우리에게 익명의 편지를 보낸 자에게 살해되었을 가능성이 있다고 생각해."

"자네는 오늘 아침에 나를 만났을 때만 해도 프란시스 아저씨가 집 안에 들어온 강도들을 상대하다가 고문을 당해 돌아가셨다고 했잖아."

"틀림없이 그렇게 말했지. 아침에 자네를 만나 그 말을 해줄 때만 해도 난 아버지의 죽음에 대해 별달리 의혹을 품고 있지 않았어. 물론 내가 간단하게 요점만 말하느라 아버지의 죽음을 불러온 그 사건들에 대해 상세히 설명하지 않았으니까 자네 입장에서 보자면 종잡을 수 없는 말로 들리겠지. 나도 드브린 서장을 만나보고 나서야 미심쩍은 부분이 있다는 걸 알게 되었어."

막심은 얼른 서류를 읽어보라고 손짓했다.

"서류를 읽어보고 나서 다시 이야기하는 게 좋겠어. 자네가 서류를 읽는 동안 난 커피나 한 잔 빼올게."

막심이 자리에서 일어나 에스프레소 기계와 커피 잔들이 구비되어있는 거실 끝으로 걸어갔다.

막심이 건네준 서류는 2016년 말과 2017년 초 사이에 코트다쥐르 일대에 몰아친 불법 주거침입과 강도 사건을 다룬 신문 기사들을 스크랩해놓은 자료였다.

무려 50건에 이르는 강도 사건이 알프마리팀, 생폴드방스, 무쟁 등지의 부자 동네에서 발생했다. 칸과 니스의 고급 아파트촌 역시 강도 사건이 해일처럼 덮친 지역이었다. 강도 사건의 수법은 매번 비슷했다. 복면을 착용한 괴한 네댓 명이 저택 안으로 침입하자마자 집 안에 있던 사람들을 향해 최루탄을 살포한 다음 몸을 묶고 감금하는 수법이었다. 강도들은 총기류를 비롯한 다양한 무기로 무장을 하고 있었고, 몹시 난

폭하고 위협적이었다. 그들은 가장 먼저 현금과 보석류를 탈취했다. 신용카드 비밀번호 혹은 금고 번호를 알아내기 위해 피해자들을 고문하기도 했다.

강도들의 행각은 코트다쥐르 지역 일대를 공포로 몰아넣었고, 두 명의 사망자가 발생했다. 강도들이 들이닥치자 어찌나 심하게 놀랐던지 그 자리에서 심장마비로 죽은 가사도우미와 저항해 싸우다가 죽은 프란시스 아저씨였다. 프란시스 아저씨가 살던 오렐리아 파크에서만 세 차례의 강도 사건이 발생했다. 코트다쥐르 지역에서 가장 안전한 주택단지로 알려진 곳에서 강도 사건이 세 차례나 발생했다는 건 상상도 할 수 없는 일이었다. 피해자들 중에는 사우디 왕족의 먼 친척, 예술품 수집가, 유력한 기업가도 포함돼 있었다. 기업가는 강도들이 침입했을 당시 집에 없었기 때문에 직접적인 폭행을 당하지는 않았지만 기대했던 만큼 현금을 갈취하지 못하는 바람에 잔뜩 화가 난 복면강도들이 벽에 걸려 있던 고가의 그림들을 마구 훼손하는 바람에 어마어마한 재산상 피해를 입었다. 강도들이 훼손한 그림들 중에는 숀 로렌츠의 〈디그 업 더 해쳇〉이라는 고가의 작품도 포함돼 있었다. 숀 로렌츠는 현대미술에서 가장 명망이 높은 작가들 중 한 사람으로 그의 작품이 파손되었다는 소식은 세계적으로 커다란 반향을 불러일으켰다. 미국의 《뉴욕타임스》와 《CNN》도 코트다쥐르 지역에서 발생한 강도 사건을 다루었고, 그 이전까지만 해도 부동산업자들이 투자 가치 면에서 첫손가락에 꼽던 오렐리아 파크는 하루아침에 가격이 곤두박질치게 되었다. 강도 사건이 벌어지고 나서 불과 석 달 만에 집값이 30퍼센트나 폭락했는데 책임질 사람이 아무도 없다는 게 더 큰 문제였다. 코트다쥐르 지역의 안전성에 치명적인 문제가 발생하자 치안 당국은 강도들을 일망타진하기 위해 특별수사팀을 구성했다.

특별수사팀을 발족한 이후 지지부진하던 수사는 급물살을 타게 되었다. 현장에서 채취한 범인들의 DNA를 분석하고, 수상한 통신에 대한 도청을 실시하고, 사건 발생 지역 인근 CCTV를 면밀히 확인해본 결과 이탈리아 국경 마을에서 강도단이 조직되었다는 사실을 확인하게 되었다.

특별수사팀은 이른 새벽에 이탈리아 국경과 인접한 마을을 급습해 강도 용의자 검거에 나선 결과 십여 명의 마케도니아 출신 남자들을 체포했다. 대부분 불법 체류자들이었고, 일부는 유사한 강도 사건에 연루된 적이 있는 자들이었다. 특별수사팀 형사들이 강도 용의자들의 집을 압수수색한 결과 범행 장소에서 갈취한 보석과 현금, 총기류와 탄환, 위조신분증, 범행을 치밀하게 계획한 컴퓨터 자료 등을 찾아냈다. 범행에 사용된 복면과 칼도 발견되었다.

5주 후, 특별수사팀 형사들은 드랑시 호텔에서 숨어 지내던 조직의 보스를 검거했다. 보스는 장물아비를 통해 탈취한 보석들 중 상당량을 이미 동유럽 국가들에 팔아넘긴 것으로 드러났다. 니스로 이송된 강도 용의자들은 현재 구치소로 넘겨져 재판을 기다리고 있다. 강도 용의자들은 대부분 범행을 인정하고 있지만 프란시스 아저씨의 자택에서 저지른 살인 행위에 대해서는 완강하게 부인하고 있었다. 살인 혐의가 유죄로 판결날 경우 최소한 징역 20년을 받아야 하기 때문에 그들이 끝까지 혐의를 부인할 가능성이 농후하다.

3

나는 온몸에 소름이 돋고, 공포와 흥분이 교차하는 가운데 신문 기사들을 읽어 내려갔다. 최근에는 코트다쥐르 지역 강도 사건 전반에 대한 내용보다는 프란시스 살해 사건을 집중적으로 다룬 기사들이 많았다.

프란시스 아저씨는 분명 위협 차원의 폭행을 당한 게 아니었다. 그의 저항이 거셌다고는 하지만 죽을 수도 있을 만큼 심한 고문과 구타를 당했다. 그는 어찌나 심하게 맞았던지 눈이 보이지 않을 만큼 얼굴이 부어올랐고, 몸 전체에 자상이 있었고, 양 손목은 수갑 자국으로 깊게 파여 있었다.

나는 그 기사를 읽으며 막심이 프란시스 아저씨의 사인에 대해 왜 의구심을 품을 수밖에 없었는지 이유를 알 수 있었다. 나의 머릿속에서 한 가지 시나리오가 완성되어갔다.

아흐메드가 누군가에게 오래전 비밀을 이야기했다. 그 누군가는 강도 사건으로 위장해 프란시스 아저씨의 집에 잠입해 그를 결박하고 극심한 고문을 가했다. 그가 프란시스 아저씨를 고문한 이유는 뭔가를 실토하도록 만들기 위해서였다. 그는 과연 프란시스 아저씨로부터 무엇을 얻어내려 했던 것일까? 알렉시의 죽음에 대해 실토하길 원했을까?

나는 다시 신문 기사에 집중했다. 주간 《누벨 옵세르바퇴르》의 앙젤리크 기발이라는 여기자가 특별수사팀의 보고서를 입수해 쓴 기사였다. 앙젤리크는 숀 로렌츠가 그린 고가의 미술품이 파괴된 사실을 집중 조명했지만 간간이 오렐리아 파크에서 벌어진 일련의 강도 사건들에 대해서도 다루었다. 그녀가 쓴 기사에 따르면 프란시스 아저씨는 강도들이 집에서 떠나고 나서도 잠시 숨이 붙어 있었다.

앙젤리크 기자는 말미에 프란시스 사건과 오마르 라다드 사건과의 유사한 점에 대해 언급했다. 필사적으로 유리창까지 기어간 프란시스는 몸에서 흐르는 피를 손에 묻혀 유리창에 뭔가 기록을 남기려고 했다. 프란시스가 범인들의 신원을 알고 있었다는 추측이 가능한 부분이었다.

나는 그 대목을 읽는 동안 피가 얼어붙는 느낌이 들었다. 프란시스 아저씨가 알렉시 살해를 은폐해주기 훨씬 이전부터 나는 그를 좋아했다. 프란시스 아저씨도 나에게 늘 호의적이었다. 프란시스 아저씨의 마지막 순간을 기록한 기사를 읽는 동안 나는 치를 떨었다.

마침내 신문 기사를 다 읽었다.

"강도들이 프란시스 아저씨 집에서 뭘 훔쳐 갔지?"

"아버지의 손목시계 컬렉션을 훔쳐 갔어. 보험회사 감정가로 치자면 30만 유로의 가치가 있는 시계들이었지."

프란시스 아저씨가 시계를 얼마나 애지중지했었는지는 나도 잘 알고 있었다. 특히 스위스 상표인 파텍 필립 제품을 광적으로 좋아해 그 회사 시계를 무려 열 개 정도 보유하고 있었다. 우리 집과 이웃해 살던 시절 프란시스 아저씨는 어린 나에게 파텍 필립 시계 컬렉션을 보여주며 각각의 제품들이 탄생하게 된 배경과 사연들을 일일이 이야기해주며 몹시 자랑스러워했다. 그중에서 칼라트라바가 디자인한 시계들, 제랄드 젠타가 디자인한 노틸러스 등이 기억났다.

오늘 아침부터 내 머릿속을 떠나지 않는 의문이 한 가지 있었다.

"프란시스 아저씨는 언제부터 오렐리아 파크에서 살게 되었지? 난 프 란시스 아저씨가 아직도 이전처럼 우리 옆집에 사는 줄 알았거든."

막심이 살짝 거북한 표정을 지었다.

"아버지는 엄마가 돌아가시기 전부터 두 집을 왔다 갔다 하면서 살았 어. 오렐리아 파크는 아버지가 직접 구상하고 기획한 주택단지였지. 아 버지는 오렐리아 파크에 대한 애착이 컸고, 빌라 한 채를 고객들에게 분양하지 않고 직접 소유하기로 했어. 난 솔직히 그 집에는 발걸음도 하기 싫었고, 아버지가 돌아가시고 나서도 경비원한테 뒤처리를 맡겼 지. 아버지에게 그 집은 자유로운 일탈을 위해 마련한 독립적인 공간이 었으니까. 아버지는 애인이나 콜걸들을 그 집으로 불러들였고, 간혹 요 상한 파티를 연다는 말을 들었어."

프란시스 아저씨에게는 늘 바람둥이라는 평판이 꼬리표처럼 따라다 녔다. 그는 마치 자랑이라도 된다는 듯 공개적으로 자신이 정복한 여자 들의 이름을 떠벌리고 다니기도 했다. 나는 물론 그가 발설한 여자들의 이름을 일일이 기억하지는 못하지만 대단한 바람둥이였다는 사실만큼 은 변명의 여지가 없었다.

프란시스 아저씨에게는 분명 눈에 드러날 만큼 흠결이 있었지만 나는 그를 좋아했다. 그 당시 나는 어린아이에 불과했지만 그가 대단히 모순 되고 복잡한 인격체이며 남들은 모르는 고뇌를 간직하고 있다는 생각 이 들었다. 그가 내뱉는 인종차별적이거나 여성 혐오적인 발언은 연극 대사처럼 과장되어 있기 일쑤였다. 내가 보기에 그의 발언과 행동은 다 소 모순되는 경향을 보였다. 그가 고용한 직원들 대다수가 마그레브 출신이었고, 대부분 고용주를 전적으로 믿고 따랐다. 언젠가 엄마가 그의 여성 편력과 관련해 이야기하는 걸 들은 적이 있었다. 그가 평소에 그토록 폄훼하는 여자들을 정작 회사의 요직에 앉히고 신뢰한다는 말이었다.

내 머릿속에서 여러 가지 추억이 꼬리를 물고 떠올랐다.

2007년, 나는 서른세 살이었고, 세 번째 소설을 발표한 직후였다. 내 에이전시에서 아시아 지역 사인회를 기획했다. 베트남 하노이의 프랑스문화원, 타이베이의 르 피조니에 서점, 서울의 이화여자대학교, 홍콩의 파랑테즈 서점 등에서 열리는 행사였다.

나는 그 당시 홍콩의 만다린호텔 26층 바에서 기자와 인터뷰를 하고 있었다. 눈앞에 홍콩의 스카이라인이 끝없이 펼쳐져 있었지만 언제부턴가 나는 우리와 10미터쯤 떨어진 자리에 앉아 있는 어느 남자를 바라보느라 여념이 없었다. 처음에 나는 그가 프란시스 아저씨라는 사실을 미처 알지 못했다. 프란시스 아저씨는 《월스트리트저널》을 손에 들고 있었고, 어깨선을 시가레트로 둥글게 굴리고, 안쪽에 직각으로 심지를 붙인 파리지앵식 정장 차림이었다. 그는 유창한 영어로 스코틀랜드 위스키와 일본식 위스키의 차이점에 대해 종업원과 대화를 나누고 있었다.

어느 순간, 기자는 내가 자꾸 질문을 제대로 듣지 않고 딴전을 피운다는 사실을 알아차리고 기분이 상한 듯 불쾌한 표정을 지었다. 나는 그제야 인터뷰에 집중해 위기를 모면했다. 내가 인터뷰를 마치고 다시 눈길을 돌렸을 때 프란시스 아저씨는 어느새 바를 떠나고 없었다.

1990년 봄, 열여섯 살도 되기 전이었다. 나는 대학입시 자격시험 프랑스어 과목을 복습하고 있었다. 내 부모는 형과 누나를 데리고 스페인으로 휴가를 떠났고, 집에는 나 혼자 남아 있었다. 나는 아침부터 저녁까지 하루 종일 프랑스어 교과 과정에 나오는 책들을 들여다보며 시간을 보냈다. 그때 내가 읽고 있었던 책들은 《위험한 관계》, 《감정 교육》, 《오렐리앙》 등이었다. 한 권의 책을 읽고 나면 저절로 다음에 읽어야 할 책이 떠올랐다. 아버지의 서재에서 방금 전 읽은 텍스트에서 발견한 음악, 그림, 사상에 대한 참고도서들을 찾아보며 새로운 지식을 알아가는 재미도 각별했다.

점심시간 무렵 우편물을 가져오다가 집배원이 우리 집 편지함에 프란시스 아저씨에게 온 편지 한 통을 넣어놓았다는 사실을 알게 되었다. 나는 지체 없이 편지를 수신인에게 가져다주기로 마음먹었다.

우리 집과 프란시스 아저씨 집 사이에는 담장이 없었으므로 나는 편지를 가져다주기 위해 잔디밭을 가로질러 걸어갔다. 통유리 창 가운데 하나가 열려 있었고, 나는 테이블 위에 편지를 놓고 곧바로 나올 결심으로 거실로 들어섰다. 일인용 소파에 앉아 음악을 듣고 있는 프란시스 아저씨의 모습이 눈에 들어왔다. 그가 듣고 있는 음악은 슈베르트 즉흥곡이었다. 내게는 그 자체만으로도 놀라운 일이었다. 그 집 사람들이 즐겨 듣는 음악이라고는 미셸 사르두와 조니 할리데이밖에 없었으니까.

프란시스 아저씨는 내가 거실로 들어온 사실을 미처 인지하지 못했다. 나를 더욱 놀라게 한 건 프란시스 아저씨가 책을 읽고 있다는 사실이었다. 내 눈에 유리창에 반사된 책 표지가 보였다. 마르그리트 유르스나르의 《하드리아누스 황제의 회상록》이었다.

프란시스 아저씨는 평소 공수특전단에서 군복무를 할 당시 읽었던 포르노 만화를 제외하면 평생 독서라고는 해본 적이 없다고 공공연하게 떠벌리고 다녔다. 그는 열네 살 때부터 산전수전 다 겪으며 살아왔기에 지식인들이란 무균상자 속에서 사는 사람들이라며 대놓고 경멸해왔다.

발끝으로 살금살금 걸어 거실을 나오는 동안 내 머릿속에는 의문부호가 가득 들어찼다. 이제껏 잘 모르면서 다 아는 척 허풍떠는 사람들은 많이 봐왔지만 일부러 무식한 척하는 경우는 처음 보았기 때문이다.

4

"아빠, 아빠!"

아이들이 아빠를 부르는 소리가 나를 추억의 시간으로부터 벗어나게 해주었다. 잔디밭 저편에서 엠마와 루이즈가 우리를 향해 달려오고 있었다. 엄마도 아이들을 뒤따라왔다. 나는 반사적으로 신문 기사 스크랩을 덮었다. 두 아이가 막심의 품으로 달려들었고, 엄마가 우리에게 말했다.

"아이들을 좀 돌봐줘야겠어. 난 살구를 사러 베르제 드 프로방스에 다녀올 테니까."

엄마는 내가 현관 소지품 함에 놓아둔 미니 쿠페 열쇠를 흔들어 보였다.

"토마, 네 차를 이용해야겠어. 막심 차가 바로 뒤에 세워져 있어 내 차를 빼기가 힘들어."

"차를 빼드릴 테니까 잠깐만 기다리세요."

막심이 말했다.

"아니야, 괜찮아. 과일 가게에 들렀다가 캅3000에도 다녀와야 하는데 시간이 너무 늦었어."

엄마는 나를 바라보며 일침을 가했다.

"토마, 그러니까 도둑고양이처럼 슬그머니 달아날 생각일랑 하지 마. 모처럼 내가 만든 살구 파이를 맛봐야지."

"저도 나가봐야 해요."

내가 말했다.

"그럼 내 차를 이용하렴. 열쇠는 차에 꽂아두었으니까."

엄마는 더 이상 이의를 제기할 시간을 주지 않고 출발했다.

막심이 아이들과 놀아주려고 가방에서 장난감을 꺼내고 있을 때 테이블 위에 놓아둔 내 휴대폰이 진동했다. 휴대폰을 들고 화면을 보니 모르는 번호가 떠올라 있었다.

"여보세요?"

《니스 마탱》의 전 편집장이자 스테판의 멘토인 클로드 앙주뱅이었다.

클로드는 내가 선호하는 스타일이긴 하지만 한마디로 수다쟁이였다. 그는 요즘 포르투갈에 정착해 산다며 말문을 열더니 무려 5분 동안이나 사는 곳 자랑을 늘어놓았다. 나는 화제를 빙카 사건으로 유도하면서 경찰의 공식적인 수사 발표를 신뢰하는지 떠보았다.

"경찰의 수사 발표는 완전 허위야. 그들은 사실상 아무것도 증명해내지 못했어."

"왜 그렇게 생각하는데요?"

"변죽만 울리다가 끝난 수사야. 애초부터 방향을 잘못 잡았어. 기자들이나 가족들도 사건의 본질에서 벗어난 조사를 하다가 끝났어."

"그렇게 주장하는 근거라도 있나요?"

"난 지금 경찰이 저지른 한두 가지 실수에 대해 지적하려는 게 아니야. 경찰은 처음부터 단추를 잘못 꿰었어. 결과가 좋을 리 없지."

클로드의 말은 애매했지만 난 무슨 뜻인지 이해할 수 있었고, 나 또한 그의 말이 옳다고 생각했다.

"스테판이 그러는데 빙카와 알렉시가 플로어에서 춤추는 사진을 찍은 사람이 누군지 찾고 있다며?"

"혹시 누가 찍었는지 아세요?"

"당연히 알지. 생텍쥐페리고교의 학부모였는데 아마 이름이 이브 달라네그라였어."

어디선가 들어본 적 있는 이름이었다.

클로드가 내 희미한 기억을 되살려주었다.

"내가 나름 조사해본 결과 플로랑스와 올리비아 달라네그라의 아버지더군."

나는 플로랑스가 누군지 기억났다. 키가 크고 운동을 좋아한 여학생이었는데 나보다 키가 무려 10센티미터나 더 컸다. 내가 수학 물리 계열 대학입학 자격시험을 통과한 해에 플로랑스는 한 학년 아래 수학 생물 계열 졸업반이었다. 우리는 체육 시간에 함께 수업을 들었고, 남녀 혼성 핸드볼 팀에서 같은 팀으로 활동하기도 했다. 다만 플로랑스의 아버지에 대해서는 전혀 기억나지 않았다.

"아마 1993년이었을 거야. 우리가 빙카와 알렉시 실종 사건에 대한 기사를 처음 내보낸 직후 이브가 그 사진을 참고용으로 쓰지 않겠냐고 제안해왔어. 우리는 망설이지 않고 그 사진을 구입했고, 그 후 여러 차례 관련 기사에 활용했지."

"혹시 사진에 손을 대 구도를 바꾸었나요?"

"내가 기억하기로는 사진에 손을 대지 않았어. 이브가 우리에게 넘긴 그대로 사용했지."

"혹시 이브가 어디에 사는지 아세요?"

"메일로 주소를 보내줄게."

그에게 메일 주소를 알려주었다. 클로드는 내가 뭔가를 더 찾아내면 귀띔해달라는 말을 잊지 않았다.

"빙카는 그렇게 쉽게 잊힐 존재가 아니야."

클로드가 전화를 끊기 전 의미심장한 말을 남겼다.

"나도 그렇게 생각해요."

막심이 가져다준 커피는 벌써 식어 있었다. 나는 뜨거운 커피를 다시 뽑았다.

막심이 두 딸아이가 노느라 여념이 없는 틈을 타 내게로 다가왔다.

"드브린 서장이 자네를 만나자고 했던 이유가 뭐야?"

"드브린 서장은 내가 아버지의 죽음과 관련해 뭔가 확인해주길 원했어."

"자네가 뭘 확인해주길 원했는데?"

"수요일 저녁에 바람이 심하게 불어 바다에 격랑이 일면서 해안으로 해초와 오물들이 잔뜩 휩쓸려왔나봐. 그제 아침에 시청 환경미화원들이 해안에 쌓인 오물들을 치우려고 현장에 출동했대."

막심은 초점 잃은 두 눈을 딸들에게 고정시킨 가운데 커피를 한 모금 마시더니 말을 이었다.

"살리스 해변에 출동한 환경미화원이 해안으로 밀려온 오물들 틈에 섞여 있는 마대자루 하나를 발견했나봐. 그 마대자루 안에 무엇이 들어 있었는지 짐작할 수 있겠나?"

나는 전혀 예측할 수 없는 질문이라 고개를 저었다.

"마대자루 안에 아버지 집에서 도난당한 파텍 필립 시계 컬렉션이 들어 있었다는 거야. 더욱 놀라운 사실은 도난당한 시계들이 하나도 빠지지 않고 모두 들어 있었대."

나는 막심이 방금 내뱉은 말에 담긴 의미를 유추할 수 있었다. 결국 마케도니아 강도들은 프란시스 아저씨의 죽음과 아무런 관련이 없다는 뜻이었다. 만약 현금과 금품을 노리고 침입한 강도들이었다면 고가의 파텍 필립 시계 컬렉션을 바다에 던져버릴 리 없을 테니까. 프란시스 아저씨를 살해한 범인은 그 당시 마침 코트다쥐르 일대를 시끄럽게 했던 강도 사건을 이용해 범행을 은폐하려고 했던 게 분명했다. 애초 의도한 대로 범행을 마무리한 범인은 경찰의 가택수색을 염두에 두고 파텍 필립 시계 컬렉션을 가져갔던 것이다.

나는 막심과 서늘한 눈길을 교환했다. 우리는 동시에 두 아이가 있는 쪽으로 시선을 돌렸다. 내 마음속에서 격량이 일었다. 우리를 위협하고 있는 적은 호락호락하지 않은 상대였고, 도처에 위험이 도사리고 있었다. 우리의 상대는 단순 공갈범이 아니었고, 단지 겁을 주기 위해 위협을 가하는 게 아니었다. 그는 주도면밀하고 냉철한 살인자로 조금도 허점을 보이지 않고 우리를 덫으로 몰아가고 있었다. 그가 한 치의 오차도 없이 치밀한 작전을 펼치는 살인자라면 우리는 지금 피할 수 없는 위험에 직면해 있다는 뜻이었다.

다른 아이들과 다른 아이

나는 차의 덮개를 열어젖히고, 황무지와 파란 하늘 사이를 가로질러 후배지 쪽을 향해 달렸다. 대기는 따스했고, 주변 경치는 눈을 호사시킬 만큼 아름다웠다. 한마디로 내 마음속에서 일고 있는 격랑과는 너무나 대조적인 풍경이었다.

나는 마음이 몹시 초조한 한편 자못 흥분이 되기도 했다. 아직 확신할 수는 없지만 오늘 오후 몇 시간 동안 나는 빙카가 아직 살아 있을 수도 있다는 희망을 갖게 되었다. 빙카를 다시 만나게 된다면 정상궤도에서 멀리 벗어나 있는 내 삶을 원래의 자리로 되돌려놓을 수도 있으리라는 기대감이 일었다.

몇 시간 동안이나마 나는 이번 게임의 승자가 될 수 있으리라 믿었다. 빙카와 알렉시 실종 사건의 진실을 밝혀내고, 고뇌로 얼룩진 삶에서 벗어날 수 있으리라 믿었다. 나는 빙카를 수수께끼 같은 감옥에서 꺼내주고, 그 아이는 나를 절망과 잃어버린 시간들로부터 구원해주리라 믿었다.

빙카가 사라지고 나서 한동안 나는 끊임없이 그 아이를 찾아 헤맸다. 해를 거듭하면서 몹시 지쳤고, 이제는 그 아이가 나를 찾아주기를 기대하게 되었다. 나에게는 마지막 순간에 꺼내 들 회심의 카드가 있었으므로 결코 체념하지는 않았다. 명백한 증거가 될 수는 없다고 하더라도 승부의 추를 기울어지게 할 수 있는 확신이 있었다. 형사재판에서 한 인생을 망가뜨릴 수도 있었고, 반대로 새로운 날개를 달아줄 수도 있다는 확신이었다.

✟

2010년, 크리스마스에서부터 새해 벽두에 이르는 기간 동안 뉴욕은 눈보라로 마비되었다. 뉴욕이 유사 이래로 겪은 최악의 눈보라였다. 공항은 폐쇄되었고, 모든 비행 편이 취소되었다. 사흘 동안 뉴욕은 눈인지 얼음인지 분간이 안 되는 회오리바람 속에 방치되었고, 시민들은 집 안에서 한 발자국도 움직이지 못하고 두려움에 떨어야 했다.

12월 28일, 눈부신 태양이 다시 얼어붙은 도시를 비추기 시작했다. 정오 무렵, 나는 비로소 몸을 움츠리고 있던 아파트에서 벗어나 워싱턴스퀘어로 산책을 나섰다. 모처럼 체스 두는 사람들이 즐겨 모이는 공원의 산책로에 다다르자 세르게이와 다시 한 판 붙고 싶은 마음이 간절했다. 세르게이는 산책로에서 알게 된 러시아 출신 노인이었다. 우리는 20달러를 걸고 몇 번인가 체스 대결을 벌였고, 나는 번번이 아깝게 패배했다.

세르게이를 발견한 나는 그동안의 패배를 설욕하기로 굳게 마음먹고 석재 테이블 앞 의자에 앉았다. 나는 지금도 그 순간을 생생하게 기억한다. 나의 기사로 세르게이의 비숍을 잡을 수 있는 절호의 기회였다. 체스판에서 말을 들어 올리는 순간 내 눈에 그 아이가 들어왔고, 날카로운 충격이 내 심장에 가해졌다.

산책로 끝, 내가 있던 자리에서 15미터쯤 떨어진 곳에 빙카가 있었다. 종이컵을 손에 들고 벤치에서 다리를 꼬고 앉아 책을 읽고 있는 그 아이는 분명 빙카였다. 파스텔 톤 진바지에 겨자색 스웨이드 재킷을 입고 있었고, 목에 두툼한 털목도리를 두르고 있는 그 아이는 여전히 빛이 나도록 예뻤고, 고등학교 시절보다 한층 성숙해진 자태였다. 머리에 털모자를 쓰고 있었지만 나는 빙카의 머리카락이 예전보다 훨씬 짧아지고 빨간 빛이 많이 바랬다는 사실을 알 수 있었다.

나는 눈꺼풀을 몇 번이나 비볐으나 그때마다 여지없이 빙카라고 확신했다. 그 아이가 손에 쥐고 있는 책이 확신을 더해주었다. 내가 언젠가 빌려준 책이었기 때문이다. 빙카를 부르기 위해 입을 벌리려는 순간 그 아이가 번쩍 고개를 들었다. 한순간 우리 두 사람의 시선이 마주쳤다.

"빌어먹을! 어서 두지 않고 뭐해! 체스를 두다가 딴생각을 하는 사람은 처음 봤네."

세르게이가 버럭 소리를 질렀다.

바로 그때 한 무리의 중국 사람들이 공원 산책로를 가득 채웠고, 빙카는 어느새 나의 시야에서 사라졌다. 나는 자리에서 벌떡 일어나 빙카가 앉아 있던 벤치를 향해 쏜살같이 달려갔지만 이미 어디론가 사라지고 없었다.

†

내 기억을 어느 정도 신뢰할 수 있을까?

물론 내가 빙카를 본 순간은 지극히 짧았다. 다만 나는 빙카를 보았던 순간의 기억이 사라질까봐 두려워 그 장면을 몇 번이고 머릿속에 투사해 깊이 아로새겼다. 빙카가 살아 있다는 희망을 갖게 해주는 기억이었으므로 나는 수없이 그 장면을 되뇌었다. 나도 그 기억이 근거가 허약한 이미지에 지나지 않을 수도 있다는 사실을 잘 알고 있었다. 지극히 짧은 순간에 대한 인간의 기억은 픽션과 재구성이 가미되게 마련이니까. 게다가 그 기억은 사실이라고 믿기에는 너무나 환상적이었다는 약점을 지니고 있었다.

여러 해가 흐르는 동안 과연 내가 워싱턴스퀘어에서 본 그 아이가 빙카가 확실했는지 의구심을 갖게 되었다. 그 아이가 빙카였다는 확신이 있었지만 내 기억이 완벽하다고 주장할 근거가 없었다.

오늘, 비로소 그때 내가 보았던 장면이 매우 특별한 의미로 다가왔다. 나는 《니스 마탱》의 클로드 기자가 한 말을 거듭 되새겨보았다.

'변죽만 울리다가 끝난 수사야. 애초부터 방향을 잘못 잡았어. 기자들이나 가족들도 사건의 본질에서 벗어난 조사를 하다가 끝났어.'

클로드 기자의 말은 옳았지만 이제 상황이 달라지고 있었다. 내가 변죽만 울리다가 끝난 수사를 보완하기 위한 조사에 착수했으니까. 프란시스 아저씨를 살해한 자가 이제 나를 노리고 있을 가능성이 컸지만 결코 두렵지 않았다. 그가 나를 빙카에게로 데려가줄 수도 있으니까. 그는 분명 위험한 상대였지만 그와의 조우를 결코 외면할 생각은 없었다.

나는 빙카의 실종과 관련된 비밀을 파헤치기 위해 기억의 바닷속으로 다시 들어가야 할 필요가 있었다. 다른 아이들과는 다른 아이, 대학입학 자격시험 프랑스어 과목 시험을 준비하던 1992년과 그 이듬해 졸업반 시절 중반부까지의 나를 만나야 할 필요가 있었다. 그 당시 나는 매사에 긍정적이고 용감하고, 순수한 마음을 가진 소년이었다. 아직 그 당시의 내가 완전히 사라져버린 건 아니었다. 지난 25년 동안 암울한 기분에 휩싸일 때마다 나는 그 당시의 나를 기억 단자 속에서 불러내 위안을 얻곤 했으니까.

그 당시의 나만이 진실을 밝혀낼 수 있었다.

11. 그녀의 미소 뒤에서

사진에서 부정확함은 존재하지 않는다. 모든 사진은 정확하다. 사진들 중에서 진실이 아닌 것이란 없다.
_리차드 애비던

1

이브 달라네그라는 비오의 언덕 지대에 있는 대저택에 살고 있었다. 그의 집을 방문하기에 앞서 나는 클로드가 알려준 번호로 전화를 걸었다.

첫 번째 행운, 이브는 6개월은 로스앤젤레스에서 기거하는데 마침 지금은 코트다쥐르 집에 와 있다고 했다. 두 번째 행운, 그는 내가 누구인지 분명하게 기억하고 있었다. 내가 고교 시절에 알고 지낸 그의 두 딸 플로랑스와 올리비아가 내 책을 매우 좋아해 열심히 읽고 있다고도 했다. 그는 나에게 기꺼이 비오에 있는 작업실 겸 빌라를 방문해달라고 했다.

클로드 기자는 이브를 만나게 되면 깜짝 놀랄 일이 벌어질 테니 기대해도 좋다고 했다. 나는 인터넷으로 이브의 홈페이지와 위키피디아에 나온 그의 이력과 다양한 신문 기사들을 검색하면서 그가 사진계의 명실상부한 스타 작가가 되었다는 사실을 알게 되었다.

이브는 매우 특이한 경력의 소유자였다. 그는 마흔다섯 살까지 평범한 샐러리맨이었다. 니스에 있는 중소기업의 감사로 근무한 그는 20년 동안 부인 카트린과 원만한 결혼 생활을 영위하며 두 아이를 낳았다. 1995년 어머니가 별세한 이후 그는 돌연 인생 항로를 바꾸었다. 카트린과 전격 이혼한 그는 이십 년간 몸담았던 회사를 그만두고 뉴욕으로 떠나 오랫동안 열정을 품고 있던 사진 작업에 몰입하기 시작했다.

이브는 《리베라시옹》에 게재된 인터뷰 기사에서 어머니가 별세하고 나서야 동성애자라는 자신의 정체성을 받아들이기로 결심했다고 고백했다. 그의 명성을 높여준 사진으로는 어빙 펜이나 헬무트 뉴튼식 미학에 경도된 인물 사진들을 꼽을 수 있었다. 사진작가로 경력이 더해지면서 그의 작업은 뚜렷한 개성을 드러내게 되었고, 현재 그는 고전적인 미학의 범주에서 벗어난 인물 사진을 주로 찍고 있었다. 가령 지나치게 비만인 여성, 키가 매우 작은 여성, 피부에 화상을 입은 사람, 신체 일부가 절단된 사람, 항암 치료 중인 환자 등이 그가 즐겨 찍는 대상이었다.

이브는 평범하지 않은 인물들을 모델로 선택해 그만의 독특한 사진 미학으로 승화시켰다. 나는 그의 사진을 접하는 순간 알 수 없는 힘에 압도당했다. 그의 사진은 전혀 평범하지 않은 모델들을 카메라앵글에 담고 있었지만 결코 불편하거나 추한 느낌을 주지 않았다. 사진이라기보다는 오히려 플랑드르파 화가들의 그림과 일맥상통하는 느낌을 풍기기도 했다. 창의적인 연출과 더불어 조명을 섬세하게 활용해 찍은 그의 사진들은 무엇보다 인물의 철학과 감정을 절묘하게 포착해내는 게 특징이었다.

나는 올리브나무들과 돌담 사이에 나 있는 좁은 길을 따라 조심스럽게 차를 몰았다. 점점 좁아지는 길을 따라 달리다보니 차츰 노변의 집들이 하나둘씩 모습을 드러냈다. 농가를 리모델링한 집, 아예 기존의 집을 허물고 현대적으로 다시 지은 집, 1970년대에 조성된 프로방스 양식 빌라 단지를 지나 U자형 급커브를 돌자마자 새로운 풍경이 눈앞에 나타났다. 옹이가 박히고 나뭇잎이 무성한 올리브나무들은 어느새 자취를 감추고, 야자수들이 그 자리를 대신하고 있었다. 마치 마라케시의 한 조각을 떼어내 프로방스로 옮겨놓은 듯했다.

이브는 나와 통화할 때 출입문의 비밀번호를 가르쳐주었다. 나는 진입로에 차를 세우고 나서 야자수들이 줄지어 늘어선 길을 따라 집까지 걸어갔다.

별안간 커다란 개 한 마리가 컹컹 짖어대며 득달같이 달려왔다. 아나톨리아산 양치기 개로 체구가 사람 몸만큼 컸다. 나는 개라면 저절로 오금이 저릴 정도로 무서워했다. 여섯 살 시절 친구 생일 파티에 갔다가 그 집에서 기르던 보스산 양치기 개에게 물린 적이 있었기 때문이다. 녀석은 특별한 이유도 없이 나에게 달려들더니 얼굴을 공격했다. 아직도 코 위쪽에 그 당시 녀석에게 물린 상처 자국이 미세하게 남아 있었다. 그 집 주인이 부리나케 달려와 떼어내지 않았더라면 개에게 얼굴을 물어뜯길 뻔했던 절체절명의 순간이었다. 그 이후 개만 보면 지나치다 싶을 만큼 두려움에 떨게 되었다.

"율리스, 그만해!"

작은 체구에 어울리지 않게 팔 근육이 과도하게 발달한 관리인이 여전히 요란스럽게 짖어대는 개 뒤에서 모습을 드러냈다. 줄무늬 티셔츠에 선원 모자를 쓰고 있어 여러모로 뽀빠이를 연상시켰다.

"그만두라고 했지!"

관리인이 언성을 높였다.

두상이 유난히 크고, 털이 짧은 아나톨리아 셰퍼드는 계속 나에게 경계의 눈빛을 보냈다. 녀석도 내가 두려워하는 낌새를 눈치챈 게 분명했다.

"이브 달라네그라 씨를 뵈러 왔습니다!"

관리인이 알았다는 뜻으로 고개를 끄덕이거나 말거나 셰퍼드가 내 바지 밑단을 물고 늘어졌다. 나는 급기야 비명을 질러댔고, 관리인이 허둥지둥 달려들어 맨손으로 개를 떼어냈다.

"저리 가, 율리스!"

얼굴이 벌게진 관리인이 변명을 늘어놓았다.

"이 녀석이 갑자기 왜 이러는지 모르겠군요. 평소에는 얌전하고 사랑스러운 녀석이거든요. 손님에게서 뭔가 냄새를 맡았나봅니다."

냄새는 무슨, 내가 그저 만만하게 보인 거야.

나는 마음속으로 그렇게 생각하며 집 쪽으로 발걸음을 옮겼다.

이브의 집은 주인을 닮아 매우 독특했다. 반투명 시멘트 블록으로 지은 L자형 캘리포니아 저택으로 대형 인피니티 풀에서 마을 전체와 비오 언덕의 전망을 즐길 수 있도록 설계되어 있었다. 반쯤 열린 통유리 창을 통해 오페라 이중창이 울려 퍼졌다. 리하르트 슈트라우스의 〈장미의 기사〉 2막에 나오는 이중창이었다. 현관문에 초인종이 없어 할 수 없이 문을 두드렸지만 도무지 응답이 없었다. 노랫소리 때문인 듯했다. 나는 정원을 끼고 돌아 노랫소리가 들려오는 곳으로 걸어갔다.

유리창을 통해 나를 발견한 이브가 집 안으로 들어오라는 손짓을 보냈다. 그의 집은 거대한 스튜디오나 다름없었고, 마침 사진 작업을 하고 있던 중이었다. 내가 집 안으로 들어서자 모델이 서둘러 옷을 걸쳤다. 그는 방금 고야의 그림 〈벌거벗은 마야〉를 연상케 하는 포즈로 사진을 찍은 듯했다. 스튜디오에 비치된 소도구를 보고 나는 그렇게 짐작했다. 그를 찾아오기 전 읽은 인터넷 기사에서 그가 요즘 대가의 미술 작품들을 사진으로 재현하는 작업을 하고 있다는 기사를 읽었다. 배경은 키치였으나 그리 퇴폐적인 느낌이 들지는 않았다. 녹색 벨벳 소파, 푹신한 쿠션들, 레이스 커튼, 얇고 가벼운 시트.

이브는 나를 반갑게 맞았다.

"어서 오게, 작가 선생. 나도 마침 작업을 모두 끝냈어."

이브의 첫인상은 예수와 무척이나 닮아 보였다. 회화적으로 비교하자면 알브레히트 뒤러의 자화상과도 비슷했다. 어깨까지 치렁치렁 늘어뜨린 곱슬머리, 완벽하게 좌우대칭을 이루는 얼굴, 정성 들여 다듬은 턱수염, 상대를 뚫어지게 바라보는 눈을 대하고 난 내 느낌이 그랬다. 옷차림만 보자면 확연히 달랐다. 그는 자수 청바지, 모피 사냥꾼들이 주로 입는 술 달린 조끼, 발목까지 올라오는 산티아크 부츠를 신고 있었다.

"작가 선생과 통화할 때 사진 이야기를 듣긴 했지만 난 사실 무슨 말인지 전혀 못 알아들었어. 난 어제저녁에 로스앤젤레스에서 돌아와 완전히 녹초가 된 상태였으니까."

이브는 커다란 원목 테이블을 가리키며 나에게 앉으라고 손짓한 다음 모델과 작별 인사를 나누었다. 나는 벽면 여기저기에 걸린 사진들을 보며 문득 그의 모델들이 하나같이 여성이라는 사실에 주목했다.

적어도 그의 뇌리에서 남성이라는 존재는 아예 지워져버린 걸까? 여성들이 폭력적인 수컷성이 해방된 세계에서 마음 놓고 살아갈 수 있도록 남성들이 알아서 자리를 비워주었을까?

이브는 모델을 보내고 나서 내가 앉은 테이블로 걸어와 앉았다. 그는 내 소설을 영화로 각색한 작품에 출연한 적 있는 여배우를 카메라에 담아 영원불멸의 존재로 만들어주었다는 이야기를 늘어놓았다. 그러다가 내가 찾아온 용건을 물었다.

"자네는 내가 뭘 도와주길 바라나?"

2

나는 거두절미하고 본론으로 들어가 스테판이 쓴 책 표지를 그에게 보여주었다.

"내가 찍은 사진이야!"

이브는 사진을 보는 순간 즉시 인정했다. 그가 거의 빼앗다시피 책을 가져가더니 사진을 꼼꼼하게 살폈다.

"아마도 졸업 파티 때 찍은 사진일 거야."

"졸업 파티가 아니라 학년말 파티였을 겁니다. 1992년 12월 중순 무렵에 열린 파티였죠."

"그 무렵 난 생텍쥐페리고교의 사진 클럽을 맡아 지도하고 있었어. 그날은 마침 학교에 남아 있었는데 플로랑스와 올리비아가 파티를 즐기는 모습을 카메라에 담아야겠다는 생각이 들어 부랴부랴 행사장으로 달려갔지. 일단 카메라를 손에 잡은 이상 여기저기 돌아다니며 셔터를 눌러댔어. 그 후, 몇 주가 지났을 때 누군가 빙카와 알렉시 선생이 함께 도망쳤다는 이야기를 하기에 그날 찍은 사진을 현상하게 되었지. 훗날, 《니스 마탱》에 전화해 이 사진을 사용할 용의가 있는지 물었더니 당장 보내달라고 하더군.”

“이 사진은 원본의 구도를 약간 수정했죠?”

이브가 눈을 가느다랗게 뜨고 사진을 살폈다.

“역시 작가 선생답게 눈이 제법 예리하군 그래. 화면 구성의 밀도를 높이기 위해 두 주인공을 따로 떼어내 재배치했어.”

“혹시 원본을 가지고 있나요?”

“어딘가에 있을 거야. 내가 1974년 이후 아날로그 방식으로 찍은 사진들을 전부 디지털화해두었으니까.”

이브가 자신 있게 말했다.

나는 매우 운이 좋다고 생각하며 마음속으로 쾌재를 부르다가 그가 미간을 찌푸리는 바람에 금세 풀이 죽었다.

“그 사진은 요즘 흔히들 말하는 클라우드에 저장되어 있는데 어떻게 접속해야 하는지 방법을 모르겠어.”

이브는 그렇게 말하고 나서 로스앤젤레스에 있는 비서에게 연락해 접속 방법을 알아보겠다고 했다.

이브의 컴퓨터 화면에 젊은 일본 여자 얼굴이 나타났다. 아직 잠에서 덜 깬 얼굴이었다.

“유코, 급히 나를 좀 도와줘야겠어.”

터키석 빛깔 머리, 순백의 셔츠에 초등학생들이 흔히 매는 넥타이를 착용한 유코가 무슨 일인지 물었다.

이브가 사진에 대해 설명하자 유코가 즉시 알아보고 메일을 보내겠다고 약속했다. 그가 주방 카운터 뒤로 가더니 믹서의 유리 볼에 시금치, 조각낸 바나나, 코코넛 즙을 넣고 30초 동안 갈아 초록빛이 도는 스무디를 만들어왔다.

"피부와 위장에 좋은 음료니까 한 잔 마셔봐."

"혹시 위스키는 없나요?"

"미안하지만 난 술을 끊은 지 20년도 넘었어."

이브는 잔에 담긴 음료를 한 모금 마시고 나서 다시 빙카 이야기로 돌아왔다.

"실력 있는 사진작가가 아니더라도 빙카 정도 모델이라면 얼마든지 인상적인 사진을 찍을 수 있지."

이브가 잔을 컴퓨터 옆에 내려놓으며 말을 이었다.

"그냥 셔터를 누르기만 해도 근사한 사진이 나올 테니까. 그 정도로 강렬한 오라를 발산하는 모델이 드물긴 하지."

이브는 마치 빙카를 여러 번 촬영했던 사람처럼 말했다. 그 말을 듣는 순간 내 얼굴에서 미세한 경련이 일었다.

"이 사진 말고 빙카를 카메라에 담은 적이 있군요?"

"역시 눈치가 빨라!"

이브가 망설이지 않고 인정했다. 그는 내가 전혀 모르고 있던 일화를 들려주었다.

"빙카가 사라지기 두세 달쯤 전에 나를 찾아와 사진을 찍어달라고 했어. 처음에 나는 그 아이가 모델로 활동하기 위해 포트폴리오를 만들려고 하는지 알았어. 내 딸아이의 친구들 중에도 모델이 되고 싶어 하는 아이가 있었으니까. 내 짐작과 달리 빙카는 사진을 찍어 남자 친구에게 줄 거라고 하더군."

이브가 마우스를 잡더니 검색엔진을 클릭했다.

"빙카를 몇 차례 만나 사진을 찍어주었어. 남자 친구에게 줄 사진이라니까 소프트하지만 제법 글래머러스하게 찍었지."

"그 사진들을 지금도 가지고 있어요?"

"빙카가 사진 원본을 보관하지 말고 폐기 처분해달라고 하기에 그러겠다고 약속했어. 분명 난 약속을 지켰는데 얼마 전에 보니까 내가 찍은 빙카의 사진들이 인터넷에 버젓이 돌아다니고 있더군. 나로서는 황당하기 그지없는 일이었지. 어찌 된 영문인지 도저히 알 수 없었어."

이브가 컴퓨터 화면을 내게로 돌리더니 빙카를 숭배한다는 생텍쥐페리고교 페미니스트 모임의 인스타그램 계정을 접속했다. 스무 장쯤 되는 빙카의 사진들이 눈에 들어왔다.

"페미니스트 모임에서 어떻게 빙카의 사진을 입수했을까요?"

이브는 두 손으로 허공을 휘휘 저었다.

"내 에이전시가 저작권 문제 때문에 그 아이들과 접촉을 시도했나봐. 그 아이들이 말하길 그냥 모르는 사람이 메일로 사진을 보내줬다는 거야."

나는 흥분된 감정을 애써 추스르며 빙카의 사진들을 차분하게 들여다보았다. 그야말로 가슴을 흔드는 사랑시라고 표현해도 무방할 만큼 매혹적인 사진들이었다. 빙카의 매력을 돋보이게 해주는 모든 요소들을 완벽하게 표현해낸 사진들이었다. 빙카의 외모에서 드러나는 특이점이라면 다소 불완전한 요소들이 조화롭게 어우러지며 전체적으로 우아하고 도도한 매력을 형성한다는 점이었다. 한마디로 전체는 부분의 합이 아니라는 오래된 격언을 증명해주는 외모였다.

빙카의 미소 짓는 얼굴과 과도하지 않은 도발이 느껴지는 포즈에서 나는 그 당시에는 미처 눈치채지 못했던 그 아이의 고통을 읽어냈다. 빙카의 얼굴에서 묻어나는 고통의 기색은 훗날 내가 다른 여자들을 접하면서 경험하게 된 아름다움이란 부서지기 쉬운 권력이라는 인식을 새삼 확인시켜주었다. 아름다움을 소유한 당사자는 권력을 부여받은 셈이지만 어떻게 행사하는가에 따라 자칫 환희가 아니라 고통스런 결과로 이어질 수도 있다는 인식이었다.

"빙카는 차츰 대담한 사진을 원했어. 가령 포르노그래피와 아슬아슬한 경계선상에 있는 사진을 찍어달라고 하더군. 나는 당연히 거절했어. 내가 보기에 빙카는 정작 그런 사진을 찍고 싶은 마음이 없었는데 어떤 빌어먹을 놈팡이가 뒤에서 그 아이를 부추기고 있다는 느낌이 들더군."

"빌어먹을 놈팡이라면, 알렉시?"

"나도 알렉시일 거라 짐작했지만 미처 확인하지는 못했어. 요즘이었다면 세미누드 사진을 찍어준다고 해서 문제될 게 없겠지만 그 당시만 해도 꺼림칙했지. 괜한 일에 끼어들었다가 낭패를 보고 싶지 않았어. 게다가……."

이브는 말을 멈추고 잠시 생각에 잠겼다.

"게다가 뭐요?"

"설명하기 쉽지 않은 일인데 빙카가 어떤 날은 찬란하게 아름다운데 비해 간혹 어떤 날은 잔뜩 풀이 죽어 있거나 마치 환각 상태에 빠진 사람처럼 보이기도 했어. 빙카의 심리 상태가 매우 불안해 보였다는 뜻이야. 결국 빙카의 또 다른 요청이 나를 완전히 냉담하게 만들었어. 어느 날 빙카가 나를 찾아와 말하길 은밀하게 몸을 숨기고 사진을 찍어달라는 거야. 나이 많은 남자를 만나는 장면을 몰래 찍어 협박 수단으로 사용하려는 생각이었지. 정당하지 못한 일인데……."

컴퓨터에서 메일이 도착했다는 사실을 알리는 효과음이 이브의 말을 멈추게 했다.

"유코가 보낸 메일이 도착했어!"

이브가 컴퓨터 화면을 힐끗 보더니 반색했다. 그가 연 메일함에 학년 말 댄스파티 때 찍은 사진 오십여 장이 들어 있었다. 그는 반달처럼 생긴 돋보기를 쓰더니 빙카와 알렉시가 춤을 추고 있는 문제의 사진을 찾아냈다.

라파엘의 눈은 정확했다. 원본 사진을 트리밍해 구도를 바꾼 사실이 확연히 드러났다. 원본 사진은 완전히 다른 느낌이었다. 빙카와 알렉시는 함께 춤을 추고 있지 않았다. 빙카는 누군지는 모르지만 다른 사람을 바라보며 혼자 춤을 추고 있었다. 빙카가 바라보고 있는 대상은 유감스럽게도 등짝만 흐릿하게 보일 뿐이었다.

"빌어먹을!"

"자네는 이 사진에서 뭘 찾으려고 하는데?"

"빙카가 바라보고 있는 대상이 누군지 알고 싶은데 유감스럽게도 등짝만 희미하게 보일 뿐이에요. 역시 사진은 기만적인가봐요."

"어차피 모든 사진이 기만적이라고 할 수 있지."

이브가 담담하게 대꾸했다.

나는 책상 위에 굴러다니던 연필을 집어 들고 등짝만 희미하게 보이는 실루엣을 가리켰다.

"난 이 남자가 누군지 알고 싶어요. 어쩌면 빙카의 실종과 관련 있는 인물일 수도 있으니까요."

"다른 사진들을 살펴보면 혹시 그가 누구인지 알아낼 수도 있겠어."

이브가 제안했다.

나는 의자를 바짝 끌어당기고 이브의 옆에 찰싹 달라붙어 사진들을 두루 살펴보았다. 이브는 주로 딸들을 찍었지만 몇몇 사진들에서는 여러 참석자들의 모습을 볼 수 있었다. 가령 어떤 사진에서는 막심의 얼굴이, 다른 사진에서는 파니의 얼굴이 등장하는 식이었다. 내가 오늘 아침에 만나본 몇몇 사람도 눈에 띄었다.

'레지는 머저리'로 알려진 에릭 라피트, 똑똑한 카티 그리고 내가 등장하는 사진도 있었다. 정작 나 자신은 그날 저녁 행사와 관련해 전혀 기억나는 일이 없었다. 나는 어쩐지 그 자리가 매우 불편해 보이는 표정으로 멍하니 다른 곳을 응시하고 있었다. 그 당시 내가 늘 입고 있던 하늘색 셔츠, 캐주얼 재킷을 보자니 감회가 새로웠다.

무리 지어 서 있는 선생님들도 보였다. 학생들을 칠판 앞으로 불러내 문제를 풀게 하고 만약 못 풀고 헤매면 톡톡히 망신을 주었던 가학적 성향의 수학 선생님 엔동, 양극성 장애자라는 의심을 받았던 물리 선생님 레만, 일반적인 수업 중에는 학생들을 효과적으로 휘어잡지 못하다가 학부모 참관일만 되면 곤란한 질문을 퍼부어 보복을 가했던 변태 선생 폰타나 등이 한자리에 뭉쳐 있었다.

그 반대편에는 내가 존경해 마지않았던 선생님들의 모습이 보였다. 문과 대학입시 준비반의 미녀 영어 선생님 드빌, 그녀는 셰익스피어 또는 에픽테토스의 문장을 인용해 학생들의 심술 사나운 입심을 가볍게 잠재우곤 했다. 내가 1, 2학년이던 시절 프랑스어 담당 교사이자 나의 멘토였던 장크리스토프 선생님의 자취도 보였다.

"빌어먹을! 결국 빙카가 바라보고 있는 쪽에 있는 사람들은 누군지 알 수가 없네요."

오십여 장의 사진을 다 훑어본 내가 짜증스럽게 말했다.

운이 지지리도 따르지 않아 결국 등짝만 희미하게 보이는 남자가 누군지 확인하지 못했다.

"정말 애석한 일이야."

이브가 잔에 담긴 스무디를 마저 마시며 공감을 표했다.

내 힘으로는 차마 어찌할 수 없는 일이었다.

나는 이브에게 도와줘서 고맙다는 인사를 했다. 그 집을 나서기 전에 혹시 그 사진들을 메일로 보내줄 수 있냐고 묻자 그는 즉석에서 보내주었다.

"그날 저녁에 혹시 다른 사람도 사진을 찍었는지 기억나세요?"

내가 문 앞에서 마지막 질문을 던졌다.

"몇몇 학생들도 사진을 찍었어."

이브가 생각나는 대로 대답했다.

"그 시절은 디지털카메라가 나오기 전이었잖아. 모르긴 해도 그 시절 학생들이었다면 필름 값을 아끼느라 셔터를 마구 눌러대지는 않았을 거야."

그 시절이라는 말이 성당처럼 적막감이 감도는 거실에 메아리치면서 이제는 나도 제법 나이가 들었다는 현실감을 일깨워주었다.

3

엄마의 메르세데스에 오른 나는 어디로 갈지 목적지를 정하지 않고 몇 킬로미터를 달렸다. 이브와의 만남은 오히려 나의 갈증을 증폭시켰다. 어쩌면 내가 방향을 잘못 잡았을 수도 있었지만 이왕 시작한 일인 만큼 끝장을 보고 싶었다. 난 무슨 일이 있어도 등짝만 희미하게 보이는 남자가 누구인지 알아내기로 결심했다.

나는 비오의 골프장을 지나 브라그 로터리에 다다랐고, 계속 직진하지 않고 콜 쪽으로 방향을 틀었다. 소피아 앙티폴리스로 접어드는 길목이었고, 생텍쥐페리고교에 가볼 생각이었다. 오늘 아침에 나는 그곳에 잠든 유령들을 만나볼 용기를 내지 못했다.

생텍쥐페리고교로 가는 길에 이브의 집에서 본 사진들을 거듭 떠올려보았다. 그중 프랑스어 선생님이었던 장크리스토프가 등장하는 사진이 내 마음을 흔들었다. 나는 눈을 여러 차례 깜빡여 저절로 솟아난 눈물방울을 떨어뜨렸다. 장크리스토프 선생님과의 추억이 떠오르면서 걷잡을 수 없는 슬픔이 밀려왔다. 그는 내가 체계적인 독서를 할 수 있도록 이끌어주었고, 글쓰기를 어떻게 해야 하는지 지도해주었다. 그는 매우 선한 마음씨에 부드럽고 너그러운 성품을 가진 분이었다. 키가 유난히 크고 여성에 버금갈 만큼 이목구비가 섬세했던 그는 여름에도 항상 목에 스카프를 두르고 다녔다. 뛰어난 문학적 재능을 지녔으나 자주 넋나간 표정을 지었고, 가끔 현실 감각이 전혀 없는 사람처럼 보이기도 했다.

장크리스토프 선생님은 2002년에 자살로 생을 마감했다. 벌써 15년이나 지난 일이었다. 그는 주로 선한 사람들을 골라 괴롭히는 운명의 희생자가 되었다. 운명의 장난은 학생들을 성실하게 지도하고 동료 선생님들과도 원만하게 지내려고 애쓰던 그를 그냥 지나치지 않았다. 심약한 성격을 타고난 게 그의 유일한 단점이었다. 인간은 운명으로부터 자신이 견딜 수 있을 만큼의 무게만을 부여받는다고 했던 어느 철학자의 말은 허무맹랑한 잡설이 분명했다. 운명은 수많은 악당들을 별일 없이 살아남게 내버려두는 반면 착하고 심약한 사람들을 골라 일찍 저세상으로 데려가는 악질적인 변태가 분명했다.

장크리스토프 선생님의 죽음은 한때 나를 깊은 절망 속으로 밀어 넣었다. 그는 테라스에서 뛰어내려 생을 마치기 전 나에게 매우 감동적인 글을 남겼고, 뉴욕에 있던 나는 그가 유명을 달리한 지 일주일이 지나서야 편지를 받게 되었다. 장크리스토프 선생님이 남긴 편지에 대해 아무에게도 이야기하지 않았다. 그는 나에게 남긴 편지에서 잔혹한 삶에 적응하지 못하고 죽음을 선택할 수밖에 없었던 패배자의 비통한 심정을 털어놓았다. 그는 편지에서 고독의 무게를 감당하지 못해 더 이상 삶을 이어갈 수 없을 만큼 지쳤다고 고백했다. 그는 살아오는 동안 힘겨운 날들을 견디게 해주었던 독서조차 이제는 별반 도움이 되지 않는다며 책에 대한 환멸을 언급했다.

얼마나 절망이 컸으면 그가 잠시나마 고개를 물 밖으로 내밀고 숨을 쉴 수 있도록 해주었던 책조차 아무런 위안이 되어주지 못했을까?

그 사실이 내게는 더없이 큰 충격이었다.

장크리스토프 선생님은 이루지 못한 사랑이 가슴을 갈가리 찢어놓았다고 고백했다. 편지의 말미에서 그는 결국 자신은 실패했지만 나는 반드시 사랑의 결실을 맺길 바란다는 말을 남겼다. 내가 험한 세상을 함께 할 반려자를 만나 실존과의 대결에서 반드시 승리해 오래도록 행복하게 살아야 한다는 응원의 말도 잊지 않았다.

장크리스토프 선생님은 내가 가진 역량에 대해 그릇된 판단을 내렸음이 분명했다. 앞이 보이지 않는 암울한 날들이 지속될 때마다 나는 자주 선생님처럼 생을 끝내고 싶다는 유혹에 시달렸으니까.

장크리스토프 선생님과 함께했던 지난날을 떠올리다보니 어느새 소나무 숲에 다다라 있었다. 이번에는 쉐 디노에서 멈추지 않고 곧장 학교 경비실을 향해 직진했다. 경비실에 앉아 있는 경비원의 생김새로 보아 파벨의 아들이 틀림없었다. 경비원은 휴대폰으로 제리 사인펠드의 비디오를 감상하는 중이었다. 내가 행사에 참석하러온 동문이라고 하자 경비원은 더 이상 꼬치꼬치 캐묻지 않고 차단기를 올려주었다. 캠퍼스로 진입한 나는 규칙에 위배된다는 걸 알면서도 아고라 앞에 차를 세웠다.

나는 아고라 건물 안으로 들어가 도서관 자동 개폐문을 가뿐히 뛰어넘었다. 다행스럽게도 도서관 대출 창구를 지키고 있어야 할 젤리(엘린)는 보이지 않았다. 그 대신 안경 낀 젊은 여자가 젤리의 자리에 앉아 있었다. 대출 창구 알림 게시판에 붙여둔 포스터를 보고 나서야 나는 젤리가 부재중인 이유를 알 수 있었다. 포스터에 그녀가 대제사장 격으로 군림하는 연극동아리의 공연 연습이 수요일과 토요일 오후에 있다는 공지가 나와 있었다.

안경 낀 젊은 여자는 의자에 양반다리를 하고 앉아 찰스 부코스키가 쓴 《글쓰기에 대하여》 영문판을 읽고 있었다. 젤리와 달리 대체로 부드러운 인상에 피터팬칼라가 달린 줄무늬 블라우스, 트위드 반바지, 자수가 놓인 스타킹, 두 가지 색상이 결합된 더비 구두 차림이었다.

"안녕하세요, 젤리와 함께 일하는 분인가봐요?"

여자가 책에서 눈을 들더니 미소를 지으며 나를 쳐다봤다.

처음 대하지만 본능적으로 마음에 드는 인상이었다. 그녀는 코에 반짝이는 다이아몬드 피어싱을 하고 있었고, 머리를 단정하게 틀어 올린 자리에 드러난 하얀 목에 아라베스크 문신을 하고 있었다. '리딩 이즈 섹시'라는 문구가 적힌 머그잔을 손에 들고 차를 마시는 모습도 제법 매력적이었다. 첫눈에 반한 경우와는 분명 다르지만 적어도 내가 싸워야 할 적은 아니라는 느낌이 들었고, 내 편이 되어줄 것 같은 인상을 받았다.

"폴린 들라투르예요."

폴린이 자기소개를 했다.

"혹시 새로 오신 사서 선생님이세요?"

"난 그저 기념행사에 참석하기 위해 모교를 방문한 동문입니다."

"사실은 농담이었어요. 저는 당신이 누군지 알아요. 토마 드갈레 작가님이죠? 오늘 아침에 마로니에 광장에서 작가님을 봤어요."

"어쩌면 난 당신이 태어나기도 전에 이 학교를 다녔겠군요."

"제가 그 정도로 어려 보여요? 사실과는 다르지만 칭찬으로 받아들일게요."

폴린은 생긋 웃으며 귀 뒤로 머리카락을 살짝 넘기더니 양반다리를 풀고 의자에서 내려왔다. 나는 그제야 그녀가 마음에 든 이유를 알 수 있을 듯했다. 그녀가 취하는 몸짓과 표정은 너무나 자연스러워 상대에게 전혀 부담을 주지 않았다. 요컨대 그녀는 어떤 태도를 취하든 천박하다는 인상을 풍기지 않았다.

"당신은 이 지역 출신이 아니죠?"

"이 지역이라면?"

"코트다쥐르."

"파리 출신인데 이 학교에 온 지 6개월쯤 되었어요."

"내가 이 학교에 다닐 때 《쿠리에 쉬드》라는 학교 교지가 있었어요."

"지금도 나와요."

"그 당시 교지들을 열람할 수 있을까요?"

"어느 해 교지를 열람하시게요?"

"1992년에서 1993년에 나온 교지들을 전부 다 보고 싶어요. 해당 년도에 나온 연감도 열람할 수 있으면 더욱 좋고요."

"교지에서 어떤 내용을 찾아보시게요?"

"빙카 로크웰이라는 여학생과 관련된 자료를 찾아보려고요."

"아마도 이 학교에서 빙카 로크웰을 모르는 학생은 없을 거예요."

"스테판 피아넬리가 쓴 책 때문인가요?"

"그 책이 아니라 이 학교에 다니는 여학생들 때문이죠.《시녀 이야기》앞부분 몇 챕터만 읽고 별안간 페미니스트가 된 여학생들이 있어요."

"'레제테로디트'라는 모임에 대해서라면 나도 좀 알아요."

"그 모임의 여학생들은 빙카가 남긴 행적을 공유하며 그녀를 상징적인 인물로 부각시키려하고 있어요. 내 생각이지만 빙카를 페미니즘과 연결시킨다는 건 무리한 시도라고 봐요."

폴린은 컴퓨터 자판을 두드리더니 내가 요청한 자료들의 색인을 포스트잇에 적었다.

"잠시 열람실 의자에 앉아 계시면 교지와 연감을 찾아드릴게요."

4

나는 학창 시절에 즐겨 앉던 창가 구석 자리에 가 앉았다. 담쟁이덩굴로 둘러싸인 분수대와 정원이 내려다보이는 자리였다. 좁다랗고 긴 복도로 둘러싸인 정원을 내려다보자니 오래된 수도원의 회랑이 떠올랐다. 그레고리언 성가만 들려온다면 영락없는 수도원이 될 수 있을 듯했다.

나는 마치 논술 과제물을 작성하려는 학생처럼 부모 집에서 가져온 터키석 빛깔의 이스트 팩을 탁자 위에 내려놓고, 펜과 소지품들을 주섬주섬 꺼내놓았다. 수많은 책들로 둘러싸인 도서관 열람실에 앉아 있다보니 학구적인 분위기가 조성되면서 끊임없이 마음을 싱숭생숭하게 만들던 불안감이 썰물처럼 빌려나는 느낌을 받았다. 시경아정제를 복용했을 때만큼이나 마음을 차분하게 가라앉히는 효과가 있었지만 휴대하고 다니기 힘들다는 단점이 있었다.

밀랍과 녹은 양초 냄새가 뒤섞여나는 열람실 구석 자리는 내가 이 학교에 다니던 시절의 매력을 고스란히 간직하고 있었다. 나는 마치 거룩한 성소에 들어와 있는 느낌이 들었다. 서가에 꽂혀 있는 《라가르드와 미샤르 전집》은 먼지를 흠뻑 뒤집어쓰고 있었고, 뒤쪽 벽면에 걸려 있는 학교 교재용 대형 지도는 1950년대의 소비에트연방, 동독, 유고슬라비아, 체코슬로바키아 등 오늘날에는 이미 사라져버린 나라들을 보여주고 있었다.

마들렌 효과 덕분에 학창 시절의 추억이 꼬리를 물고 기억의 수면 위로 부상하기 시작했다. 그 당시 나는 습관적으로 도서관 열람실에서 숙제를 하거나 복습을 했고, 첫 번째 단편소설을 썼다.

문득 아버지가 한 말을 되새겨보았다.

'넌 소설을 쓰는 작가라서 그런지 늘 허구의 세계에 살고 있다는 생각이 들어. 세상은 네가 생각하듯 그리 말랑말랑하고 로맨틱한 곳이 아니야. 삶의 현장은 어디나 전쟁터이고, 기본적으로 폭력적일 수밖에 없어.'

엄마가 해준 말도 떠올랐다.

'넌 친구가 없었잖아? 너의 유일한 친구라면 그저 책뿐이었지.'

엄마의 말은 정확했고, 난 항상 책을 통해 마음의 평화를 얻었다.

평생 책이 나를 구원해줄 수 있을까?

장크리스토프 선생님도 내게 보낸 편지에서 어느 순간부터 책이 위안이 되어주지 않았다고 했다. 책은 장크리스토프 선생님을 허허벌판에 내동댕이쳤고, 결국 그는 살던 집 테라스에서 몸을 던졌다.

빙카 사건을 해결하려면 나 역시 책보다는 아버지가 말한 폭력적인 세계 속으로 뛰어들어야 하는 건 아닐까?

이제부터 전쟁터로 들어가는 거야.

나는 마음속으로 그렇게 중얼거렸다.

"교지와 연감을 찾아왔어요."

폴린의 목소리가 나를 다시 현실 세계로 끌어냈다.

"한 가지 물어봐도 될까요?"

폴린이 탁자 위에 한 뭉텅이의 자료를 내려놓으며 물었다.

"당신은 내가 허락해주길 기다릴 사람은 아니잖아요."

"작가님은 왜 빙카 사건에 대한 글을 쓰지 않죠?"

사람들은 늘 나를 책 이야기로 이끌었다.

"난 작가일 뿐 기자는 아니니까요."

"빙카 사건은 소설로 쓰기에 매우 적절한 소재 아닌가요?"

"빙카 사건을 소설로 쓸 경우 필연적으로 슬픈 내용이 될 수밖에 없어요. 난 슬픈 이야기는 다루고 싶지 않아요."

"작가들은 현실의 장벽을 뛰어넘기 위해 소설을 쓰잖아요. 암울한 현실을 잊기 위해서가 아니라 현실과 싸우기 위해서요. 현실을 부정하기 위해서가 아니라 새로운 전망을 제시하기 위해서요. 물론 현실의 벽을 뛰어넘을 수 있는 전망을 제시하려면 현실을 잘 알아야 하겠죠."

"당신이 평소 소설에 대해 가지고 있던 관점인가요?"

"사실은 작가님이 한 말을 그대로 낭송했을 뿐이에요. 작가님은 인터뷰를 할 때마다 방금 전 제가 했던 말을 했어요. 저랑 똑같이 말하지는 않았지만 의미는 같았어요. 물론 그대로 적용하기에는 쉽지 않은 문제이긴 하겠죠."

폴린은 말을 마치고 나서 한동안 나를 물끄러미 바라보았다.

12. 빨강머리 소녀

빨강머리 여자는 소매 없는 회색 원피스를 입고 있었다.
그르누이는 그녀 위로 몸을 숙이고 아무것도 섞이지 않은 그녀의 향을 들이마셨다.
그녀의 목덜미로부터, 그녀의 머리카락으로부터, 원피스의 푹 파인 가슴골로부터 올라오는 그대로의 향.
이제껏 그는 그토록 기분 좋았던 적이 없었다.

_파트리크 쥐스킨트

1

눈앞에 흩어져 있는 교지들 중에서 1993년 1월호를 집어 들었다. 학년말 댄스파티에 관한 기사가 실린 교지였다. 나는 그 기사에 여러 장의 참고 사진이 실려 있을 거라 기대했으나 안타깝게도 틀에 박힌 행사용 사진 몇 장만이 게재돼 있을 뿐이었다. 눈이 빠지도록 사진들을 들여다보았지만 그 어디에도 내가 찾는 남자의 정체를 확인해주는 사진은 없었다.

나는 크게 실망했지만 혹시나 하는 마음으로 다른 교지들을 뒤적거리며 그 당시의 분위기에 젖어들었다. 교지들은 1990년대 초 학교에서 벌어진 일들을 알 수 있는 정보의 금맥이었다. 학교에서 벌어진 모든 활동들이 예고되는 한편 결과 또한 상세한 기사로 다루어지고 있었다.

나는 손이 가는 대로 교지들을 뒤적거리며 그 당시 학교에서 벌어졌던 행사의 결과들을 들여다보았다. 교내 운동 경기 결과, 1학년 학생들의 샌프란시스코 수학여행, 시네클럽의 영화 상영 프로그램, 교내 라디오

방송의 뒷이야기, 글짓기클럽의 시와 신문 건'l회 따위를 나룬 기시기 눈에 들어왔다. 장크리스토프 선생님은 1992년 봄에 새 단편소설을 교지에 실었다. 1992년 9월호에는 연극동아리의 다음 해 공연 프로그램을 발표한 내용이 실려 있었다. 연극동아리의 공연 예정작 중에 파트리크 쥐스킨트의 《향수》를 제멋대로 각색한 작품이 눈에 띄었다. 그 당시 연극 동아리를 지도했던 엄마가 각색한 작품이 분명했다. 빙카가 '마레 거리의 아가씨' 역, 파니가 '로르 리쉬' 역을 맡기로 되어 있었다. 빨간 머리에 파스텔 톤 눈동자를 가진 두 여자, 순수하고 매혹적인 인상을 풍기는 두 여자, 내가 제대로 기억하고 있다면 그르누이에게 살해당하는 두 여자.

나는 연극으로 각색된 《향수》를 본 기억이 없었고, 반응이 어떠했는지 알지 못했다. 스테판이 혹시 이 연극에 대해 언급한 내용이 있는지 알아보기 위해 그가 쓴 책을 펼쳤다. 스테판 역시 이 연극에 대해서는 아무런 언급이 없었다. 책을 뒤적이다가 부록으로 게재되어있는 참고 자료들 가운데 알렉시가 빙카에게 보낸 편지를 찍은 사진이 눈에 들어왔다. 이미 백 번도 넘게 읽은 편지였지만 볼 때마다 소름이 끼쳤다.

나는 다시 한번 이브의 집에서 느꼈던 좌절감에 빠져들었다. 내가 간절히 알아내고자 했던 남자의 정체를 끝내 알 수 없게 되었다고 생각하자 허탈감이 밀려왔다.

나는 알렉시가 쓴 편지 내용과 그의 인물 됨됨이를 연결 지어보려고 했지만 마치 바리케이드가 앞을 막아서고 있는 듯 심리적인 압박감을 느꼈다. 결국 내 자신이 문제였다. 내게 정신이 남아 있었다면 막을 수도 있었을 비극이 일어났다. 결국 나는 비극의 책임자였다. 그 당시 나는 파괴적 정념에 눈이 멀어 빙카의 일탈을 미처 보지 못했다.

나는 휴대폰을 꺼내 들고 아버지에게 전화를 걸었다.

"아버지, 저를 좀 도와주실래요?"

"뭔지 말해봐라."

아버지가 못마땅한 투로 대꾸했다.

"주방 테이블에 제 물건들을 두고 나왔어요."

"주방을 난장판으로 만들어놓고 갔더구나."

아버지가 대놓고 역정을 냈다.

"테이블 위에 있는 서류들 중에서 제가 학교 다닐 때 제출했던 철학 리포트들이 있을 거예요. 혹시 보이세요?"

"학창 시절 철학 리포트 따위가 왜 필요하다는 거냐?"

"제발 부탁인데 찾아봐주세요. 아니면 엄마를 바꿔주시든지."

"네 엄마는 아직 돌아오지 않았어. 안경을 가져와야 하니까 잠시만 기다려."

나는 아버지에게 내가 찾고 있는 리포트에 대해 자세히 설명해주었다. 철학 리포트를 찾게 되면 알렉시가 자필로 평가한 부분을 휴대폰으로 찍어 문자메시지로 전송해달라고 부탁했다.

내 생각으로는 2분이면 족한 일이었는데 무려 15분이나 걸려 문자메시지가 왔다. 게다가 잔소리까지 덤으로 들어야 했다.

마흔 살이나 먹은 녀석이 고작 이런 일로 아비를 귀찮게 해야 하겠냐? 과거 일을 들추느라 헛수고하지 말고 현재에 충실해야 한다는 뜻이야. 과거는 다시 돌아오지 않으니까.

고마워요, 아버지. 잠시 후에 집으로 갈게요.

나는 아버지가 보내준 문자메시지를 열고 알렉시가 자필로 쓴 소감문을 휴대폰 화면에 띄웠다. 철학 선생도 작가들처럼 글을 쓰는 도중에 잠깐 동안 손길을 멈추고 그동안 써내려간 글에 문제가 없는지 검토 단계를 거치는 듯했다.

나는 그가 무슨 말을 남겼는지 궁금한 게 아니라 필적을 알고 싶었다. 사진을 확대해 알렉시가 쓴 글자들을 자세히 살펴보았다. 요컨대 휘갈겨쓴 글이 아니라 문장의 의미를 생각하며 진지하게 쓴 글이 분명했다.

글자 이미지들을 하나씩 열어 갈수록 내 심장 박동이 빨라졌다. 나는 휴대폰 화면에 떠 있는 글자들과 빙카에게 보낸 편지, 마리나 츠베타이에바의 시집에 써준 헌사의 필체를 차례로 비교해보았다. 나는 곧 의심의 여지없는 결론에 도달했다. 편지와 헌사의 필체는 동일한 반면, 내가 쓴 리포트를 읽고 소감을 적어놓은 필체는 확연히 달랐다.

2

심장이 가파르게 뛰었다. 요컨대 알렉시는 빙카의 유일한 애인이 아니었다. 분명 다른 애인이 있었다. 이브가 찍은 학년말 모임 사진에서 등짝만 희미한 실루엣으로 남은 남자가 빙카의 애인일 수도 있었다. 추측건대 빙카가 실종된 일요일 밤에 기차를 타고 동행했던 애인도 등짝

실루엣으로 남은 남자일 가능성이 컸다.

'알렉시가 강요했어. 나는 그와 자고 싶지 않았어!'

그날, 나는 빙카가 한 말을 잘못 이해한 셈이었다. 지난 25년 동안 한 번도 빙카의 말에 의문부호를 달지 않았다. 트리밍된 사진 한 장과 학생들 사이에서 번져나간 소문 때문에 누구나 알렉시가 빙카의 연인이라 믿어 의심치 않았다. 어쩌면 알렉시는 단 한 번도 빙카와 사귄 적이 없을 수도 있었다.

귀에서 파열음이 그치지 않았다. 내 추론이 옳다고 가정할 시 너무나 충격적인 사실을 함축하고 있는 까닭에 나는 무엇부터 되새겨봐야 할지 가늠하기 힘들었다. 가장 견디기 힘든 가정은 막심과 내가 아무런 죄도 없는 한 인간을 살해했을 수도 있다는 사실이었다. 내가 쇠파이프로 알렉시의 가슴과 무릎을 마구 가격할 때 그가 지르던 비명 소리가 귓전에서 메아리쳤다. 그때 알렉시의 얼굴에 떠올라 있던 망연자실한 표정도 떠올랐다.

'왜 그랬어? 왜 빙카를 강간했어, 이 개자식아!'

그때 알렉시는 얼굴을 잔뜩 일그러뜨렸지만 도무지 무슨 말을 하는지 모르겠다는 듯 황당해하는 표정이었다. 그는 내가 왜 분노하는지 이해하지 못한 탓에 한동안 제대로 된 방어를 하지 못한 게 분명했다.

나는 두 손으로 머리를 감싸 쥐었다. 알렉시는 순전히 내 잘못으로 목숨을 잃었고, 아무리 후회해본들 그를 살려낼 방법이 없었다. 10분쯤 머리를 감싸 쥐고 고뇌에 휩싸여 있던 나는 가까스로 생각을 가다듬고 다음 장면을 불러냈다.

그때 내가 왜 그리 경솔하게 행동할 수밖에 없었는지 되뇌어보았나. 분명 빙카는 알렉시라는 이름을 언급했다. 다만 빙카가 언급한 알렉시는 철학 선생인 알렉시가 아니라는 점이 문제였다. 믿기 힘든 일이지만 알렉시라는 이름을 가진 또 다른 남자가 있다는 뜻이었다.

빙카가 말한 알렉시는 누구일까? 한참 동안 생각을 거듭하다 불현듯 머릿속에서 알렉시라는 이름을 가진 한 학생의 얼굴이 떠올랐다. 분명하지는 않지만 그 학생의 이름은 알렉시 안토노폴로스였다. 그리스 선박업자의 아들로 방학만 되면 친구들을 초대해 키클라데스 군도로 크루즈 여행을 떠났던 아이였다. 물론 나는 그 아이와 친하지 않아 한 번도 초대받은 적이 없었다.

나는 폴린이 가져다준 1992, 1993년 연감을 펼쳤다. 그해에 학교에 적을 두었던 학생과 교사의 사진과 이름이 총망라되어 있었다. 나는 열에 들뜬 사람처럼 연감을 훑어나갔다. 명단이 알파벳 순으로 정리되어 있어 알렉시 안토노폴로스의 사진과 이름이 첫 페이지에 등장했다.

알렉시 안토노폴로스, 1974년 4월 26일 살로니카에서 출생.

내가 기억하는 이름과 사진이 일치했다. 곱슬머리, 흰 반팔 셔츠, 견장이 달린 줄무늬 스웨터를 입고 있는 그의 증명사진을 보는 순간 잊고 있던 기억이 줄줄이 떠올랐다.

알렉시 안토노폴로스는 고등사범 입시 준비반에 등록한 몇 안 되는 학생들 중 하나였다. 그는 운동에 재능을 보였고, 조정인지 펜싱인지 정확하게 알 수 없지만 운동선수로도 활동했다. 그리스문화에 대해서는 해박한 반면 그다지 지적이거나 명석하지는 않았다. 자랑삼아 그리스의 고대 시인 사포나 테오크리토스의 시를 몇 편 외우고 다녔다. 번지르르한 외양을 벗겨내고 나면 대체로 돈 많은 아버지 덕에 호사를 누리는 '라틴 러버'에 지나지 않았다. 나는 빙카가 그런 머저리에게 빠졌을 것 같지 않았다.

만일 내가 납득할 수 없는 어떤 이유로 그가 막심과 나에게 원한을 품었다면?

나는 이스트 팩에서 태블릿을 꺼내려 했으나 엄마가 타고 나간 렌터카에 놓고 내렸다는 사실을 깨달았다. 나는 할 수 없이 휴대폰의 구글 검색창을 통해 알렉시 안토노풀로스를 검색해보았다. 그의 행적을 《푸 앤드뷔》의 2015년 6월 르포 사진에서 손쉽게 찾아낼 수 있었다.

스웨덴의 칼 필립 왕자 결혼식 사진이었다. 알렉시 안토노풀로스는 왕족의 결혼식에 세 번째 부인과 함께 참석했다. 몇 번의 클릭만으로도 나는 그가 어떤 생을 살고 있는지 대강의 윤곽을 파악할 수 있었다. 요컨대 그는 돈은 많지만 변변한 아이템이 없는 사업가로 캘리포니아와 키클라데스를 오가며 여행을 즐기는 제트족이 분명했다. 《배너티 페어》 사이트에 해마다 〈암파르 갈라〉 행사에 참석하는 그의 근황이 나와 있었다. 매년 에이즈 연구에 필요한 기금 마련을 위해 열리는 행사로 칸영화제 때문에 국제적인 명성을 얻고 있는 앙티브의 에덴록 호텔에서 만찬이 열렸다. 그렇다면 알렉시 안토노풀로스는 아직 코트다쥐르에 연고를 가지고 있는 게 분명했지만 그가 빙카 사건과 연계되어 있다고 단정하긴 어려울 듯했다.

나는 이제부터 아예 방향을 바꿔 생각해보기로 했다.

엄밀히 따져볼 때 막심과 나를 위기에 빠뜨리고 있는 근원은 무엇인가?

모든 문제는 체육관 시설을 철거하고 새로운 건물을 짓기로 결정되면서 비롯되었다. 그 자리에 초현대식 유리 건물과 올림픽 규격을 갖춘 수영장을 비롯해 최첨단 스포츠센터를 짓고, 그 주변에 광범위한 조경 단지를 조성한다는 계획이 논의되고 있다는 소식이 전해지면서 이 지역 사람들에게 초미의 관심사가 되었다.

생텍쥐페리고교의 글로벌한 건축 프로젝트는 사실 25년째 말만 무성했을 뿐 전혀 진척이 되지 않았다. 대규모 공사에 필요한 엄청난 소요 자금을 확보하지 못했기 때문이었다. 생텍쥐페리고교의 자금 조달 계획은 지난 수십 년간 끊임없이 수정을 거듭해왔다. 설립 당시만 해도 완전한 사립학교였으나 그 후 공립교육기관으로 변모해 교육부의 관리감독을 받는 대신 지방정부로부터 얼마간 지원금을 받을 수 있게 되었다.

최근 몇 년 동안 생텍쥐페리고교에서 거센 저항의 바람이 불었다. 날이 갈수록 관료적으로 운영되는 학교를 되살려야 한다는 목소리가 설득력을 얻기 시작한 탓이었다. 그 결과 학교는 자율적인 운영권을 되찾은 반면 지방정부의 자금 지원이 끊기게 되었고, 학비가 크게 올랐다. 사실 학생들이 내는 학비는 대규모 공사를 진행하는데 필요한 비용의 극히 일부분에 불과했다. 학교 측에서 글로벌한 건축 프로젝트를 발표하고 나섰을 때부터 이미 엄청난 액수의 민간 기부금이 조달되었을 가능성이 높았다.

나는 아침에 교장인 기라르 여사가 했던 말을 되새겨보았다. 분명 교장은 기부자들에게 감사를 표하며 '개교 이래 가장 야심적인 대역사'를 시작할 수 있도록 협조해준 데 대해 감사한다고 말했다. 다만 기부자들의 이름을 일일이 거론하지는 않았다.

내가 앞으로 알아내야 할 과제였다.

인터넷에는 학교의 공사비용 조달 상황이나 기부자 내역에 대해 아무런 정보도 나와 있지 않았다. 내가 조사를 수월하게 하려면 스테판에게 도움을 청하는 수밖에 없었다.

내가 새롭게 알아낸 사실을 간략하게 정리해 스테판에게 보낼 문자메시지를 작성했다. 내 주장의 설득력을 높이기 위해 각기 다른 필체를 찍은 사진도 첨부했다. 철학 리포트에 남은 알렉시의 필체, 빙카에게 보낸 편지와 시집의 헌사를 쓴 필체.

내가 문자메시지를 전송하고 얼마 안 있어 스테판이 전화를 걸어왔다. 스테판은 나의 뛰어난 스파링 파트너이자 추론의 폭을 넓혀주는 조력자였다. 나는 외줄타기를 하는 위험한 상황이었지만 스테판에게 중요한 정보를 건네주었다. 내가 스테판에게 건넨 정보가 언젠가 부메랑이 되어 나를 공격할 수도 있었지만 어쩔 수 없었다.

3

"말도 안 돼! 내가 이렇게 중요한 사실을 간과하다니?"

스테판이 마르세유 악센트까지 섞어가며 투덜거렸다. 그는 지금 축구 경기가 열리는 모나코 경기장에 가 있었다. 관중들이 질러대는 고함 소리가 내 귀에도 들려왔다.

"관련자들의 증언과 소문이 한 방향으로만 달려갔기 때문이야. 클로드

기자의 말이 옳았어. 애초부터 모두들 판단력이 마비되어 있었던 거야."

나는 이브가 트리밍한 사진에서 빙카가 바라본 등짝 남자에 대해서도 가감 없이 털어놓았다.

"그러니까 자네 말은 그 남자 이름도 알렉시일 거란 말이지?"

"아직은 추론에 불과하지만 그럴 수도 있지 않을까?"

스테판은 무엇인가 곰곰이 생각하는 듯 한동안 말이 없었다.

"알렉시란 녀석이 있긴 했어. 그리스에서 온 녀석인데 아마 자네도 기억날 거야."

"알렉시 안토노풀로스."

"그래, 맞아! 바로 그 녀석이야."

"난 아무리 생각해도 그 녀석은 아닌 것 같아."

"왜 그렇게 생각하지?"

"그 녀석은 그냥 돈 많은 속물에 불과했으니까. 빙카가 그런 녀석과 어울렸을 것 같지는 않아."

"녀석은 돈 많은 집 아들인데다 제법 미남이었어. 열아홉 살 여자아이에게 명석한 남자보다는 돈 많은 머저리가 더 낫게 보일 수도 있잖아."

나는 화제를 돌렸다.

"혹시 학교에서 공사비용을 어떤 식으로 모금했는지 알고 있어?"

"몇 년 전부터 생텍쥐페리고교는 미국식으로 운영되고 있어. 학비도 올랐고, 학교 건물에 이름을 새겨주는 대신 기부금을 걷고 있기도 하지. 학업 성적이 뛰어난 학생들에게 주는 장학금도 기부금으로 충당하고 있다는 이야기를 들었어. 천문학적인 자금이 필요한 공사비용에 비하자면 장학금 지급은 요식행위에 불과하지."

"자네 말대로 천문학적인 공사비용을 어떻게 모았을까?"

"일부 비용은 은행에서 대출받았겠지. 요즘은 이자율이 낮으니까."

"은행에서 그렇게 큰돈을 빌려줄까? 자네가 나서서 공사비용을 어떻게 조달했는지 알아봐줘."

"공사비용과 빙카 사건이 무슨 관련이 있지?"

"관련이 없다고 단언할 수는 없지. 돈과 관련되지 않은 사건은 없으니까."

"자네가 원하는 게 뭔지 구체적으로 말해봐. 허공에 대고 삽질을 할 수는 없잖아."

"누가 거액의 공사비용을 기부했는지 알고 싶어. 만약 그런 사람이 있다면 무슨 의도로 거액을 내게 되었는지 알아봐야겠지."

"그 일을 똑 부러지게 해낼 수 있는 인턴기자 녀석이 있어. 그 녀석을 시켜 알아볼게."

"공사비용 문제를 알아내려면 그 분야에 대한 취재 경험이 많아야 해. 초년병 기자가 감당하기에는 벅찬 일이야."

"경험은 많지 않지만 귀신처럼 냄새를 잘 맡는 녀석이야. 생텍쥐페리고교 경영진에 대해 나름 반감도 많아."

"그런 점에서는 자네를 닮았네."

"자네는 누가 거액을 기부했으리라 짐작하나?"

"그야 나도 모르지. 말을 꺼낸 김에 한 가지만 더 부탁할게. 자네는 프란시스 아저씨의 죽음에 대해 어떻게 생각하나?"

4

"과정이야 어찌 됐든 결과적으로 잘된 일이라고 생각해. 가뜩이나 어려운 세상에서 비열하고 더러운 작자 하나가 줄어들었으니까."

나는 차마 웃을 수 없는 대답이었다.

"농담으로 받아들이지 말고 진지하게 대답해봐."

"우리는 빙카 사건에 대해 조사하기로 했잖아. 프란시스의 죽음은 별개 문제 아냐?"

"자네도 마케도니아 출신 강도들이 금품을 노리고 침입했다가 실수로 프란시스 아저씨를 살해했다고 믿지는 않지?"

"프란시스의 시계 컬렉션이 발견되었으니 그 사건은 재수사가 필요할 거야."

스테판은 역시 이 지역 소식에 밝았다. 드브린 서장이 그에게 정보를 흘려주었을 공산이 컸다.

"누가 프란시스 아저씨를 살해했을까?"

"내가 보기에는 이권 다툼을 벌이는 과정에서 벌어진 살인사건 같아. 프란시스는 코트다쥐르를 병들게 하는 종양이었어. 부동산 투기를 하고 정치인들에게 뇌물을 제공했어. 정확한 사실이 밝혀지진 않았지만 마피아와도 석연치 않은 관계를 맺어왔어."

나는 프란시스 아저씨를 옹호해주고 싶었다.

"프란시스 아저씨와 칼라브리아 마피아는 관련성이 없다고 밝혀졌잖아. 드브린 검사도 그 문제에서 손을 뗐다니까."

"드브린 검사 이야기가 나와서 하는 말인데 그가 쥐고 있는 수사 기밀 가운데 일부를 나도 좀 알아."

"검사가 기자에게 수사 기밀을 누설했단 말이야?"

"누설한 게 아니라 내가 취재를 통해 알아낸 거야. 프란시스는 머리부터 발끝까지 구린내 나는 일에 연루되어 있었어. 칼라브리아 마피아 놈들이 프란시스에게 붙여준 별명이 뭔지 알아? '월풀'이야. 검은돈을 세탁해주는 대형세탁기라는 뜻이지."

"드브린 검사가 확실한 증거를 쥐고 있었다면 왜 프란시스 아저씨를 법정에 세우지 않았지?"

"일이 그렇게 간단하지 않아."

스테판이 한숨을 푹 내쉬었다.

"나는 미심쩍은 계좌 명세서를 봤어. 칼라브리아 마피아 놈들이 몇 년 전부터 자리를 잡고 싶어서 눈독을 들여온 미국으로 흘러들어간 검은돈 내역 말이야."

나는 화제를 다른 곳으로 돌렸다.

"막심이 선거에 출마하겠다고 선언한 이후 자네가 뒤를 캐고 다닌다는 말을 들었어. 자네가 프란시스 아저씨의 비리를 캐고 다니는 것도 설마 막심의 선거 출마를 포기하게 만들기 위해서는 아니지? 막심이 얼마나 착한 녀석인지 자네도 잘 알잖아? 아무리 아버지와 아들 사이라고 해도 어쩔 수 없는 일이 있는 법이야."

스테판이 내 말에 대해 반박했다.

"자네는 막심이 무슨 돈으로 친환경 기업을 세울 수 있었다고 생각하나? 벤처기업은 또 무슨 돈으로 시작했지? 프란시스가 1980년대에 긁어모은 돈으로 기업을 시작해 성공의 발판을 다지더니 이제는 성지를 하겠다고? 막심은 애초부터 벌레 먹은 과일이야."

"그럼 막심은 아버지가 저지른 비리 때문에 아무것도 하지 말고 집 안에서 틀어박혀 지내야 한다는 거야?"

"너무 순진한 척하는 거 아냐?"

"내가 기자들을 못마땅해하는 이유가 바로 이런 점이야. 기자들은 가차 없이 타인을 재단하고, 교훈을 주려고 하지. 자네는 기자라는 직업이 로베스피에르 시절의 공안위원회라도 되는 줄 아나?"

"내가 자네 같은 부류를 못마땅해하는 이유가 뭔지 알아? 금세 자기들이 저지른 잘못을 망각하기 때문이야. 절대로 자기들에게 잘못이 있다고 믿지 않지."

스테판의 얼굴 표정이 점점 더 진지해지며 목소리가 격앙되어가고 있었다. 우리의 대화는 접점을 찾기 힘든 수평선을 달리고 있었다. 스테판은 나와 세계관이 다른 사람이었고, 평소 같았으면 당장 꺼지라고 일갈했겠지만 현재 나에게는 그가 절실히 필요했다. 결국 내가 한 발짝 뒤로 물러설 수밖에 없었다.

"자네 말에도 일리가 있어. 단지 생각의 차이니까 오늘은 이쯤 해두는 게 좋겠어."

"난 자네가 왜 프란시스를 변호하는지 이해할 수 없어."

"내가 자네보다는 프란시스 아저씨와 친했기 때문이기도 하고, 그에 대해 좀 더 디테일하게 알고 있기 때문일 거야. 아무튼 프란시스 아저씨의 죽음에 대해 좀 더 알고 싶다면 제법 괜찮은 소스 한 가지를 말해줄 수 있어."

"누가 작가가 아니랄까봐 상황을 반전시키는 재주는 있네."

"자네 혹시 《누벨 옵세르바퇴르》의 앙젤리크 기발이라는 기자를 알고 있어?"

"아니, 처음 듣는 이름이야."

"그 기자가 경찰 보고서를 입수해 쓴 기사를 봤는데 프란시스 아저씨가 숨이 끊어지기 직전 피투성이 몸으로 통유리 창까지 필사적으로 기어가 자기를 살해한 범인의 이름을 적어놓으려고 했다는 거야."

"생각해보니 나도 그 기사를 읽은 적이 있어. 파리 매체들이 독자들의 호기심을 자극하기 위해 지어낸 헛소리일 뿐이야."

"가짜 뉴스가 판을 치는 세상이니까 그럴 수도 있겠지. 그나마 《니스 마탱》 같은 정론지가 명맥을 이어가고 있어서 천만다행이야."

"이제 그만 놀리지 그래. 낯간지럽긴 하지만 그다지 틀린 말은 아니야."

"자네가 그 기자에게 전화해 좀 더 자세한 정보를 얻어낼 수 없을까?"

"자네는 기자들끼리 사이좋게 정보를 주거니 받거니 나눠가질 거라고 생각해? 자네가 파리에서 글을 쓰는 작가들에게 소설이 될 만한 소재를 공유하자고 하면 즉시 좋은 제안이라며 선뜻 응할까?"

이 자식은 가끔 상대를 짜증스럽게 만드는 재주가 있다니까.

나는 대꾸할 말이 마땅치 않아 저급한 방법을 동원했다.

"자네가 파리 기자들보다 실력이 좋다면 그 기자가 확보했다는 경찰 보고서쯤은 쉽게 손에 넣을 수도 있겠네."

"함정치고는 너무 어설프잖아! 그런 얄팍한 수작으로 나를 요리하려고 들면 안 되지."

"이제 보니 자네도 실력은 개뿔도 없으면서 입만 살아 나불거리는 기자 나부랭이일 뿐이네. OM이 PSG를 두려워하는 게 당연해. OM에는 자네 같은 팬들밖에 없으니 볼 것도 없지."

"왜 갑자기 축구 얘기를 꺼내고 그래? 축구는 그 일과 상관없잖아."

스테판은 잠시 말이 없더니 결국 내가 던진 미끼를 물었다.

"물론 우리가 파리 놈들보다야 낫지. 내가 경찰 보고서를 입수해 자네 눈앞에 들이밀 테니까 두고 봐. 난 만수르처럼 펑펑 써댈 돈은 없지만 기가 막히게 잘 돌아가는 머리가 있잖아."

대화가 냉탕과 온탕을 오가며 어수선하게 이어지는 가운데 베르나르 타피(OM의 전 구단주)에 대한 이야기도 등장했다. 결국 스테판과 나의 대화는 모든 차이를 뛰어넘어 우리를 하나로 결집시켜주는 축구 이야기로 마무리되었다. 1993년, OM은 팬들에게 UEFA 챔피언스리그컵을 선사했다. 불미스러운 사태로 OM의 우승은 철회되었지만 어느 누구도 팬들의 마음속에서 우승컵을 빼앗아갈 수는 없었다.

5

나는 커피를 한잔 마시기 위해 자리에서 일어나 열람실 구석에 놓인 자동판매기로 갔다. 마침 자판기 옆에 작은 문이 나 있어 밖으로 나가 저린 다리를 풀기에 제격이었다. 밖으로 나온 나는 이 학교에서 가장 유서 깊은 건물이 있는 곳까지 산책을 나섰다. 붉은 벽돌로 지은 고딕양식 건물이었다.

이 학교의 연극동아리는 예전에도 그랬지만 지금도 이 학교에서 가장 명예로운 건물의 소강당에서 연습을 했다. 건물 입구에 다다랐을 때 부산스럽게 계단을 내려오는 몇몇 학생들과 마주쳤다. 이제 막 연극 연습을 끝낸 학생들인 듯했다. 어느새 오후 6시가 되었고, 해가 뉘엿뉘엿 지고 있었다.

나는 소강당으로 이어지는 계단을 올라갔다. 소강당에서는 향나무와 백단을 태우는 연기가 피어오르고 있었다. 연습을 마친 무대는 텅 비어 있었고, 벽면에는 25년 전에도 그랬듯 마들렌 르노, 쟝 루이스 바롤트, 마리아 카자레스 등의 사진이 들어 있는 액자들과 〈한여름 밤의 꿈〉, 〈작가를 찾는 6인의 등장인물〉 등의 공연 포스터가 걸려 있었다.

생텍쥐페리고교의 연극동아리는 언제나 엘리트주의를 표방했기 때문에 나는 한 번도 이 공간에 와서 마음 편했던 적이 없었다. 이 무대에서 대중 친화적인 공연을 보게 되는 일은 없을 테니까. 연극동아리는 정관을 내세워 회원을 스무 명의 재학생으로 제한하고 있었다. 나는 엄마와 젤리가 공동으로 연극동아리를 지도할 때조차 이 폐쇄적인 집단의 구성원이 되고 싶은 생각이 추호도 없었다.

엄마는 연극동아리의 배타적인 이미지를 개선하기 위해 보다 많은 학생들에게 회원이 될 수 있는 자격을 부여하려고 했지만 내부의 반대로 무산되었다. 공연 작품도 다양한 레퍼토리 중에서 선택하려고 했지만 역시 완강한 반대로 실패했다. 전통과 관습이란 쉽게 바꿀 수 없는 법이었다. 엘리트 의식으로 똘똘 뭉친 연극동아리 구성원들 중 어느 누구도 〈자멜 코미디 클럽〉처럼 대중 친화적이 되길 바라지 않았다.

별안간 소강당 뒤쪽 문이 열리더니 젤리가 무대에 모습을 드러냈다. 그녀는 예기치 않은 나의 방문을 달갑게 여기지 않는 눈치였다.

"여긴 어쩐 일이니?"

나는 단숨에 무대 위로 뛰어올랐다.

"나를 이렇게 반갑게 맞아주니 감동이네요."

젤리는 빈정거리는 내 말을 무시하며 나를 노려보았다.

"넌 이 학교 재학생도 아니고, 연극동아리 회원도 아니잖아. 여긴 더 이상 네 마음대로 드나들어도 되는 장소가 아니야."

"모처럼 모교를 찾아왔는데 어딜 가나 푸대접이네요."

"난 널 푸대접하려는 게 아니라 지켜야 할 규칙을 상기시켜주는 거야."

나도 사실은 느닷없이 연극동아리를 방문한 이유를 알지 못했다.

"학교 운영위원회 위원이죠?"

"그게 너랑 무슨 상관이지?"

젤리가 소지품들을 가방에 챙겨 넣으며 반문했다.

"그럼 학교에서 체육관 부지에 지을 건축공사비용을 어떻게 마련했는지 잘 알겠네요?"

젤리가 별걸 다 묻는다는 듯 쳐다봤다.

"뜬금없이 그건 왜 묻지?"

"대규모 공사로 어마어마한 비용이 들어갈 텐데 그 많은 돈을 어떻게 마련했는지 궁금해서요."

"학교 후원자들로부터 기부금을 받기도 하고, 운영회의를 거쳐 은행에서 대출을 받기도 했어."

"그 정도로 건축비용을 충당할 수 있었을까요?"

젤리가 가방을 팔에 끼며 어깨를 으쓱했다.

"솔직히 나도 학교 경영진이 어디서 그 많은 돈을 마련할 심산인지 몰라."

"장크리스토프 선생님이 누군지 기억하시죠?"

"당연히 기억하지. 나랑 가까운 사람이었어."

젤리가 나와 같은 생각을 하다니?

"지나치게 심약한 게 문제였지만 좋은 사람이었다는 건 분명해."

이따금 젤리도 마음에 드는 말을 하네.

"혹시 그분이 자살한 이유를 아세요?"

젤리는 못마땅한 질문이라는 듯 나를 힐난하는 눈길로 쳐다봤다.

"사람이 자살하기로 결심한다는 건 단지 한 가지 이유 때문이 아니야. 따라서 당사자가 아니고서는 자살한 이유에 대해 합리적인 설명을 해줄 수 없는 법이야."

"장크리스토프 선생님이 돌아가시기 전 저에게 편지를 한 통 보냈어요. 어떤 여자분을 사랑했는데 혼자만의 짝사랑으로 끝났나봐요."

"안타까운 일이지만 그런 사랑을 하는 사람은 많아."

"진지하게 대답해주세요."

"난 지금 진지해."

"장크리스토프 선생님의 짝사랑 이야기를 알고 계셨어요?"

"그가 내게 말해주었으니까."

이유를 모르겠지만 내가 알고 지내던 사람들 중에서 가장 섬세하고 너그러웠던 나의 멘토 장크리스토프 선생님이 젤리와 친한 사이인 술 미처 몰랐다.

"혹시 상대 여자분이 누군지 아세요?"

"알아."

"누구였어요?"

"너, 정말 성가시게 구는구나."

"오늘만 해도 그 말을 두 번째 들어요."

"두 번이 아니라 열 번을 들어도 싸지."

"아무튼 누구였죠?"

"장크리스토프가 말해주지 않았는데 내가 털어놓을 수야 없잖아."

젤리가 가느다란 한숨을 쉬며 말했다.

틀린 말은 아니었지만 난 가슴이 답답했다.

"선생님은 혹시라도 말이 새어나가 짝사랑한 분에게 피해를 주지 않을까 조심스러운 입장이었을 거예요."

"너도 그가 고려했던 입장을 충분히 존중해주어야 하지 않겠니?"

"지금부터 제가 이름 세 개를 댈 테니까 아니면 아니라고 말해주세요."

"내가 왜 그래야 하지? 너도 그만 단념해. 그가 원한 일이 아니었잖아."

난 젤리에 대해 잘 알았다. 그녀는 이런 게임에 언제까지 시큰둥한 태도로 버틸 수 있는 사람이 아니었다. 왜냐하면 젤리는 현재 나보다 우월한 입장이었다. 그녀는 게임이 진행되는 동안 잠시나마 나보다 우월한 입장에 있는 자신의 권력을 맘껏 행사하고 싶을 테니까.

내 생각대로 코듀로이 재킷을 걸치던 젤리가 무심한 척하며 내 제안에 관심을 드러냈다.

"보나 마나 엉터리겠지만 네가 짐작하는 이름을 대봐."

첫 번째 이름은 이미 생각해두었다.

"우리 엄마."

"아니야. 어쩌다 그런 생각을 하게 되었니?"

젤리는 천천히 계단을 내려가며 황당하다는 표정을 지었다.

"그럼 당신?"

젤리가 피식 웃었다.

"그가 나를 좋아했다면 기뻤을 거야."

이제 젤리는 소강당을 가로질러 출구에 이르렀다.

"나갈 때 문을 확실하게 잘 닫고 가, 알았지?"

젤리가 멀리서 소리쳤다.

나에게 아직 한 번의 기회가 더 남아 있었지만 기대하지 않는다는 투였다.

"빙카?"

"아니야, 이제 끝!"

젤리가 소강당을 나서며 소리쳤다.

6

나는 무대에 홀로 남아 유령 관객들과 마주했다. 무대 뒤 방문이 반쯤 열려 있었다. 그 방에 들어갔던 기억이 났다. 우리가 흔히 '제의실'이라고 부르던 방이었다. 나는 무심코 방 안으로 들어갔다. 예전과 조금도 달라지지 않은 게 신기했다. 천장은 낮아도 면적이 매우 넓은 방이었다. 연극동아리 회원들이 다목적실로 쓰는 방으로 갖가지 의상, 공연할 때 소품으로 쓰는 잡동사니, 조명기구, 분장 도구 따위를 보관해두는 창고 역할도 했다. 연습할 때 배우들이 의상을 갈아입는 공간이기도 했고, 연극동아리 관련 서류를 보관해두는 곳이기도 했고, 그때그때 필요에 따라 쓰임새가 많은 방이었다.

방 한쪽 구석에 철제 선반이 설치돼 있었고, 각종 서류를 담아둔 상자들이 늘어서 있었다. 매년 발생하는 서류를 하나의 상자에 정리해두는 듯했다. 나는 철제 선반을 따라 걸으며 1992년~1993년 서류가 들어 있는 상자를 찾아냈다. 상자 안에는 공연초대장, 공연 포스터, 몰스킨 스타일의 노트가 들어 있었다. 노트에는 공연 입장권 판매 수익, 포스터 제작비용, 공연 홍보비용, 소강당 유지보수 비용, 소도구 관리 비용 등이 빼곡하게 기록되어 있었다.

연극동아리를 운영하는 데 들어간 비용을 체계적으로 꼼꼼하게 기록해둔 게 인상적이었다. 노트에 적힌 글자를 보니 자그마하게 다닥다닥 붙여 쓰는 게 특징인 엄마의 필체가 아니라 동그스름하고 선이 부드러운 젤리의 필체였다.

나는 노트를 꺼내 들고 창가로 갔다. 소도구와 관련된 부분을 살펴보기 위해서였다. 대충 훑어보았을 때는 특별한 점이 없어 보였는데 다시 한번 꼼꼼하게 읽어나가는 동안 시선을 끄는 부분이 있었다. 1993년 3월 27일에 실시한 재고조사 결과를 기록해둔 부분이었다.

빨강머리 가발 한 개 분실.

무대의상이나 소도구를 분실하는 경우는 드문 일이 아니었지만 빨강 머리 가발이 사라졌다는 사실이 내 시선을 끌었다. 나는 어쩌면 이 작은 발견이 진실로 다가가는 교두보가 되어줄 수도 있다는 느낌을 받았다. 물론 씁쓸하고 암울한 진실이 되겠지만 이제 와서 포기할 수는 없었다.

　나는 소강당을 나와 도서관 열람실로 돌아갔다. 소지품들을 이스트팩에 넣고 대출 창구로 갔다. 10미터쯤 떨어진 대출 창구 앞에 두 명의 남학생이 서 있었다. 폴린이 사슴 닮은 눈으로 상냥하게 웃으며 금발의 남학생들을 상대하고 있었다. 남학생들은 운동복 차림에 땀을 뻘뻘 흘리고 있는 것으로 보아 방금 전 테니스 시합을 마치고 온 듯했다.

　"도와줘서 고마워요."

　내가 교지와 연감을 반납하며 말했다.

　"도움이 되었다니 다행이네요."

　"혹시 연감을 대출해갈 수 있을까요?"

　"물론이죠, 제가 젤리에게 잘 말해둘게요. 그 대신 반드시 돌려줘야 해요."

　"교지 중에서 1992년 10월호만 없던데 혹시 무슨 이유가 있나요?"

　"저도 이상하다고 생각했어요. 유독 10월호만 있어야 할 자리에 없었어요. 혹시 서가 뒤로 떨어졌는지 살펴봤는데 없더군요."

　금발머리 남학생들이 나를 못마땅한 표정으로 곁눈질했다. 녀석들은 내가 한시바삐 사라져주길 고대하는 눈치였다. 내가 없어야 매력적인 얼굴에 상냥스러운 폴린의 관심을 독점할 수 있을 테니까.

"이상한 일이지만 할 수 없죠, 뭐."

내가 인사를 건네고 몸을 돌린 순간 폴린이 비로소 생각났다는 듯 내 옷소매를 잡아당겼다.

"잠깐만요! 지금껏 발간된 교지 전체를 디지털화한 파일이 있어요."

"그렇다면 1992년 10월호도 볼 수 있겠네요."

폴린은 나를 책상으로 데려갔다. 금발머리 학생들은 투명 인간 취급을 당해 기분이 상한 듯 대출 창구를 떠나버렸다.

"원하신다면 레이저프린터로 출력해줄 수도 있어요."

"출력해주면 고맙죠."

폴린이 레이저프린터를 작동시키고 나서 얼마 안 있어 10월호 전체가 출력되어 나왔다. 폴린은 프린트된 출력물을 가지런히 정리해 스테이플러로 찍었다. 내가 출력물을 받아 들기 위해 손을 뻗자 그녀가 의미심장한 표정을 지었다.

"오늘 밤, 저랑 저녁 식사 어때요?"

폴린은 친절하고 상냥한 아가씨가 분명했지만 나는 지금 한가하게 여자나 만나고 다닐 처지가 못 되었다. 적어도 폴린처럼 매력적인 여자라면 데이트를 청했다가 거절당한 경험은 그리 많지 않을 듯했다. 안타까운 일이었지만 폴린의 기분을 맞춰주느라 시간을 보낼 겨를이 없었다.

"당신은 아름다운 여성이니까 내가 아니더라도 저녁 식사를 함께할 사람이 많을 것 같은데요."

"휴대폰 번호를 드릴까요?"

"그럴 필요 없어요. 그 대신 당신이 베푼 친절을 기억할게요."

폴린은 여전히 미소를 지으며 기어이 휴대폰 번호를 복사용지에 적어 주었다.

"내가 연락하길 원해요?"

"저는 작가님이 마음에 들어요. 작가님도 좀 전에 제가 마음에 든다고 했으니 이만하면 괜찮은 시작 아닌가요?"

"당신과 뭔가를 시작하기에는 요즘 내 머릿속이 너무 복잡해요."

"다들 그렇게 말하다가 결국 연락하더군요. 작가님도 그럴지 모르죠."

나는 더 이상 폴린과 설왕설래하고 있을 시간이 없었다.

폴린이 마침내 프린트물을 내밀었다.

나는 자동차로 돌아와 폴린이 복사해준 교지를 훑어보았다. 《향수》를 각색한 연극 공연 리뷰가 내 관심을 끌었다. 리뷰를 쓴 학생기자는 특히 두 여배우들의 연기가 인상적이었다는 찬사와 함께 대단히 성공적인 공연이었다고 평했다. 나는 정작 기사 내용보다는 공연 현장을 찍은 사진에 관심이 있었다. 사진 속에서 빙카와 파니가 서로 마주 보고 있었다. 이제 보니 두 여자는 같은 빨강머리에 얼굴 생김새도 쌍둥이처럼 닮아 보였다. 나는 히치콕 감독의 〈현기증〉에 나오는 두 여자 매들린 엘스터와 주디 바튼을 생각했다. 실제로는 동일 인물이지만 전혀 다른 분위기를 연출했던 두 여자.

빙카는 무대에서도 평소와 크게 다르지 않은 반면 파니는 완전히 다른 모습으로 변신했다. 나는 파니와 나누었던 대화를 떠올려보았다. 이제 보니 파니는 내게 알고 있는 모든 걸 다 말해주지는 않은 듯했다.

소
녀
와

죽
음

13. 카타스트로프 광장

진실 속에는 아름다움도 선함도 존재하지 않는 그런 순간들이 있다.

_앤서니 버지스

1

저녁 7시

나는 학교를 나서자마자 퐁톤병원으로 차를 몰았다. 이번에는 안내 데스크를 거치지 않고 곧장 심장학과로 올라갔다. 엘리베이터에서 내리자마자 분홍색 바지 차림의 간호사가 나를 불러 세웠다.

"안나벨 환자의 아드님이시죠?"

흑단처럼 검은 피부에 환한 미소, 땋은 머리 사이로 금발로 염색한 흔적이 간간이 보이는 젊은 여자가 우중충한 병원 분위기를 조금이나마 밝게 해주는 미소를 지으며 말을 걸었다. 〈킬링 미 소프틀리〉를 부르던 시절의 로린 힐을 연상케했다.

"저는 소피아예요. 안나벨이 병원에 올 때마다 아들 자랑을 하시더니 그럴만한 이유가 있었네요."

"혹시 제 형인 제롬과 헷갈린 건 아니죠?"

나는 엄마가 형에 대해 침이 마르도록 자랑을 하고 다니는 모습을 많이 봐왔기에 그렇게 되물었다. 형은 칭찬받아 마땅한 사람이었다. 〈국경없는 의사회〉의 일원인 형은 전쟁 또는 각종 자연재해로 피폐해진 나라에서 환자들을 돌보고 있었다.

"안나벨은 글을 쓰는 아들 이야기를 하셨어요. 당신이 사인한 책도 전달받은 적이 있어요."

"그럴 리가요?"

소피아는 의견을 굽히지 않았다.

"그때 받은 사인본이 아직 간호사 휴게실에 있어요. 바로 옆이니까 직접 보여줄게요."

호기심이 발동한 나는 소피아를 따라 복도 끝에 자리 잡은 방으로 들어갔다. 소피아가 나의 최신작 《너와 함께 한 며칠》 한 권을 보여주었다. 실제로 그 책에는 내가 적은 헌사와 사인이 적혀 있었다.

소피아에게

이 이야기가 당신에게 즐거움과 생각해볼 거리를 선사하기를 소망하며.

토마 드갈레

내가 쓴 글씨가 아니라 엄마의 필체라는 점이 문제였다.

초현실적 느낌이 뇌리를 강타했다.

엄마가 내 독자들을 기쁘게 해주기 위해 가짜 서명을 해주고 다닌다니?

"제가 헌사와 사인을 해준 책이 몇 권이나 되죠?"

"아마 열 권쯤 될 거예요. 이 병원에 당신 소설을 읽는 독자들이 정말 많아요."

소피아와 이야기를 나누는 동안 난 뭔가를 자꾸 놓치고 있다는 느낌이 들었다.

"엄마가 언제부터 이 병원에서 치료를 받았죠?"

"아마 작년 크리스마스 때부터였을 거예요. 크리스마스이브에 마침 제가 당직을 서고 있었는데 한밤중에 안나벨이 구급차에 실려왔었죠."

나는 그 사실을 머리에 단단히 저장했다.

"저는 사실 파니 브라히니 박사를 만나러 왔는데 혹시 자리에 있나요?"

"어쩌죠? 파니 브라히니 박사님은 방금 전에 퇴근했는데요."

소피아가 안타까운 표정을 지으며 대답했다.

"파니 브라히니 박사님에게 진료를 받으시게요?"

"그냥 파니를 만나보려고 왔어요. 우린 오랜 친구 사이죠. 초등학교 때부터 줄곧 같은 학교에 다녔어요."

소피아가 알았다는 뜻으로 고개를 끄덕였다.

"파니 브라히니 박사님에게 그 이야기를 들은 기억이 나요. 안나벨을 저에게 배당해주면서 들었던 것 같아요."

"파니를 꼭 만나봐야 하는데 혹시 휴대폰 번호를 알 수 있을까요? 매우 중요한 일이 있어서요."

소피아는 잠시 망설이다가 유감이라는 듯 계면쩍은 미소를 지었다.

"병원 규정상 의사 선생님들의 휴대폰 번호를 알려주지 못하게 되어 있어요. 모르긴 해도 비오에 가면 박사님을 만날 수 있을 거예요."

"비오에는 왜요?"

"파니 브라히니 박사님은 토요일만 되면 티에리 세네카 박사님과 아르카드 광장에서 식사를 하거든요."

"티에리 세네카? 생물학자 말입니까?"

"네."

나는 티에리를 기억하고 있었다. 이과반 학생으로 우리보다 두 해 정도 일찍 생텍쥐페리고교에 입학했다. 그는 언덕 아랫마을 산업단지 내에 〈비오 3000〉이라는 의학검사센터를 개업했다. 내 부모는 거기서 혈액검사를 비롯해 각종 검사를 받아왔다.

"티에리가 파니의 남자 친구입니까?"

내가 확인차 물었다.

"아마 그럴 거예요."

소피아가 초면인 사람과 너무 오래 수다를 떠는 게 의식되는 눈치였다.

"그렇군요. 친절하게 대해줘서 고마워요."

반대편 엘리베이터를 향해 걷던 중 소피아가 물었다.

"다음 소설은 언제 나오죠?"

나는 미처 대답할 새도 없이 엘리베이터에 올랐다. 사실은 내가 가장 기분이 좋아지는 질문이었다. 독자들이 나에게 보내는 윙크쯤 되는 거니까.

엘리베이터 문이 닫히는 순간 나는 다음번 소설은 영영 나오지 않을 수도 있다는 사실을 깨달았다. 월요일에 알렉시의 사체가 발견될 테고, 나는 적어도 15년 내지 20년 징역형을 받게 될 테니까. 자유와 더불어 내가 살아 있다는 사실을 느끼게 해준 글쓰기마저 할 수 없게 된다는 뜻이었다.

절망적인 생각을 떨쳐버리기 위해 무의식적으로 휴대폰 화면을 들여다보았다. 아버지로부터 부재중 전화가 왔었다는 메시지가 떠 있었다. 아버지는 나에게 좀처럼 전화하지 않는 분인데 이상했다.

폴린이 보낸 문자메시지가 들어와 있었다. 내 전화번호를 알아내기 위해 여기저기 들쑤시고 다닌 듯했다.

당신이 쓰게 될 빙카에 관한 책 제목으로 이건 어때요?
'아가씨와 밤'

2

나는 비오를 향해 차를 몰았다. 운전하는 내내 머릿속이 복잡해 도로 상황에 집중할 수가 없었다. 나는 모든 신경이 교지에서 발견한 사진에 쏠려 있었다. 파니의 원래 머리카락은 금발이었는데 빨강머리 가발을 쓰자 빙카와 섬뜩할 정도로 닮은 모습이 되었다. 머리 색깔뿐만 아니라 행동거지나 얼굴 표정, 고개를 갸웃거리는 모습까지 비슷했다.

빙카와 파니가 마치 쌍둥이처럼 닮은 모습을 발견하고 나서 나는 엄마가 연극동아리 학생들에게 자주 과제로 내주었던 즉흥연기 연습이 떠올랐다. 무대가 아니라 현실에서 다양한 사람들의 표정과 말투를 따라 해보는 연습이었다. 사람들이 오가는 거리, 버스 정류장, 박물관 등에서 만난 인물들을 즉흥연기로 따라 해보는 방식이었다. 흔히 연극동아리 회원들은 즉흥연기 연습을 카멜레온 놀이라고 불렀다. 파니는 즉흥연기에 특별히 뛰어난 재능을 보였다.

내 머릿속에서 한 가지 추론이 구체적인 형태를 잡아가기 시작했다.

만일 파니가 빙카와 역할을 바꿨다면? 빙카가 사라진 일요일 아침에 파리 행 기차에 몸을 실었던 여자가 파니였다면?

추론에 의존해 꿰어 맞추긴 했지만 전혀 불가능한 가설은 아니었다. 나는 그 당시 경찰조사를 받았던 사람들의 증언을 기억하고 있었다. 학교경비원, 도로공사 직원, 파리 행 TGV 승객, 호텔 직원이 증언한 빙카의 인상착의는 대체로 단순하고 모호했다.

얼굴이 예쁜 빨강머리 여자, 파스텔 톤 눈빛.

그날 만약 파니가 빙카 행세를 했다고 하더라도 사람들이 말한 인상착의는 크게 달라지지 않을 듯했다. 나는 마침내 그토록 오랫동안 찾아 헤매던 실마리를 잡았다는 느낌이 들었다. 차를 운전하는 내내 내가 세운 가설에 몰두했다. 나의 가설이 옳을 경우 현실에서 어떤 형태로 반영될지 상상해보았다.

내가 모르는 어떤 이유로 파니가 빙카의 도주를 도왔다.

사람들이 기억하는 일요일에 빙카는 파리 행 열차를 타지 않았고, 호텔에 투숙하지도 않았다.

비오 입구에 다다라보니 해가 석양으로 지기 전 마지막 몸부림을 치며 가느다란 빛을 뿌리고 있었고, 주말을 맞이한 공용주차장은 온통 만원이었다. 여러 대의 차가 비상등을 켜고 멈춰 서서 먼저 온 차들이 주차장을 빠져나가길 기다리는 중이었다.

나는 거리를 두 바퀴를 돌고도 끝내 주차할 자리를 찾지 못했고, 어쩔 수 없이 바쉐트 길을 따라 내려갔다. 끝까지 가면 콩브계곡에 다다르는 길이었다. 8백 미터쯤 내려갔을 때 비로소 테니스 코트 앞에 차를 세울 수 있는 빈자리가 보였다.

가까스로 차를 세운 나는 내려갔던 길을 뛰다시피 거슬러 올라가기 시작했다. 경사가 20도쯤 되는 길을 오르자니 다리도 뻐근하고 숨이 턱밑까지 차올랐다. 오르막길의 막바지에 다다랐을 때 휴대폰 벨이 울렸다.

아버지의 전화였다.

"네 엄마가 아직 집에 돌아오지 않았어. 아무래도 이상하구나. 살구파이를 만들 재료를 사 오겠다고 나간 사람이 아직도 돌아오지 않고 있으니 무슨 영문인지 모르겠어."

"엄마한테 전화는 해보셨어요?"

"휴대폰을 집에 두고 나갔더구나. 어쩌면 좋겠니?"

"혹시 엄마와 관련해 뭔가 짚이는 일이라도 있어요?"

엄마는 평생 집보다는 밖으로 나돌길 좋아했던 분인지라 오히려 아버지의 반응이 뜻밖으로 받아들여졌다. 2000년대 초반에 엄마는 아프리카 여아들을 학교에 보내야 한다고 주장하는 시민단체에 가입했고, 모임이나 집회에 참석하느라 연락도 없이 자주 집을 비우곤 했다. 아버지는 외부 활동이 잦은 엄마의 행동에 이골이 나 전화 연락이 안 된다고 걱정하거나 불만을 토로하지는 않았다.

"짚이는 일은 없지만 손님들을 초대해놓고 밖으로 나돈다는 게 말이 안 되잖아. 집에 나만 혼자 달랑 남겨두고 도대체 어딜 간 건지 모르겠어."

나는 잠시 귀를 의심했다. 아버지는 엄마가 돌아오지 않아 걱정이 되기보다는 집안일을 나 몰라라 방치하고 밖으로 나도는 것에 대해 화를 내고 있는 듯했기 때문이다.

"엄마가 혹시 사고라도 당했을까봐 걱정되면 병원 응급실에 전화해 알아보세요."

"넌 엄마가 걱정되지도 않니?"

나는 아버지가 기분이 언짢아 툴툴거리는 소리를 들으며 전화를 끊었다.

마침내 보행자 전용 구역으로 들어섰다. 비오 거리는 내가 기억하는 것보다 훨씬 아기자기했다. 성전기사단이 지배하던 시절의 흔적이 남아 있긴 하지만 비오의 건축물들은 대개 이탈리아 북부에서 이주한 주민들에 의해 축조되었다. 지는 해가 빛바랜 황토 색조 건물들과 포석이 깔린 좁은 골목길들을 따뜻하게 데워주면서 방문객들에게 사보나 혹은 제노아의 어딘가를 거닐고 있다는 느낌을 갖게 해주었다.

중심 도로 주변으로 프로방스 기념품들이라고 할 수 있는 비누, 향수, 올리브나무로 만든 공예품 따위를 파는 상점들이 늘어서 있었다. 유리장인, 화가, 조각가들의 예술 작품을 파는 공방들도 더러 눈에 띄었다. 와인 바의 테라스에서는 어떤 젊은 여자가 엉터리 기타 연주와 노래로 크랜베리스(영국 출신 밴드)의 곡들을 누더기로 만들고 있었다. 주변에 늘어선 구경꾼들은 젊은 여자의 형편없는 노래 실력을 탓하기보다는 발을 구르고 박수를 치며 비오 거리의 주말 저녁을 흥겨운 분위기로 몰아갔다.

비오는 내게도 매우 특별한 추억이 있는 곳이었다. 중학교 1학년 때 처음으로 지역 역사에 대해 주제 발표를 한 적이 있었다. 지역 역사는 내가 매우 관심을 갖고 좋아했던 주제였다.

19세기 말, 뚜렷한 이유 없이 비오의 도로변에 위치한 대형 건물이 무너져 내렸다. 하필이면 그 비극적인 붕괴 사고는 건물에 살던 가족들과 이웃 사람들이 어린 자녀의 첫영성체를 기념하기 위해 모여 앉아 저녁 식사를 하던 시간에 발생했다. 불과 몇 초 사이에 수많은 사람들이 무너진 건물의 잔해에 깔려 숨졌다.

구조대는 건물 잔해에서 삼십 구가량의 사체를 찾아냈다. 이 불상사는 오래도록 사람들의 마음에 아로새겨져 그 후 비극적인 사고가 벌어진 그곳에 아무도 집을 지으려 하지 않았다. 그 집터는 수많은 세월이 흐른 지금까지도 휑뎅그렁한 공터로 남아 있었고, 오늘날에는 재앙의 광장으로 불리고 있다.

아르카드 광장은 25년 전과 똑같은 모습을 간직하고 있었다. 생트 마리마들렌 교회당까지 이어지는 길쭉한 형태의 광장으로 3, 4층짜리 알록달록한 건물을 이고 있는 두 개의 아케이드로 둘러싸여 있었다.

내가 티에리를 발견하기까지 그리 오랜 시간이 걸리지 않았다. 카페 레자르카드의 테라스에 앉아 있던 그가 마치 파니가 아니라 나를 기다리고 있던 사람처럼 반갑게 손짓을 보냈다. 짧게 자른 갈색머리, 오똑한 콧날과 깔끔하게 다듬은 콧수염이 인상적인 그는 예전에 봤을 때와 거의 달라지지 않은 모습이었다. 진바지에 짧은 셔츠, 어깨에 걸친 스웨터 차림인 그는 방금 배의 갑판에서 뭍으로 뛰어내린 선원 같기도 했다. 그의 모습을 보면서 나는 세바고 구두의 몇몇 광고 또는 청소년 시절에 보았던 선거 벽보가 떠올랐다. 그 당시 RPR* 소속 후보들은 호감을 주는 편안한 이미지를 강조하기 위해 평범한 옷차림으로 선거 벽보 사진을 찍었다. 정치집단의 의도된 이미지메이킹은 때로 정반대의 결과로 나타나는 경우가 많았다.

"안녕, 티에리!"

나는 지붕 덮인 통로 쪽에 앉아 있는 티에리에게로 걸어가며 그의 손인사에 답했다.

"안녕, 토마. 오랜만이야."

"사실 난 파니를 만나러왔어. 자네와 파니가 주말마다 비오에서 저녁을 먹는다기에 무턱대고 찾아온 거야."

"파니도 곧 도착할 거야. 파니는 오늘 아침에 자넬 만났다고 하던데."

분홍빛으로 물든 하늘이 오랜 역사를 간직한 포석 위로 솜사탕 같은 빛을 뿌렸다. 대기 중에는 저절로 군침이 돌게 하는 피스투 수프와 뭉근한 불에서 익히는 찜 요리 냄새가 떠다녔다.

"자네와 파니의 주말 저녁 시간을 방해할 마음은 없으니까 걱정 마. 용건만 간단하게 말하고 갈 테니까 아마 2분이면 족할 거야."

"나는 개의치 않으니까 좋을 대로 해."

카페 레자르카드는 비오의 명물로 피카소, 페르낭 레제, 샤갈이 단골로 드나들던 곳이었다. 체크무늬 식탁보를 씌워놓은 테이블들이 광장

---

*1976년 자크 시라크가 드골주의를 기치로 내걸고 창당한 프랑스의 정당으로 우파 정치를 주도했으나 2002년 해체되어 현재는 UMP로 통합되었다.

을 거의 다 점령하고 있었다.

"예전에는 자주 왔던 곳인데 아직 여전하네."

"자네는 뉴욕에서 살고 있으니까 감회가 남다르겠지. 이 카페의 메뉴는 지난 40년 동안 한 번도 바뀌지 않고 그대로야."

우리는 한동안 이 집에서 내놓는 음식들인 기름에 살짝 볶은 피망, 소를 가득 채운 호박 파르시, 허브에 잰 토끼 요리에 대한 이야기와 식당 외부를 떠받치고 있는 대들보에 대해 두서없는 대화를 나누었다.

이어지는 침묵을 메우기 위해 내가 다시 입을 열었다.

"의학검사센터는 잘 돼?"

"괜히 마음에도 없는 이야기를 꺼낼 필요는 없어."

티에리가 내 질문에 대해 지나치게 예민한 반응을 보였다.

오늘 아침, 스테판이 그랬듯 티에리도 캐러멜 향이 나는 전자 담배를 빨았다. 나는 프란시스 아저씨나 내 아버지 같은 20세기 주역들이 달착지근한 향이 나는 전자 담배를 빨아대고, 스카치위스키 대신 시금치를 갈아 만든 스무디를 마시며 흡족해하는 21세기 사람들을 어떻게 바라볼지 궁금했다.

"자네도 운명적으로 만나야 할 반쪽이 있다는 주장을 알고 있지?"

티에리가 나를 경계하는 눈빛으로 바라보며 물었다.

"몸에서 떨어져나간 반쪽을 만나야 비로소 완벽해질 수 있다는 멍청한 주장 말이야. 자네는 우리를 긴 고독의 터널에서 벗어나게 해주는 유일무이한 존재로서의 반쪽이 어딘가에서 기다리고 있을 거라 믿나?"

"플라톤의《향연》에서 아리스토파네스가 그런 이야기를 했었지. 나는 아리스토파네스의 주장이 그다지 멍청하지는 않았다고 생각해."

"자네가 어린 시절부터 대단한 로맨티시스트였다는 사실을 깜빡했어."

티에리가 나를 놀리는 투로 말했다.

나는 티에리가 무슨 말을 하기 위해 밑밥을 까는지 감을 잡을 수 없어 그냥 그가 하는 대로 내버려두었다.

"사실은 파니도 그런 주장을 믿어. 열서너 살쯤 된 틴에이저라면 이해하지만 마흔 살이나 된 여자가 그런 주장을 믿는다는 건 문제가 있다고 봐."

"무슨 말을 하고 싶은 거야?"

"세상에는 시간의 어느 지점에서 더 이상 미래로 나아가지 못하고 그 자리에 꼼짝없이 붙잡혀 사는 사람들이 있어. 과거를 다시는 돌아오지 않을 시간으로 보지 않으려 하는 사람들이지."

처음에는 티에리가 나를 빗대 하는 말이라는 느낌이 들었지만 듣고 보니 아니었다.

"파니가 마음속으로 어떤 상상을 하는지 알아? 파니는 언젠가 자네가 자기를 데리러 와줄 거라고 믿고 있어. 어느 날 아침, 문득 자네가 파니야말로 운명이 정해준 여자라는 걸 깨닫고 백마를 타고 달려와 주길 학수고대하고 있다는 말이야."

"자네는 파니의 마음속에 들어 있는 생각을 어찌 그리 잘 알지? 혹시 자네 마음대로 짜깁기한 생각 아니야?"

"차라리 내 생각이 억측이었으면 좋겠어."

"파니와 사귄 지 얼마나 됐지?"

"5, 6년쯤 됐어. 나름 좋은 시기도 있었고, 힘든 때도 있었지. 다만 아주 좋았을 때조차 파니는 늘 나를 불안하고 초조하게 만들었어. 파니는 단 한 순간도 자네 생각에서 벗어나지 못했으니까. 맘껏 기뻐해도 되는 날에도 얼굴 어딘가에 수심이 깃들어 있었다고나 할까?"

티에리가 풀 죽은 얼굴로 말했다. 그의 고뇌는 꾸며낸 것 같지 않았다.

"자네가 한 여자의 마음을 송두리째 **빼앗아** 희망 고문을 하게 만든 거야."

티에리는 얼마간의 적대감과 절망이 뒤섞인 눈빛으로 나를 바라보았다. 내가 그를 불행하게 만든 원인을 제공했으니 문제를 풀 해법도 제시해주길 기대하는 눈치였다. 난들 해법이 있을 리 없었고, 잘못이 없었기에 사과를 해야 할 필요도 없었다. 내 의지와는 전혀 무관하게 벌어진 일이니까.

티에리가 턱수염을 긁적거리더니 주머니에서 휴대폰을 꺼내 바탕화면에 깔아놓은 사진을 보여주었다. 여덟 살 혹은 아홉 살쯤 된 아이가 테니스를 치고 있는 사진이었다.

"자네 아들인가?"

"내 아들 마르코야. 아이 엄마가 아르헨티나로 떠나면서 데려갔어. 아이 엄마는 새로운 남자를 만났지. 마르코를 볼 수 없어 미칠 지경이야."

가슴이 찡할 만큼 애잔한 이야기였지만 어떤 말을 해야 위로가 될지 알 수 없었다.

"난 아이를 하나 더 낳고 싶어."

티에리가 속내를 드러냈다.

"난 당연히 파니가 내 아이의 엄마가 되어주길 바라지. 다만 내 의지로는 어떻게 할 수 없는 장애물이 앞을 가로막고 있어서 한 발자국도 앞으로 나아갈 수가 없다는 게 문제야. 그 장애물이 누군지 아나? 바로 자네야."

나는 그가 털어놓은 이야기들을 바탕으로 조금이나마 도움이 되는 조언을 해주고 싶었지만 좋은 생각이 떠오르지 않았다. 한 가지 분명한 사실은 그가 아무리 원해도 파니가 동의하지 않는다면 아이를 낳을 수 없다는 것이었다. 그런 점에서 장애물은 내가 아니라 바로 그였다. 내가 장애물이라고 주장하는 건 지나친 피해의식의 발로일 뿐이었다. 다만 그런 말을 대놓고 해주기에는 그가 너무 불행하고 안쓰러워 보였다.

"난 언제까지 기다려줄 수는 없어."

티에리의 말투에는 나에 대한 책망이 묻어났다.

"무슨 말인지는 알겠는데 문제를 해결해야 할 주체는 자네와 파니야. 아무리 나를 책망하고 뭔가 해주길 기대해봐야 나는……."

내가 미처 말을 마치기도 전에 파니가 아케이드에 모습을 드러냈다. 내가 티에리와 한 테이블에 앉아 있는 걸 발견한 파니는 그 자리에 우뚝 서서 꼼짝도 하지 않았다.

잠시 가만히 서 있던 파니가 손으로 나를 지목하더니 따라오라는 신호를 보내고 나서 먼저 광장을 가로질러 교회당 안으로 들어갔다.

"어쨌든 자네를 만나게 되어서 기뻐."

내가 막 자리에서 일어설 때 티에리가 말했다.

"내 이야기를 들었으니 이제 자네가 나서주었으면 좋겠어."

나는 티에리의 말에 긍정도 부정도 하지 않고 분홍색 자갈이 깔려 있는 광장을 지나 교회당 안으로 들어갔다.

3

교회당으로 들어서는 입구에서부터 향냄새와 연기에 그을린 나무 냄새가 났다. 교회당 입구로 들어서자마자 중앙 홀로 내려가는 계단이 보였다. 파니는 수십 개의 양초가 불을 밝히고 있는 중앙 홀의 장의자에 앉아 나를 기다리고 있었다. 그녀는 내가 아침에 본 그대로 진바지에 하이힐, 블라우스 위에 걸친 트렌치코트 차림이었다. 몹시 추운 듯 트렌트코트 단추를 끝까지 잠그고, 가슴이 무릎에 닿을 정도로 몸을 잔뜩 움츠리고 있었다.

"안녕, 파니."

파니는 창백한 안색, 어젯밤 잠을 설친 듯 눈두덩이 퉁퉁 부어오른 얼굴, 잔뜩 일그러진 표정으로 나를 맞았다.

"나랑 할 얘기가 있다고 생각하지 않아?"

티에리를 만나 한참 동안 듣고 있기에 민망한 말을 들어서인지 내 입에서 생각보다 더 퉁명한 목소리가 흘러나왔다.

파니가 고개를 끄덕여 동의를 표했다.

거두절미하고 내가 세운 가설에 대해 물으려는 순간 파니가 나를 향해 눈을 치켜떴다. 파니의 눈에서 묻어나는 절망감이 어찌나 커 보이던지 나는 차마 입을 열지 못하고 그녀를 멍하니 바라보았다.

"내가 거짓말을 했어."

"거짓말이라니?"

"오늘, 어제, 그제 그리고 25년 전에도 난 너에게 거짓말을 했어. 오늘, 내가 너에게 한 말은 전혀 사실이 아니야."

"체육관 벽에 사체가 들어 있다고 한 말은 거짓이 아니야."

"그래, 그 말은 거짓이 아니었지."

파니의 머리 위로 보이는 고색창연한 성화가 양초 불빛을 받아 황갈색으로 빛났다. 성모마리아가 한 손으로 아기 예수를 안고 있었고, 다른 손으로 불그스름한 묵주를 들고 있는 그림이었다.

"체육관 벽에 시체 한 구가 들어 있다는 건 25년 전부터 알고 있었어."

파니가 덧붙였다.

나는 차라리 파니가 그다음 말을 하지 않길 바랐다. 그녀의 초조한 표정과 파리한 안색으로 보아 충격적인 이야기일 거라는 예감이 들었다.

"네 말을 듣기 전까지만 해도 난 사실 체육관 벽에 알렉시의 사체가 매장되어있는 줄은 몰랐어."

"도대체 무슨 소리야?"

"체육관 벽에 들어 있는 시체는 한 구가 아니라 두 구였던 거야!"

파니가 자리에서 벌떡 일어서며 고함을 질렀다.

"난 사실 알렉시에 대해서는 전혀 몰랐어. 아흐메드가 나에게 알렉시에 대해서는 아무 말도 해주지 않았거든. 난 다른 한 건에 대해서만 알고 있었던 거야."

"다른 한 건?"

나는 내심 파니가 무슨 말을 하든 부정하기로 마음을 다졌다.

"빙카의 시체."

파니가 대답했다.

"네가 잘못 안 거야."

"분명한 사실이야. 빙카는 죽었어."

"네가 어떻게 알아?"

"빙카는 1992년 12월 19일, 눈보라가 몰아치던 날 분명 죽었어. 알렉시가 죽은 날."

"어떻게 단정할 수 있지?"

파니가 묵주를 들고 있는 성모의 그림을 바라보았다. 후광에 둘러싸인 두 천사가 성모가 걸치고 있는 외투 자락을 활짝 열어 보이며 헐벗은 이들을 향해 성모의 품 안에서 안식을 얻으라는 메시지를 전하고 있었다.

나도 헐벗은 이들과 함께 안식을 얻을 수 있기를 열망했다. 빙카는 내가 살아 있는 가장 중요한 이유였다. 내 바람과 달리 파니는 고개를 치켜들고 나를 똑바로 쳐다보며 내가 가장 소중하게 여기는 가치를 여지없이 파괴해버렸다.

"내가 빙카를 죽였으니까."

파니

1992년 12월 19일 토요일
니콜라 드 스탈 관

피곤을 주체하지 못한 나는 하품을 거듭했어. 분자생물학 노트가 내 눈앞에 펼쳐져 있었지만 내 머리는 한계에 다다라 더 이상 아무것도 받아들이려 하지 않았지. 내 머리가 완강한 거부 의사를 표하고 있었음에도 나는 공부를 더 해야 한다는 강박증에 휩싸여 졸지 않기 위해 안간힘을 썼어.

창밖에서는 강풍을 동반한 눈보라가 치고 있었고, 기숙사 방은 추위가 뼛속까지 파고들 만큼 추웠어. 나는 졸음을 참기 위해 음악을 틀었고, 오디오 스피커에서는 더 큐어의 노래들이 흘러나왔지. 〈디스인터그레이션〉, 〈플레인송〉, 〈라스트 댄스〉……. 외로운 내 영혼을 고스란히 비춰 주는 거울 같은 노래들이었어.

나는 창밖을 내다보려고 스웨터 소매로 창에 어려 있는 성에를 닦았어. 바깥 풍경은 전혀 현실적이지 않았지. 오가는 인적이라고는 없는 캠퍼스는 고요하다 못해 하얀 자개 껍질 안에서 그대로 얼어붙어버린 듯했어. 내 시선은 저 멀리에서 아직도 눈송이를 흩뿌리고 있는 잿빛 하늘 너머에 가닿았지.

어제부터 아무것도 먹지 않은 배 속에서는 벌써 몇 번째인가 꼬르륵 소리가 들려왔고, 이제는 배가 고프기보다는 속이 쓰렸지. 냉장고는 텅 비었고, 주머니에는 땡전 한 푼 들어 있지 않았어.

나는 아무리 밤늦게까지 공부하더라도 새벽 4시 30분에는 어김없이 다시 일어나기로 결심하고 자명종을 그 시간에 맞춰두었지. 크리스마스 휴가 기간인 2주 동안 공부를 어떻게 해야 할지 철저하게 계획을 세워두었어. 빌어먹을 의대에 들어가는 게 내 목표였으니까. 의대 입시 준비반 학생들 중 3분의 2는 탈락하게 되어 있었고, 나는 무슨 일이 있더라도 낙제 그룹에 끼어서는 안 된다는 각오를 다졌어.

한편으로는 내가 목표로 세운 의대 진학이 과연 무슨 의미가 있는지 자문해보기도 했어. 의사가 되는 게 과연 피할 수 없는 나의 운명일까? 만일 입학시험에 실패한다면 내 인생은 어떤 방향으로 흘러가게 될까?

미래에 대해 공상할 때마다 내 눈앞에는 우울하고 서글픈 풍경이 떠오르기도 했어. 겨울 들판처럼 무한히 이어지는 잿빛 천지가 보였지. 멋대가리 없는 콘크리트 건물들과 복잡하게 뒤얽힌 도로에 둘러싸여 새벽 5시만 되면 어김없이 잠자리를 벗어나 병원으로 향해야 하는 의사의 길이 과연 나를 행복하게 해줄 수 있을까? 매일이다시피 몸이 성치 않은 환자들 틈바구니에서 씨름하며 지내다보면 혹시 나조차 병들지 않을까?

어떤 미래가 나를 기다리고 있는지 대충 눈에 보였지만 의사는 내가 어린 시절부터 되고 싶었던 오랜 꿈이기도 했기에 막상 포기해야겠다는 생각이 들지는 않았어. 나는 생텍쥐페리고교의 대다수 학생들이 가치로 내거는 낙관주의와는 거리가 멀었으니까. 나는 그때껏 단 한 번도 마음 편히 살아본 적이 없었고, 미래에 대해 공상할 때마다 언제나 어둡고 암울한 잿빛 일색이었지.

✝

그러다가 너를 보았어! 심하게 부는 바람 탓인지 몸을 잔뜩 움츠리고 걷고 있는 너의 실루엣이 온통 하얀 눈으로 뒤덮여 있는 기숙사 밖 길에 또렷하게 드러났어. 너를 볼 때마다 매번 그랬듯 가슴이 설레고, 심장이 한껏 부풀어 오르며 그때껏 머리를 채우고 있던 암울한 생각이 단숨에 사라져버렸지. 갑자기 피로감이 가시며 좀 전까지 그토록 졸리더니 언제 그랬냐는 듯 정신이 말똥말똥해졌어.

너를 보는 순간 추위와 배고픔을 잊었고, 갑자기 삶의 에너지가 불타올랐어. 내 삶은 너와 함께할 때만이 전도양양하리라는 생각이 들었지. 내 머릿속은 온통 너와 함께할 미래의 계획들로 가득 찼어. 따사로운 햇빛이 쏟아지는 해변에서 너와 우리의 아이들이 재잘거리며 떠들어대는 소리와 웃음소리가 머릿속에서 메아리쳤지. 새삼 나를 행복으로 이끌어줄 수 있는 길이 무엇인지 깨달았어. 물론 그 길이 내가 들어갈 자리가 없을 만큼 비좁다는 걸 알고 있었지. 그럼에도 나는 반드시 그 길로 들어가 너와 함께하고 싶었어. 내 안을 채우고 있던 고통스럽고 암울한 생각들이 너와 함께할 때면 마치 마법을 펼친 듯 깡그리 사라지는 신비로운 경험을 하곤 했으니까. 나에게 너 없는 세상은 언제나 혼자나 다름없었으니까.

넌 갑자기 내 눈에 띄었다가 금세 사라졌어. 장밋빛 환상은 늘 찾아올 때만큼이나 빠른 속도로 사라지지. 네가 기숙사 계단을 올라와 빙카의 방으로 들어가는 소리를 들었어. 넌 내가 아니라 그 아이를 보러 왔던 거야.

빙카에 대해서라면 너보다 내가 더 잘 알아. 빙카는 분명 특별한 뭔가를 가진 아이야. 빙카의 신비로운 눈빛이나 몸짓은 어느 누구도 결코 흉내 낼 수 없었지. 흘러내린 머리카락을 귀 뒤로 쓸어 넘기는 모습이나 살짝 입을 벌리고 실제로는 웃지 않으면서 마치 미소 짓는 듯 보이게 만드는 모습은 어느 누구도 따라 할 수 없는 그 아이만의 독특한 매력이었지.

나 역시 빙카가 얼마나 매력적인 아이였는지 인정하지만 그 아이가 남자들을 사로잡는 특유의 표정과 몸짓이 얼마나 위험한 결과를 낳을지에 대해서도 잘 알고 있었어. 여자의 매력은 때로 화려한 독버섯처럼 여러 사람에게 회복이 불가할 만큼 치명적인 상처를 입히기도 하니까.

내 엄마가 바로 그런 여자였어. 엄마가 발산하던 오라가 남자들을 미치게 만들었지. 너는 잘 모르겠지만 엄마가 우리 가족을 버리고 떠났을 때 아버지는 스스로 목숨을 끊으려고 했어. 아버지는 녹슨 철근이 비죽비죽 튀어나온 공사장 콘크리트 바닥 위로 몸을 던졌지. 아버지는 요행히 목숨을 잃지 않고 살아났고, 보험금을 타내고자 산업재해였다고 주장했지만 엄연한 자살 시도였어. 아버지는 엄마 때문에 수많은 모욕을 겪기도 했지만 엄마 없이는 살아갈 수 없다는 걸 자살 시도로 입증해 보인 거야. 세 아이를 험한 세상에 내동댕이치고 죽을 결심을 한 거야.

토마, 빙카가 너를 파괴하기 전에 벗어나야 해. 그 아이 때문에 평생 후회할 일을 저지르기 전에.

††

네가 방문을 두드리기에 문을 열었어.

"안녕, 토마."

난 코에 걸치고 있던 안경을 벗으며 인사를 건넸지.

"안녕, 파니. 나를 좀 도와줘야겠어."

넌 빙카의 몸 상태가 안 좋다며 약을 먹여야 할 것 같다고 했어. 넌 내 방 욕실에 있는 구급상자를 뒤져 약을 찾아냈고, 나에게 그 아이에게 줄 차를 끓여달라고 부탁했지. 남아 있는 차가 없어서 나는 어쩔 수 없이 쓰레기통을 뒤져 티백을 찾아냈어.

너에게 나란 존재는 뭐지? 너에게 난 그 아이의 시중이나 들어주는 존재일 뿐인가?

넌 그 아이를 만나기 전까지만 해도 나랑 가장 가까이 지냈고, 우린 무엇 하나 아쉬울 게 없을 만큼 행복했었지. 그런데 우린 왜 이렇게 되었을까?

내가 그동안 너의 주의를 끌기 위해, 질투심을 유발시키기 위해 무슨 짓을 저질렀는지 알아? 내가 여러 남자 아이들과 잠자리를 같이한 이유가 뭔지 알아? 다 너 때문이야. 넌 나를 파괴하게 만들었어.

나는 흘러내리는 눈물을 닦고 복도로 나갔지. 그때 넌 뭐가 그리 급한지 나를 밀쳐놓고도 미안하다는 말은커녕 일언반구도 없이 계단을 허둥지둥 달려 내려갔어.

╬

난 찻잔을 들고 빙카의 방으로 들어갔는데 왠지 바보가 된 느낌이 들었어. 난 너희들이 그 방에서 무슨 대화를 나눴는지 알지 못했고, 그저 늘 그렇듯 비슷한 레퍼토리의 인형극 놀이를 했거니 짐작했어. 빙카는 손가락 끝으로 인형들을 능수능란하게 다루는 아이였으니까. 줄 하나만으로도 사람들을 마음대로 조종하며 결국 자기 스스로 희생자 역할을 맡는 게 그 아이의 특기였으니까. 나는 찻잔을 침대 옆 탁자에 내려놓고, 세상모르고 잠들어 있는 그 아이를 물끄러미 바라보았어.

빙카를 가만히 들여다보고 있자니 그 아이가 어떤 욕망을 불러일으키는 존재인지 새삼 짐작할 수 있었어. 심지어 나조차 그 아이 옆에 누워 속이 다 비칠 듯 투명한 피부를 어루만지고 싶었고, 우아한 곡선을 이루는 빨간 입술에 내 입을 가져다 대보고 싶었고, 끝이 말린 긴 속눈썹에 키스하고 싶은 욕망을 느꼈으니까.

어느 순간 난 내 엄마의 이미지가 그 아이의 얼굴에 겹쳐지는 모습을 보고 흠칫 놀라 뒷걸음질 쳤어.

이제 공부를 하기 위해 내 방으로 돌아가야 했지만 뭔가가 계속 나를 그 아이의 방에서 나가지 못하도록 붙잡았어. 빙카의 방 창가에 내용물이 반쯤 남은 보드카 병이 놓여 있었어. 난 보드카 병을 들고 두어 모금 마시고 나서 그 아이의 방을 샅샅이 뒤지기 시작했어. 책상에 흩어져 있는 서류들도 꼼꼼하게 들여다보고, 수첩도 훑어보았지. 옷장을 열고 옷걸이에 걸어둔 옷들 가운데 몇 벌을 입어보기도 했어. 구급상자를 열고 내용물을 살펴보다가 각종 수면제와 진정제들을 발견했지. 로히프놀, 트란세네, 테메스타 따위로 환각 상태에 빠져들 때 필요한 약들이었어. 트란세네와 테메스타는 양이 조금밖에 없었지만 최면제들이 들어 있는 튜브는 아예 포장을 뜯지도 않았더군.

나는 빙카가 어떻게 그런 약들을 손에 넣었는지 궁금했어. 약 포장을 뜯어보니 칸에서 개업하고 있는 프레데릭 뤼벤스라는 의사가 써준 처방전들이 첨부되어 있더군. 잘 모르긴 해도 그 빌어먹을 의사는 사탕 이름 적어주듯 태연하게 그 위험한 약들을 처방해준 거야.

난 로히프놀의 특징을 제법 잘 알고 있었어. 로히프놀의 주요 성분인 플루니트라제팜은 주로 심각한 불면증 환자에게 효과가 있는데, 중독성이 강하고 약기운이 가시는 기간이 매우 길기 때문에 이용에 제한을 두기 마련이지. 장기간 복용해서는 안 되는 약이란 뜻이야. 그 약을 알코올 또는 모르핀과 혼합해 사용하게 되면 환각효과를 볼 수 있어. 물론 나는 직접 복용해본 적이 없지만 환각효과가 탁월하다는 말을 들은 적이 있어. 통제력 상실, 행동 불안, 기억력 상실 증세 등 각종 부작용이 나타날 수도 있다고 하더군.

대학 다닐 때 교수 하나가 응급의학 전문의였는데, 최근 많은 사람들이 약물 과다 복용으로 병원 응급실로 실려오고 있다고 했어. 로히프놀은 성폭행 범죄자들이 피해자가 저항하지 못하도록 신체 기능을 무기력하게 만들거나 기억력을 둔화시키고자 할 때 사용한다는 말도 들어본 적이 있어. 그라스 인근에서 열린 레이브파티에서 한 여자아이가 로히프놀을 과다 복용한 나머지 몸에 불을 붙이고 절벽에서 뛰어내린 적도 있대.

나는 문득 로히프놀을 차에 녹여 빙카에게 먹여야겠다고 생각했어. 난 그 아이를 죽여야겠다는 생각은 없었어. 난 그저 그 아이가 우리 인생에서 사라져주길 바랐을 뿐이야. 나는 종종 그 아이가 달리는 차에 치이거나 자살하면 좋겠다는 생각을 하곤 했어. 변명이 아니라 아무튼 그 아이를 죽이고 싶지는 않았는데 어느새 알약을 한 줌 손에 쥐고 있었지. 약들이 머그잔 속에서 녹아들기까지 불과 몇 초밖에 걸리지 않았어. 마치 내 몸이 둘로 분리되어 하나는 약을 머그잔에 집어넣어 녹이고 있고, 다른 하나는 내가 저지르는 짓을 지켜보고 있다는 느낌이 들었지.

이윽고 나는 빙카의 방문을 닫고 내 방으로 돌아왔어. 도저히 두 다리로 서 있을 수 없을 만큼 몸이 무거웠어. 난 공부를 해야 한다고 생각하면서도 침대에 누웠어. 그 와중에도 손에 해부학 메모를 들고 있었지.

난 머릿속으로 공부를 해야 한다고 되뇌었지만 결국 눈이 저절로 감기며 깊은 잠 속으로 빠져들었어.

잠에서 깨어 주변을 둘러보니 캄캄한 밤이었어. 마치 고열에 시달린 사람처럼 온몸이 축축하게 젖어 있었지. 자명종 시계를 보니 새벽 12시 30분이 조금 지난 시간이었어. 무려 여덟 시간이나 내처 잤다는 사실이 믿기지 않았지. 그 사이 네가 다녀갔는지 여부도 알지 못했고, 빙카가 어떻게 되었는지도 몰랐어.

어찌나 무섭던지 두려움에 떨며 빙카의 방문을 두드렸어. 아무리 두드려도 응답이 없기에 그냥 문을 열고 안으로 들어가봤어. 침대 옆 탁자에 놓여 있는 머그잔을 봤더니 깨끗이 비어 있더군.

빙카는 내가 그 방을 나설 때도 잠들어 있었으니 아직도 자고 있을 거라 믿고 싶었지. 침대로 다가가 확인해보았더니 이미 그 아이는 온몸이 차갑고 숨을 쉬지 않았어. 난 심장이 멎어버릴 만큼 큰 충격을 받았고, 그 자리에서 그대로 쓰러졌어.

어쩌면 역사는 이미 오래전부터 그렇게 되기로 결정되어 있었는지도 몰라. 그때 내가 선택한 다음 단계는 삶을 끝내야 한다는 것이었지. 죽음만이 나에게서 이 지긋지긋한 생의 고통을 멎게 할 수 있으리라 생각했고, 내가 저지른 살인에 대한 최소한의 속죄 행위가 될 수 있다고 믿었어.

나는 창문을 활짝 열어젖혔어. 마치 몸을 통째로 날려버릴 듯 미친 듯이 불어대는 바람과 살을 에는 추위 속에서 나는 밖으로 뛰어내리려고 다리를 번쩍 들어 올렸어. 그 순간 갑자기 신체기능이 마비된 사람처럼 몸이 옴짝달싹하지 않더군.

나는 죽어야 해. 나는 죽어야 해.

마음속으로는 그렇게 부르짖고 있었지만 정작 몸은 요지부동이었어. 아래를 내려다보니 하얀 눈 위에 피를 흘리며 쓰러진 내 시체가 보이는 듯했어. 나는 결국 뛰어내리지 못하고 다시 방바닥으로 발을 내려놓을 수밖에 없었지. 몸을 사시나무 떨듯 떨어대며 문득 죽음조차 나를 외면한다는 생각과 함께 죽는다는 게 그리 쉬운 일은 아니라는 사실을 깨달았어.

†

나는 반쯤 넋이 나간 상태로 캠퍼스를 가로질러 달렸어. 마치 깊은 밤에 혼자 길길이 날뛰는 좀비 꼴이었지. 호수, 마로니에 광장, 행정관 건물을 차례로 지나칠 때까지 정신없이 달렸어. 한밤중이라 건물의 불이 모두 꺼져 주변이 칠흑처럼 어두웠지. 마치 내 주변에 살아 있는 생명체라고는 아무것도 남아 있지 않은 듯했어.

한참을 달리다가보니 교장 사무실 앞에 다다라 있었어. 마침 사무실에 불이 켜져 있었고, 어쩌면 나는 경황이 없는 중에도 안나벨을 가장 먼저 찾아가야 한다는 생각을 했던 것 같아. 창문으로 안나벨의 실루엣이 보였어. 좀 더 가까이 다가가보니 안나벨이 프란시스 아저씨와 이야기를 나누는 중이었지.

사무실로 들어서는 나를 본 안나벨의 표정을 보니 뭔가 심각한 일이 벌어졌다는 걸 직감한 듯했어. 나는 다리가 후들후들 떨려 더는 그 자리에 서 있을 수가 없었고, 두 사람 중 누구에게랄 것도 없이 안기듯 쓰러졌지.

나는 사무실 소파에 앉아 모든 사실을 털어놨어. 간헐적으로 울음이 터지는 바람에 말이 툭툭 끊기고 두서가 없긴 했지만 두 분은 어떻게 된 사연인지 이해한 눈치였지.

나는 두 분과 함께 즉시 빙카의 방으로 달려갔어. 프란시스 아저씨가 빙카의 침대로 다가가 숨을 쉬는지 확인하더니 사망했다는 뜻으로 고개를 절레절레 저었지.

난 그 순간 까무룩 정신을 잃었어.

✝

눈을 떠보니 교장 사무실 소파에서 담요를 덮고 누워 있더군. 안나벨이 내 옆을 지키고 있었어. 너무나 침착하고 차분한 얼굴이라 놀라운 한편 조금 안심이 되기도 했지.

난 사실 안나벨을 알고 난 이후 줄곧 존경하며 따랐어. 안나벨도 나에게 늘 너그럽고 호의적이었지. 내가 학교에서 하는 일마다 지지하고 후원해주기도 했어. 기숙사에 들어갈 수 있었던 것도 안나벨 덕분이었어. 내가 의대 진학을 목표로 공부에 전념하도록 장학금 관리 부서와 주선해주었고, 연인처럼 가깝게 지내던 네가 내게서 멀어졌을 때 진심으로 위로해주기도 했지.

안나벨은 이제 좀 괜찮은지 묻고 나서 빙카의 방에서 벌어졌던 일을 다시 한번 정확하게 이야기해달라고 하더군.

"이야기를 할 때 아주 사소한 부분이라도 빠뜨려선 안 돼."

나는 그날 밤의 악몽 같은 기억을 다시 한번 떠올릴 수밖에 없었지. 그 자리에서 난 평소 빙카에 대해 가지고 있었던 질투심, 죽이고 싶도록 미웠던 증오심까지 솔직하게 털어놓았어. 내가 빙카의 겉모습 뒤에 숨겨져 있던 광기, 약물 과다 복용에 대해 이야기하며 내 행동을 정당화하려 하자 네 엄마가 내 입에 손가락을 가져다댔지.

"그 아이는 죽었고, 다시는 돌아오지 않아. 혹시 너 말고 다른 누군가가 그 아이의 사체를 보았니?"

"어쩌면 토마가 봤을 수도 있지만 그런 것 같지는 않아요. 그 기숙사 건물에서 크리스마스 휴가를 맞아 집으로 돌아가지 않은 학생은 저랑 빙카밖에 없었어요."

네 엄마는 한 손으로 내 팔을 잡더니 눈을 똑바로 쳐다보며 엄숙하게 말했어.

"잠시 후 넌 네 인생에서 가장 어렵고도 중요한 선택을 해야 할 거야."

나는 네 엄마의 얼굴에서 눈을 떼지 않았어. 네 엄마의 입에서 흘러나오게 될 말이 내 운명을 결정하게 되리란 걸 알고 있었기 때문에 눈을 깜박일 수조차 없었지.

"넌 내 말을 듣고 원하는 걸 선택해야 돼. 첫 번째, 넌 경찰서에 전화를 걸어 모든 사실을 있는 그대로 밝히는 거야. 그 경우, 넌 오늘 저녁부터 당장 구치소에서 지내야 하겠지. 재판이 열리게 될 테고, 아마도 너의 행위는 언론과 여론으로부터 호된 질타를 받게 될 거야. 모르긴 해도 너를 동정해주는 사람은 아무도 없을 거야. 예기치 않은 호재를 만난 언론은 호들갑을 떨어대며 보도에 열을 올리겠지. 넌 악마적인 질투심에 사로잡혀 남학생들이 여왕처럼 받드는 친구를 냉혹하게 살해한 괴물이 되겠지. 넌 법적으로 성인이라 장기 징역형을 선고받게 될 거야."

안나벨은 겁에 질려 숨소리조차 내지 못하고 듣고 있는 나를 빤히 바라보았어.

"네가 교도소에서 출소할 때쯤이면 적어도 나이가 서른다섯 살 혹은 마흔 살쯤 될 테고, 그 이후로도 평생 '살인자'로 낙인찍혀 어려운 날들을 보내야 할 거야. 다시 말해 네 인생은 제대로 꽃을 피워보기도 전에 끝난 거야. 넌 오늘 밤 지옥으로 들어서는 아케론 강에 두 발을 담갔고, 거기서 절대로 빠져나오지 못해."

네 엄마 말대로 나는 지옥으로 가는 아케론 강에 빠져 허우적대는 심정이었어. 내가 물 밖으로 고개를 내밀려고 할 때마다 누군가가 가차없이 머리를 짓누르는 바람에 물이 계속 입 안으로 밀려들어와 제대로 숨을 쉴 수 없는 형국이었지.

나는 잠시 아무 말도 하지 못하고 멍하니 앉아 있다가 용기를 내 물었어.

"두 번째는 뭐죠?"

"지옥에서 빠져나오기 위해 가능한 모든 수단을 동원해야지. 참고삼아 말하자면 난 너를 도울 용의가 있어."

"가령 어떤 방법이 있죠? 저는 도무지 모르겠어요."

안나벨이 자리에서 일어났어.

"우선 빙카의 시체를 숨기는 게 가장 중요한 과제야. 그다음은 차라리 모르는 게 좋아. 내가 알아서 할 테니까. 무엇보다 중요한 건 목에 칼이 들어와도 비밀을 지켜야 한다는 거야."

"어떻게 시체를 숨기죠?"

바로 그때 프란시스 아저씨가 사무실로 들어오더니 테이블 위에 여권 하나와 신용카드 한 장을 내려놓았어. 그가 어디론가 전화를 걸더니 스피커폰으로 통화를 시작했지.

"호텔 생트 클로틸드입니다."

"내일 저녁에 방문할 예정인데 혹시 빈방이 있나요? 이용자는 두 사람이고, 객실은 한 개만 사용할 겁니다."

"마침 빈 객실이 하나 남았네요."

프란시스 아저씨와 호텔 직원이 예약 절차를 진행했어.

"예약자 이름은?"

"알렉시 클레망."

나는 프란시스 아저씨가 예약자 이름을 알렉시 클레망이라고 해서 문득 이상한 생각이 들었지만 물어볼 처지가 아니었지.

안나벨이 이제 결정해야 할 때가 되었다는 뜻으로 나를 바라보았어.

"생각할 시간을 2분 주마."

안나벨이 말했어.

"굳이 2분 동안 생각할 필요도 없어요. 첫 번째 안을 선택할게요."

나는 안나벨의 눈을 보면서 그녀가 기다렸던 답이 무엇이었는지 깨달았어.

안나벨이 내 옆에 와서 앉더니 어깨를 살며시 안아주었지.

"내가 시키는 대로 해야 성공할 수 있는 일이야. 넌 지금부터 아무것도 묻지도 말고, 왜 그래야 하는지 이유를 알고 싶어 하거나 설명을 들으려고 하지 마. 내가 너에게 바라는 유일한 조건이야. 절대 협상이 불가한 조건이기도 하지."

나는 안나벨이 무슨 계획을 세우고 있는지 전혀 감을 잡을 수가 없었어. 다만 안나벨과 프란시스 아저씨가 상황을 완벽하게 제어하고 있고, 그분들이 지옥으로 떨어지기 직전인 나를 구출해 밝고 따스한 햇살이 비치는 양지로 데려다줄 수 있지 않을까 하는 기대감을 갖게 되었어.

"만일 네가 아주 사소한 실수로 비밀을 누설하게 될 경우 모든 일이 수포로 돌아갈 수밖에 없어."

안나벨이 거역할 수 없는 위엄을 담아 나에게 경고했어.

"그 경우 너뿐만 아니라 프란시스와 나도 철창행을 면할 수 없겠지."

나는 알았다는 뜻으로 고개를 끄덕이고 나서 앞으로 어떻게 해야 하는지 물었어.

"내일, 아무 일도 없었다는 듯 자연스러운 태도를 유지하려면 한시바삐 잠자리에 드는 게 좋아. 지금처럼 반쯤 혼이 빠져나간 상태로 있다가는 사람들의 의심을 사게 될지도 모르니까."

안나벨이 그렇게 말했어.

†

무엇보다 황당한 일은 그날 밤 내가 잠을 푹 잤다는 사실이야. 그런 엄청난 짓을 저지르고도 편안하게 잠을 자다니?

다음 날, 안나벨이 진바지에 남자들이 즐겨 입는 가죽점퍼 차림으로 나를 깨우러 왔어. 머리를 뒤로 틀어 올리고 독일 축구클럽 모자를 눌러 쓰고 있었지. 안나벨이 나에게 빨강머리 가발과 빙카가 자주 입고 다녔던 흰 물방울무늬 분홍스웨터를 건넬 때 나는 비로소 내게 주어진 미션이 뭔지 눈치챘어. 안나벨이 연극동아리 학생들에게 자주 과제로 내주었던 즉흥연기와 비슷했지. 내가 아닌 다른 누군가가 되어보는 연습이었지. 연극공연의 배역을 정할 때도 가끔 5분 동안 즉흥연기를 시킨 적이 있어. 다만 이번에는 5분 동안만 즉흥연기를 하는 게 아니라 하루 종일 다른 사람이 되어야 한다는 점이 달랐어. 배역을 따내기 위해서가 아니라 인생을 걸고 연기를 해야 하는 과제가 주어진 거야.

나는 지금도 그날 빙카가 입던 옷을 입고, 빨강머리 가발을 쓰면서 느꼈던 감정을 생생하게 기억해. 내가 빙카가 되어야 한다고 생각하니 팽팽한 긴장감 속에서 야릇한 흥분이 밀려왔지. 빙카 특유의 몸짓이나 표정, 습관에 대해서라면 매우 세밀한 부분까지 잘 알고 있었기에 나름 자신감도 있었어. 경쾌하고 자연스러운 몸짓, 임기응변에 능한 재치와 순발력, 다른 아이였다면 경박스러워 보이겠지만 빙카이기에 우아해 보였던 제스처에 대해서도 훤히 꿰고 있었으니까.

우리는 알핀 자동차에 올라 파리를 향해 출발했어. 경비원 아저씨가 학교 정문에서 차단기를 올려줄 때에는 차창을 내리고 인사도 했어. 로터리에서 눈을 치우고 있던 두 명의 도로공사 직원에게 손을 흔들어주기도 했지. 물론 빙카로 보이기 위한 계산된 연기였어.

앙티브역에 도착한 우리는 전날의 눈사태로 예약 취소를 하고 묶여 있던 사람들을 파리로 실어 나르기 위해 철도청에서 임시 열차를 배정해 증편 운행을 있다는 사실을 알 수 있었지. 그 덕분에 우리는 열차 티켓을 어렵지 않게 구입할 수 있었어.

우리는 파리 행 열차에 탑승했고, 그다음 여정도 물 흐르듯 자연스럽게 진행되었어. 나는 승객들이 나를 알아보도록 열차 안을 오가는 한편 어렴풋이 기억나도록 한 자리에 오래 머물지는 않았지. 나중에 설명을 듣고 알았지만 안나벨이 파리의 생시몽 가에 있는 생트 클로틸드 호텔을 선택한 이유가 있었어. 6개월 전 그 호텔을 이용한 적이 있는데 야간 당직자의 나이가 많은 편이라 대체로 시력이 좋지 않고 총기가 떨어져 속이기 쉬울 거라 판단했기 때문이었다고 하더군.

밤 10시경에 생트 클로틸드 호텔에 도착한 우리는 야간 당직자에게 다음 날 새벽에 출발할 예정이니 숙박비를 미리 지불하겠다고 했어. 우리는 빙카와 알렉시가 그 호텔에 하룻밤 투숙했다는 단서를 남기기 위해 사전에 치밀하게 계산된 연기를 했어. 내가 체리코크가 있는지 물어보려고 직접 프런트를 찾아간 거나 안나벨이 우리가 묵었던 방 욕실에 빙카가 평소 사용하던 머리빗과 칫솔이 들어있는 세면도구 가방을 두고 나온 것 역시 의도적인 행위였어.

그날, 나는 실제로 빙카가 된 듯 맥주 두 캔에 로히프놀 한 알을 섞어 넣어 마시는 걸로 내가 맡은 배역을 성공적으로 마무리했어. 아마도 내 평생에서 가장 완벽한 연기를 한 날이었지. 몹시 초조하고 긴장되는 상황이 이어졌지만 한편으로는 기분이 짜릿하고 황홀하더군.

✝

지옥에서 지상으로 귀환하는 롤러코스터에 올라 있는 형편이라 연기를 하는 내내 야릇한 흥분이 뒤따랐지. 호텔에서 잔 다음 날 아침, 나는 다시 기분이 침울해졌어. 친구를 죽였다는 죄책감과 함께 나 자신에 대한 환멸이 밀려왔지. 과연 내가 가슴을 무겁게 짓누르는 중압감을 안고 아무 일도 없었다는 듯 태연하게 살아갈 수 있을지 자신이 없어졌어. 차라리 창문을 열고 뛰어내릴까 몇 번이나 설왕설래를 했지.

안나벨이 무엇을 선택할지 물었을 때 차라리 경찰서에 신고하겠다고 했어야 마땅했다는 자책감이 일었지만 이미 엎질러진 물이라 번복할 수가 없었어. 내 삶은 이미 크게 망가졌지만 안나벨까지 지옥으로 끌어들일 수는 없었으니까.

새벽에 호텔을 나온 우리는 뤼뒤박에서 콩코르드까지 12번 선 지하철을 타고 가다가 1번 선으로 갈아타고 리옹역으로 갔지. 리옹역 맞은편에 있는 카페에서 열차 시간을 기다리는 동안 안나벨이 아직은 시작에 불과하고 수많은 어려움이 내 앞길에 펼쳐지게 될 거라고 했어.

"내가 하는 말 잘 들어. 넌 이제부터 네가 한 짓을 끌어안고 사는 법을 배워야 해. 넌 잘 해낼 거야. 넌 나처럼 불굴의 투사니까. 내가 널 좋아한 이유야."

안나벨은 나처럼 아무것도 없이 맨손인 여자들에게 생은 곧 전쟁이라는 점을 잊지 말아야 한다고 강조했어. 세상에서 얻고자 하는 게 있으면 누군가 주길 바라지 말고 싸워서 쟁취해야 한다고 했지.

"넌 강자가 되어야 해. 하루하루 침묵 속에서 자기만의 은밀하고 고통스러운 전투를 치르며 사는 사람이 강자야. 넌 네가 한 짓에 대해 지속적으로 거짓말을 해야 하겠지. 다른 사람을 속이려면 너 자신부터 속일 수 있어야 해. 너의 생에서 진실은 이미 거짓말로 부정되었어. 이제부터는 너의 거짓말이 진실이라고 믿어야만 해."

안나벨은 내가 열차를 탈 때까지 플랫폼에서 기다려주었어.

"사람은 손에 피를 묻히고도 살아갈 수 있는 존재야."

열차를 기다리던 플랫폼에서 안나벨이 내게 해준 말이야.

"문명이란 불타는 혼돈 위를 살짝 덮고 있는 얇은 막에 불과해. 산다는 건 어차피 누구에게나 전쟁이라는 걸 잊지 마."

안나벨은 그 말을 끝으로 전날 사둔 니스 행 열차표를 나에게 건넸어. 나는 니스 행 열차에 올랐고, 안나벨은 몽파르나스역으로 가서 랑드 지방 닥스로 가는 기차를 탔지.

14. 라붐

그는 한밤중에 정신이 나갔다. 그리고 그 사실을 알게 된 순간, 그는 더 이상 그것을 알지 못하게 되어버렸다.
_잭 런던

1

파니는 마치 열에 들뜬 사람이 밤새도록 헛소리를 중얼거리듯 25년 전 비극에 대한 긴 고백을 마무리 지었다. 그녀는 어느새 계단을 올라가 교회당의 목재 장의자 사이에 서 있었다. 여전히 몸의 균형을 잃고 쓰러질 듯 위태로운 자세였다.

나는 가지런히 정렬해놓은 목재 장의자들 사이에서 몸을 비척거리는 파니를 보며 조난당한 선박에서 악전고투를 치르고 용케 살아남은 마지막 선원을 떠올렸다.

나 역시 파니보다 상태가 그리 낫지 않았다. 나는 거의 숨쉬는 걸 잊은 사람처럼 미동도 하지 않고 의자에 앉아 있었다. 파니가 털어놓은 이야기들이 내 머리를 강타했고, KO로 쓰러지기 일보 직전이었다. 이제 더는 논리적인 사고를 기대할 수 없을 만큼 머릿속이 복잡해져 파니가 들려준 놀라운 이야기들을 차분하게 조망할 여력이 없었다.

빙카를 살해한 파니, 그녀를 적극적으로 도운 엄마, 사체 유기로 이

어찐 일련의 비극적인 이야기들이 과연 진실인지 여부도 명확하게 판단할 수 없었다. 내가 항상 너무나 잘 알고 있다고 믿었던 엄마와 파니의 성격으로 비추어볼 때 두 사람이 공모해 저지른 비극이라고 믿기에는 왠지 석연치 않은 부분이 많았기 때문이다.

"잠깐만, 파니!"

방금 전 파니가 갑자기 교회당 밖으로 뛰어나갔다. 불과 일 초 전만 하더라도 서 있기조차 힘들어 보일 만큼 무기력한 모습이었는데 마치 급보를 전하러 떠나는 전령사처럼 쏜살같이 달려나갔다.

빌어먹을!

내가 급히 계단을 올라가 교회 앞 광장으로 나갔을 때 파니는 어느새 따라붙기에 벅차 보일 만큼 멀리에 있었다. 부리나케 뒤따라가던 나는 발목을 심하게 삐끗했다. 파니의 걸음이 어찌나 빠른지 나는 뒤따라가는 걸 포기할 수밖에 없었다.

나는 발을 절뚝이며 마을을 가로질러 차를 주차해둔 바셰트 언덕 아래로 내려갔다. 앞 유리에 벌금 딱지가 붙어 있어 떼어내 구겨버리고 나서 운전석에 올랐다. 나는 이제부터 어떻게 해야 할지 막막한 가운데 차를 출발시키지 않고 잠시 멍하니 앉아 있었다.

일단 엄마를 만나 이야기를 들어볼 필요가 있었다. 엄마는 방금 전 파니가 내게 들려준 이야기가 과연 진실인지 확인해줄 수 있는 유일한 인물이었다. 나는 교회당에서 잠시 꺼두었던 휴대폰을 다시 켰다. 막심이 전화해달라고 보낸 메시지가 들어와 있었다. 나는 자동차의 시동을 걸며 막심의 휴대폰으로 전화를 걸었다.

"자네를 급히 만나야겠어. 내가 중요한 사실을 알아냈어."

막심의 목소리에서 극심한 감정의 동요를 느낄 수 있었다. 막심이 느끼고 있는 불안한 감정의 파고가 나에게까지 미쳐왔다.

"무슨 일인지 말해봐."

"전화로는 곤란해. 독수리 둥지에서 보자. 난 방금 전 생텍쥐페리고교 저녁 모임에 참석했어. 어쨌거나 선거운동을 포기할 수는 없으니까."

나는 메르세데스를 운전하며 머릿속에 흩어진 복잡한 생각을 정리해보기 위해 애썼다.

1992년 12월 19일 토요일, 생텍쥐페리고교 캠퍼스에서 몇 시간 사이에 두 명이 살해되었다. 살해된 사람은 알렉시와 빙카였고 두 사건은 거의 동시다발적으로 일어났다. 엄마와 프란시스 아저씨는 막심, 파니, 나를 보호하기 위해 두 사건을 영원히 은폐하기로 결정하고 시나리오를 짜게 되었다. 우선 사체들을 감쪽같이 유기하고, 알렉시와 빙카가 생텍쥐페리고교를 떠나 파리로 사랑의 도피를 한 것처럼 유도하기로 했다. 신의 한 수나 다름없었던 엄마와 프란시스 아저씨의 시나리오는 일단 의도대로 진행되었고, 경찰 수사는 미궁에 빠졌다.

이 시나리오에서 당시 미성년자를 갓 벗어난 상태였던 자녀를 구하기 위해 부모가 엄청난 위험을 무릅쓰고 사건을 은폐하기로 결정했다는 설정은 분명 대단히 소설적이었다. 정작 소설가인 나는 이 시나리오에 왠지 석연치 않은 부분이 있어 보인다는 생각을 떨쳐버릴 수 없었다.

내가 한사코 이 시나리오를 진실로 받아들이기 어려운 이유가 혹시 빙카의 죽음을 기정사실로 인정할 수 없기 때문일까?

파니가 들려준 이야기를 처음부터 끝까지 복기하던 나는 여전히 의문으로 남아 있는 한 가지 사실을 분명하게 확인하려면 의사와의 통화가 필수적이라는 생각에 도달했다.

처음에는 뉴욕의 내 주치의에게 전화해보려고 했으나 진료실 번호만 알고 있다는 게 문제였다. 내 주치의는 주말에는 진료실에 출근하지 않기 때문이었다. 마땅한 의사가 생각나지 않아 어쩔 수 없이 형에게 전화를 걸었다.

우리 형제는 연락이 뜸한 편이었다. 형이 〈국경없는 의사회〉의 일원으로 활동하고 있어 전화 연락조차 마음 편히 할 수 없는 게 사실이었다. 형에게 전화할 때마다 혹시 포탄 파편을 맞아 목숨이 경각에 달려 있는 어린아이를 보살피고 있는 시간을 빼앗고 있는 건 아닌지 눈치를 살필 수밖에 없었고, 그러다보니 우리 사이의 대화는 늘 용건만 전하고 간단히 끝났다.

"안녕, 토마!"

형이 전화를 받자마자 씩씩하게 인사를 건넸다.

형의 열정적인 태도는 나에게 긍정적인 영향을 미치기는커녕 오히려 나의 에너지가 분출될 수 있는 통로를 막아버렸다.

"형도 잘 지내?"

"체면치레 인사말은 그만두고, 내가 뭘 도와줘야 하는지 본론만 말해."

"형도 엄마가 심근경색을 일으킨 적 있다는 걸 알고 있었어?"

"당연하지."

"왜 나에게는 알리지 않았어?"

"엄마가 알리지 말라고 했으니까. 굳이 뉴욕에 가 있는 너에게까지 알려 걱정하게 만들 필요는 없다고 했어."

그걸 말이라고 하는 거야?

나는 내심 그렇게 쏘아주려다가 가까스로 참고 용건을 물었다.

"로히프놀이 뭔지 알지?"

"당연하지. 악명이 높은 약이라서 요즘 의사들은 거의 처방하지 않아."

"그 약을 환자에게 처방해본 적 있어?"

"아니, 없어. 네가 궁금하게 생각하는 게 뭔데?"

"1990년대를 배경으로 소설을 쓰고 있는데 필요해서 그래. 로히프놀의 치사량이 몇 알 정도야?"

"나도 정확하게 몰라. 대체로 로히프놀 한 알에 플루니트라제팜이 일 밀리그램 정도 들어 있어."

"그래서?"

"신체 조건에 따라 치사량이 다르게 적용되지."

"아무튼 형은 도움이 안 된다니까."

"커트 코베인도 그 약을 먹고 자살을 시도한 적이 있어."

"그는 스스로 머리에 총을 쏴 자살했잖아?"

"그는 죽기 몇 달 전에 이미 한 차례 자살 시도를 한 적이 있어. 그 당시 그의 위에서 오십여 개의 로히프놀이 발견되었다고 하던데 결국 죽지는 않았지."

파니는 그저 한 줌이라고 했어. 아무리 많아 봐야 오십 알은 안 될 거야. 고작 열대여섯 알쯤 되겠지.

"그럼 혹시 그 약을 열대여섯 알쯤 복용하면 어떻게 될까?"

"약 기운이 엄청나겠지. 어쩌면 의식불명 상태에 이를 수도 있어. 술과 섞어서 복용할 경우에는 훨씬 더 심각한 증세를 보일 수도 있지. 1990년대에는 제약회사에서 한 알에 플루니트라제팜이 2밀리그램이 함유된 약도 만들어 팔 때니까. 만일 함량이 2밀리그램인 로히프놀을 열댓 개 삼켰다면 치사량이 될 수도 있겠지."

뭐야, 다시 출발점으로 돌아왔잖아.

그때 나도 모르게 미처 예상하지 못했던 질문이 튀어나왔다.

"혹시 20년 전 칸에서 일한 프레데릭 뤼벤스라는 의사를 알아?"

"아, 그 마부제 박사(독일의 스릴러 영화)! 아마 칸에서는 그를 모르는 사람이 없을 거야. 그가 의술이 뛰어나서가 아니라 악명이 높았다는 뜻이야."

"마부제 박사가 그의 별명이었어?"

"다른 별명도 많았어."

제롬이 빈정거리는 투로 말했다.

"약쟁이 프레드, 마약 딜러 뭐 주로 그런 별명이었지. 그는 마약중독자인 동시에 딜러기도 했지. 온갖 구린 거래 뒤에 늘 그의 이름이 끼어 있었지. 돼지흥분제, 불법 의료 행위, 환각효과가 탁월한 약 처방 따위 말이야."

"의사협회에서 제명되었겠네?"

"결국 제명되긴 했지만 그 결정이 훨씬 더 일찍 내려졌어야 한다고 봐."

"그 사람, 아직도 코트다쥐르에 살고 있어?"

"제 몸에 마약 주삿바늘을 그렇게 많이 찔러댔으니 오래 살 리 없잖아. 아마 내가 의대학생일 때쯤 죽었을 거야. 다음 소설은 의학스릴러라도 되냐?"

2

나는 초저녁 무렵 다시 생텍쥐페리고교 캠퍼스에 도착했다. 정문의 자동차단기가 아예 열려 있었다. 경비원이 초대자 목록에서 간단히 이름만 확인하고 통과시켜주는 식이었다. 내 이름은 초대자 목록에 올라 있지 않았지만 경비원은 몇 시간 전에 본 내 얼굴을 기억하고 있었고, 호수 근처에 마련된 임시주차장에 차를 세우라고 알려주며 통과시켜주었다.

밤에 보는 캠퍼스는 낮보다 근사했다. 환한 태양 아래에서 볼 때보다 한결 주변 경관과의 조화가 느껴졌다. 미스트랄 바람이 쓸고 지나간 후라 맑은 하늘에는 별들이 총총했다. 주차장에서 바라보니, 나무에 걸어둔 다양한 꼬마전구 장식들 덕분에 캠퍼스에 마법처럼 황홀한 분위기가 연출되면서 방문객들을 뭔가 기대하는 분위기로 이끌었다. 졸업 기수에 따라 파티가 마련되어 있었다. 체육관에서 열리는 파티는 1990년부터 1995년까지 졸업한 동문들을 대상으로 하는 파티였다.

체육관 행사장에 도착한 나는 실소를 금치 못했다. 1990년대에 입었던 의상을 주제로 열리는 가장무도회 같았기 때문이다. 어느새 마흔이 넘은 사람들은 벽장에 처박아두었던 캔버스 운동화에 찢어진 리바이스 501 청바지, 밑단이 허리춤에 겨우 닿는 짧은 점퍼, 굵은 체크무늬 셔츠 따위를 입고 있었다. 심지어 배기바지며 타치니 트레이닝복, 쉐비농 패딩을 입고 온 사람들도 눈에 띄었다.

나는 사람들 틈에 서 있는 막심을 알아보았다. 그는 시카고불스 티셔츠를 입고 있었고, 그가 벌써 국회의원에 당선되기라도 한 듯 많은 사람들이 주변에 몰려 있었다.

기업가, 전문직 종사자, 대기업 임원들이 주류인 이런 모임에서 정치 얘기는 빼놓을 수 없었고, 누구나 주저 없이 마크롱을 입에 올렸다. 영어를 유창하게 구사하고, 경제에 대해서도 해박한 지식을 자랑하는 젊은 대통령 마크롱에 대해 다들 기대가 커 보였다. 마크롱이 철저한 실용 정신에 입각해 좌파와 우파, 진보와 보수의 이념에 기초해 양분되어 있다시피 한 정치구조를 과감하게 혁파해 나가겠다고 천명한 만큼 사람들의 기대가 컸다. 사람들 사이에서 이 나라에서 무엇인가 바뀌어야 한다면 지금이 바로 적기이고, 이 기회를 놓치면 개혁은 절대 불가능하리라는 이야기들이 오갔다.

막심이 나를 알아보고 손짓을 보냈다.

"10분 후에 볼까?"

나는 고개를 끄덕여 동의를 표하고 그를 기다릴 겸 행사장으로 들어갔다. 사람들이 삼삼오오 모여 있는 행사장을 가로질러 뷔페를 차려놓은 테이블에 다다랐다. 하필이면 25년 동안 알렉시와 빙카의 사체를 숨겨둔 벽에 찰싹 붙도록 테이블을 세팅해둔 게 꺼림칙했다. 문제의 벽에는 오래된 영화, 연극, 콘서트 포스터들과 꼬마전구들이 장식되어 있었다.

"음료수를 드릴까요?"

행사도우미가 사람들 사이를 오가며 물었다. 아침과 달리 술도 있었고, 원하는 대로 칵테일을 만들어주는 바텐더도 와 있었다.

"카이피리냐도 가능한가요?"

나는 바텐더에게 물었다.

"기꺼이 해드리죠."

"나도 같은 걸로 한 잔!"

내 뒤에서 누군가가 외쳤다.

뒤를 돌아보니 막심의 배우자이자 앙티브 시립 미디어테크를 운영하고 있는 올리비에가 살짝 손을 흔들었다.

"루이즈와 엠마가 무척이나 예쁘고 붙임성이 있더군요."

"예쁜 아이들이죠."

올리비에가 활짝 웃으며 내 말을 받았다.

나는 올리비에와 오래전부터 잘 알고 지낸 사이처럼 '좋았던 시절'에 대한 이야기를 나누었다. 하긴 지금이야 좋았던 시절이라고 표현하지만 그때가 정말 좋았는지는 의문이었다. 나는 올리비에를 교만한 지식인이라 생각하고 있었는데 이제 보니 제법 상냥하고 유머 감각이 있는 사람이었다.

"막심이 요 며칠 사이 굉장히 불안해 보이더군요. 뭔가 고민이 있는 것 같긴 한데 나한테는 끝까지 털어놓지 않더군요. 혹시 그에게 무슨 고민이 있는지 알고 계세요?"

나는 그에게 반쯤만 솔직해지기로 마음먹었다.

"저도 자세히 알지는 못하지만 선거가 임박해오자 막심의 정적들이 출마를 포기하라고 종용하면서 오래된 일들을 들추고 다닌다고 하더군요. 정치를 하려면 통과의례로 치러야 할 일인지도 모르죠. 선거판에서 무성했던 말들이나 위협은 곧 언제 그랬냐는 듯 잠잠해질 테니까 너무 걱정하지 마세요."

올리비에는 다행히 내 말을 철석같이 믿는 눈치였다.

바텐더가 주문한 술을 건네주었다. 우리는 건배를 하고 나서 행사에 참석한 사람들을 바라보며 잠시 패션 품평을 했다.

1990년대에 유행했던 배꼽티를 입고 나온 여자들도 더러 있었다. 청바지를 잘라 반바지를 만들어 입은 여자, 민소매 원피스 속에 티셔츠를 받쳐 입은 여자, 목에 찰싹 달라붙는 목걸이를 착용한 여자, 반다나를 핸드백 끈에 묶고 다니는 여자도 눈에 띄었다. 그나마 버팔로 플랫폼 샌들을 신은 여자들이 보이지 않아 천만다행이었다.

도대체 1990년대 패션 아이템을 다시 꺼내 입어본들 무슨 소용이란 말인가?

단순한 재미 차원인지 아니면 다시는 돌아오지 않을 젊은 시절을 되찾고 싶어 하는 몸부림인지 도무지 알 수 없었다.

우리는 칵테일을 한 잔씩 더 주문했다.

"이번에는 카샤사를 듬뿍 넣어주세요!"

내 말을 곧이곧대로 받아들인 바텐더가 알코올 도수가 너무 높은 카이피리냐를 만들어주었다.

올리비에와 헤어진 나는 칵테일 잔을 들고 흡연자들이 몰려 서 있는 테라스 쪽으로 갔다.

3

이제 겨우 파티가 시작되었을 뿐인데 벌써부터 웬 남자가 행사장 구석에서 코카인과 대마초를 팔고 있었다. 뉴욕에서 지내면서 애써 피해 왔던 마약을 코트다쥐르에 있는 모교에서조차 대하자니 기분이 씁쓸했다.

낡은 가죽점퍼 차림에 디페쉬 모드 티셔츠를 입은 스테판이 바리케이드에 기대 맥주를 마시며 전자 담배를 빨아대고 있었다.

"디페쉬 모드 콘서트에 간다고 했잖아?"

스테판이 고갯짓으로 다섯 살쯤 되어 보이는 아이를 가리켰다. 아이는 테이블 밑에 숨기 놀이에 열중하느라 여념이 없었다.

"에르네스토를 부모가 봐주기로 했었는데 갑자기 다른 볼일이 생기는 바람에 못 갔어."

스테판이 물을 한 모금 머금고 입 안을 축이며 말했다. 그가 앞에서 내뱉은 물에서 진저브레드 냄새가 났다. 그의 집착은 아들에게 붙여준 이름에서도 여실히 드러났다.

"에르네스토라는 이름은 자네가 지어주었나? 물론 에르네스토 체 게바라에서 따온 이름이겠지?"

"그래서 안 될 이유라도 있어?"

스테판이 짐짓 위협적으로 눈썹을 찡그렸다.

"안 될 이유는 없지."

나는 스테판을 화나게 하고 싶지 않아 얼른 꼬리를 내렸다.

"사실 아이 엄마는 너무 상투적인 이름이라며 반대했어."

"아이 엄마라면 나도 아는 여자인가?"

"자네는 모르는 여자야."

나는 피식 웃음이 나왔다.

스테판이 다른 사람들의 사생활은 죽자사자 캐내면서 정작 자기 가족사는 비밀로 하고 싶은 눈치였다.

"셀린 아니야?"

"알면서 왜 물어?"

셀린이라면 분명하게 기억났다. 예술과 여학생으로 언제나 사회문제에 대해 목청을 높였고, 학교에서 학생들의 권리를 찾기 위해 열리는 집회가 있을 때면 늘 앞장서던 아이였다. 요컨대 스테판의 여자 버전이라할 수 있었고, 그들은 함께 문과대학에 진학했다. 극좌파 학생운동에 합류한 두 사람은 인권을 위한 투쟁이 있는 집회에 늘 **빼놓지** 않고 참석했다. 스테판이 그렇게 잘 어울리던 셀린과 헤어진 이유를 알 수 없었다.

우연히 셀린을 만난 적이 있는데, 2년 전 뉴욕에서 제네바로 가는 비행기 안에서였다. 레이디 디올 핸드백을 든 셀린은 스위스 출신 의사와 동행하고 있었고, 애정이 돈독해 보였다. 우리는 짧게 몇 마디 대화를 나누었고, 예전과 달리 굉장히 유쾌하고 부드러워졌다는 인상을 받았다. 물론 스테판이 상처받을까봐 그 이야기를 하지는 않았다.

"자네가 말한 공사비용 조달에 대해 알아봤어."

스테판이 갑자기 화제를 바꿨다. 그가 옆으로 한 발짝 자리를 옮겼고, 꼬마전구 불빛을 받은 그의 얼굴이 갑자기 환해졌다. 불빛 아래로 드러난 그의 얼굴에 피로감이 잔뜩 묻어났다. 여러 날 잠을 못 잔 사람처럼 눈가에 다크서클이 잡혀 있었고, 눈자위에 몇 가닥 핏발이 서 있었다.

"주목할 만한 부분이 있던가?"

"지난번에 말한 인턴기자 녀석을 붙여 그 문제에 대해 알아보게 했는데 한마디로 보안이 철통같나봐."

스테판이 눈으로 에르네스토가 어디 있는지 살피더니 녀석에게 손을 흔들어 보였다.

"아무튼 인턴기자 녀석에게 계속 알아보라고 했어. 그 녀석 이야기를 들어보니 피라미드 축조에 버금갈 만큼 거대한 공사라고 할 수 있더군. 인턴기자 녀석이 학교에서 책정한 공사비용을 들여다봤는데 내가 생각하기에도 용도가 불분명한 항목에 과도한 예산을 편성한 부분이 있더군."

"예를 들자면?"

"가령 장미정원을 만드는데 엄청난 예산을 책정했어. '천사의 정원'이라는 이름이 붙은 공사인데 자네도 혹시 들어본 적 있어?"

"아니, 없어."

"사실상 미친 짓이지. 라벤더 농장에서부터 호수에 이르는 공간을 명상을 위한 장소로 만들겠다는 계획을 세워두고 있었어."

"명상을 위한 장소라니?"

스테판이 어깨를 으쓱했다.

"그러니까 하는 소리야. 인턴기자 녀석에게 그 부분을 집중적으로 파헤쳐 보라고 했어."

"다른 이야기는 없어?"

스테판이 알쏭달쏭한 표정을 짓더니 뭔가 적어둔 메모지를 꺼냈다.

"내가 드디어 프란시스의 죽음과 관련한 경찰 보고서를 입수했어."

"고문이 프란시스 아저씨의 사인이었어?"

스테판의 눈에서 불길이 이글거렸다.

"아주 비열한 고문이 자행됐어. 원한에 의한 보복 살인이 분명해."

내 입에서 한숨이 새어 나왔다.

"칼라브리아 마피아의 돈세탁과 관련이 있다는 거야? 설령 프란시스 아저씨가 마피아를 위해 돈세탁을 해주었다고 하더라도 보복 살인을 당할 만큼 원한을 살 이유는 없잖아."

"프란시스가 칼라브리아 마피아를 속이고 돈을 챙기려고 했을지도 모르지."

"나이가 일흔네 살이나 된 사람이 뭐 그리 돈이 아쉽다고 그런 짓을 저지르겠어? 게다가 돈이라면 남부럽지 않게 많은 사람이잖아."

"돈을 산더미처럼 쌓아둔 부자일수록 돈에 대한 집착이 더 강한 법이야."

"프란시스 아저씨가 유리창에 가해자 이름을 썼다는 건 사실이야?"

"아니, 그 점에 대해서는 앙젤리크 기자가 나에게 다 털어놨어. 극적 효과를 높이기 위해 지어낸 이야기라고 하더군. 그 대신 프란시스는 죽기 직전 누군가에게 전화를 하려고 했나봐."

"상대가 누구였는데?"

"자네 엄마였어."

나는 충격을 최소화하기 위해 이를 악물어야 했다.

"두 분은 어릴 때부터 울타리 하나를 사이에 두고 친하게 지낸 사이니까 그럴 수도 있지."

스테판도 고개를 끄덕였지만 그의 눈을 보니 내 말에 전혀 동의하지 않는 눈치였다.

다른 사람은 몰라도 난 그런 말에 속아 넘어가지 않아.

"우리 엄마가 전화를 받았대?"

"그다음 이야기는 자네가 안나벨에게 직접 물어봐. 난 이제 집에 돌아가 봐야겠어. 축구 시합을 하는 날이거든."

스테판이 아들에게로 돌아가며 말했다.

4

행사장 안을 둘러보니 막심은 여전히 사람들에게 둘러싸여 이야기를 나누고 있었다. 테라스 반대쪽에서 보드카를 잔에 따라 서빙하고 있었다.

나는 보드카 두 잔을 연속해서 들이켰다.

일단 엄마를 만나야 했다.

다시 보드카 한 잔을 입 안에 털어 넣었다. 나는 술에 취했을 때 생각이 더 잘 되는 편이었다. 장기적으로 보자면 틀린 말이지만 술기운이 몸으로 퍼져나가는 동안 생각들이 제멋대로 충돌하다가 불꽃이 반짝하고 튈 때가 있다.

엄마는 내가 빌린 렌터카를 끌고 나가 아직 집으로 돌아오지 않았다. 렌터카에는 GPS 장치가 부착되어 있게 마련이었다.

렌터카 사무실에 전화해 누군가 차를 훔쳐 갔으니 위치를 추적해달라고 하는 거야.

마침 토요일이라 가능한 일인지 알 수 없었다.

나는 보드카를 한 잔 더 마시고 행사장을 빠져나갔다. 술기운 때문에 머릿속이 복잡해지다가 제법 기발한 생각이 떠올랐다. 차 안에 아이패드를 두고 왔다는 게 생각났다. 아이패드의 위치를 추적하면 차가 어디에 있는지 가능했다.

나는 휴대폰의 위치 추적용 앱을 열고 아이디를 입력했다. 내 생각대로 휴대폰 화면에서 점 하나가 깜빡거리기 시작했다. 나는 지도를 확대해 깜박거리는 지점을 확인했다. 앙티브 곶 남단 켈레르 해변 주차장이었다. 주로 해안을 따라 산책을 즐기고 싶은 관광객들이 차를 세워두는 곳이었다.

나는 즉시 아버지에게 전화를 걸었다.

"엄마가 타고 나간 차가 어디에 있는지 알아냈어요."

"거기가 어디니?"

"켈레르 해변 주차장에 있어요."

"도대체 거긴 왜 간 거야?"

아버지의 목소리에서 왠지 불안해하는 기색을 느꼈다. 아버지가 나에게 뭔가 감추고 있는 게 분명했다.

"아버지, 저한테 뭔가를 숨기고 있죠?"

"내가 뭘 숨긴다는 거냐?"

"엄마가 진심으로 걱정된다면 저에게 뭐든 다 솔직하게 털어놓아야 해요.”

“사실은 네 엄마가 집에서 나갈 때 사냥총을 가져갔어.”

나는 가슴이 덜컥 내려앉는 느낌을 받으며 엄마가 사냥총을 들고 있는 모습을 상상했다. 부정하고 싶은 내 마음과 달리 내 엄마는 능히 그럴 수 있는 사람이라는 생각이 들었다.

“엄마가 사냥총을 다룰 줄 알아요?”

“지금 곧 앙티브 곶으로 출발하마. 거기서 보자꾸나.”

아버지가 대답 대신 말했다.

나는 전화를 끊고 행사장으로 되돌아갔다. 그 사이 알코올 덕분에 사람들의 긴장이 풀어진 탓인지 떠들썩한 분위기로 바뀌어 있었다.

나는 귀청이 떨어져나갈 것 같은 음악 소리를 들으며 막심을 찾아봤지만 헛수고였다.

막심이 독수리 둥지에서 만나자고 했었지?

나는 행사장을 나와 꽃들이 만발한 절벽 길로 향했다. 전등이 일정한 간격으로 세워져 있어 예전보다 발길을 옮기기 수월했다. 바위가 비죽비죽 튀어나온 곳에 다다랐을 때 담배 불빛이 눈에 들어왔다. 독수리 둥지 난간에 기대 있던 막심이 내게 손을 흔들었다.

나는 휴대폰 손전등을 켜고 막심이 있는 독수리 둥지로 올라가기 시작했다. 교회당에서 발목을 접질려 걷기가 힘들었다. 바위를 타고 올라가면서 아침부터 강하게 불던 미스트랄이 많이 잦아들었다는 걸 느낄 수 있었다. 어느새 하늘이 우중충했고, 별들이 모두 사라져 있었다. 오르막길을 반쯤 올라갔을 때 끔찍한 비명 소리가 들려왔다. 깜짝 놀라

위쪽을 보니 두 개의 실루엣이 뚜렷하게 보였다. 누군가 막심을 난간 아래로 떨어뜨리려고 안간힘을 쓰고 있었다.

"안 돼!"

나는 막심을 돕기 위해 산비탈을 뛰어오르며 크게 고함을 질렀다. 혼신의 힘을 다해 달려갔지만 막심은 이미 10미터 아래로 추락하고 난 뒤였다. 나는 가해자를 뒤따라가 봤으나 길도 어둡고 접질린 발목이 시큰거려 도저히 따라잡을 수 없었다.

나는 10미터 아래의 낭떠러지로 굴러떨어진 막심의 생사 유무를 확인하는 게 우선이었으나 컴컴한 아래쪽을 내려다보니 혼자 힘으로는 불가능해 보였다. 하는 수 없이 휴대폰으로 경찰에 전화해 구조요청을 했다.

"독수리 둥지에서 10미터 아래로 사람이 추락했어요."

나는 경찰과 구급차를 기다리려다가 일단 행사장으로 돌아갔다.

눈물이 주체할 수 없이 흘러내려 자주 눈을 깜빡였다. 한순간 행사장에서 어슬렁거리는 빙카의 환영을 본 듯했다. 희고 투명한 피부의 빙카가 마치 자석처럼 사람들의 마음을 잡아끌고 있었다. 빙카는 얇은 원피스에 검정색 라이더 재킷, 망사 스타킹에 가죽으로 된 앵클부츠를 신고 있었다. 그녀는 자신을 둘러싸고 있는 모든 사람들보다 훨씬 더 생기가 넘쳐 보였다.

안나벨

1992년 12월 19일 토요일

내 이름은 안나벨 드갈레다. 1940년대 말 이탈리아 피에몬테 지방의 작은 마을에서 태어났다. 아이들은 나를 이름보다는 '오스트리아 여자'라는 별명으로 불렀다. 지금은 생텍쥐페리고교의 학생들과 교사들이 '교장 선생님'이라고 부른다. 나는 오늘 밤이 가기 전 살인자가 되기로 결심한다.

크리스마스 휴가가 시작된 첫날 오후라 학교는 온통 고요한 침묵 속에 잠겨 있다. 아직은 비극적인 사태를 예견할 수 있는 그 어떤 조짐도 보이지 않는다. 내 남편 리샤르는 장남인 제롬과 딸 마리를 데리고 타히티의 파페에테로 떠났다. 집에는 나와 막내아들 토마만이 남아 있다.

나는 이른 오전부터 줄곧 두 다리로 서 있어야만 했다. 결정을 내리거나 행동에 나서기를 좋아하는 스타일이라 그 정도 힘든 일쯤은 견디고도 남는다. 이 지역에서는 보기 드문 눈사태가 교통을 두절시키고, 정전 사태를 불러오는 바람에 도저히 믿기 어려운 대혼란이 빚어졌다.

저녁 6시가 되어서야 나는 그나마 한숨 돌리고 내 집무실에서 잠시 휴식을 취한다. 나는 교무실에 비치된 자동판매기에서 따뜻한 차를 한 잔 뽑아 마시기 위해 엉덩이를 들어 올렸다가 다시 눌러앉는다. 빙카가 집무실 문을 열더니 허락도 받지 않고 불쑥 안으로 들어왔기 때문이다.

"안녕, 빙카."

"안녕하세요."

나는 염려스러운 표정으로 빙카의 행색을 살핀다. 살을 에는 추위에 바람이 요란하게 부는 날씨인데 빙카는 얇은 원피스 위에 가죽 라이더 재킷을 걸치고, 굽 높은 앵클부츠를 신고 있다. 한마디로 반쯤 정신이 나간 상태로 봐도 무방하다.

"빙카, 무슨 일이야? 내가 도와줘야 할 일이라도 있니?"

"7만 5천 프랑이 필요해요."

나는 빙카에 대해 나름 잘 알고 있었고, 그 아이의 재능을 높이 평가해왔다. 내 아들 토마가 빙카를 사랑해 몹시 괴로워하고 있다는 사실도 잘 알고 있다. 빙카는 내가 지도하는 연극동아리에서도 남달리 뛰어난 재능을 보이고 있는 학생이다.

빙카는 자유분방한 성격에 모험심이 충만해 뭐든 주저하지 않고 해내는 기질이 있는 아이라는 것도 안다. 게다가 지적이기도 하고, 아무도 흉내 낼 수 없는 우아한 매력이 있어 이 학교 남학생들 대다수가 사귀고 싶어 하는 여학생이다. 어릴 때 독서를 많이 한 듯 교양도 풍부하고, 예술에 대한 감각이 뛰어나고 머리도 좋다. 언젠가 빙카가 재미 삼아 만들어봤다며 직접 작곡한 포크송을 들려준 적이 있다. PJ 하비와 레너드 코헨의 영향을 받은 듯 노래에서 신비스러운 느낌이 묻어난다.

"7만 5천 프랑이라고?"

빙카는 대답 대신 재생지로 만든 봉투를 내밀더니 내가 앉으라는 말도 하지 않았는데 내 집무실 소파에 털썩 주저앉는다. 나는 봉투를 열고 그 안에 들어 있는 사진들을 꺼내 들여다본다.

빙카는 내가 큰 충격을 받을 거라 예상했겠지만 나는 그다지 놀라지 않는다. 이제껏 살아오면서 중요한 결정을 내려야 할 때마다 나는 오로지 한 가지 원칙에 충실해왔다. 무슨 일이 있어도 협상 대상자 앞에서 겁을 집어먹거나 나약한 모습을 보여서는 안 된다는 게 내가 세워둔 원칙이다. 나약해지지 않는 것이야말로 지금껏 나를 지탱해온 힘의 원천이다.

"넌 지금 몸이 많이 안 좋아 보여. 이만 돌아가서 쉬는 게 좋겠구나."

나는 다시 봉투를 빙카에게 내밀며 침착하게 말한다.

"이 사진을 학부모들에게 공개하면 교장 선생님이야말로 대내외적으로 많이 불편해질 텐데요."

"네가 이 사진을 공개하지 않는 조건으로 7만 5천 프랑을 내놓으라는 뜻이니? 모르긴 해도 리샤르에게 사진을 보여주고 이미 돈을 뜯어냈을 텐데 왜 7만 5천 프랑이 더 필요하지?"

"리샤르 교장 선생님이 10만 프랑을 줬지만 그 정도로는 충분하지 않아요."

솔로뉴 출신인 리샤르의 집안은 재산이라고는 단 한 푼도 없는 빈털터리였다. 우리 부부의 재산은 전부 내 소유라고 할 수 있다. 내 양아버지 로베르토 오르시니가 내게 물려준 재산이니까. 양아버지는 지중해 연안을 따라가며 대저택을 짓는 일을 해서 큰돈을 벌었다.

"지금 내 수중에는 그렇게 큰돈이 없어."

나는 시간을 벌어볼 요량으로 그렇게 말했지만 빙카는 좀처럼 물러설 기색이 없어 보인다.

"주말이 되기 전에 써야 할 돈이니까 당장 구해오세요."

나는 그 아이가 정신이 나가 통제 불가한 상태라는 생각이 든다. 분명 어디선가 알코올에 약을 섞어 한 잔 마시고 온 게 분명하다.

"내가 그따위 협박에 넘어갈 사람처럼 보이니? 난 협박을 통해 뭔가 얻어내려고 하는 사람들을 경멸하지. 나도 리샤르처럼 어리석게 돈을 덥석 내주리라 생각했다면 오산이야."

"교장 선생님은 역시 대단하시네요. 그럼 저도 교장 선생님이 원하는 대로 해줄게요."

빙카는 자리에서 벌떡 일어나더니 요란한 소리가 나도록 문을 닫고 사라진다.

††

나는 잠시 집무실에 앉아 빙카에게 미쳐 학교 공부를 등한시하고 있는 아들 녀석을 생각한다. 교장이라는 책임과 의무를 망각하고 어린 학생과 놀아난 리샤르에 대해서도 생각한다. 나는 내 자족과 빙카에 대해 번갈아가며 생각한다. 나는 빙카가 무엇을 믿고 나에게 그런 위협을 가할 수 있는지 잘 알고 있다. 훗날 벌어질 일을 예상할 수 없기 때문이다. 적어도 빙카는 뒷일을 생각하지 않을 만큼 대담한 아이니까.

한참을 생각하다가 나는 눈보라 속을 헤쳐 가며 니콜라 드 스탈 관을 향해 걸어간다. 빙카가 정신을 차릴 수 있도록 설득해볼 작정이다. 방문을 연 빙카는 내가 돈을 마련해온 줄 알고 반색한다.

"너를 도와줄 용의가 있으니까 왜 이런 짓을 하는지 설명해봐. 돈이 왜 필요하지?"

"설교를 하러 오신 거라면 이만 돌아가세요. 설교가 필요한 사람은 제가 아니라 교장 선생님의 남편이니까. 저는 교장 선생님이 무슨 말을 하더라도 생각을 바꿀 용의가 없어요."

빙카는 여전히 태도를 바꾸지 않고 나를 위협한다.

"넌 지금 열에 들떠 헛소리를 하고 있어. 의사를 불러줄까? 아니면 내가 병원에 함께 가줄 수도 있어."

"걱정할 필요 없어요. 저는 지극히 정상이니까."

"그렇다면 우리 함께 문제를 해결할 방법을 찾아보자꾸나."

나는 빙카의 마음을 진정시키려고 애쓴다. 가능한 방법을 다 동원해 빙카를 설득해보려고 했지만 그 아이는 좀처럼 태도를 바꾸지 않는다. 마치 악마에게 영혼을 빼앗긴 사람처럼 무슨 짓이든 저지를 수 있는 기세다.

빙카는 울음을 터뜨렸다가 이내 악마처럼 깔깔 웃어대더니 갑자기 주머니에서 임신 키트를 꺼내 내 눈앞에 들이민다.

"교장 선생님 남편이 무슨 짓을 저질렀는지 봐요."

지금껏 상대가 어떤 도발을 하든지 냉정을 잃은 적이 없었는데 그 아이가 눈앞에 들이민 임신 키트를 보는 순간 평정심을 유지하기 쉽지 않다. 나는 처음으로 철옹성 같은 내 심장이 격하게 뛰는 걸 느낀다. 어떻게 마음을 가다듬어야 할지 방법이 떠오르지 않는다. 내 안에서 극심한 지진이 일어나며 공포가 밀려온다. 머릿속에서 지금껏 애써 일군 나와 내 가족의 삶이 불에 타 사라지는 광경이 그려진다. 이런 마당에 손 놓고 아무런 시도도 해보지 않는다는 건 말이 안 된다. 나는 고작 열아홉 살짜리 애송이의 농간에 우리 가족의 삶이 모두 불에 타 한 줌 재로 변해버리는 걸 도저히 용납할 수 없다.

내가 불안에 떨고 있는 동안 빙카는 얼굴에 비웃음을 흘리고 있다. 나는 그 아이의 방에 놓인 브랑쿠시(루마니아 출신 조각가)의 조각 복제품에 눈이 간다. 내가 루브르 박물관에서 아들 토마에게 주려고 산 조각품이다. 토마 녀석은 그 조각품을 받자마자 빙카에게 선물했다. 나는 조각품을 집어 들고 빙카의 머리를 힘껏 내리친다. 빙카는 마치 헝겊으로 만든 인형처럼 맥없이 쓰러진다.

✠

한동안 머릿속이 까마득한 상황이 이어진다. 가까스로 다시 정신을 차린 나는 빙카가 숨을 거두었다는 사실을 확인한다. 내 머릿속에서는 우선 시간을 벌어야 한다는 생각만이 메아리친다. 나는 빙카를 침대로 끌고 가 상처가 보이지 않도록 모로 눕히고 나서 이불을 머리까지 끌어

올려준다.

방을 나온 나는 을씨년스러운 캠퍼스를 가로질러 안락한 내 집무실로 돌아온다. 소파에 털썩 주저앉은 나는 프란시스에게 전화를 걸었지만 받지 않는다.

나는 열이 펄펄 끓어오르는 가운데 눈을 감고 애써 정신을 집중한다. 살아오는 동안 치열하게 생각하면 많은 문제를 극복할 수 있다는 사실을 배웠다. 다른 누군가가 빙카의 시체를 발견하기 전에 서둘러 숨겨야 그나마 해결책을 찾을 수 있으리라는 생각이 든다. 아무리 생각해도 쉽지 않은 일이다. 머릿속으로 수많은 가설을 세우고 시나리오를 짜보았지만 번번이 불가능하다는 생각이 앞선다.

로크웰 집안의 상속녀가 실종되는 사건이 벌어진다면 문자 그대로 어마어마한 충격파를 불러일으킬 게 불을 보듯 뻔하다. 빙카의 조부인 앨러스테어 로크웰은 미국은 물론 프랑스에서도 정치계의 거물급 인사들과 기업인들을 잘 알고 있는 사람이다. 앨러스테어 정도의 영향력이라면 경찰은 가용한 인원을 총동원해 수사에 착수할 수밖에 없다. 경찰은 학교 주변은 물론 코트다쥐르 지역 전체를 이 잡듯이 뒤지고, 과학수사대를 동원해 단서를 찾으려 할 테고, 빙카와 가깝게 지내던 사람들에 대한 심층 조사는 물론 대다수의 재학생들을 대상으로 조사를 진행할 게 뻔했다.

리샤르가 빙카를 농락한 사실도 밝혀질 가능성이 크다. 게다가 빙카가 협박용으로 가져온 사진을 찍은 사람이 은밀한 거래를 제안하거나 경찰을 찾아가 진실을 털어놓을 가능성도 배제할 수 없다.

난생처음 나는 두려움과 위기를 느낀다. 아무리 생각해봐도 좀처럼 빠져나갈 구멍이 보이지 않는다. 경찰을 찾아가 모든 사실을 털어놓는 게 그나마 내가 선택할 수 있는 현실적인 방법이라는 생각이 든다.

밤 10시, 경찰서에 전화하기로 결정하고 수화기를 들려는 순간 아고라 근처를 지나 내 집무실을 향해 걸어오고 있는 프란시스를 발견한다. 나는 얼른 그를 만나기 위해 집무실 밖으로 달려나간다. 프란시스 역시 내가 이제껏 한 번도 본 적이 없는 넋 나간 표정이다.

"안나벨!"

프란시스가 심상치 않은 일이 있다는 표정으로 나를 바라본다. 그가 입을 열기도 전에 내가 선수를 친다.

"프란시스, 내가 끔찍한 일을 저질렀어요."

나는 그 말을 하고 나서 그의 품 안으로 쓰러진다.

✝

나는 빙카를 살해한 사실을 프란시스에게 털어놓는다.

"용기를 내요."

프란시스가 나지막하게 속삭인다.

"사실은 나도 당신에게 긴히 할 말이 있어요."

나는 토마와 막심이 연루된 알렉시 사건에 대한 이야기를 듣는다. 그 날 들어 두 번째로 숨이 턱 막히며 이제야말로 더는 회복할 수 없는 수렁에 빠졌다는 사실을 절감한다. 프란시스는 아흐메드와 함께 체육관 공사 현장에 알렉시의 시체를 유기했다고 고백한다. 그는 어느 누구에게도 그 말을 하지 않으리라 생각했는데 내 고백을 다 듣고 나서 마음이 바뀌었다고 털어놓는다.

"내가 해결책을 찾아볼 테니까 걱정하지 말아요. 지금껏 우리에게 수많은 시련이 있었지만 모두 극복해냈잖아요."

프란시스가 우리 둘 사이에 있었던 시련을 상기시킨다.

⚕

프란시스가 아이디어를 낸다.

"두 사건이 연이어 벌어진 건 분명 악재이지만 잘만 활용하면 오히려 유리한 시나리오를 만들어낼 수도 있어요."

"어떤 시나리오를 만들게요?"

"알렉시와 빙카가 연인 사이였다는 소문을 내고 사랑의 도피를 떠났다는 그림을 그리는 거예요."

우리는 두 시간 남짓 머리를 쥐어짜며 시나리오를 짜기 시작한다. 나는 알렉시가 빙카에게 보낸 편지 이야기를 한다.

"알렉시가 빙카에게 보낸 편지 때문에 토마와 그 아이의 관계가 소원해졌다는 이야기를 들은 적이 있어요."

"그 편지만 있으면 알렉시와 빙카의 연결고리를 만들어낼 수 있어요."

프란시스의 얼굴에 화색이 돌았지만 적어도 나는 그의 낙관주의를 공감하기 쉽지 않다.

"우리가 사체를 감쪽같이 숨기고 빙카가 알렉시와 함께 사랑의 도피를 했다는 소문을 만들어내더라도 경찰의 수사력이 학교에 집중될 테고, 혹시라도 있을 목격자의 증언이 있거나 중요한 단서가 발견될 경우 모든 일이 단숨에 물거품으로 돌아가지 않을까요?"

프란시스도 내가 우려하는 부분이 충분히 일리가 있다는 뜻으로 고개를 끄덕였지만 시나리오를 만들어내기 위한 숙고를 멈추지 않았다.

"이도 저도 안 되면 내가 경찰을 찾아가 두 사람을 죽인 범인이라고 자백할게요."

"자백을 하려면 내가 해야죠. 내가 범인이니까."

우리는 처음으로 항복을 고려한다. 의지와 용기가 부족해서가 아니라 단지 모든 전투에서 다 이길 수는 없기 때문이다. 우리 두 사람의 인생에서 지금처럼 항복을 염두에 두고 백기 투항을 고려해본 적은 단 한 번도 없다.

별안간 밤의 적막을 깨는 소리가 들려오는 바람에 우리는 화들짝 놀라 쳐다본다. 적어도 우리에게 복수하려고 찾아온 빙카의 유령은 아니다. 파니가 넋이 나간 얼굴로 유리창을 두드려대고 있다. 나는 크리스마스 휴가기간 동안 파니가 기숙사에 머물며 공부를 할 수 있도록 허락해준 사실이 떠올랐다.

"교장 선생님!"

나는 프란시스와 재빨리 눈길을 교환한다. 파니는 빙카와 같은 기숙사에 있는 아이다. 나는 그 아이가 입을 열기 전에 이미 무슨 말을 할지 예상할 수 있을 것 같다.

빙카가 죽었어요.

"프란시스, 이제 시나리오를 짜봐야 소용없을 것 같아요. 한시바삐 경찰을 불러 모든 사실을 털어놔야겠어요."

내가 말한다.

파니가 내 집무실 문을 열고 들어와 내 품 안으로 달려든다. 그 순간까지만 해도 나는 하느님이 문제를 감쪽같이 해결할 천사를 보내주었다는 사실을 알지 못한다.

"빙카가 죽었어요. 아니, 제가 빙카를 죽였어요!"

15. 학교에서 가장 예쁜 아이

그들로부터 너 자신을 방어하는 가장 효과적인 방법은 어떻게 해서든 그들을 닮지 않는 것이다.
_마르쿠스 아우렐리우스

1

내가 풍톤병원 응급센터에서 나온 시간은 새벽 2시였다. 소독제와 청소용 세제가 결합된 병원 냄새를 맡다보면 죽음이 그리 멀리 있지 않다는 생각이 절로 들곤 했다.

막심은 10미터 아래의 도로로 추락했다. 산비탈의 경사면에서 자라는 나무들이 충격을 완화시켜주긴 했으나 척추, 골반, 다리, 옆구리 등에 다발성 골절상을 입었다.

나는 올리비에를 태우고 구급차를 뒤따라 달렸고, 병원에 도착해 잠깐이나마 응급실로 옮겨지는 막심을 보았다. 온몸이 피투성이였고, 목에는 경부 코르셋을 착용하고 있었고, 온몸을 침상에 단단하게 고정시켜놓은 모습이었다. 여러 개의 수액에 가려져 얼굴은 잘 보이지 않았다. 현장을 목도하고도 막심을 보호하기 위해 아무런 조처도 취하지 못한 내 자신에 대해 자괴감이 일었다.

의사들은 막심이 몹시 위중한 상태라고 진단했다. 혈압이 심하게 떨어져 병원에서 노르아드레날린을 주입했지만 미세하게 올랐을 뿐이었다. 막심은 두개골 외상, 뇌좌상, 뇌혈종이 겹친 상태였다. 검사 결과가 나와야 상처 부위에 대한 좀 더 구체적인 진단이 가능한 상황이었다. 의료진은 앞으로 72시간이 막심의 생사 여부를 가를 중요한 시간이라고 설명했다. 의사들이 이야기하는 태도로 미루어보아 막심의 목숨이 경각에 달려 있다는 걸 알 수 있었다.

올리비에는 자기가 병원에 남아 있을 테니 나에게 돌아가서 쉬는 게 좋겠다고 권유했다.

"혼자 조용히 있고 싶어요."

나는 그의 권유를 받아들이기로 했다. 막심은 의식이 돌아오지 않고 있는 상태인데다 몸이 성한 데가 없는 중환자라 내가 남아 있어 봐야 그다지 도움 될 일이 없었다.

나는 억수처럼 쏟아지는 비를 맞으며 병원 주차장을 가로질렀다. 불과 몇 시간 사이에 날씨는 완전히 달라졌다. 미스트랄 바람은 잦아든 반면 하늘은 먹구름을 잔뜩 머금고 바닥 가까이 내려앉아 있었다. 강한 빗줄기와 함께 하늘에서 천둥소리가 들려왔다.

나는 차에 오르자마자 휴대폰을 살펴봤지만 아버지가 보낸 메시지나 부재중 전화는 없었다. 나는 엄마 아버지에게 각각 한 번씩 전화를 걸어보았으나 둘 다 받지 않았다. 아버지가 엄마를 찾아내 마음을 푹 놓고 있기 때문에 전화를 안 받을 수도 있었지만 아무래도 이상했다.

나는 시동을 걸고 나서도 한참 동안 주차장에서 머물렀다. 몸이 으슬으슬 춥고 두 눈이 절로 감겼다. 목 안이 바짝바짝 타고 머릿속은 어젯

밤 마신 술기운이 남아 있어 묵직했다.

뉴욕에서 오는 비행기 안에서도 전혀 잠을 자지 못했고, 코트다쥐르에 와서도 쉴 새 없이 돌아치며 여러 사람을 만났다. 피로감과 스트레스가 결합된 탓인지 온몸이 기진맥진했다.

자네를 급히 만나야겠어. 내가 중요한 사실을 알아냈어.

막심이 나를 만나자며 했던 말이 귓전에서 맴돌았다. 그가 나에게 해주려던 말은 도대체 무엇이었을까? 그가 알아낸 중요한 사실이란 도대체 뭘까?

머릿속으로 생각을 집중해보려고 애썼지만 어찌나 머리가 무겁던지 모이기도 전에 뿔뿔이 흩어져갔다.

아직 조사를 미처 끝내지도 않았는데 나는 벌써 빙카 사건의 전말을 알아내는 게 얼마나 어려운 일인지 실감했다.

알렉시, 빙카, 프란시스, 막심은 하나같이 동일한 사건과 관련된 희생자라고 해도 무방했다.

나는 지긋지긋하게 이어져온 25년 전 비극의 사슬을 끊어버리고 싶었지만 여전히 방법을 찾지 못하고 헤매고 있었다.

이제부터 어떻게 해야 하지?

차 안에 배어 있는 엄마의 향기가 나를 다시 어린 시절의 한때로 이끌어갔다. 엄마가 예전부터 즐겨 사용해오던 향수 냄새였다. 신비스러운 느낌을 자아내는 향으로 프로방스 지방에 흔히 맡을 수 있는 라벤더 향, 오렌지 향, 로즈마리 향보다 훨씬 오래 지속되는 냄새였다.

내 머릿속은 결국 엄마에게로 고정되었다.

나는 갑자기 궁금증이 발동해 차의 실내등을 켰다.

이런 차는 가격이 얼마나 되지? 15만 유로쯤 되려나? 엄마는 어디에서 돈이 나와 이런 고급차를 장만했을까?

내 부모는 비교적 넉넉한 연금을 받고 있었고, 코트다쥐르의 부동산 시세가 그리 비싸지 않았던 1970년대 말에 구입한 저택도 있었지만 메르세데스 로드스터는 어쩐지 엄마의 스타일과 맞지 않는다는 생각이 들었다. 갑자기 머릿속에서 전구가 반짝거렸다.

엄마가 차를 바꿔 타고 나간 게 과연 우연이었을까?

엄마의 철두철미한 성격으로 미루어볼 때 절대로 우연일 리 없었다. 아무리 생각해봐도 의도적인 행위가 분명했다. 엄마는 아무리 사소한 일이라도 꼼꼼하게 따져보고 실행에 옮기는 편이었고, 좀처럼 즉흥적으로 결정하는 일이 없었다. 나는 오후에 있었던 일을 돌이켜 생각해보았다. 엄마는 막심의 차가 바로 뒤에 주차되어있어 어쩔 수 없이 미니 쿠페를 끌고 나가야겠다고 했다. 막심이 차를 빼주겠다고 했지만 마다했다. 엄마는 메르세데스에 차 키를 미리 꽂아두기까지 했다.

그 정도면 만반의 준비를 다 해둔 셈이었다. 내가 엄마의 차를 이용하도록 사전에 치밀한 포석을 깔아둔 게 분명했다.

엄마는 왜 그래야 했을까?

나는 차 열쇠가 매달린 열쇠고리를 살펴보았다. 차 열쇠 말고도 두 개의 열쇠가 더 달려 있었다. 집 열쇠는 익히 봐왔지만 검정색 고무가 씌워진 또 다른 열쇠는 처음 보았다. 세 개의 열쇠가 호사스러운 열쇠고리에 달려 있었다. 열쇠고리에는 광택 나는 금속으로 만든 두 개의 이니셜이 씌혀 있었다. A와 P가 서로를 얼싸안고 있는 것 같은 형상이었다.

A가 안나벨의 A라면 P는 누굴까?

나는 GPS를 켜고 저장되어있는 주소 목록을 살펴봤지만 이상한 점은 발견되지 않았다. 주소 목록의 가장 위쪽에 나온 주소를 클릭했다. 엄마가 '집'으로 표시해둔 주소였다. 지금 있는 퐁톤병원과 부모의 집이 있는 콩스탕스 언덕은 불과 2킬로미터 남짓 떨어진 거리인데 GPS가 알려준 그 주소는 무려 20킬로미터나 떨어진 곳이었다. 가는 길도 해안을 따라 니스 방향으로 가는 복잡한 경로를 추천해주고 있었다.

나는 핸드브레이크를 내리고 주차장을 빠져나왔다. 엄마가 분명 집이라고 표시해둔 주소지가 과연 어디인지 몹시 궁금했다.

2

한밤중이고, 비가 억수처럼 퍼부어댔지만 교통 흐름은 더할 나위 없이 원활했다. 나는 20분도 안 되어 GPS가 안내해주는 길을 따라 목적지에 도착했다. 카뉴 쉬르 메르와 생폴드방스 사이에 위치한 '오렐리아 파크'가 GPS에 저장된 엄마의 집 주소였다. 프란시스 아저씨가 살해된 바로 그 집이었다.

나는 일단 건물 입구의 육중한 철제문으로부터 30미터쯤 떨어진 곳에 차를 세웠다. 지난해 몰아친 강도들의 빈집 털이 광풍 탓인지 완전 무장을 한 경비원이 경비실 앞에 버티고 서 있었다.

마세라티 한 대가 나를 지나쳐 철제문 앞으로 달려갔다. 출입구가 두

개로 방문객은 왼쪽으로 진입해야 하는 반면 입주자들은 오른쪽 입구를 통과하게 되어 있었다. 입주자들의 경우 센서가 번호판을 읽으면 자동으로 문이 열렸고, 방문자들은 일단 차를 멈춰 세우고 경비원에게 방문 목적을 알려주어야 하는 방식이었다.

나는 잠시 차를 세워두고 궁리를 거듭했다. A와 P는 프란시스 아저씨가 부동산 개발업자의 한 사람으로 참여해 건축한 오렐리아 파크의 이니셜인 셈이었다. 그때 갑자기 머릿속에서 잊고 있었던 한 가지 기억이 떠올랐다. 오렐리아는 엄마의 두 번째 이름이었다. 엄마는 현재 사용하는 안나벨보다 오렐리아라는 이름을 더 좋아했다. 머릿속에서 다른 한 가지 의문에 대한 대답도 확실해졌다. 엄마에게 메르세데스 로드스터를 선물한 사람은 프란시스 아저씨일 거라는 확신이 들었다.

엄마와 프란시스 아저씨는 연인 관계였을까? 지금껏 나는 한 번도 두 분이 연인이라는 상상을 해본 적이 없었지만 전혀 허무맹랑해 보이지는 않았다. 나는 방향지시등을 켜고 입주자용 차선으로 들어섰다. 비가 많이 내리고 있는 만큼 경비원이 내 얼굴을 확인하기 쉽지 않아 보일 거라는 계산이 섰다. 센서가 메르세데스의 번호판을 읽은 듯 철제문이 부드럽게 열렸다. 입주민도 아닌데 엄마 차의 번호판이 등록되어 있다는 건 적어도 자주 이 주택단지를 출입했다는 반증이었다.

나는 소나무와 올리브나무들이 자라는 숲길을 따라 차를 몰았다. 오렐리아 파크는 1980년대 말에 들어선 주택단지로 이국적인 식물들로 꾸며놓은 지중해식 조경이 유명했다. 단지 안을 가로지르는 인공 개천도 많은 화제를 낳았다.

오렐리아 파크는 삼십여 채의 집으로 이루어진 주택단지였다. 나는 《누벨 옵세르바퇴르》의 앙젤리크 기자가 쓴 기사에서 프란시스 아저씨의 집이 27호로 나와 있었다는 걸 기억해냈다. 27호는 주택단지에서 가장 높은 지점에 있었고, 나무들이 울창한 숲 가운데였다. 어둠 속에서도 야자나무들과 꽃을 피운 목련나무가 눈에 들어왔다.

나는 편백나무 울타리를 굽어보는 철제문 앞에 차를 세웠다. 차에서 내려 철제문 앞으로 다가가자 자물쇠가 풀리는 소리가 나면서 문이 저절로 열렸다. 주머니에 들어 있는 열쇠가 출입문을 자동으로 여닫게 해주는 스마트키라는 걸 알 수 있었다.

나는 자갈이 깔린 길로 들어서다가 어디선가 갑자기 들려온 물소리에 깜짝 놀랐다. 그리 먼 곳이 아니라 분명 아주 가까이에서 들려오는 소리였다. 나는 집 밖에 설치되어있는 스위치를 눌렀다. 정원과 여러 개의 테라스에 동시에 불이 들어오며 주변이 환해졌다. 집을 한 바퀴 돌아보고 나서야 물소리가 어디서 나는지 알게 되었다. 저명한 건축가 프랭크 로이드 라이트가 지은 폭포 위의 집처럼 인조 개천 위에 집이 있었다. 프로방스나 지중해식 집이라기보다는 미국식에 가까웠다. 전체가 3층으로 이루어진 집으로 통유리와 밝은 빛깔 석재, 철근 콘크리트를 적절하게 사용해 지은 집으로 매우 특색 있는데다 주변 경관과 환상적인 조화를 이루는 집이었다.

문 가까이 다가가자 디지털 잠금장치가 저절로 열렸다. 벽면에 달려 있는 경보장치가 작동해 요란한 소리가 울려 퍼질까봐 내심 조마조마했는데 다행히 조용했다. 조명이 켜지자 시선을 압도할 만큼 우아한 집

안 모습이 눈에 들어왔다.

　맨 아래층에는 거실과 식당, 개방형 주방이 있었다. 일본 건축에서 흔히 보듯 탁 트인 하나의 공간을 목재 패널을 사용해 분리해놓은 구조였다.

　나는 천천히 걸으며 집 안을 둘러보았다. 프란시스 아저씨의 집이 이토록 우아할 줄은 미처 상상하지 못했다. 가구들도 하나같이 세련되고 격조가 있었다. 흰 석재로 만든 대형 벽난로, 밝은 빛깔 참나무 대들보, 모서리를 둥글게 다듬어놓은 호두나무 가구들이 은은한 분위기를 자아냈다.

　칵테일 제조용 홈 바에 반쯤 마시다가 만 코로나 맥주병이 놓여 있는 것으로 보아 나보다 앞서 누군가가 다녀간 듯했다. 맥주병 옆에는 담배 한 갑과 일본 판화로 표면을 장식한 라이터가 놓여 있었다. 어디선가 본 적이 있다는 느낌이 들어 기억을 더듬어본 결과 막심이 가지고 다니던 지포라이터였다.

　막심이 내 부모 집에 들렀다가 이 집에 다녀간 거야. 담뱃갑과 라이터를 놔두고 간 걸 보면 몹시 급한 일이 있었나봐.

　나는 통유리 창 앞으로 걸어가면서 이 집에서 프란시스 아저씨가 살해당했다는 사실을 떠올렸다. 그는 벽난로 옆에서 끔찍한 고문을 당했고, 살인자들은 그가 잠시 의식을 잃자 죽은 줄 알고 서둘러 집을 빠져나갔을 공산이 컸다. 잠시 의식이 돌아온 그는 안간힘을 다해 마룻바닥을 기어가 인조 개천이 내려다보이는 통유리 창 앞에 다다랐다. 그는 바로 그 지점에서 엄마에게 전화를 걸었고, 통화가 이루어졌는지의 여부는 아직 불분명했다.

3

이 집 구석구석에서 엄마의 자취가 묻어났다. 나는 이 집의 모든 가구와 가재도구에서 엄마의 흔적을 느낄 수 있었다. 어쩌면 엄마는 콩스탕스에 있는 집보다 여기서 더 많은 시간을 보냈을 수도 있었다. 삐걱거리는 소리에 놀라 몸을 돌린 나는 이내 엄마와 시선이 마주쳤다.

반대편 벽면에 엄마의 사진이 걸려 있었다. 나는 서가와 소파가 놓인 서재로 이동했다. 서재 벽면에도 사진들이 여러 장 걸려 있었다. 그 사진들을 보면서 나는 프란시스 아저씨와 엄마가 얼마나 여러 해 동안 주변 사람들을 감쪽같이 속이고 이중생활을 해왔는지 목도했다. 그 사진들은 마치 두 사람이 공동으로 집필한 회고록이나 다름없었다. 심지어 두 사람은 몰래 세계여행을 다녀온 적도 있었다. 두 사람은 아프리카 사막, 눈 덮인 비엔나, 리스본의 전철, 아이슬란드의 굴포스 폭포, 토스카나 지방의 편백나무 숲, 스코틀랜드의 에일린도난 성, 세계무역센터가 무너지기 전의 뉴욕에 발자취를 남겼다.

세계적으로 유명한 장소들보다도 두 사람의 얼굴에 어려 있는 미소와 행복감이 소름이 끼칠 만큼 충격적이었다. 엄마와 프란시스 아저씨는 수십 년 동안 아무도 몰래 사랑 이야기를 써내려온 셈이었다.

어떻게 주변 사람들로부터 전혀 의심받지 않고 관계를 지속해올 수 있었을까? 두 사람은 왜 단 한 번도 사람들 앞에서 서로 사랑하는 사이라는 사실을 공식적으로 밝히지 않았을까?

나는 어렴풋이나마 그 이유를 짐작할 수 있었다. 공식 석상에서 본 모습만으로는 그들을 정확하게 알고 있다고 할 수 없었다. 그들은 공통적으로 매우 독특한 기질을 가진 사람들이었다. 프란시스 아저씨는 겉으로 보기에는 매우 투박해 보였지만 매우 섬세한 내면을 가진 사람이었다. 엄마는 냉정하고 강인한 겉모습과는 달리 부드럽고 자애로운 면이 있는 사람이었다. 물론 나는 어린 시절 이후 엄마의 자애로운 모습을 자주 보지는 못했지만 내 기억 속에는 또렷이 남아 있었다.

두 사람은 세상 사람들의 눈을 따돌리고 이 집에서 만나 서로에게서 어떤 위안을 얻었을까?

개성이 유난히 강한 그들의 성격은 사실 타고난 부분도 있지만 불우한 성장기를 거치면서 형성되었을 가능성이 컸다. 엄마는 얄궂은 출생의 비밀 탓에 '오스트리아 여자'라는 손가락질을 받으며 자랐다. 손가락질하는 아이들 앞에서 동요하는 기색을 숨기기 위해 감정을 제어하다 보니 무표정이 습관처럼 굳어졌을 수도 있었다.

프란시스 아저씨 역시 가난한 성장기를 보냈고, 어린 시절에 학교 대신 공사 현장에 뛰어들었다. 석재 사업에 뛰어들어 성공하기 전까지 토목 공사장을 전전하며 수많은 고생을 했다.

두 사람은 공통적으로 타인은 적이고, 세상은 지옥인 성장기를 보냈다. 그들의 성장기는 지옥에서 벗어나기 위한 지난한 투쟁의 과정이었다. 그들은 적들이 우글거리는 지옥에서 해방되기 위해 고독하게 싸워 왔다. 그들은 사회적 관습을 경멸하는 미녀와 야수였고, 굳이 남들처럼 결혼이라는 사회제도를 받아들일 필요성을 느끼지 못했을 수도 있었다.

나는 어느새 울고 있었다. 엄마가 웃고 있는 사진들을 보다가 내가 어린 시절에 알았던 사람, 간혹 내 앞에서는 냉랭한 가면을 벗어던지고 자애로운 모습을 보였던 바로 그 시절의 엄마를 만났기 때문이었다. 내 기억은 분명 틀리지 않았다. 내 기억은 애써 날조하거나 꿈에서 보았던 이야기가 아니었다. 분명 지금과는 다른 엄마의 모습이 존재했었고, 그 증거가 내 눈앞에 있었다.

나는 연신 흘러내리는 눈물을 닦았지만 미처 닦아낼 사이도 없이 연이어 흘러내렸다. 나는 두 사람의 이중생활, 그들만이 간직했던 특별한 사랑 이야기를 비로소 알게 되었다. 나는 그들이 은밀한 사랑을 할 수밖에 없었던 이유를 조금은 이해할 수 있을 듯했다. 그들은 살아남기 위한 사랑, 세상의 관습과 제도를 배제하고 정수만 취한 사랑을 했다. 엄마와 프란시스 아저씨는 사랑을 지난한 어려움과 부딪쳐 싸우면서 지켜낸 반면, 나는 그저 꿈을 꾸거나 책에서 본 사랑으로 대리 만족하며 살아왔다.

벽에 걸린 사진 한 장이 유독 나의 시선을 잡아끌었다. 너무 오래되어 오징어먹물 빛깔이 되어버린 학급 단체 사진이었다. 사진 아래쪽에 펜으로 휘갈겨 쓴 '1954년 10월 12일 몬탈디치오'라는 글자가 보였다. 긴 의자에 세 줄로 나눠 앉은 열 살 안팎의 어린아이들이 카메라렌즈를 응시하고 있었다. 모두들 검은머리 일색인데 딱 한 명의 여자아이만이 예외였다. 금발머리에 밝은 빛깔 눈을 가진 그 아이는 왠지 옆자리 아이와 간격이 벌어져 있었다. 모두들 카메라렌즈를 응시하고 있는데 얼굴이 통통하고 표정이 어두운 남자아이 혼자만 엉뚱한 곳을 바라보고 있었다. 카메라 기사가 셔터를 누르는 순간 그 아이는 고개를 돌려 금발의 여자아이를 뚫어지게 바라보고 있었다. 그 여자아이가 도드라지게 예쁘긴 했다.

엄마와 프란시스 아저씨의 사랑 이야기는 이미 그때부터 예정되어 있었던 셈이다. 그들이 아직 열 살에 불과했던 시절, 이탈리아의 그 작은 마을 학교에서 두 사람의 사랑은 이미 시작되고 있었다.

4

나는 가공하지 않은 원목을 그대로 사용해 만든 계단을 타고 2층으로 올라갔다. 넓은 스위트룸과 부속실, 드레스 룸, 터키식 욕실로 꾸며놓은 공간이었다. 일 층에 비해 통유리를 사용한 면적이 훨씬 넓어 안과 밖의 경계가 거의 느껴지지 않았다.

통유리로 밖을 내다보면 지척의 숲이 보이고, 개천에서 물이 흐르는 소리가 들려왔다. 테라스는 수영장으로 이어졌고, 등나무 덩굴과 미모사, 벚나무가 자라는 정원과도 맞닿아 있었다.

나는 회전문을 밀고 스위트룸으로 들어갔다. 역시 벽에 붙여둔 여러 장의 사진이 눈에 띄었다. 내가 한 살씩 나이를 더할 때마다 찍은 사진들이었다. 조사를 진행할수록 점점 더 뚜렷해지던 그 느낌의 정체를 이제야 알 수 있을 듯했다. 빙카 사건에 대한 조사는 나에 대한 조사이기도 하다는 느낌이 점점 더 분명해지고 있었다.

'잔다르크 산부인과, 1974년 10월 8일, T의 출생'이라는 설명이 붙은 흑백사진이 내 시선을 끌었다. 프란시스 아저씨가 카메라를 들고 방금 출산한 아기를 안고 있는 엄마를 얼싸안고 있는 사진이었다. 그 아기가 바로 나였다.

경악할 수밖에 없는 진실 앞에서 나는 문득 감정의 격랑에 휩싸였다. 나는 거듭되는 충격에 기진맥진한 상태가 되었다. 이제 모든 사실을 분명하게 알 수 있었다. 모든 사실이 명백해지는 동시에 제자리를 찾아가는 중이었다. 나는 잔인한 고통 속에서 고집스럽게 문제의 사진을 바라보았다. 프란시스 아저씨를 뚫어지게 바라보자니 마치 거울 속의 나를 들여다보고 있는 느낌이 들었다.

그 수많은 세월을 거쳐오는 동안 나는 왜 이토록 자명한 사실을 보지 못했을까?

나는 이제야 비로소 의문을 가질 수밖에 없었던 지난 일들을 모두 이해할 수 있었다. 내 아버지 리샤르로부터 왜 단 한 번도 애정을 느끼지 못했는지, 왜 막심을 형제처럼 가깝게 여겼는지, 프란시스 아저씨가 사람들로부터 비난을 받을 때마다 왜 본능적으로 방어에 나섰는지 납득이 되었다.

나는 침대 가장자리에 걸터앉아 주체할 수 없이 눈물을 흘렸다. 내가 프란시스 아저씨의 아들이라는 사실을 알고 나자 왠지 무거운 짐을 덜어낸 듯했다. 이제 더는 그와 이야기를 나눌 수 없게 되었다는 사실을 깨닫고 나자 후회가 밀려왔다.

아직 뇌리를 떠나지 않는 한 가지 의문이 있었다.

아버지는 엄마의 이중생활과 내가 프란시스 아저씨의 아들이라는 사실을 알고 있었을까? 어쩌면 오랜 세월 동안 진실을 알면서도 애써 외면해온 건 아닐까? 아버지는 자신의 거듭되는 여성 편력을 눈감아주는 엄마의 속내가 뭔지 알고 있었을까?

나는 산부인과에서 찍은 사진이 담긴 액자를 벽에서 떼어냈다. 나의 태생을 증명해주는 그 사진이 필요했다. 액자를 떼어내자 벽에 설치되어있는 작은 금고가 드러났다. 금고의 디지털 잠금장치를 열려면 여섯 자리로 된 비밀번호가 필요했다.

혹시 내 생일은 아니겠지?

나는 밑져야 본전이라는 생각으로 내 생일을 입력했다.

놀랍게도 금고의 잠금장치가 열렸다. 금고 안으로 손을 집어넣자 권총 한 자루가 잡혔다. 프란시스가 침입자들로부터 공격을 받았을 때 미처 사용하지 못했다던 그 권총이 분명했다. 작은 가방에 38구경실탄 다섯 발이 들어 있었다. 나는 지금껏 단 한 번도 권총을 소지하고 싶었던 적이 없었다. 생각만으로도 왠지 거부감이 일었다. 다만 소설을 쓸 때 간혹 필요한 적이 있어 인터넷을 뒤져 권총의 종류와 제원을 검색해본 적이 있었다.

나는 권총을 손에 들고 무게를 가늠해보았다. 총신이 작고 무거운 것으로 보아 스미스 앤 웨슨36 리볼버와 유사해 보였다.

사진 액자 뒤에 총을 숨겨둔 이유는 뭘까? 사랑과 행복은 그 어떤 수단을 쓰더라도 반드시 지켜내야 한다는 의미일까? 사랑과 행복은 피와 눈물의 대가로 얻어진다는 뜻일까?

나는 실탄 다섯 발을 채워 넣은 권총을 허리춤에 찼다. 권총을 사용해본 적이 없어 작동법을 알지 못했으나 도처에 위험이 도사리고 있는 만큼 몸에 지니고 다닐 필요가 있었기 때문이다. 누군가가 빙카의 죽음과 관련된 사람들을 모조리 제거하려고 혈안이 되어 있는 게 분명했다. 모르긴 해도 내가 다음번 타깃일 가능성이 컸다.

내가 계단 아래로 내려서려는 순간 휴대폰 벨이 울렸다. 나는 받을지 말지 잠시 망설였다. 새벽 3시에 발신자 표시 없이 걸려오는 전화는 좋은 소식일 리 없었으니까. 한참 동안 망설이다가 결국 나는 전화를 받았다.

앙티브경찰서의 드브린 서장이었다.

"당신의 모친이 시체로 발견되었는데, 부친이 범인을 자처하고 있어요."

안나벨

앙티브
2017년 5월 13일 토요일

나는 안나벨 드갈레. 1940년대 말 이탈리아 피에몬테 지방의 작은 마을에서 태어났다. 앞으로 이어질 몇 분 동안이 아마도 내 생의 마지막 순간이 될 공산이 컸다.

지난 12월 25일, 프란시스가 한밤중에 숨을 거두기 직전 나에게 전화했다.

"토마와 막심을 보호해야 해."

그날 밤, 나는 비로소 과거의 망령이 귀환한 사실을 알아차렸다. 그 후, 신문 기사를 통해 프란시스가 마지막 순간까지 치러야 했던 끔찍한 고문에 대해 알게 되었다. 나는 신문을 읽어가다가 문득 우리들이 오래도록 숨겨온 해묵은 이야기가 처음 시작될 당시처럼 피와 공포 속에서 끝나게 되리라 예감했다.

25년 동안 우리는 용케 어두운 과거를 멀찍이 떼어놓는 데 성공했다.

우리는 자식들을 보호하기 위해 아무런 흔적을 남기지 않으려고 애썼고, 비밀이 새어나갈 수 있는 문을 빈틈없이 틀어막았다. 우리의 경계심은 제2의 천성이 되다시피 했다. 시간이 흐르면서 병적이라 치부할 수 있을 만큼 철저했던 우리의 경계심도 차츰 풀어졌다. 어떤 날에는 여러 해 동안 우리를 괴롭혀왔던 불안한 그림자가 종적도 없이 사라진 듯해 얼마간 마음을 놓기도 했다. 끝까지 팽팽한 경계심을 유지하지 못한 게 내 실수였다.

프란시스가 죽었을 때 마치 심장이 갈가리 찢기는 듯했다. 나도 곧 프란시스처럼 종말을 맞게 되리라는 예감이 들었다. 심근경색으로 쓰러져 병원에 실려갔을 때 차라리 모든 걸 내려놓고 프란시스에게로 가고 싶었지만 아직 할 일이 남아 있다는 생각이 나를 다시 삶으로 이끌었다. 나는 토마를 위해 아직 죽어서는 안 된다고 생각했다. 이미 프란시스를 빼앗겼지만 토마마저 잃을 수는 없었다. 내 아들이 위기를 맞이하기 전에 선제적으로 위험 요소를 제거하는 게 나에게 부여된 마지막 과제였고, 프란시스를 죽음에 이르게 한 자들에게 응분의 대가를 치르게 하는 일이었다.

나는 병원에서 퇴원한 이후 다시는 떠올리기 싫은 과거의 이야기 속으로 풍덩 뛰어들었다. 도대체 누가 그토록 오랜 시간이 지난 일에 대해 복수를 단행하고 있는지 알아내기 위해 조사를 시작했다.

25년 전 망령을 되살리려 하는 자는 과연 누구일까?

나는 이제 젊지 않았지만 여전히 정신은 맑았다. 내 머리를 어지럽히는 질문에 대한 해답을 찾아내기 위해 나의 모든 시간을 바쳤건만 아직 아무런 실마리도 찾지 못했다. 내가 알고 있는 사건 관련자들은 이미 대부분 죽거나 늙었다.

그렇다면 복수를 꿈꾸는 자는 누구인가? 이제 겨우 찾기 시작한 평온한 일상을 망가뜨리겠다고 위협하는 자는 누구인가?

빙카가 어떤 비밀을 안고 떠났는지 전혀 알 수 없다는 게 나의 아킬레스건이었다. 나는 아직 적이 누군지 파악조차 못 했다. 25년 전 망령이 다시 수면 위로 부상했고, 잔혹한 죽음의 피를 뿌리고 있었다.

나는 눈에 불을 켜고 보이지 않는 적을 찾아내기 위해 사력을 다했다. 빙카가 남긴 과거 흔적을 조사해봤지만 아무런 성과를 거두지 못했다. 방금 전 토마가 지하실에서 25년 전에 쓰던 학창 시절의 물건들을 주방 테이블에 늘어놓았고, 갑자기 뒤통수를 세게 얻어맞은 느낌이 들었다. 그동안 나는 너무나 자명한 사실을 미처 깨닫지 못했던 게 너무나 억울하고 분해 눈물이 날 지경이었다. 아주 오래전부터 바로 눈앞에 진실이 있었다. 아무도 제대로 살피지 못하고 넘어간 디테일에 판을 뒤엎을 수 있을 만큼 어마어마한 위력이 숨어 있을 줄은 미처 몰랐다.

✝

나는 아직 해가 중천에 걸린 환한 대낮에 앙티브 곶에 도착해 베이컨 대로변에 있는 하얀 건물 앞에 차를 세운다. 대로변을 지나치면서 보면 집의 크기나 면적을 제대로 알 수 없다. 인터폰을 누르자 울타리를 전지 중이던 정원사가 내가 만나러온 사람은 티르 푸알 오솔길로 개들을 데리고 산책을 나갔다고 알려준다.

　나는 다시 차를 몰고 몇 킬로미터 정도를 더 달려 켈레르 해변의 작은 주차장에 다다른다. 가루프 길과 앙드레 셀라로가 교차하는 지점에 위치한 주차장으로 주변에 인적이라고는 보이지 않는다. 나는 차 트렁크에서 사냥총을 꺼내 들고 용기를 내기 위해 일요일 아침이면 양아버지와 함께 숲으로 사냥을 나갔던 기억을 떠올린다. 양아버지와 함께 사냥을 나서는 건 언제나 신나는 일이다. 우리는 둘 다 말수가 적은 편이었지만 굳이 말을 하지 않아도 뭐든지 잘 통한다. 아일랜드산 세터인 부치도 우리와 함께한다. 자고새, 멧도요, 산토끼들이 우리가 노리는 사냥감이다. 부치는 우리가 총을 쏘기 전 사냥감을 꼼짝 못 하게 노려보며 겁을 주는 임무를 충실히 수행해내는 최고의 조력자다.

　나는 호두나무로 만든 개머리판을 쓰다듬고 나서 총신에 새겨진 섬세한 무늬를 힐끔 쳐다본다. 비로소 탄창을 열고 실탄 두 발을 장전하고 지척에서 파도가 출렁이는 좁은 오솔길로 들어선다.

　50미터쯤 가자 방책이 나오면서 앞길을 가로막는다.

　위험! 접근금지!

　지난 수요일에 몰아닥친 풍랑으로 낙반 사고가 있었던 지점이라 지방정부에서 방책을 만들고 경고판을 세워두었다. 나는 바위 위로 올라 장애물을 우회한다. 바닷바람을 쐬면 언제나 기분이 좋다. 알프스산맥이 한눈에 들어오는 곳이라 내가 어디에서 왔는지 상기시켜주기에 더욱 마음에 든다. 가파른 해안 길을 우회하자 키가 크고 날씬한 그가 눈에 들어온다. 그가 바로 프란시스를 죽인 살인자다. 그를 에워싸고 있던 덩치 큰 개 세 마리가 무리 지어 내가 있는 쪽으로 다가온다.

나는 사냥총의 개머리판을 어깨에 밀착시키고 가늠좌를 통해 그를 조준한다. 타깃이 서서히 내 앞으로 다가오다가 사정거리 안으로 들어온다. 나에게 두 번의 기회는 주어지지 않을 것이다. 방아쇠를 당기자 총성이 울려 퍼진다. 총알은 빗나갔고, 개들이 나에게 득달같이 달려든다.

숨이 끊어지기 직전 이탈리아의 작은 마을 몬탈디치오가 눈앞으로 다가선다. 아이들의 입에서 욕설이 쏟아지며 구타가 이어진다. 피가 나도록 맞아도 나는 꼿꼿이 서서 아이들을 노려본다. 그가 달려와 아이들을 패주고 나를 구해준다. 그는 다른 사람과는 다른 남자이고, 오래도록 나만 바라보며 살았다.

세 살배기 토마의 사랑스러운 미소도 떠오른다. 토마는 다른 사람들과는 다른 남자와 내가 이룬 오랜 사랑의 결실이다. 그와 토마는 내게 모든 것이다.

16. 밤은 항상 너를 기다린다

밤은 항상 너를 기다린다는 사실을 믿기 시작하라.
_르네 샤르

1

폭풍우가 몰아치는 밤이면 앙티브의 도로는 솜씨가 서툰 화가가 끈적거릴 정도로 두껍게 밑칠을 해놓은 캔버스처럼 되었다. 새벽 4시, 나는 비를 맞으며 프레르 올리비에로에 위치한 경찰서 앞을 어슬렁거렸다. 트렌치코트를 걸쳤지만 머리가 다 젖는 바람에 빗물이 셔츠 깃 사이로 스며들었다. 나는 휴대폰을 귀에 대고 니스의 뒤퐁 변호사에게 제발 아버지가 풀려날 수 있도록 도와달라고 부탁했다.

연이어 터지는 재앙이 숨을 막히게 했다. 한 시간 전, 오렐리아 파크를 나선 나는 최대한도로 빨리 차를 몰다가 속도위반으로 헌병들에게 붙잡혔다. 아무리 고속도로라고는 하지만 시속 180킬로미터로 달렸으니 잡힐 만도 했다. 헌병들은 음주측정기를 가져와 입에 대고 불어보게 했고, 나는 행사장에서 마신 칵테일과 보드카 탓에 즉석에서 면허정지 처분을 받았다.

더 이상 차를 운행할 수 없어 생각 끝에 스테판에게 도움을 청하게 됐다. 엄마의 사망 소식을 이미 알고 있었던 그는 곧 갈 테니 꼼짝 말고 기다리라며 나를 안심시켰다. 그가 운전하고 온 다시아 SUV 뒷좌석에서는 에르네스토가 세상모르고 잠들어 있었다. 차 안에서 진저브레드 냄새가 나는 걸 보면 최근에 세차장 근처에도 가보지 않은 게 분명했다.

스테판은 경찰서를 향해 달려가면서 내게 엄마가 사망한 사건에 대해 자세히 이야기해주었다. 이미 드브린 서장으로부터 간략하게 이야기를 들었지만 스테판의 설명을 듣는 동안 머릿속에서 엄마의 끔찍했던 죽음의 순간이 좀 더 자세히 그려졌다.

"안나벨 교장 선생님의 사체는 앙티브 곶 해안을 따라 난 바위투성이 오솔길에서 발견되었어. 총성을 들은 인근 주민들이 경찰서에 신고했고, 긴급히 출동한 경찰이 안나벨 교장 선생님의 죽음을 확인했다고 하더군. 자네에게 비통한 소식을 알려주게 되어서 정말이지 유감이야."

다시아의 실내등은 계속 켜져 있었고, 스테판은 운전하는 내내 몹시 추운 듯 몸을 떨었다.

"안나벨 교장 선생님에게 이런 비극이 일어나게 될 줄은 정말 몰랐어."

따지고 보면 스테판은 내 부모와 상당히 가깝게 지낸 편이니 충격이 클 만도 했다. 나는 마치 주사라도 맞은 듯 머릿속이 몽롱했다. 피로와 슬픔, 고통이 겹쳐 마치 내 몸에서 영혼이 이탈한 느낌이 들었다.

"사고 현장에서 사냥총이 발견되긴 했지만 안나벨 교장 선생님은 총상을 입고 숨을 거둔 게 아니었어."

스테판이 보충 설명을 이어가다가 잠시 내 눈치를 살폈다. 슬픔과 충격에 잠겨 있는 내 앞에서 과연 계속 이야기를 해야 할지 말아야 할지 주저하는 듯했다.

"난 괜찮으니까 계속 말해봐."

내가 재촉하자 그가 다시 설명을 시작했다.

나는 경찰서를 나와 뒤퐁 변호사에게 사건의 진실을 납득시키기 위해 애썼다. 엄마의 얼굴은 사냥총의 개머리판으로 무참하게 짓이겨졌고, 시신을 확인한 나는 결코 아버지의 소행일 리 없다고 판단했다. 아버지는 내가 그 장소를 알려주었기 때문에 갔을 뿐이었다. 아버지가 현장 근처에 도착했을 당시에 엄마는 이미 숨을 거둔 후였다.

아버지는 엄마의 죽음을 목도하고 그대로 무너져 내렸고, 바위 위에 주저앉아 하염없이 눈물을 쏟았다. 아버지는 엄마의 시신을 바라보며 부르짖었다.

"나 때문에 이렇게 된 거야!"

아버지의 말을 곧이곧대로 해석해 용의자로 몰고 있는 경찰의 행태가 한심해 보였다.

"아버지의 말은 범행을 자백한 게 아니라 엄마를 지켜주지 못한 자책감의 발로였을 뿐이에요."

뒤퐁 변호사도 내 말에 공감을 표하며 힘껏 돕겠다고 약속했다.

뒤퐁 변호사와 통화를 마치고 나서도 한동안 비가 줄기차게 쏟아졌다. 나는 제너럴 드골 광장의 버스 정류장에서 비를 피하며 포르토프랭스와 파리로 각각 전화를 걸었다. 제롬 형과 마리 누나에게 엄마의 사망 소식을 전하기 위해서였다.

제롬 형은 심하게 충격을 받긴 했어도 애써 냉정을 유지했다. 그 반면 마리 누나는 통화하는 내내 울음을 그치지 않았다. 나는 마리 누나가 파리 17구에 있는 집에서 자고 있겠거니 생각했는데 남자 친구와 스톡홀름으로 주말여행을 떠나 있는 중이었다. 마리 누나는 먼저 매부와 작년에 이혼했다는 이야기를 꺼냈고, 나는 처음 듣는 말이었다. 나는 누나의 말이 끝나고 나서야 엄마가 유명을 달리했다는 소식을 전했다. 내가 미처 말을 마치기도 전에 누나는 울음을 터뜨렸고, 아무리 달래도 마음을 진정시키지 못했다.

통화를 마친 나는 제너럴 드골 광장 한가운데에 서서 비를 흠뻑 맞으며 한참 동안 서 있었다. 비가 억수처럼 쏟아지는 바람에 광장은 이내 물바다가 되었다. 배수관에 문제가 생긴 듯 곳곳에서 하수구 역류 현상이 빚어졌다. 아스팔트가 움푹 파인 곳도 간간이 눈에 띄었다.

여전히 조명을 밝히고 있는 분수대는 밤의 한가운데로 황금빛 물줄기를 쏘아 올렸고, 거세게 내리는 빗줄기와 합쳐지면서 뿌연 안개 기둥을 만들어냈다. 안개는 광장의 테두리, 인도의 가장자리, 바닥에 그려놓은 각종 길 안내 표시들을 모두 잠식해버렸다. 마치 안개가 내가 걸어온 길과 앞으로 가야 할 길의 좌표들을 송두리째 숨겨버린 느낌이었다.

여러 해 전부터 나의 삶을 어둡고 황폐하게 만든 그 이야기에서 내가 맡았던 역할은 과연 무엇일까?

나는 주역이었다기보다는 이리저리 끌려다닌 조역에 불과했다.

온몸에서 열이 펄펄 끓고, 머리가 바늘로 콕콕 쑤셔대는 듯 지끈거렸다. 만신창이가 된 내 몸은 자꾸만 짙은 안개 속으로 스며들고 있었다.

2

별안간 두터운 안개 속에서 구멍이 뚫리듯 헤드라이트 불빛이 가까이 다가왔다.

다시아를 몰고 돌아온 스테판이 차창을 내리며 외쳤다.

"어서 차에 타! 내가 집에까지 데려다줄 테니까."

나는 뒷좌석으로 들어가 여전히 잠들어 있는 에르네스토 옆에 앉았다.

스테판은 《니스 마탱》에서 오는 길이라고 했다.

"1판은 이미 원고 마감 시간이 지났고, 2판서부터 안나벨 교장 선생님의 별세 소식을 실을 수 있을 거야."

"경찰이 아버지를 의심하고 있는 게 못마땅해. 상식적으로 생각해보면 아버지가 범인이 아니라는 답이 나오잖아."

"내가 보기에도 자네 아버지가 범인일 가능성은 매우 희박해. 우리 신문 기사에서는 네 아버지에 대해서는 전혀 언급하지 않을 거야."

스테판이 나를 안심시켰다.

스테판은 바닷가를 끼고 퐁톤 방향으로 달리면서 초저녁에 막심이 어떻게 되었는지 알아보려고 퐁톤병원에 갔다가 마침 퇴근하는 파니를 만났다고 했다.

"파니는 반쯤 정신이 나가 보였어. 그런 모습은 처음 봐."

나의 지친 머릿속에서 경보등이 켜졌다.

"파니가 자네에게 무슨 이야기를 하던가?"

스테판은 시에스타 교차로에서 신호등에 걸려 잠시 차를 멈춰 세웠다.

"파니가 나에게 빙카 사건의 전모를 털어놨어. 파니가 빙카를 죽였고, 안나벨 교장 선생님과 프란시스가 그 일이 드러나지 않도록 자기를 도와줬다고 하더군."

나는 이제야 스테판의 표정이 왜 그리 심란했는지 이유를 알 수 있을 듯했다. 엄마의 죽음 때문에 큰 충격을 받은 데다 파니가 오랫동안 숨겨온 비밀을 알게 된 직후였으니 그로서는 마음이 착잡할 수밖에 없었다.

"파니가 자네에게 알렉시에게 무슨 일이 있었는지에 대해서도 이야기하던가?"

"그 이야기는 알지 못하는 눈치였어. 이제 알렉시와 관련된 퍼즐만 맞추면 빙카 사건은 깨끗이 마무리되는 셈인가?"

신호등이 초록색으로 바뀌었다. 국도로 접어든 다시아는 콩스탕스 쪽으로 거슬러 올라갔다. 나는 완전히 녹초가 된 상태였고, 머릿속이 계속 몽롱했다. 유난히 암울하고 슬펐던 하루였는데 앞으로도 끝나지 않고 영원히 계속될 것만 같았다. 죽음의 그림자가 나를 지옥으로 데려갈 기회를 엿보고 있는 느낌이었다.

나는 몹시 지쳐 있었던 탓에 경계심을 풀고 25년 동안 숨겨온 금기를 깨뜨렸다. 스테판이 기자이기 이전에 친구라는 사실을 믿고 싶었다. 내가 가진 모든 패를 테이블 위에 올려놓은 셈이었다. 알렉시를 살해한 이야기를 비롯해 오늘 내가 알고 있는 모든 진실들을 여과 없이 털어놓았다.

내 부모 집에 도착한 스테판은 시동을 끌 생각을 하지 않았다. 우리는 시동을 켜둔 SUV차량 안에서 30분쯤 더 이야기를 나누었다. 그는 나를 도와 오늘 이른 오후에 있었던 일들을 재구성했다. 엄마는 내가 막심과 이야기를 나누는 동안 귀를 열어두고 있었던 게 틀림없었다. 엄마도 나처럼 알렉시가 시집에 적어준 헌사와 과제물을 평가하면서 소감을 적어놓은 글씨체가 확연히 다르다는 점을 간파했을 가능성이 컸다. 나와는 달리 엄마는 다른 글씨체를 보는 순간 프란시스 아저씨를 살해한 범인이 누군지 알아차린 게 분명했다. 엄마는 사냥총을 지참하고 앙티브 곶으로 살인자를 찾아갔다. 요컨대 엄마는 실패했지만 절반은 성공을 거둔 셈이었다. 비로소 끝없이 살인을 저지르고 다니는 괴물의 가면을 벗겼으니까.

엄마는 그 대가로 목숨을 잃었다.

"많이 피곤할 텐데 이제 집에 들어가서 푹 쉬는 게 좋겠어."

스테판이 내 어깨를 툭 치며 말했다.

스테판은 평소의 그답지 않게 따뜻한 위로의 말을 해주었지만 나는 대답할 기운조차 남아 있지 않았다. 철문을 여는 리모컨이 없어 할 수 없이 타 넘으려다가 지하 차고를 통해 집 안으로 들어가는 방법이 있다는 걸 기억해냈다. 내 부모는 지하 차고 쪽 문은 늘 잠그지 않았다.

나는 불도 켜지 않고 거실로 들어서 배낭과 권총을 테이블 위에 내려놓고, 젖은 옷을 벗자마자 몽유병 환자처럼 소파를 향해 그대로 쓰러졌다. 너무나 힘든 하루였기에 소파에 놓인 모직 담요로 몸을 둘둘 말고 깊은 잠 속으로 빠져들었다.

내 생을 통틀어 최악의 하루였다. 모든 게임에서 패배한 날이었다. 오늘 아침에 코트다쥐르에 발을 내디디면서 누군가 나를 노리고 있다는 느낌을 받았다. 다만 나를 노리는 자가 얼마나 강하고 잔인하고 파괴적인지 전혀 알지 못했다.

17. 천사의 정원

아마 죽음만이 우리에게 실패로 끝난 모험의 비밀을 풀어줄 열쇠와 후편을 제공할 것이다.

_알랭 푸르니에

2017년 5월 14일 일요일

눈을 떴을 때 어느새 정오의 태양이 거실을 환하게 비추고 있었다. 간밤에 소파에 쓰러지다시피 누운 이후 오후 1시가 될 때까지 내처 잘 수 있었다는 게 신기했다. 정신없이 잔 탓에 나는 암흑 같은 현실로부터 완전히 유리된 느낌이 들었다.

잠결에 휴대폰 소리를 들었지만 받지 못했다. 휴대폰 화면에 한 건의 음성메시지가 들어와 있다는 알림신호가 떠 있다. 뒤퐁 변호사가 남긴 음성메시지로 아버지는 방금 전 석방되었고, 집으로 돌아가는 길이라고 했다.

뒤퐁 변호사에게 전화를 걸려고 하는 순간 하필이면 배터리가 바닥 났다. 배터리 충전기가 들어 있는 내 배낭이 엄마가 타고 나간 렌터카에 들어 있었기 때문에 집 안을 구석구석 뒤지며 충전기를 찾아보았지만 허사였다.

나는 결국 뒤퐁 변호사와의 통화를 포기하고 막심의 병세를 알아보기 위해 집 전화로 앙티브 대학병원에 전화했시만 남낭 의사나 긴호시와 연결이 되지 않았다.

욕실로 들어가 샤워를 하고 나서 옷장을 뒤져 아버지의 샤르베 셔츠와 라마 재킷을 주섬주섬 챙겨 입었다. 나는 창문으로 시시각각 색깔이 변하는 바다를 바라보며 커피를 연거푸 석 잔이나 마셨다. 주방 탁자 위에 내가 늘어놓았던 물건들이 그대로 놓여 있었다. 내 옛날 과제물들, 성적표, 잉크를 지우는 수정액, 츠베타이에바 시집 등이었다.

나는 시집을 집어 들고 헌사가 적힌 페이지를 펼쳤다.

빙카에게
나는 육신이 없는 영혼이고 싶어.
영원히 너의 곁을 떠나지 않기 위해.
너를 사랑하는 건 곧 내가 사는 거야.
알렉시

나는 무심코 시집을 뒤적거려보았다. 메르퀴르 드 프랑스 출판사에서 나온 책인 《나의 여자 같은 형제》는 시집이라 지레짐작했었는데 이제 보니 산문집이었다. 누군가가 주를 달아가면서 읽은 흔적이 책에 그대로 남아 있었다. 빙카 혹은 그 아이에게 책을 선물한 사람이 남긴 흔적이 분명했다.

유독 밑줄을 그어놓은 한 문장이 내 눈길을 끌었다.

아이를 낳을 수 없다는 것이야말로 서로 사랑하는 두 여인이 완벽한

결합을 이루고자 할 때 나타나는 유일한 균열이다. 남자의 유혹에 대한 저항이 불가능하다기보다는 아이를 갖고 싶은 욕구를 단념하는 게 불가능하기 때문이다.

그 문장이 내 머릿속에서 무엇인가를 툭 건드렸다. '서로 사랑하는 두 여인'이라는 말에 주목한 나는 의자에 앉아 본격적으로 책을 읽어 내려가기 시작했다.

1930년대 초에 나온 책으로 여성 간의 동성애를 시적인 언어로 다루고 있었다. 두 여인이 아무리 사랑하는 사이라고 하더라도 자기들의 유전자를 물려받은 생물학적인 자식을 낳을 수 없다는 사실을 성찰하며 '유일한 균열'이라는 말을 사용한 게 흥미로웠다.

그제야 엄마와 달리 내가 무엇을 놓쳤는지 알게 되었다. 그 사실을 깨닫는 순간 지금껏 풀리지 않던 수수께끼들이 풀리는 듯했다.

빙카는 한 여성을 사랑했다. 빙카의 연인은 남성에게든 여성에게든 공통적으로 사용되는 '알렉시'라는 이름을 쓰고 있었다. 프랑스에서는 흔히 남성에게 붙이는 이름이지만 앵글로색슨족의 나라에서는 사정이 달랐다. 그 나라들에서는 알렉시라는 이름을 가진 사람 대부분이 여성이었다. 나는 엄청난 충격에 휩싸이는 한편 이번만큼은 헛다리 짚은 게 아니라는 느낌이 들었다.

초인종이 울렸고, 아버지일 거라고 생각해 누구냐고 묻지도 않고 문을 열어주었다. 아버지를 맞이하기 위해 테라스로 나가봤더니 몸이 날렵하고 이목구비가 섬세한 청년이 서 있었다.

"저는 코랑탱 메이리외라고 합니다. 스테판 기자를 보좌하는 인턴이죠."

코랑탱이 자전거용 헬멧을 벗고 붉은색 머리카락을 대충 정리하며 자신을 소개했다.

인턴기자는 타고 온 자전거를 벽에 기대 세웠다.

"뭐라고 위로의 말씀을 드려야 할지 모르겠습니다."

코랑탱이 애도의 뜻을 전했다. 덥수룩하게 턱수염을 길렀음에도 앳돼 보이는 얼굴이었다.

"안으로 들어와서 커피나 한잔합시다."

"네, 감사합니다."

코랑탱이 나를 따라 주방으로 들어섰다.

"사실은 제가 조사한 공사비용에 대한 이야기를 전하려고 왔습니다."

내가 커피를 준비하는 동안 코랑탱은 등받이 없는 의자에 앉아 호주머니에 들어 있는 서류뭉치를 꺼냈다. 나는 커피 잔을 놓아주는 동안 그의 가방 속에 들어 있는 《니스 마탱》 2판의 헤드라인이 눈에 들어왔다.

도시를 덮친 공포!

엄마의 사망 소식이 1면 톱기사였다. 앙티브 곶 해안가 근처 오솔길 통행을 금지시킨 사진이 크게 실려 있었다. "마침내 생텍쥐페리고교 공사비용과 관련해 매우 흥미로운 정보들을 긁어모았습니다."

코랑탱이 은근히 자랑을 했다.

나는 그와 마주 보는 자리에 앉아 고갯짓으로 이야기를 계속 이어가길 권유했다.

"공사비용은 기부금으로 충당했더군요. 최근에 예상하지 못했던 큰 액수의 기부금을 받았죠."

"최근이라면 정확히 언제죠?"

"올해 초입니다."

프란시스 아저씨가 사망한 무렵이었다.

"누가 그렇게 큰돈을 기부했던가요? 혹시 빙카의 가족 아닌가요?"

그 순간 빙카의 조부인 앨러스테어가 손녀의 실종을 끝내 받아들이지 않더니 결국 죽어서도 복수를 하고 있다는 생각이 뇌리를 스쳤다.

"전혀 아닙니다."

코랑탱이 커피잔에 설탕을 넣으며 부인했다.

"그렇다면 누가?"

인턴기자가 그간 기록해둔 메모를 살폈다.

"미국에 〈허친슨 앤 드빌〉이라는 문화재단이 있더군요."

나는 들어본 기억이 없는 재단이었다.

"명칭만 보고도 짐작할 수 있듯이 〈허친슨 앤 드빌〉 재단은 허친슨 가와 드빌 가에서 재원을 마련해 설립했습니다. 허친슨 가와 드빌 가는 전후 캘리포니아에서 중개업으로 큰돈을 벌었고, 현재 미국 전역에 수백 개의 지점을 보유하고 있습니다."

인턴기자는 가끔씩 메모지를 내려다보며 조사한 내용을 브리핑했다.

"〈허친슨 앤 드빌〉은 주로 캘리포니아 지역에 있는 학교와 대학, 박물관들의 문화사업을 지원하고 있는데 생 장 바티스트 고등학교, 버클리, UCLA, 샌프란시스코 현대미술관, 로스앤젤레스 주립미술관 등이 수혜를 받았더군요."

코랑탱이 데님셔츠의 소매를 걷어 올렸다. 몸에 찰싹 달라붙어 제2의 피부처럼 보이는 셔츠였다.

"최근 〈허친슨 앤 드빌〉의 재단이사회는 대단히 예외적인 안건을 상정했습니다. 재단 역사상 처음으로 미국이 아닌 외국 기관에 재원을 투자하자는 안건이었죠."

"생텍쥐페리고교가 재원투자 대상이었다는 건가요?"

"네, 바로 그겁니다. 이사회에서 활발한 논의를 진행한 끝에 결국 투자가 결정되었습니다. 전체적인 공사 계획을 놓고 보자면 그다지 이상한 점은 없지만 호수 근처에 조성하기로 결정한 〈천사의 정원〉은 어느 누가 보더라도 납득하기 쉽지 않을 겁니다."

"스테판도 말한 적이 있는데 엄청난 규모의 장미정원 말인가요?"

"네, 그렇습니다. 최초로 투자를 제안한 사람은 〈천사의 정원〉을 조성해 빙카 로크웰을 기리는 명상의 장소를 만들 계획이랍니다."

"어느 누가 보더라고 황당하기 그지없는 계획인데 어떻게 재단이사회를 통과할 수 있었을까요?"

"허친슨 가를 대변하는 이사들은 대부분 반대했답니다. 드빌 가에서는 단 한 명의 상속녀만 이사회에 참석하고 있는데 지분이 많아 다수의 표를 확보하고 있다더군요. 그녀가 몇몇 우호적인 인사들의 표를 모아 가까스로 이사회를 통과하게 되었답니다."

나는 눈두덩을 꾹꾹 누르며 자리에서 일어나 배낭을 가져왔다. 배낭에서 1992~1993년도 연감을 꺼냈다.

"〈허친슨 앤 드빌〉 재단에서 막강한 영향력을 행사하는 상속녀의 이름은 '알렉시 샤를로트 드빌'입니다. 작가 선생님이 생텍쥐페리고교의 학생이던 시절 교사로 재직했으니까 아마 누군지 기억날 겁니다."

나는 깜짝 놀라며 1992~1993년도 연감을 꺼내 교사들의 사진이 실려 있는 페이지를 펼쳤다. 모두들 드빌 양이라고 부르던 교사의 사진을 찾아내 뚫어지게 쳐다보았다. 연감에도 드빌 양의 이름은 A. C.라는 이니셜로 되어 있었다.

나는 마침내 또 다른 알렉시를 찾아냈다. 엄마와 프란시스 아저씨를 살해하고, 막심을 죽이려다 실패해 중상을 입히고, 간접적으로 빙카를 죽음으로 내몬 범인은 바로 알렉시 드빌이었다.

"알렉시 드빌은 주로 미국에서 시간을 보내지만 연중 한 달은 코트다쥐르에 머문다더군요. 예전에 빌라 피츠제럴드라고 불리던 집을 사들였답니다. 앙티브 곶 근처라던데 혹시 어딘지 아십니까?"

나는 어찌나 마음이 급했던지 대답도 하지 않고 밖으로 달려나갔지만 차가 없다는 사실을 깨달았다. 지하창고로 내려간 다음 오토바이에 씌워둔 덮개를 벗겼다. 나는 오토바이에 올라타 마치 열다섯 살 시절처럼 시동을 걸었다. 습하고 추운 장소에 오랫동안 방치해둔 탓인지 시동이 걸리지 않았다.

나는 공구함을 가져와 오토바이의 잡음방지 장치를 떼어내고 스패너로 점화플러그를 풀었다. 점화플러그에 새카만 먼지가 잔뜩 끼어 있었다. 등교할 때 자주 그렇게 했듯이 헝겊으로 점화플러그를 깨끗이 닦아냈다.

나는 다시 한번 시동을 걸었다. 이번에는 순조로운 폭발음을 냈다. 제발 오토바이가 몇 킬로미터만 멈추지 않고 달려가주길 바라며 밖으로 나와 도로 위를 질주했다. 저속 운행을 할 시점이 아니었다.

리샤르

머릿속에서 여러 이미지들이 충돌한다. 지독한 악몽보다도 더 끔찍한 이미지들이다. 터지고 일그러지고 피투성이가 되어 알아볼 수 없을 정도로 참혹하게 변한 안나벨의 얼굴이 머릿속에서 사라지지 않는다.

나는 리샤르 드갈레, 내 삶은 견디기 힘들 만큼 피곤하다. 어차피 삶은 곧 전쟁이라지만 감당하기 힘든 비극을 겪었다. 가장 중요한 전투에 나섰지만 변변히 싸워보지도 못하고 백기를 들었다.

나는 거실을 환하게 밝히는 황금빛 햇살 한가운데서 꼼짝하지 않고 서 있다. 이제 집은 텅 비어버렸고, 앞으로도 별반 달라질 가능성은 없다. 분명 현실이지만 도저히 받아들일 수 없다. 나는 안나벨을 잃었다. 아니, 정확하게 말하자면 이미 훨씬 이전에 잃었다.

내가 정확하게 언제부터 안나벨을 잃었을까? 몇 시간 전 앙티브 곶 해안에서? 몇 해 전에? 몇 십 년 전에? 어쩌면 안나벨을 잃은 적이 없다. 그녀는 내게 속했던 적이 아예 없으니까.

나는 조금 전부터 내 앞에 놓인 권총을 홀린 듯 바라보고 있다. 난 총이 왜 거기 있는지 알지 못한다. 옛날 영화에서 가끔 본 나무 손잡이가 달린 스미스 앤 웨슨 제품이다. 나는 총을 들고 무게를 가늠해본다. 탄창에는 38구경 탄알 다섯 발이 들어 있다. 총이 자꾸 나를 유혹한다. 내가 당면한 문제를 확실하고 빠르게 해결해주는 방법이 뭔지 귓속말로 소곤거리는 느낌이다.

안나벨은 나를 '자기 방식대로 사랑한다'고 말한 적이 있다. 나는 그 말이 담고 있는 의미가 뭔지 알 수 없었다. 안나벨은 속을 알 수 없는 여자였고, 나는 그녀와 40년간 그야말로 이상한 결혼 생활을 해왔다. 너무 늦었지만 '자기 방식대로 사랑한다'는 말은 결국 '사랑하지 않는다'는 말과 동의어라는 걸 이제야 실감한다.

사실 나보다는 안나벨이 참고 견뎌주었다고 하는 편이 옳다. 안나벨과 사는 건 고통스러운 일이었지만 만약 그녀 없이 살아야 했다면 나는 이미 오래전에 죽음을 선택했을 공산이 크다. 우리는 비밀 협약을 맺고 살아왔다. 세상 사람들의 눈에 비친 나는 바람둥이 남편이었고, 안나벨은 사람들의 구설수나 호기심으로부터 보호받은 측면이 있다. 안나벨은 어느 누구도 뜻대로 움직일 수 없는 여자였다. 그녀는 어떠한 범주에도 포함되지 않았고, 어떤 규정으로도 속박할 수 없었고, 어떤 관습이나 제도로도 제어할 수 없는 영역에 있는 여자였다. 한마디로 안나벨은 알 수 없는 여자였고, 따라서 대단히 신비스러웠다. 나는 바로 그녀의 수수께끼 같은 점에 매료되었다.

여자에게 신비스러운 면이 없다면 남자들은 과연 무엇을 사랑한단 말인가?

나는 안나벨을 사랑했지만 애초부터 그녀를 독점하거나 몸과 마음을 내 옆에 잡아둘 자신이 없었다. 안나벨은 누군가에게 속하거나 제어 대상이 될 수 있는 여자가 아니었으니까.

나는 안나벨을 사랑했지만 결국 지켜주지 못했다.

나는 총구를 관자놀이에 댄다. 그러자 숨쉬기가 한결 편하다. 나는 누가 총을 거실 탁자에 올려두었는지 알고 싶다. 혹시 토마? 토마는 내 아들로 되어 있지만 내가 낳은 자식이 아니다. 그 아이 역시 안나벨처럼 한 번도 나를 사랑하지 않았고, 따르지도 않았다.

나는 두 눈을 감는다. 토마의 얼굴이 다가오면서 그 아이가 어렸을 때의 수십 가지 추억이 떠오른다. 토마는 명석하고, 호기심 많고, 지나치게 얌전한 아이였다. 내가 그 아이의 아빠가 아니라는 걸 알기에 고통스러웠다.

네가 남자라면 망설이지 말고 방아쇠를 눌러.

내가 방아쇠를 당기는 걸 잠시 보류한 건 두려움 때문이 아니라 순전히 모차르트 때문이다. 하프와 오보에가 만들어내는 화음이 들려왔다. 안나벨이 나에게 문자메시지를 보냈을 때 울리는 효과음이다. 나는 소스라치게 놀라 권총을 내려놓고 정신없이 달려가 휴대폰화면을 본다.

리샤르, 당신한테 우편물이 왔어. A.

이 문자메시지는 분명 안나벨의 휴대폰으로 발송되었다. 안나벨이 죽었으니 가당치 않은 일이었고, 더구나 그녀는 휴대폰을 집에 두고 갔다.

그녀가 죽고 나서 이 문자메시지가 발신되게 프로그래밍 해두었다면 가능한 일이다.

리샤르, 당신한테 우편물이 왔어. A.

우편물이라니? 무슨 우편물? 나는 집 밖으로 달려나가 시멘트 깔린 길을 따라 우편함으로 간다. 스시 배달 광고 전단 옆에 두꺼운 하늘색 봉투 하나가 놓여 있다. 아주 오래전, 내가 안나벨과 주고받았던 연애편지를 연상케 하는 봉투다.

나는 봉투를 연다. 봉투에는 우표가 붙어 있지 않다. 어쩌면 안나벨이 어제 오후에 직접 넣어두었을 수도 있다. 나는 편지를 꺼내 첫 문장을 읽는다.

리샤르, 당신이 이 편지를 받아 읽고 있다면 필시 내가 알렉시 드빌에게 당해 목숨을 잃었다는 뜻일 거야.

세 장짜리 편지를 읽는데 영원처럼 긴 시간이 걸린다. 나는 편지를 읽는 동안 경악을 금치 못하는 한편 억장이 무너져 내리는 느낌이다. 안나벨의 편지는 일종의 사후 고백록이다. 그녀의 방식으로 쓴 사랑의 편지이기도 하다. 그 편지는 이렇게 끝맺는다.

이제, 우리 가족의 운명은 당신 손에 달려 있어. 당신이 토마를 보호하고 구해줄 수 있는 힘과 용기를 가진 마지막 생존자니까.

18. 아가씨와 밤

우리는 인생의 퍼즐 조각들을 다 가지고 있다.
하지만 우리가 어떤 방식으로 퍼즐 조각을 맞춰 가든 항상 빈자리가 남아 있게 마련이다.
마치 우리가 이름 붙일 수 없는 어떤 세계가 있듯이.

_제프리 유제니디스

1

오토바이의 핸들을 잡고 미친 듯이 달렸다. 엉덩이를 떼고 춤추듯 좌우로 흔들어대면서 앞만 보고 달렸다.

앙티브 곶 베이컨 대로에 위치한 피츠제럴드 빌라는 도로를 지나치면서 보면 일종의 벙커 같았다. 미국의 저명한 작가 스콧 피츠제럴드가 살았던 적이 있는 집이었다. 목적지를 50미터쯤 앞둔 지점에서 오토바이를 세워두고, 해안선을 따라 설치된 난간을 뛰어넘었다. 이 지점부터 황금빛 백사장이 끝나고, 해안선이 들쭉날쭉해 접근이 어려운 길로 바뀐다. 미스트랄이 빚은 바위들과 바다 위로 높이 솟아 있는 절벽들이 눈에 들어왔다. 나는 추락할 경우 목뼈가 부러질 수도 있는 위험을 감수해가며 가파른 경사면을 기어올라 피츠제럴드 빌라의 뒤쪽에 있는 수영장에 다다랐다. 바다가 내려다보이는 위치에 만들어진 직사각형 수영장에서 돌계단을 따라 내려가자 작은 다리가 나왔다. 절벽에 매달린 피츠제럴드 저택은 말 그대로 물에 발을 담그고 있는 형국이었다.

저택은 이른바 〈레자네폴〉*이라고 불렸던 시대에 지은 건축물들 가운데 하나로 아르데코 양식과 지중해 방식을 적절히 안배해 지은 듯했다. 흰색의 기하학적 파사드는 평평한 지붕으로 덮여 있었고, 옥상에 아크릴 벽을 세운 테라스를 배치했다. 앙티브 곶 해변은 이맘때만 되면 하늘과 바다가 하나의 푸른빛으로 포개졌다. 무한의 빛깔.

아치형 통로 한쪽에 거실이 꾸며져 있었다. 나는 회랑을 따라 걷다가 반쯤 열린 통유리 창을 통해 집 안으로 들어갔다.

이 집은 트라이베카에 있는 내 로프트와 닮은꼴이었다. 요컨대 전체적으로는 단순한 구조로 되어 있었지만 오히려 각각의 공간을 용도에 맞도록 세심하게 꾸며놓은 게 특징이었다. 인테리어 잡지나 블로그에서 자주 대할 수 있는 공간 배치이기도 했다. 서가에 우리 집과 거의 같은 책들이 꽂혀 있는 것으로 보아 집주인 역시 평소 문학과 예술에 관심이 많은 사람인 듯했다.

평소 어린아이들이 드나들지 않는 집인 듯 청결하고 깔끔하게 정리 정돈이 잘 되어 있었다. 삶의 진수라고 할 수 있는 아이들의 웃음소리를 들을 수 없는 집이라서인지 냉랭하고 허전한 분위기를 풍기기도 했다. 간혹 청소하려면 귀찮기는 하겠지만 곰돌이 인형, 집 안 구석구석에 널려 있는 레고 조각, 바닥 여기저기 떨어져 있는 과자 부스러기 따위가 없는 집일 경우 사람 사는 냄새가 나지 않게 마련이었다.

"당신 가족들은 하나같이 스스로 늑대 아가리에 머리를 들이미는 버릇이 있나봐."

*Les Annees Folles, 1920년부터 1929년 대공황 이전까지의 시기

나는 갑자기 들려온 소리에 깜짝 놀라 뒤늘 돌아보았나. 일넥시 드빌이 10미터쯤 떨어진 거리에 서 있었다. 나는 어제 생텍쥐페리고교 개교 50주년 기념식에 참석한 그녀를 보았던 기억이 났다. 행사장에서 알렉시 드빌은 청바지에 줄무늬 셔츠, V넥 스웨터 차림에 캔버스 운동화를 신고 있었다. 그녀는 어느 자리에 있든 눈에 띄는 부류였다. 언제나 곁을 떠나지 않는 세 마리의 충견은 그녀의 존재감을 한층 더 돋보이게 하는 데 일조했다. 귀를 세운 도베르만, 다갈색 털의 아메리칸 테리어, 머리가 납작한 로트바일러.

나는 방어할 무기를 지참하지 않고 집 안까지 찾아들어온 걸 후회했다. 갑자기 분노가 치밀어 앞뒤 재보지도 않고 집을 나서는 바람에 권총을 챙겨 와야 한다는 생각을 미처 하지 못했다. 나는 언제나 지나치게 서두르다가 낭패를 보는 사람이었다. 알렉시 드빌이 엄마와 프란시스 아저씨, 막심에게 한 짓을 돌아볼 때 절체절명의 위기가 목전에 임박해 있는 셈이었다.

한편으로 몹시 허탈했다. 사실 나는 알렉시 드빌의 입을 통해 더 이상 이야기를 들어볼 게 없었다. 이제 모든 과정과 결과를 다 이해했으니까.

나는 자유분방하고 매혹적인 두 여자가 서로에 대해 느꼈을 눈부시고 황홀한 도취에 대해 어느 정도 공감할 수 있었다. 지적인 교감, 육체에 대한 탐닉, 일탈이 주는 현기증에 대해서도 이해할 수 있었다. 인정하기 싫지만 솔직히 나는 알렉시 드빌과 그다지 다를 게 없는 부류였다. 25년 전, 우리는 같은 여자를 사랑했고, 지금까지도 고통스러운 후유증을 앓고 있으니까.

알렉시 드빌은 키가 훤칠하게 크고, 몸매가 날씬하고, 티 없이 맑고 깨끗한 피부의 소유자였다. 머리를 묶어 뒤로 틀어 올린 자리에 드러나 있는 길고 하얀 목도 충분히 매력적이었다. 그녀는 자신이 상황을 빈틈 없이 제어하고 있다고 확신하는 듯했다. 충견들이 계속 나를 노려보고 있어서 안심했는지 그녀는 몸을 돌리고 등을 보이는 여유를 과시하며 벽면 여기저기에 걸어놓은 사진들을 감상했다. 이브가 찍은 빙카의 관능적인 사진들이었다. 모델이 뛰어난 만큼 사진도 돋보였다. 이브는 빙카가 은연중 발산하는 자연스러우면서도 시크한 매력을 완벽하게 포착했다. 장미처럼 짧은 생애를 살다 간 빙카.

2

나는 먼저 공격에 나서기로 결심했다.

"당신은 빙카를 사랑한다고 믿나본데 자기기만일 뿐입니다. 사람들은 사랑하는 사람을 절대로 죽이지 않으니까요."

알렉시 드빌은 사진 감상을 중단하더니 경멸감이 가득 담긴 눈으로 나를 차갑게 쏘아보았다.

"난 누군가를 절대적으로 사랑한다면 죽일 수도 있다고 생각하지만 넌 애초부터 문제를 잘못 짚었어. 빙카를 죽인 사람은 내가 아니라 너야."

"내가요?"

"안나벨, 너, 막심, 파니, 프란시스가 죽였지. 너희들은 빙카를 죽이고 시체를 유기했어. 가담 정도는 다르지만 너희들 모두에게 책임이 있어. 만약 법정에 세울 경우 모두 유죄를 받아야겠지."

"아흐메드에게 들은 이야기죠?"

알렉시 드빌이 개들의 호위를 받으며 가까이 다가왔다. 고대 그리스 신화에서 달을 향해 짖어대는 개들을 끌고 다니는 헤카테 여신이 생각났다. 악몽, 억압된 욕망, 인간의 나약하고 불순한 정신세계를 관장하는 헤카테 여신.

"나는 빙카가 철학 선생과 사랑의 도피를 했다는 말을 단 한 번도 믿은 적이 없었기에 무려 25년 동안 진실을 찾아 헤맸지. 이 무슨 운명의 장난인지 정작 그렇게 열심히 캐고 다닐 때는 전혀 보이지 않던 진실이 예기치 않은 순간에 저절로 내 앞에 나타나더군."

개들이 나를 향해 으르렁거렸고, 머리가 쭈뼛해질 만큼 공포감이 엄습해왔다. 평소에도 개들을 보기만 해도 몸이 마비되기 일쑤였다. 내가 겁을 집어먹고 녀석들의 눈길을 피할수록 더욱 만만한 공격 대상이 된다는 걸 잘 알고 있었다. 나는 눈에 힘을 주고 녀석들의 눈길을 피하지 않고 받아냈다.

"7개월 전이었어. 마켓에 갔다가 우연히 아흐메드와 마주쳤어. 난 장을 보던 중이었는데 그 빌어먹을 작자가 나에게 긴히 할 말이 있다는 거야. 빙카가 죽던 날 밤, 프란시스가 그에게 지시해 빙카의 물건들을 가져오게 하고, 방도 청소하게 했다더군. 혹시라도 문제가 될 만한 흔적을 다 지우라고 지시했던 거야. 빙카의 외투 주머니를 살폈더니 편지와 사진 한 장이 들어 있었대. 아흐메드만이 처음부터 내가 문제의 알렉시라는 사실을 알고 있었던 거야. 그 멍청한 작자는 무려 25년 동안이나 그 비밀을 지켰어."

나는 그녀의 침착한 말투와 평온한 태도 이면에서 분노의 감정이 끓어오르고 있다는 느낌을 받았다.

　"아흐메드는 고향으로 돌아가기 위해 돈이 필요했고, 나는 그 작자가 알고 있는 비밀 이야기를 듣길 원했어. 내가 5천 유로를 주자 그 작자는 자기가 알고 있는 모든 비밀을 술술 털어놓더군. 나는 마침내 1992년 12월 크리스마스 휴가 당시 생텍쥐페리고교를 피로 물들인 그 끔찍한 일들을 낱낱이 알게 된 거야. 물론 체육관 벽에 두 구의 시체가 매장되어 있다는 사실도 알게 되었지. 너희들은 가증스런 범죄를 저지르고도 아무런 처벌도 받지 않았어. 말이 된다고 생각해?"

　"지어낸 이야기를 믿는다고 진실이 되는 건 아니죠. 빙카의 죽음에 대해 단 한 사람에게 책임을 물어야 한다면 바로 당신이에요. 당신은 빙카를 그 지경으로 만든 책임으로부터 자유로울 수 없어요. 아마 당신도 내가 무슨 이야기를 하는지 잘 알고 있을 거예요."

　알렉시 드빌의 얼굴이 처음으로 일그러졌다. 주인의 분노에 응답하려는 듯 개들이 다가와 나를 에워쌌다. 갑자기 식은땀이 흐르며 다리가 얼어붙는 느낌이 들었다.

　나는 제어할 수 없는 공포에 휩싸였지만 가까스로 평정심을 유지했다. 공포심은 비합리적으로 과도하게 부풀려진 감정일 뿐이라고 머릿속으로 쉴 새 없이 되뇐 결과였다.

　"나는 그 무렵의 당신을 기억해요. 당신은 지적이고 매력적이고 관대한 선생님이었죠. 나를 포함해 모든 학생들이 당신을 존경하고 따랐어요. 당신은 그 당시 서른 살에 불과했지만 언제나 학생들을 존중해주고,

실력을 향상시키기 위해 최선을 다해 지도했으니까요. 고등사범학교 입시 준비반 여학생들은 모두 당신을 닮고 싶어 했어요. 당신은 자유롭고 독립적인 여성의 상징이나 다름없었죠. 개인적으로 나에게 당신은 세상의 그 어떤 위협도 두려워하지 않는 지성과 용기를 보여준 선생님이었어요. 이를테면 나에게는 장크리스토프 선생님의 여성 버전이었죠."

내 입에서 장크리스토프 선생님 이름이 튀어나오자 알렉시 드빌이 별안간 웃음을 터뜨렸다. 내 말에 결코 동의할 수 없다는 의미인 듯했다.

"장크리스토프는 대부분의 남자들처럼 멍청했지만 장르가 다르긴 했어. 제법 지식과 교양을 갖춘 멍청이였으니까. 그는 여러 해 동안 나를 따라다녔어. 가끔 시를 적어 보내기도 하고, 열정적인 편지를 써서 보내기도 했지. 네가 빙카를 이상화한 눈으로 바라보았듯이 그는 나를 이상적인 여자로 바라본 거야. 너나 장크리스토프 같은 유형의 남자들에게서 흔히 나타나는 기질이기도 하지. 여자를 절절하게 사랑한다면서 정작 여자에 대해서는 아무것도 모르는 멍청이들이야. 여자에 대해 알려고도 하지 않아. 여자들의 말을 듣지도 않고, 들으려고도 하지 않아. 너 같은 남자들에게 여자들이란 그저 몽상 속에서 만들어낸 허구에 불과한 셈이지!"

알렉시 드빌이 스탕달이 말한 사랑의 결정화 작업 단계를 인용했다.

"넌 한 여자에 대해 관심을 갖기 시작하는 순간 더 이상 그 여자를 있는 그대로 보지 않고, 네가 원하는 모습만 보려고 하지."

나는 알렉시 드빌이 스탕달의 말을 들먹이며 이 상황을 빠져나가도록 내버려두지 않았다. 그녀는 빙카를 사랑한다면서 정작 파멸로 이끌었고, 나는 그 사실을 인정하도록 몰아붙였다.

"나는 빙카를 잘 알아요. 적어도 당신을 만나기 이전의 빙카라면 누구보다 잘 안다고 자부할 수 있죠. 빙카는 나를 만날 당시만 해도 술에 취해 있거나 온갖 약물을 사용한 적이 단 한 번도 없었어요. 당신은 빙카에 대한 지배력을 공고히 하기 위해 무슨 짓이든 마다하지 않았죠. 그 결과 빙카는 당신의 지배를 받는 아이가 되었어요. 뭐든 당신이 시키는 대로 다 하는 꼭두각시가 되었죠. 쾌락과 정념에 대해 알아가기 시작한 예민한 나이였으니 당신의 집요하고 탐욕적인 욕망에서 벗어날 길이 없었죠."

"내가 빙카를 타락시켰다는 뜻이야?"

"당신이 제공한 마약과 알코올이 빙카를 무기력한 아이로 만들었어요. 그토록 밝고 영민했던 아이가 약물과 알코올 때문에 판단력이 흐려져 이전에는 전혀 하지 않던 도발적인 행위들을 저지르고 다녔으니까요. 당신은 의도적으로 그 아이의 정신을 흐리멍덩하게 만들어놓은 거죠. 당신 마음대로 조종하기 위해서요."

개들이 으르렁대며 나를 슬쩍 건드렸고, 코를 내 손에 대고 킁킁거리기도 했다. 도베르만이 머리를 내 허벅지에 붙이고 밀어대는 바람에 나는 어쩔 수 없이 뒷걸음질을 칠 수밖에 없었다.

"내가 그 아이를 리샤르의 품으로 밀어 넣은 건 사실이야. 우리가 아이를 얻을 수 있는 유일한 방법이었으니까."

"내가 진실을 말해볼까요? 아이를 원한 사람은 당신이었지 빙카가 아니었어요. 당신 혼자만의 탐욕이었죠."

"빙카도 원했어!"

"빙카가 내 아버지를 유혹해서라도 아이를 얻고 싶어 했다는 말을 믿으란 거예요?"

"현재의 관점으로 그 당시에 벌어진 일을 판단할 수는 없어. 지금은 아이를 원하는 동성애 커플들이 얼마든지 합법적인 방법으로 뜻을 이룰 수 있지만 그 당시에는 어림없는 이야기였지. 지금이야 다들 동성애를 인정해주고, 심지어 존중해주어야 한다는 여론이 대세를 이루고 있지만 그 당시에는 상상도 할 수 없는 일이었어. 지금은 사람들의 생각도 많이 달라졌고, 과학이 발전해 원한다면 얼마든지 아이를 키울 수 있는 조건이 되었어. 1990년대 초반만 해도 그 모든 일들이 부인되고 거부되던 시절이었지."

"당신은 돈이 많으니까 얼마든지 다른 방법을 알아볼 수도 있었을 텐데요?"

알렉시 드빌이 대뜸 발끈했다.

"그 당시만 해도 난 네가 알고 있듯이 돈이 많지 않았어. 아니, 아무것도 없는 빈털터리였지. 드빌 가문의 선심성 기부는 그저 허울에 지나지 않아. 드빌 가 사람들은 모두 위선자들인데다 비겁하고 잔인하지. 그들은 내가 동성애자인 사실을 알게 되자 모든 재정 지원을 끊어버렸지. 우리가 굳이 리샤르를 표적으로 삼은 이유도 바로 그런 점 때문이었지. 우리는 아이도 얻고, 돈도 챙겨야 했으니까."

우리의 설전은 계속 헛심만 쓰는 공전을 거듭했다. 우리 둘 다 자신의 입장에서 한 치도 물러서지 않았으니까. 어쩌면 이제 와서 누구에게 책임이 있는지 따져봐야 다 부질없는 짓일 수도 있었다. 어쩌면 우리 두 사람 다 가해자인 동시에 피해자일 수도 있었다. 1992년에 소피아 앙 티폴리스의 생텍쥐페리고교에 있었던 사람이라면 누구나 다 미치게 만 들 만큼 치명적인 매력을 가진 한 아이가 곁에 있었다는 게 유일한 진실 일 수도 있었다.

3

팽팽한 긴장감이 실내공기를 답답하게 했다. 개들이 이제 나를 아예 벽으로 몰아붙이며 승기를 잡은 듯 의기양양해했다. 나는 위험이 임박 했다는 사실을 온몸으로 절감했다. 심장이 요란하게 뛰었고, 식은땀이 비 오듯 쏟아졌고, 젖은 셔츠가 등짝에 찰싹 달라붙었다. 아무리 머리 를 굴려봐도 죽음을 피할 수 있는 방법이 없어 보였다. 알렉시 드빌이 손가락 하나만 까딱하면 개들이 당장 내 숨통을 끊어버릴 수도 있는 상 황이었다.

내가 선택할 수 있는 카드는 오로지 하나밖에 없었다.

죽느냐 사느냐?

"아이를 원한다면 당신이 임신해도 될 텐데 왜 빙카에게 미루었죠?"

알렉시 드빌이 나를 향해 다가오더니 검지를 내 얼굴에서 몇 센티미 터 앞까지 들이밀었다.

"빙카의 아이를 원했으니까. 빙카의 유전자를 물려받은 아이, 빙카의 매력을 고스란히 물려받은 아이가 필요했어. 빙카의 아이가 우리의 사 랑을 흔들리지 않고 영원히 계속되게 해줄 테니까."

"난 당신이 빙카에게 제공한 로히프놀에 대해서도 알고 있어요. 당신은 사랑을 얻기 위해 빙카를 약물 중독자로 만들었어요."

"아무리 말해줘도 넌 내 마음을 이해할 수 없을 거야. 너 같은 남자들의 한계이지."

알렉시 드빌의 충견들이 더욱 강하게 나를 밀쳐댔다.

"빙카가 죽기 직전 나에게 무슨 말을 했는지 알아요? '알렉시가 강제로 시켰어. 난 그와 자고 싶지 않았어'라고 했어요. 지난 25년 동안 나는 그 말에 담긴 진실을 오해했어요. 그 바람에 무고한 남자가 목숨을 잃었죠. 그 말이 '알렉시 드빌이 네 아버지와 자라고 강요했어. 나는 그와 자고 싶지 않았어'라는 의미였다는 걸 이제야 깨달았어요."

나는 이제 숨쉬기조차 곤란했다.

"빙카는 마지막 순간에 당신이 얼마나 쓰레기 같은 인간인지 알고 있었던 거예요. 당신이 수천 개나 되는 〈천사의 정원〉을 조성해 빙카를 추모한들 무슨 의미가 있을까요? 다 부질없는 짓이죠. 당신들의 사랑은 이미 오래전에 끝났으니까. 빙카는 죽었고, 당신은 흘러간 물을 되돌릴 수 없어요."

알렉시 드빌이 몹시 격분해 개들에게 공격 명령을 내렸다.

아메리칸 테리어가 가장 먼저 공격에 나섰다. 나는 녀석의 무지막지한 힘에 밀려 자꾸만 뒤로 밀려나다가 급기야 벽과 의자에 차례로 머리를 부딪치며 쓰러졌다. 개가 송곳니로 경동맥을 겨냥하며 달려들었고, 나는 녀석을 막으려고 했지만 역부족이었다.

그 순간 세 발의 총성이 울렸다. 첫 번째 총성은 내 목덜미를 물어뜯기 직전의 아메리칸 테리어를 쓰러뜨렸고, 나머지 두 녀석을 도망치게 만들었다. 내가 여전히 바닥에 쓰러져 있을 때 두 발이 더 발사되었다. 문득 정신을 차리고 보니 알렉시 드빌이 벽난로 주변의 피 웅덩이에 한가운데에 쓰러져 있었다. 나는 통유리 창 쪽으로 눈길을 돌렸다. 해를 등지고 선 아버지의 실루엣이 보였다.

"괜찮니?"

아버지가 나를 안심시켰다. 내가 여섯 살 시절 악몽을 꿀 때마다 늘 머리맡에 서서 나를 다독여주던 모습 그대로였다. 아버지는 여전히 프란시스 아저씨의 스미스 앤 웨슨 권총을 단단히 쥐고 있었다.

아버지는 혹시라도 도망친 개들이 돌아와 우리를 공격하지는 않는지 살피며 내가 일어설 수 있게 도와주었다. 아버지가 나를 부축하고 있는 몇 초 동안 여섯 살 시절로 되돌아간 느낌이 들었다.

나는 그 순간 아버지와 프란시스 아저씨 같은 이전 세대 남자들에 대해 생각했다. 그들은 바위처럼 투박하고, 거칠고, 모나고, 케케묵은 가치관을 고수하고, 간간이 시대에 뒤떨어진 마초 근성을 드러내 웃음거리가 되기 일쑤인 사람들이었다. 다만 내 가까이에 그런 아버지가 두 분이나 있었다는 건 엄청난 행운이기도 했다. 그들은 손에 피를 묻히길 주저하지 않고 나를 절체절명의 위기에서 구해주었으니까.

뒷
이
야
기

밤
이

지
나
간

후

선한 사람들을 겨냥하는 저주

경찰은 알렉시 드빌을 죽인 살해 용의자로 아버지를 체포했다. 그 후 며칠 동안 이해하기 힘든 일들이 빚어졌다. 경찰이 곧바로 빙카 사건을 재수사하게 되리라 예상한 내 판단은 빗나갔다. 구치소에 수감된 아버지가 교묘한 시나리오를 짜내 경찰의 눈길을 전혀 예상하지 못한 방향으로 돌려놓았기 때문이다. 경찰 취조 당시 아버지는 최근 벌어진 일련의 살인사건을 치정 관계에 의한 복수극이었다고 진술했다. 아버지는 몇 달 전부터 알렉시 드빌과 연인관계로 지내왔는데 엄마가 두 사람 사이를 눈치채면서 일이 꼬이게 되었다고 했다.

엄마는 크게 분노해 사냥총을 지참하고 알렉시 드빌을 만나러 갔다. 신변의 위협을 느낀 알렉시 드빌은 충견들을 내세워 엄마를 살해했다. 엄마가 죽자 큰 충격에 휩싸인 아버지는 암담한 절망감 속에서 신음하다가 알렉시 드빌을 찾아가 권총으로 개 한 마리와 연인을 죽였다.

아버지의 시나리오는 제대로 먹혀들어갔다. 사실관계가 명확하고, 살해 동기도 설득력이 있어 경찰은 아버지의 진술을 수용하지 않을 수 없었다. 아버지의 시나리오가 결정적인 역할을 하는 바람에 엄마와 알렉시 드빌의 죽음은 '치정'에 의한 살인극이었다는 결론이 내려졌다.

뒤퐁 변호사는 재판과 관련해 매우 희망적인 의견을 제시했다. 알렉시 드빌이 내 엄마를 무자비하게 살해한 점, 그녀의 과거 정신병 이력 그리고 개를 동원해 나를 공격하게 만든 점 등을 고려할 때 아버지의 행위는 정당방위로 인정받을 수 있는 가능성이 크다고 했다.

"설령 무죄가 아니더라도 가벼운 처벌 정도로 끝날 공산이 크죠."

경찰 수사가 치정에 의한 살인사건으로 결론 나면서 빙카 사건은 다시 자연스럽게 수면 아래로 가라앉게 되었다.

✙

그 후로도 한동안 행운의 여신이 계속 호의적인 미소를 보내왔다. 막심이 혼수상태에서 깨어나 눈에 띄게 건강을 회복했다. 6월 선거에 출마한 그는 국회의원에 당선되었고, 정부 부처의 차관급 자리를 두고도 하마평이 무성했다. 막심을 피습한 사건과 관련해 수사가 진행되면서 생텍쥐페리고교 체육관 주변 지대는 일종의 성소 대접을 받게 되었다. 체육관 철거 작업은 예정된 날짜에 진행되지 못했다.

〈허친슨 앤 드빌〉 문화재단은 알렉시 드빌이 사회적 물의를 빚으며 사망하는 사건이 발생하자 이사회를 소집해 생텍쥐페리고교에 공사비용을 지원하기로 했던 결정을 번복했다. 공사는 무기한 연기되었고, 학교 경영진은 이제까지 홍보해온 개발 논리와는 정반대되는 입장으로 노선을 바꿀 수밖에 없게 되었다. 학교 측은 대규모 공사를 강행할 경우 자칫 천혜의 주변 경관을 크게 훼손할 우려가 있다는 논리를 앞세워 리모델링 계획을 철회했다.

†

파니는 내 아버지의 체포 소식이 알려지자마자 나에게 연락을 해왔다. 혼수상태에 빠져 있는 막심의 머리맡에서 우리는 밤을 꼬박 새우며 1992년 12월에 벌어졌던 비극적 사건에 대한 이야기를 나누었다.

파니는 자신이 빙카를 죽이지 않았다는 사실을 알게 되자 다시 얼굴에 화색이 돌았다. 얼마 후 그녀는 티에리와 결별하고, 바르셀로나에 있는 불임클리닉을 찾아가 시험관 아기 출생 프로젝트에 돌입했다. 막심의 상태가 호전된 이후 우리 세 사람은 자주 병실에서 만나 회합을 가졌다. 우리는 체육관 콘크리트 벽에 매장된 두 구의 시체가 우리에게 덧씌웠던 비극적인 운명의 굴레에서 벗어났다고 믿었다. 스테판의 배신을 고려하지 않은 과신이었다.

†

"자네에게는 그다지 달가운 소식이 아니겠지만 난 빙카 사건의 진실을 재조명하는 책을 출간할 거야."

6월의 어느 저녁에 앙티브의 펍에서 스테판을 만나 한잔 마시고 있을 때였다.

"진실이라니?"

"말 그대로 진실!"

스테판이 아무런 표정도 드러내지 않고 툭 던졌다.

"나는 빙카와 알렉시에게 일어난 비극을 시민들에게 알릴 책무가 있어. 생텍쥐페리고교의 학부모들도 25년 동안 두 구의 사체를 체육관 콘크리트 벽에 매장해두고 있는 학교에 자식들을 보내고 있다는 사실을 알아야 할 권리가 있지."

"파니와 막심 그리고 나를 감방에 보내겠다는 거야?"

"우정보다는 진실이 중요하니까. 자네들은 범죄를 저지른 만큼 당연히 합당한 대가를 치러야 해."

나는 맥주 한 모금을 들이켜고 나서 애써 무심한 표정을 지었다.

"그냥 해보는 소리지? 난 자네 말을 믿지 못하겠어. 자네는 절대로 책을 출간하지 않을 거야."

스테판이 주머니에서 서류를 꺼내 나에게 내밀었다.

파리에 있는 출판사와 《빙카 로크웰의 죽음에 대한 진실》이라는 제목의 책을 내기로 합의한 출판계약서였다.

"자네의 주장을 뒷받침할 증거라도 있어? 그 책은 오히려 자네에 대한 신뢰를 크게 떨어뜨리게 될 거야."

"증거라면 체육관 벽에 있잖아. 이 책이 나오게 되면 사람들이 들고 일어나 체육관을 허물고 유골을 찾아내게 될 테니 두고 봐. 학교 경영진도 압력이 거세 체육관 벽을 부수지 않을 수 없을 테니까."

"빙카 사건은 이미 공소시효가 지났어."

"법리상으로 따져볼 여지가 있겠지만 그럴 수도 있겠지. 그렇지만 안나벨 교장 선생님과 알렉시 드빌의 죽음은 공소시효와 관계없어. 법적 문제를 따지는 거야 사법당국이 알아서 할 일이지."

나는 스테판의 책을 내기로 한 출판사에 대해 잘 알고 있었다. 명성이 높거나 규모가 크지는 않지만 일단 출간하기로 결정한 책에 대해서는 적극적인 광고마케팅을 펼치는 출판사였다. 만약 스테판의 책이 출간된다면 엄청난 사회적 파장이 일 게 뻔했다.

"자네는 나를 끝까지 곤혹스럽게 만드는 이유가 뭐야? 혹시 유명해지고 싶어서 그러나?"

"난 기자야. 시민들의 알 권리를 위해서라도 내 의무를 방기할 수는 없어."

"그럴듯한 말로 포장하고 있지만 본질은 간단해. 자네는 친구들을 배신하고 유명해지려는 거야."

"기자의 직분이라고 했잖아. 아무리 말해봐야 결론은 바뀌지 않으니까 이제 그만하지."

전갈과 개구리 우화가 떠올랐다.

"왜 나를 물었어? 너 때문에 우리 둘 다 죽게 생겼잖아."

개구리가 강 한가운데서 전갈에게 물었다.

"그게 내 본성인 걸 어떡해."

전갈이 대답했다.

스테판은 맥주를 한 잔 더 주문하면서 내 상처에 소금을 뿌렸다.

"〈보르지아〉의 현대판 버전으로 손색없지 않아? 내 색노 시리즈물모 만들면 아마 모르긴 해도 대박감이지."

나는 스테판이 나와 내 가족, 친구들을 파멸로 몰아가며 기뻐하는 모습을 물끄러미 지켜보았다.

"셀린이 왜 떠났는지 이제야 알 것 같아. 썩어빠진 기레기 놈."

스테판이 내 얼굴을 향해 맥주잔을 던지려 했지만 내가 더 빨랐다. 나는 그의 면상에 스트레이트를 날렸다. 그다음은 턱에 어퍼컷 한 방이 작렬했다. 그는 양 무릎이 꺾이며 바닥에 주저앉았다.

내가 술집을 나설 때까지 스테판은 바닥에 쭈그리고 앉아 있었지만 정작 패배자는 나라는 게 아이러니였다. 이번에는 행운을 기대할 수도 없었고, 나를 보호해줄 사람도 없었다.

*미국의 텔레비전 드라마, 르네상스 시대에 바티칸에 큰 영향을 미쳤던 보르지아 가문 이야기

장크리스토프

앙티브, 2002년 9월 18일

토마에게

여러 달 동안의 침묵 끝에 자네에게 작별 인사를 하려고 이렇게 편지를 쓰네. 사실, 이 편지가 대서양에 당도했을 때면 난 이미 이 세상 사람이 아닐 거야.

세상과 작별하기 전에 나는 꼭 자네에게 마지막 인사를 나누고 싶었네. 난 자네의 선생이어서 행복했으니까. 우리가 나눈 대화, 함께한 모든 순간들을 되새겨보는 일이 내게는 정말이지 드물게 맛보았던 행복이었네.

선생 노릇을 하는 동안 만나본 학생들은 많았지만 자네만큼 나에게 강한 인상을 남긴 제자는 없었다네. 자네가 성적이 뛰어난 학생이라서가 아니라 마음이 너그럽고, 감수성이 풍부하고, 인간미 넘치고, 배려심이 많았기 때문이라네.

내가 세상을 떠났다고 해서 절대로 슬퍼하지 말게. 나는 그저 세상을 더 살아낼 힘이 없을 뿐이니까. 용기가 없어서가 아니라 인생이 내게 너무나 견디기 어려운 시련을 주기 때문이라네. 죽음만이 내가 이 지옥에서 빠져나갈 수 있는 유일한 출구였다는 걸 기억해주게. 나와 평소 가장 가까이 지낸 책들조차 이제 더는 내가 잠시나마 물 밖으로 고개를 내밀고 숨을 쉴 수 있도록 허락해주지 않고 있다네.

나의 비극은 사실 평범하다네. 큰 의미가 없다고 해서 고통이 약화되는 건 아니라네. 여러 해 동안 나는 비밀스럽게 한 여인을 사랑했네. 정작 본인에게는 내 마음을 고백하지도 못했다네. 오래도록 그녀가 살아가는 모습을 지켜보고, 웃고 이야기하는 모습을 바라보는 것만이 나의 유일한 산소통인 셈이었지. 나는 우리가 더할 나위 없이 잘 통하는 듯했고, 이따금 그녀와 감정을 공유하고 있다는 느낌이 들었기 때문에 힘이 들 때도 목숨을 부지할 수 있었어.

이제 와서 고백하지만 난 자네가 말한 적 있는 선한 자들을 노리는 운명의 저주 이론에 대해 생각해본 적이 있다네. 나는 그 이론이 틀리기를 바랐지만 역시 내 삶은 기대에 보답해주지 않더군.

나는 불행하게도 사랑이 상호적이 될 수 없다는 걸 알게 되었네. 그녀는 알고 보니 내가 머릿속으로 그려보던 여인과는 전혀 달랐네. 나는 발앞에 운명을 굴복시킬 수 있는 힘이 없다는 걸 깨달았네.

토마, 자중자애하며 자네 자신을 잘 돌보며 살아가길 바라네. 나 때문에 너무 슬퍼하지는 말게. 삶에 실패한 내가 조언을 해줄 입장은 아니지만 자네는 삶이라는 전쟁터에서 싸워야 할 대상을 잘 선택해야 하네. 모든 사람이 다 자네의 적은 아니니까. 사람들 사이에 섞여 묻어갈 줄도 알아야 한다는 뜻이네. 나는 비록 실패했지만 자네는 반드시 성공하길 바라네. 무엇보다 더불어 사는 삶을 살 수 있길 바라네. 고독은 우리를 죽음으로 몰아갈 뿐이니까.

나는 행운의 여신이 자네와 함께하기를 빌겠네. 나와는 달리 자네는 반드시 성공하리라 생각하네. 실존의 난기류와 맞서려면 반드시 반쪽을 찾아내야만 하네. 자네와 내가 공통적으로 좋아하는 어떤 작가가 이야기했듯이 인간들 사이에서 혼자인 것보다 더 고약한 건 없으니까.

자네의 타고난 엄격성을 지키게. 자네를 다른 사람들과 다른 인물로 만들어주는 정체성을 유지해야 하네. 세상의 멍청이들이 무슨 말을 하더라도 자네는 동요하지 말고 자네 자신의 정체성을 지켜가게. 어느 스토이스트의 말처럼 자네를 지키는 가장 좋은 방법은 그들과 비슷해지지 않으려고 노력하는 것뿐이라네.

비록 내 운명은 오히려 그 말과 반대로 되어버렸지만 나는 여전히 우리의 정체성이 곧 우리의 가장 큰 힘이라고 믿네.

자네를 힘껏 포옹하며.

장크리스토프 그라프

산부인과

앙티브, 잔다르크 산부인과
1974년 10월 9일

프란시스는 조용히 병실 문을 밀었다. 발코니로 통하는 유리문을 통해 가을날의 오렌지빛 햇살이 병실을 가득 채웠다. 학교를 마치고 집으로 돌아가는 아이들의 재잘거리는 소리가 들려오긴 했지만 대체로 조용하고 평화로운 오후였다.

병실 안으로 들어선 프란시스의 품 안에는 선물이 그득했다. 아들 토마에게 줄 곰돌이 인형, 안나벨에게 줄 팔찌, 산모와 아기를 지극 정성으로 돌봐준 간호사들에게 선물할 비스코티 두 상자와 아마레나 체리 잼한 병이었다. 프란시스는 산모가 깰까봐 최대한 소리를 내지 않으려고 애쓰며 들고 온 선물 보따리를 바퀴 달린 이동식 테이블에 내려놓았다.

프란시스가 요람 쪽으로 몸을 굽히자 토마가 이제 막 태어난 아기답게 순진무구한 눈으로 그를 빤히 쳐다보았다.

"토마, 잘 지냈니?"

프란시스는 아기를 요람에서 꺼내 품에 안고 의자에 앉았다. 그는 마음이 무척이나 설레는 동시에 엄숙한 느낌이 들기도 했다. 마음 깊은 곳에서 기쁨이 차올랐으나 이내 회한과 무력감이 뒤따랐다. 안나벨이 병원을 나서면 함께 집으로 돌아갈 수 없으니까. 그녀는 리샤르가 기다리는 집으로 돌아가야 할 테고, 법적으로도 아빠로 등록될 테니까.

안나벨은 분명 그의 여자였지만 세상의 기준으로 보자면 두 사람은 남남이었다. 그녀는 굳이 세상 사람들의 호기심을 자극하며 리샤르와 헤어지기보다는 은밀하게 현재의 사랑을 지켜가는 게 더욱 중요하다고 여겼다.

"우리 사랑은 비밀이기 때문에 더욱 간절할 수 있고 서로에 대한 신비감을 유지할 수 있어요."

안나벨은 언젠가 그렇게 말했다. 세상 사람들이 보는 앞에서 사랑을 공표하고 나면 오히려 간절함이 떨어지고 신비감을 잃을 수도 있다는 말이었다. 안나벨의 선택이 프란시스에게도 유리하게 작용하는 측면이 있었다. 그가 가장 소중하게 여기는 가치가 뭔지 잠재적인 적들에게 감출 수 있으니까. 건축 일을 하다보니 은연중 의도하지 않은 적들이 생기는 경우가 많았다. 적들에게 그 자신이 가장 큰 애착을 갖고 있는 게 무엇인지 알려주는 건 싸우기 전에 상대에게 약점이 뭔지 고스란히 알려주는 셈이나 다름없었다.

†††

프란시스는 한숨을 폭 내쉬었다. 그는 배운 게 없어 거칠고 부식한 사람으로 알려져 있었지만 실제로는 아니었다. 안나벨을 제외하고는 아무도 그를 제대로 알지 못했다. 그는 세상에 알려진 것과 달리 광장히 용의주도하고 섬세한 사람이었다. 그가 석재사업을 벌여 성공을 거둔 이유였다.

1961년, 여름날 저녁 몬탈디치오의 광장 분수대 옆에서 한 무리의 청년들이 술을 마셨다. 청년들 중 하나가 공원에 나와 있던 안나벨에게 다가가 노골적으로 치근댔다. 안나벨이 여러 차례 거부하며 밀쳤지만 청년은 아랑곳하지 않았다.

광장을 지나다가 그 장면을 목도한 프란시스의 눈에 불꽃이 일었다. 술을 마시고 있는 청년들은 사실 그 마을 사람들이 아니라 토리노에서 온 토목공들이었다. 그들은 몬탈디치오에서 가장 돈이 많기로 소문난 부잣집을 수리해주는 한편 온실을 새로 지어주려고 온 목수, 페인트공, 유리공들로 프란시스보다 나이가 네댓 살 이상 많았다. 광장에는 사람들이 제법 많았지만 다들 겁을 잔뜩 집어먹어 술 취한 청년의 행동을 만류할 생각을 하지 못했다.

"그 아이에게서 물러서!"

프란시스의 말을 들은 청년이 피식 웃었다. 그 당시만 해도 열여섯 살밖에 안 된 프란시스는 덩치가 크지도 않았고, 얼굴이 앳돼 척 보기에도 어린 티가 났다.

청년이 코웃음을 치자 프란시스는 놈의 멱살을 틀어쥐고 안면에 훅을 한 방 먹였다. 겉으로 보기에는 아직 애송이에 불과했지만 그는 웬

만한 어른들보다는 힘이 센 편이었고, 분노에 불타고 있었다. 청년은 프란시스의 상대가 되지 못했고, 일방적인 구타가 이어졌다. 프란시스의 서슬 퍼런 분노에 질려 아무도 제지하러 나서지 못했다.

프란시스는 어릴 때부터 말주변이 없어 안나벨을 좋아하면서도 말을 걸 생각을 하지 못했다. 그가 하고 싶은 말은 늘 입 밖으로 터져 나오지 못하고 목구멍에 걸려 있을 뿐이었다. 그날 저녁, 그는 주먹으로 말을 대신했다.

너를 건드리는 놈은 내가 가만두지 않을 거야. 아무도 너를 해치지 못해.

마침내 프란시스가 주먹질을 멈추었을 때 토목공은 이가 거의 남아 있지 않았고, 얼굴은 피투성이가 되어 있었다. 급기야 그는 의식을 잃고 쓰러졌고, 한동안 일어나지 못했다. 경찰이 프란시스를 체포하려고 했으나 이미 이탈리아를 떠나 프랑스로 도망친 후였다.

그로부터 몇 년 후 프란시스는 우연히 안나벨을 다시 만나게 되었다.

"그때는 정말 고마웠어요. 난 당신이 혹시라도 잘못될까봐 걱정이 많았죠."

안나벨이 그렇게 말했다. 두 사람은 급속도로 가까워졌고, 프란시스는 안나벨과 사랑을 나누면서 폭력적인 성향을 제어할 수 있게 되었다.

프란시스는 잠든 아이의 이마에 조심스럽게 입을 맞추었다. 그는 새콤하고 달착지근한 아기 냄새를 맡으며 코끝이 찡해졌다. 품에 안겨 잠든 토마는 너무도 자그마했고, 까딱 잘못 건드렸다가는 부서질 듯 약해 보였다. 아기는 그 사실은 아는지 모르는지 평화롭게 잠들어 있었다.

프란시스는 눈물이 났다. 슬퍼서 우는 게 아니었다. 아기의 부서질 듯 약한 몸이 안쓰러움을 불러일으켰고, 혹시 잘못될지도 모른다는 공포감을 느끼게 했기 때문이었다. 그는 뺨을 타고 흐르는 눈물을 닦으며 아기를 최대한 살그머니 요람에 눕혔다.

⚜

프란시스는 통유리 문을 열고 병실에 딸린 테라스로 나갔다. 그는 담배 한 개비를 피워 물었다.

마지막으로 한 개비만 더 피우고 앞으로는 담배를 끊어야지.

프란시스는 아주 어린 나이부터 피워온 담배를 끊기로 결심했다.

나도 이제 아이 아빠가 되었으니 몸 생각을 해야지. 아기들은 몇 년 동안이나 아빠를 필요로 할까? 15년? 20년? 아니면 평생?

프란시스는 담배 연기를 들이마시며 보리수 잎들을 뚫고 테라스를 찾아준 늦은 오후의 햇살을 즐겼다. 토마의 출생은 그에게 묵직한 책임감을 안겨주었지만 그는 가슴이 뭉클해질 만큼 아기를 사랑했고, 기어이 아빠의 책임을 다할 결심이었다. 물론 그가 직접 양육하지는 않겠지만 가급적 가까이에서 토마를 지켜줄 생각이었다.

프란시스는 문을 여는 소리를 듣고 상념에서 빠져나왔다. 그는 몸을 돌려 얼굴 가득 미소를 지으며 다가오는 안나벨을 바라보았다. 그녀를 두 팔로 끌어안는 순간 그의 마음을 무겁게 짓누르던 중압감이 거짓말처럼 사라졌다. 가을 오후의 포근한 바람이 그들의 몸을 감쌌고, 그는 안나벨과 함께하는 삶에 감사를 표했다. 그는 힘이 센 편이었지만 학교를 다닌 적이 없어 지식과 교양이 부족했다. 안나벨이 그의 부족한 부분을 채워주었다. 그녀와 함께라면 그 어떤 위기가 밀어닥치더라도 미리 감지하고 대처할 수 있을 듯했다.

위험으로부터 한 발짝 앞서가기

스테판의 책 때문에 내심 마음이 무거웠지만 막심과 파니, 나는 계속 아무 일도 없다는 듯 하루하루를 보냈다. 우리는 두려움 속에서 숨죽이고 사는 나이는 지났으니까. 우리의 정당성을 확보하기 위해 다른 사람을 설득해야 할 나이는 넘어섰으니까. 우리는 무슨 일이 있더라도 셋이 힘을 합해 공동으로 대처하기로 했다.

매일이다시피 우리는 혹시 격랑이 몰아치지는 않을지 경계하는 가운데 서로에게 위로를 받았다. 나는 마음속으로 격랑이 밀어닥치지 않았으면 좋겠다는 희망을 포기하지 않았다.

나는 새로운 자신감을 갖게 되었다. 서서히 나를 소진시키던 불안감도 사라졌다. 새롭게 발견한 나의 뿌리가 아마도 나를 다른 사람으로 만들어준 듯했다. 물론 나에게는 후회가 많이 남아 있었다. 엄마의 죽음을 접하고 나서야 비로소 화해했고, 아버지가 교도소에 들어가고 나서야 그를 더욱 친근하게 느끼기 시작했다. 지금껏 한 번도 아버지와 진심 어린 대화를 나누지 못했다.

내 부모와 프란시스 아저씨가 살아온 여정은 많은 생각거리를 안겨주었다. 세 분의 인생은 고통과 환희, 모순으로 점철되어 있었다. 그들은 때로 용기를 내 희생을 택했다. 그들은 살고, 사랑하고, 사람을 죽였다. 그들은 이따금 정념 때문에 이성을 잃기도 했지만 그런 순간마저도 나름 최선을 다했다. 그들은 평범한 운명에 안주하지 않기 위해, 가족이라는 말을 그들 나름의 문법으로 재정립하기 위해 애썼다.

　그들의 인생을 따라 하고 싶지는 않았지만 내가 물려받은 유산을 지키고, 교훈을 오래오래 간직할 결심이었다. 인간들의 생각이 얼마나 복잡한지 따져봐야 소용없다. 우리는 여러 개의 삶, 이해하기 어렵고 상반되는 욕망으로 얽혀 있는 삶을 동시다발적으로 살아왔다. 우리의 삶은 소중하지만 동시에 덧없고, 무의미하고, 고독했다. 우리의 삶은 진정으로 통제 가능한 적이 없었다. 아주 사소한 사건이나 실수가 삶을 송두리째 뒤흔들어놓기도 하니까. 한마디의 말, 한순간 반짝 빛나던 눈망울, 잠시 입가를 스친 미소처럼 지극히 사소한 요소들이 우리를 한껏 들뜨게 하거나 낭떠러지로 밀어버릴 수도 있으니까. 삶은 불확실성이 관장하는 영역이고, 인간의 마음은 바람 부는 날 갈대처럼 이리저리 흔들리게 마련이니까. 우리는 그저 창조주의 섭리에 따라 모든 일들이 결국 제자리를 찾아가기를 바라면서 세상의 온갖 혼돈을 잘 견디고 있는 척하는 것 말고는 달리 선택의 여지가 없으니까.

✝✝

7월 14일 저녁, 우리는 막심의 퇴원을 축하하기 위해 콩스탕스의 개부모 집에 모였다. 막심 부부와 두 딸인 루이즈와 엠마, 파니 그리고 폴린이 모처럼 자리를 함께했다. 나는 숯불 바비큐를 준비해 스테이크를 굽고, 아이들이 좋아하는 핫도그도 준비했다. 우리는 뉘 생 조르쥬 와인을 따라 들고 테라스에 앉아 앙티브 곶에서 쏘아 올리는 불꽃놀이를 감상했다. 불꽃놀이가 절정에 달할 무렵 현관문에 달아놓은 종소리가 울렸다.

나는 손님들을 뒤로 하고 정원 불을 켠 다음 포석 깔린 길을 내려가 철제문 앞에 이르렀다. 스테판이 문밖에 서 있었다. 길게 자란 머리에 면도를 하지 않아 덥수룩한 턱수염, 눈 주변에 다크서클이 잡힌 데다 핏발이 선 눈을 보니 심사가 편치 않아 보였다.

"무슨 일이야?"

"자네를 만나러 왔어."

스테판이 입을 벌리자 지독한 술 냄새가 났다.

"들어가도 될까?"

스테판이 마치 매달리듯 철제문의 창살을 잡으며 물었다.

마치 철제문이 우리 사이에 언제까지고 존재할 장애물을 상징하는 듯했다.

스테판은 배신자였고, 절대로 나와 함께 할 수 없는 존재였다.

"돌아가."

"좋은 소식이 있어. 난 책을 내지 않기로 결정했어!"

스테판은 주머니에서 두 번 접은 종이를 꺼내 창살 틈으로 건넸다.

"이제 보니 안나벨 교장 선생님과 프란시스는 잔머리 끝판왕이더군!"

스테판이 악을 썼다.

"내 책이 세상에 나오기도 전에 이 기사를 발견한 게 얼마나 다행인지 몰라. 만약 책을 냈더라면 나만 지독한 멍청이가 될 뻔했으니까!"

내가 반으로 접은 종이를 펼치는 순간 요란한 소리와 함께 폭죽이 부서졌다. 1997년 12월 28일 자《니스 마탱》기사를 복사한 종이였다. 1997년 12월이라면 그 일이 있고 나서 5년이 지난 후였다.

고의적 손상으로 피해를 입은
생텍쥐페리 고등학교

소피아 앙티폴리스 산업단지 내에 있는 생텍쥐페리 고등학교의 일부 건물이 크리스마스이브에 파손되는 사건이 발생했다. 학교 내 건물들 중에서 체육관이 가장 크게 파손되었다. 전체적인 피해 규모는 12월 25일 아침 이 학교 교장인 안나벨 드갈레 여사에 의해 확인되었다. 다수의 낙서와 모욕적인 표현들이 체육관 벽을 가득 채우고 있었다. 무단 침입자들은 유리창을 다수 파손하고, 소화전과 탈의실 문을 고의적으로 망가뜨렸다.

안나벨 드갈레 여사는 외부인의 소행으로 보고 경찰서에 수사를 의뢰했다. 관할 경찰은 즉시 수사에 착수해 피해 규모를 확인하는 절차에 들어갔다. 학교 측은 수사가 진행되는 동안 학생들이 크리스마스 휴가를 마치고 돌아오기 전에 체육관 시설을 복구하기 위해 보수공사를 시작하기로 했다.

클로드 앙주뱅 기자

클로드가 쓴 기사에는 잠고 사진이 두 장 첨부되어 있었나. 칫 번째 사진에는 체육관의 피해 사실이 나와 있었다. 낙서로 뒤덮인 벽면, 바닥에 나뒹구는 소화전의 호스, 깨진 유리창 등이었다.

"빙카와 알렉시의 사체를 절대로 찾아낼 수 없게 되었어."

스테판이 분통을 터뜨렸다.

"안나벨 교장 선생님과 프란시스는 내가 생각하기에도 머리가 기가 막히게 잘 돌아가는 사람들이야. 체육관에서 유골을 빼돌리기 위해 저런 짓까지 벌일 줄 누가 알았겠어. 아무튼 그들이 잔머리를 굴린 덕분에 자네와 막심은 탄탄한 앞날을 보장받게 되었지. 자네와 막심, 파니는 안나벨 교장 선생님과 프란시스에게 두고두고 감사해야 할 거야. 진흙탕에서 자네들을 구했으니까."

두 번째 사진은 정장 차림에 단정하게 머리를 틀어 올린 엄마가 팔짱을 끼고 서 있는 모습을 찍은 사진이었다. 엄마 뒤로 가죽점퍼를 걸친 프란시스의 거구가 보였다. 그는 한 손에 시멘트를 바르는 흙손을 들고 있었다.

내가 보기에도 두 분이 작전을 펼친 이유는 명백했다. 1997년이면 빙카 사건이 벌어진 지 5년이 지난 시점이었고, 엄마는 퇴임을 몇 달 앞두고 있는 상태였다. 엄마는 퇴임해 학교를 떠나기 전 연인과 함께 체육관 벽에서 유골을 들어내기 위해 작전을 펼친 셈이었다. 두 분은 다모클레스의 칼을 머리 위에 매달고 살 수는 없었을 테니까. 프란시스의 작업을 정당화하기 위한 명분을 찾다가 외부인의 불법 침입이라는 묘책을 생각해냈고, 크리스마스 휴가 중에 보수공사를 진행했다. 학교에 남아 있는 사람이 거의 없는 시기니까. 다시 말해 프란시스는 아무런 의심도 받지 않고 사체를 처리한 셈이었다. 나는 유골이 발견될까봐 전전긍긍했는데 정작 20년 전에 깨끗이 처리되었다는 걸 알게 되었다.

나는 다시 한번 사진 속의 프란시스에게 눈길을 돌렸다. 그는 꿰뚫어보는 듯한 눈으로 카메라렌즈를 바라보고 있었다. 그의 눈은 벼린 쇠처럼 날카로웠다.

나는 두렵지 않아. 왜냐하면, 난 항상 위험보다 한 발짝 앞서가니까.

스테판은 발길을 돌려 사라졌고, 나는 친구들에게로 돌아왔다. 우리는 이제 더 이상 아무것도 두려워할 필요가 없었다. 그 사실을 완벽하게 실감하기까지 그 후로도 제법 긴 시간이 필요했다.

테라스로 올라온 나는 마지막으로 한 번 더 해묵은 신문 기사를 읽었다. 엄마를 주의 깊게 살피다보니 손에 들린 열쇠 꾸러미가 눈에 띄었다. 빌어먹을 체육관 열쇠가 분명했다.

소설가의 특권

우리가 글을 쓰는 건 문필가가 되기 위해서가 아니다.
침묵 속에서 현실에서는 찾기 힘든 사랑을 만나기 위해 글을 쓴다.

_크리스티앙 보뱅

내 앞에 놓인 30상팀짜리 크리스털 볼펜과 사각 모눈 수첩은 언제나
내 가까이에 있다. 나는 생텍쥐페리고교 도서관의 열람실에 앉아 있다.
학생 시절에도 즐겨 앉았던 자리로 포석이 깔린 정원과 담쟁이덩굴로
덮인 분수대 전망을 볼 수 있다는 장점이 있다. 열람실에는 왁스와 양
초가 뒤섞인 냄새가 배어 있다. 오래된 《라가르드 에 미샤르》 전집은 내
뒤 서가에서 먼지를 뒤집어쓰고 꽂혀 있다.

젤리가 은퇴한 후 학교 경영진은 연극동아리가 사용하던 건물에 내
이름을 붙이기로 결정했다. 나는 학교 측의 결정을 극구 사양했고, 그
대신 장크리스토프 그라프의 이름을 붙여달라고 제안했다. 장크리스토
프 선생님의 명판을 거는 날 나는 학생들 앞에 서서 짧은 연설을 해달
라는 요청을 받아들였다.

나는 볼펜으로 메모를 작성하기 시작했다. 그러고 보면 나는 평생 쓰
는 일만 한다. 벽을 세우면서 동시에 문을 연다는 뜻이다. 모든 걸 무차
별적으로 쓸어버리는 잔인한 현실을 막아주는 벽, 현실과 평행선을 그

으며 달리는 세계로의 도주를 가능하게 해주는 문, 있는 그대로가 아니라 그렇게 되었으면 하고 바라는 현실.

내 전략이 백 퍼센트 성공한다고 장담할 수는 없지만 가끔은 몇 시간 동안만이라도 허구가 현실보다 힘이 세지는 경우도 있으니까. 아마 그 부분이 예술가와 소설가들의 특권이 아닌가 한다. 이따금씩 실재와 맞서는 전투에서 이길 수 있으니까.

나는 글을 쓰고, 지우고, 다시 쓴다. 차츰 다른 이야기들이 형태를 잡아가기 시작한다. 현실과 다른 이야기, 1992년 그날 저녁 12월 19일에서 20일로 넘어가는 사이에 실제로 벌어진 사건을 설명하기 위한 이야기가 시작된다.

프란시스가 빙카를 체육관 벽에 매장시키기 위해 기숙사 방으로 돌아간 바로 그 순간을 상상해보라. 그는 아직 온기가 남아 있는 빙카의 사체에 다가간다. 그는 빙카를 번쩍 들어 올리더니 마치 왕자가 공주를 안듯 그 아이를 데려간다.

프란시스가 아이를 데려간 곳은 근사한 성이 아니다. 그는 어둡고 차가우며 시멘트 냄새가 축축하게 나는 곳까지 아이를 데려간다. 그는 혼자였고, 오로지 악마와 유령들만 그의 곁에서 그를 지키고 앉아 있을 뿐이다.

아흐메드는 집으로 돌려보냈다. 그는 빙카의 시신을 바닥에 펼쳐놓은 천막 위에 내려놓고 작업장의 불을 죄다 켰다. 그는 최면이라도 걸린 듯 빙카의 사체 위에 콘크리트를 부어야 한다는 생각을 망각하고 있다. 몇 시간 전에도 그는 군말 없이 알렉시의 사체를 처리했다. 다만 이번 경우는 전혀 다르다. 정말이지 너무 힘들다. 그는 바닥에 눕혀둔 빙카의 사체를 한참 동안 불끄러미 바라보다가 담요를 감싸준다. 마치 감기라도 걸 릴까봐 염려하는 듯하다. 한동안 그는 눈물을 줄줄 흘리며 빙카가 아직 살아 있다고 상상해본다. 환상이 너무나 강렬하기 때문인 듯 그는 빙카 의 가슴이 미세하게나마 들썩거리는 장면을 본 느낌이 든다. 그는 좀 더 자세히 빙카를 바라보다가 마침내 숨을 쉬고 있다는 사실을 깨닫는다.

하느님 맙소사! 어떻게 이런 일이 있을 수 있지?

안나벨이 분명 조각 작품으로 빙카의 머리를 내려쳤고, 위에는 알코 올과 로히프놀이 들어 있지 않은가? 로히프놀이 심장 박동을 늦추는 효과가 있는 건가? 방금 전, 살펴보았을 때만 해도 심장이 뛰지 않았는 데 어떻게 된 일이지?

프란시스는 빙카의 가슴에 귀를 대고 심장 소리를 듣는다. 그 소리는 그가 이제껏 들어본 중에서 가장 아름다운 음악이다.

프란시스는 머뭇거리지 않는다. 그는 부여된 작업을 마무리하기 위해 삽을 들어 그 아이의 머리를 내려치는 행위를 할 생각이 없다. 그런 일이라 면 도저히 감당할 수 없다. 그는 빙카를 자신의 SUV로 데려가 뒷좌석에 눕힌 다음 메르캉투르 산을 향해 달리기 시작한다. 그 산에 그의 사냥용 대피소가 있다. 메르캉투르 산의 앙트론 쪽에서 산양을 잡을 때 가끔 밤을 보내기 위해 마련해둔 일종의 오두막이다. 보통 두 시간 정도면 닿을 수 있는 곳인데, 도로 교통 상황 때문에 평소보다 시간이 두 배나 더 걸린다.

프란시스가 알프 드 오트프로방스 경계 지역에 도착했을 때는 이미 날이 밝아오고 있다. 그는 빙카를 오두막 소파에 눕히고 벽난로에 불을 지핀 다음 물을 끓이기 시작한다. 운전하는 동안 그는 이미 어떻게 할지 생각을 정리해두었다.

빙카가 깨어난다면 그는 그 아이가 처음부터 다시 시작할 수 있도록 도울 작정이다. 다른 나라에서 새로운 신분으로 살아가게 할 생각이다. 일종의 증인 보호 프로그램을 정부 기관에 도움을 요청하지 않고 자체적으로 실행하는 셈이다.

프란시스는 칼라브리아 마피아의 도움을 요청해보기로 결심했다. 칼라브리아의 마피아가 돈세탁 문제로 얼마 전부터 그의 주변을 맴돌고 있으니까.

그들에게 빙카를 외국으로 빼돌려달라고 부탁하는 거야.

프란시스는 스스로 톱니바퀴에 손가락을 집어넣는 행위가 될 수도 있다는 사실을 모르지 않지만 인생은 감당할 수 있을 만큼의 시련만 안겨준다는 생각을 믿는 편이다. 선은 악을 가져오고, 악은 선을 가져온다. 그의 인생도 말 그대로였다.

프란시스는 커피를 마시며 빙카가 깨어나길 기다린다. 빙카가 눈을 뜨고 주변을 두리번거린다.

그 아이는 마침내 다시 삶으로 돌아왔다, 마치 두 번째 태어난 사람처럼.

그 후로도 다시 여러 날, 여러 달, 여러 해가 지났다.

✝✝

그러니까 빙카는 살아 있다.

위에 적은 기록이 빙카 사건에 대한 나의 버전이다. 내 버전은 조사 과정에서 모은 모든 요소들과 단서들에 기반을 두고 있다. 프란시스와 칼라브리아 마피아의 관계, 뉴욕으로 빠져나가던 송금, 워싱턴스퀘어에서 우연히 마주쳤던 빙카와의 만남 등에 기반하고 있다.

나는 내가 조사한 이야기가 진실이라고 믿는다. 실제로 이런 식으로 이야기가 진행되었을 가능성은 0.1퍼센트가 안 될지도 모른다. 다만 현재까지 진행된 수사 상황을 놓고 볼 때 아무도 내 버전이 틀렸다고 반박할 수는 없다. 내가 소설가로서 빙카 사건 수사에 기여할 수 있다면 이 정도가 맥시멈에 해당된다.

나는 글을 마무리하고, 소지품들을 챙긴 다음 도서관을 나선다. 밖으로 나와보니 미스트랄이 실어온 낙엽들이 빙글빙글 돌며 춤을 추고 있다. 나는 기분이 좋다. 이제는 사는 게 훨씬 덜 무섭다.

당신은 나를 공격하고, 입맛대로 판단하고, 파멸시킬 수 있다. 원한다면 그렇게 해보시길 바란다. 나에게는 손만 뻗으면 닿는 곳에 이빨로 질겅질겅 물어뜯은 오래된 빅 볼펜과 구겨진 수첩이 있다. 나의 유일한 무기다. 시시해 보일 수도 있지만 무시무시한 위력을 가진 무기다.

나는 언제나 오직 펜에 의지해 어둠을 가로질러왔다.

〈끝〉

작가의 말
실재하는 것과 지어낸 것

뉴욕은 나에게 애정이 최고로 돈독한 곳이라 초창기 내 소설들 대부분의 배경이 되었다. 그러다가 차츰 프랑스로 조금씩 배경을 옮기기 시작했다. 몇 해 전부터 나는 어린 시절을 보낸 코트다쥐르를 배경으로 소설을 쓰고 싶었다. 그중에서도 특히 내가 수많은 추억을 가지고 있는 앙티브에 마음을 빼앗겼다.

소설은 마음이나 욕심만으로 쓰기는 어렵다. 한 편의 소설을 쓴다는 건 대단히 복잡하고 불확실하고 포기하기 쉬운 과정이다. 내가 눈사태로 마비된 캠퍼스에 대해, 젊은이들에 의해 삶이 마비되는 어른들(어른들도 한때는 젊은이였다)에 대해 이야기를 써내려가기 시작했을 때 나는 비로소 코트다쥐르를 무대로 하는 소설을 쓸 수 있는 순간이 왔음을 알 수 있었다.

《아가씨와 밤》은 내가 태어나고 자란 남프랑스의 코트다쥐르 중에서도 앙티브를 주요 무대로 삼고 있다. 나는 이 지역을 무대로 두 개의 서로 다른 시대 이야기를 써나가며 형언하기 힘든 기쁨을 맛보았다.

소설은 현실이 아니기에 작중 화자와 창작자를 혼동해서는 안 된다. 토마가 이 소설에서 살아낸 삶은 오직 그의 것이다. 쉬케트 길, 《니스 마탱》, 퐁톤병원은 실제로 존재하지만 소설에서 많은 변신을 강요당했다. 토마가 다닌 중학교와 고등학교, 선생님들, 지인들과 친구들은 당연히 전부 가공의 인물들이고 나의 어린 시절 추억과는 많이 다르다.

단언컨대 나는 단 한 번도 체육관 벽에 누군가를 매장한 적이 없다.

옮긴이의 말

드디어 뚜껑이 열렸다.

기욤 뮈소가 데뷔 시절부터 함께 해오던 출판사를 떠나 새로운 소속사에 둥지를 틀 때부터 대단한 호기심을 불러일으켜온 신작이 마침내 모습을 드러냈다. 프랑스에서 올봄에 출간된 《아가씨와 밤》은 그간의 엄청난 관심에 보답이라도 하듯 올해 상반기 프랑스 출판계에서 가장 많은 독자들과 만난 책으로 당당히 이름을 올렸다. 단순히 작가가 오랜만에 태어나서 자란 고향 마을을 전면에 내세운 작품을 선보인 데 대한 화답이라고 생각하기에는 그야말로 폭발적인 반응이다.

작가 자신이 '경찰이 전면에 등장하지 않는 스릴러'라고 말한 이 작품의 어떤 매력이 짧은 시간에 그토록 많은 사람들을 끌어들이는 괴력을 발휘한 걸까?

기욤 뮈소의 열렬한 독자들이라면 다 알겠지만 그는 프랑스 소설가이면서도 유난히 뉴욕을 사랑하고, 꾸준히 그곳의 풍광을 작품 속에 담아왔다. 그런 그의 신작 《아가씨와 밤》은 주인공 토마가 뉴욕을 떠나 앙티브에 도착하는 상년으로 시각한다. 더구나 그는 25년 전에 떠나 고등학교의 홈 커밍 데이 행사에 참석하려는 참이다. 금의환향과는 상당히 거리가 있는 귀향이라 할지라도.

병풍처럼 펼쳐지는 남프랑스 리비에라 해안 풍경을 배경 삼아 이제는 제법 이름이 알려진 어엿한 소설가로 성장한 토마의 동선을 따라가노라면 '경찰이 전면에 등장하지 않는 스릴러'는 차라리 고대 그리스 비극같은 분위기를 풍긴다. 파국이 파국을 낳고, 그 파국을 막기 위한 몸짓이 극단으로 치닫다보면 결국 비극으로 종결되는, 샛길도 출구도 허용하지 않으면서 곧장 달려나가 앞에 놓인 거대한 벽에 부딪쳐서 장렬하게 산화하는, 그리고 그것을 통해서 관객들에게 카타르시스를 선사하는 비극.

토마와 막심은 어릴 때부터 줄곧 붙어 다닌 절친이고, 두 사람의 부모 또한 막역하게 왕래하는 사이다. 여기에 또 한 사람의 어린 시절 친구 파니. 파니는 토마를 좋아하고, 토마는 같은 학교의 빙카를 좋아하고. 빙카는 학교 선생님을 좋아하며, 막심은 동성애자다. 그런데 알고 보니 빙카 또한 동성애자이며 토마와 막심은 이복형제다. 이쯤 되면 가족의 비밀과 치정으로 범벅된 막장 드라마의 냄새가 난다고 해야 하려나? 그런데 말이다, 아버지를 죽이게 된다는 예언 때문에 아버지한테 버림받은 오이디푸스가 멀리 떨어진 나라에서 자라고, 그러다가 사냥터에서 만난 노인을 살해하게 되고, 이웃 나라의 왕비와 혼인하게 되는 이야기, 알고 보니 오이디푸스가 죽인 노인이 아버지이며, 혼인한 여인이 어머니더라는 내용의 대표적인 그리스 비극 〈오이디푸스 왕〉에 대해 막장 드라마라는 잣대를 들이대는 경우는 드물다.

왜 그럴까?

그건 표면으로 드러나는 얼개, 즉 줄거리의 기저부에 박혀 있는 주춧돌이 얼마나 단단한가, 얼마나 깊이 박혀 있는가에 따라 달라지는 게 아닐까? 바꿔 말하면, 인간의 마음을 가로지르는 시내의 얼마나 깊은 곳에서, 얼마나 밀도 높은 절망과 두려움, 좌절과 분노, 후회와 용서, 사랑과 희망 등의 감정들을 퍼 올리는지의 차이가 아닐까?

《아가씨와 밤》에서 우리는 자식을 위해서라면 못 할 것이 없는 부모들을 만난다. 그것이 목숨을 걸어야 하는 일일지라도. 혹시 더러는 그들이 보여주는 일련의 행동을 가리켜 일그러진 부성애 혹은 모성애의 산물이라고 평가절하할지도 모르겠다. 하지만 어쩌겠는가, 우리의 머리보다 마음이 먼저 '나라도 저렇게 했을 것 같다'고 공감하며, 어느새 자식 가진 엄마 혹은 아빠의 심정에 젖어들면서 책을 손에서 놓을 수 없으니 말이다.

양영란